I0526090

Endlich kann Matt Scudder ein behagliches Leben führen. Die Kriminalitätsrate ist gesunken, die Aktienkurse steigen und die Gentrifizierung sorgt dafür, dass das alte Viertel in neuem Glanz erstrahlt. Die Straßen New Yorks wirken bei Weitem nicht mehr so gefährlich wie früher.

Dann bricht die Hölle aus.

Schnell muss Scudder am eigenen Leib erfahren, dass die herausgeputzten Bürgersteige so gefährlich sind wie immer: dunkel, brutal und voller Blutflecken. Er lebt in einer Welt, in der die Vergangenheit ein Minenfeld, die Gegenwart ein Kriegsgebiet und die Zukunft eine offene Frage ist. Eine Welt, in der nichts und niemand sicher ist, ein zufallsgesteuertes Universum, in dem das Überleben nicht als selbstverständlich vorausgesetzt werden kann. Auch sein eigenes nicht.

Es ist eine Welt, in der alle sterben.

Publishers Weekly schrieb über den Roman:

»Die Zahl der Leichen ist in der Tat beträchtlich im neuesten Matt-Scudder-Roman, der der beste seit *Ruhet in Frieden* ist – nachhallend, nachdenklich, mit vorzüglicher Struktur und einem explosiven Finale. Im Mittelpunkt des Falles steht Matts alter Kumpel Mick Ballou, der mörderische und trinkfeste irische Gangster mit der tiefen philosophischen Ader, eine von Blocks einnehmendsten Schöpfungen.

[...] Blocks nahtlose Verbindung von Gedanken und Action und seine einzigartige Begabung für Dialoge, die wahr, witzig und enthüllend sind, kamen selten besser zur Geltung. Die Seiten auf dem Weg zum Finale strahlen eine fast schon shakespearehafte Atmosphäre von menschlicher Resignation angesichts des drohenden Todes aus.«

»Eine dichte Noir-Geschichte, die zu Blocks besten zählt«, so der *Cleveland Plain Dealer*.

Der *Philadelphia Inquirer* fügte hinzu: »Umwerfend! Eines der erschütterndsten, aber auch lesenswertesten Kapitel in der Entwicklungsgeschichte eines Helden.«

Und die *Denver Post* bezeichnete *Alle sterben* als: »Sehr, sehr düster. Aber auch sehr, sehr gut.«

Alle sterben

LAWRENCE BLOCK

Aus dem Amerikanischen von Stefan Mommertz

Originaltitel: EVERYBODY DIES
Copyright © 1998 by Lawrence Block
Copyright © 2018 der deutschen Übersetzung bei Lawrence Block
Alle Rechte vorbehalten.
Übersetzung: Stefan Mommertz
Ebook Design: QA Productions

A LAWRENCE BLOCK PRODUCTION

Für
KNOX BURGER und
KITTY SPRAGUE
und im Gedenken an
ROSS THOMAS

From too much love of living,
From hope and fear set free,
We thank with brief thanksgiving
Whatever gods may be
That no life lives forever;
That dead men rise up never;
That even the weariest river
Winds somewhere safe to sea.

—A. C. SWINBURNE, »The Garden of Proserpine«

Jeder muss sterben.

—JOHN GARFIELD
in *Jagd nach Millionen*
(*Body and Soul*, 1947)

Everybody dies.

—RANDY NEWMAN, »Old Man«

At the door of life, by the gate of breath,
There are worse things waiting for men than death.

—SWINBURNE, »The Triumph of Time«

Kapitel 1

Andy Buckley sagte »Herrgott!« und brachte den Cadillac zum Stehen. Ich blickte hoch und da war der Hirsch, etwa ein Dutzend Meter vor uns in der Mitte unserer Fahrspur. Er stand direkt im Scheinwerferlicht, machte aber nicht den Eindruck, vor Angst wie gelähmt zu sein. Er war gebieterisch und sehr wohl Herr der Lage.

»Mach schon«, sagte Andy. »Beweg deinen Arsch, Mister Hirsch.«

»Fahr auf ihn zu«, sagte Mick. »Aber langsam.«

»Du willst keine Gefriertruhe voller Wild, was?« Andy nahm den Fuß leicht von der Bremse und gestattete dem Wagen vorwärtszukriechen. Der Hirsch ließ uns überraschend nahe an sich herankommen, bevor er mit einem großen Satz von der Straße sprang und in den dunklen Feldern neben ihr verschwand.

Wir waren auf dem Palisades Parkway nach Norden gefahren, auf der Route 17 nach Nordwesten und auf der 209 nach Nordosten. Wir befanden uns auf einer nicht nummerierten Straße, als wir wegen des Hirsches anhalten mussten, und ein paar Meilen weiter bogen wir nach links in die kurvenreiche Schotterstraße ab, die zu Mick Ballous Farm führte. Es war nach Mitternacht gewesen, als wir losgefahren waren, und kurz vor zwei, als wir ankamen. Es gab keinen Verkehr, weshalb wir schneller hätten fahren können, aber Andy blieb immer etwas unter der erlaubten Höchstgeschwindigkeit, bremste an gelben Ampeln und gewährte an Kreuzungen anderen Fahrzeugen die Vorfahrt. Mick und ich saßen hinten, Andy am Steuer, und wir spulten die Meilen in Stille ab.

»Du bist schon mal hier gewesen«, sagte Mick, als das alte zweistöckige Farmhaus sichtbar wurde.

»Zweimal.«

»Einmal nach dieser Angelegenheit in Maspeth«, erinnerte er sich. »In der Nacht bist du gefahren, Andy.«

»Ich erinnere mich, Mick.«

»Und wir hatten auch Tom Heaney mit dabei. Ich hatte Angst, dass wir

Tom verlieren würden. Er war schwer verletzt, gab aber kaum einen Laut von sich. Nun, er stammt aus dem Norden. Die bekommen den Mund sowieso nicht auf.«

Er meinte den Norden Irlands.

»Aber du warst noch ein zweites Mal hier? Wann war das?«

»Vor ein paar Jahren. Wir haben die Nacht durchgemacht und du hast mich hochgefahren, damit ich die Tiere sehen und bei Tageslicht einen Blick auf die Farm werfen konnte. Dann hast du mich mit einem Dutzend Eier nach Hause geschickt.«

»Jetzt erinnere ich mich. Ich wette, das waren die besten Eier, die du jemals gegessen hast.«

»Es waren gute Eier.«

»Mit großem Eigelb in der Farbe spanischer Orangen. Es ist ein tolles Geschäft, Hühner zu halten und seine eigenen Eier zu essen. Ich habe ausgerechnet, dass mich diese Eier mindestens zwanzig Dollar kosten.«

»Zwanzig Dollar für ein Dutzend?«

»Eher zwanzig Dollar für ein Ei. Aber wenn sie höchstpersönlich mir damit ein Essen zubereitet, dann schwöre ich, dass es das wert ist und noch viel mehr.«

Sie höchstpersönlich war Mrs. O'Gara; sie und ihr Ehemann waren die offiziellen Eigentümer der Farm. Nach der gleichen Methode stand der Name einer anderen Person im Fahrzeugbrief und den Zulassungspapieren des Cadillacs sowie auf der Besitzurkunde und der Schanklizenz für Grogan's Open House, der Kneipe, die er in der 50th Street, Ecke 10th Avenue betrieb. Er besaß auch über die Stadt verstreute Immobilien und ein paar Geschäftsanteile, aber man konnte seinen Namen in keinen offiziellen Dokumenten finden. Ihm gehörte, so hatte er mir einmal gesagt, nur die Kleidung, die er gerade anhatte, und wenn es darauf ankäme, würde er nicht einmal das belegen können. Was einem nicht gehört, hatte er gesagt, können sie einem auch nicht so einfach wegnehmen.

Andy parkte den Wagen neben dem Farmhaus. Er stieg aus, zündete sich eine Zigarette an und blieb zurück, während Mick und ich die paar Stufen zum Hintereingang hochstiegen. In der Küche brannte Licht und Mr. O'Gara wartete am runden Eichentisch auf uns. Mick hatte angerufen, um O'Gara Bescheid zu geben, dass wir kommen würden. »Sie haben gesagt, dass wir nicht aufbleiben sollen«, sagte der alte Mann jetzt, »aber ich wollte sicherstellen, dass Sie alles haben, was Sie brauchen. Ich habe eine frische Kanne Kaffee gemacht.«

»Guter Mann.«

»Hier ist alles in Ordnung. Der Regen letzte Woche hat keinen Schaden angerichtet. Die Äpfel sollten dieses Jahr gut werden, die Birnen sogar noch besser.«

»Die Sommerhitze hat ihnen also nicht geschadet.«

»Nichts, was nicht behoben werden konnte«, sagte O'Gara. »Dank sei dem Herrn. Sie schläft und ich selbst werde mich jetzt auch hinlegen, wenn das in Ordnung ist. Aber Sie müssen nur nach mir rufen, wenn Sie irgendetwas brauchen.«

»Wir haben alles«, versicherte Mick ihm. »Wir werden hinten sein und versuchen, Sie nicht zu stören.«

»Kein Problem, wir haben einen tiefen Schlaf«, sagte O'Gara. »Sie würden die Toten aufwecken, bevor Sie uns aufwecken.«

O'Gara nahm seine Tasse Kaffee mit nach oben. Mick füllte eine Thermosflasche mit Kaffee, verschloss sie, dann holte er eine Flasche Jameson aus dem Schrank und füllte damit den silbernen Flachmann auf, an dem er den ganzen Abend über genippt hatte. Er steckte ihn zurück in seine Gesäßtasche, griff sich zwei Sechserpacks O'Keefe's Extra Old Stock Ale aus dem Kühlschrank, gab sie Andy und nahm selbst die Thermosflasche sowie einen Kaffeebecher. Wir stiegen wieder in den Cadillac und fuhren weiter die Zufahrt entlang, vorbei am eingezäunten Hühnerhof, vorbei am Schweinepferch, vorbei an den Scheunen und in den alten Obstgarten. Andy parkte den Wagen und Mick sagte uns, dass wir warten sollten, während er zurück zu etwas ging, das wie ein altmodisches Plumpsklo direkt aus dem Comicstrip *Li'l Abner* aussah. Offenbar handelte es sich aber um einen Geräteschuppen, denn er kam mit einer Schaufel in der Hand zurück.

Er wählte eine Stelle aus und machte sich an die Arbeit; er drückte die Schaufel in die Erde und sorgte mit seinem Gewicht dafür, dass das Blatt bis zum Stiel eindrang. Der Regen letzte Woche hatte keinen Schaden angerichtet. Er bog die Schaufel, hob sie an und schleuderte eine Schaufel Erde zur Seite.

Ich öffnete die Thermosflasche und schenkte mir Kaffee ein. Andy zündete sich eine Zigarette an und öffnete eine Bierdose. Mick grub weiter. Wir wechselten uns ab, Mick, Andy und ich, gruben neben den Birnen- und

Apfelbäumen ein tiefes, längliches Loch in die Erde. Es gab auch ein paar Kirschbäume, sagte Mick, aber es waren Sauerkirschen, die nur für Kuchen taugten, und es war einfacher, sie den Vögeln zu überlassen, als sich die Mühe zu machen, sie zu pflücken. Vor allem, wenn man in Betracht zog, dass die Vögel sowieso den Großteil davon bekommen würden, egal was man tat.

Ich hatte eine leichte Windjacke getragen und Andy eine Lederjacke, aber wir hatten sie ausgezogen, als wir mit der Schaufel an die Reihe kamen. Mick hatte über seinem Sportshirt nichts getragen. Kälte schien ihm nicht sehr viel auszumachen, Hitze ebenso wenig.

Während Andy zum zweiten Mal an der Reihe war, ließ Mick auf einen Schluck Whiskey einen langen Schluck Bier folgen und seufzte tief. »Ich sollte öfters hier hochkommen«, sagte er. »Man bräuchte mehr als das Mondlicht, um die ganze Schönheit sehen zu können, aber man kann den Frieden spüren, nicht wahr?«

»Ja.«

Er schnüffelte den Wind. »Man kann es auch riechen. Schweine und Hühner. Ein übler Gestank, wenn man ganz in der Nähe ist, aber in dieser Entfernung ist es nicht so schlimm, oder?«

»Es ist überhaupt nicht schlimm.«

»Es ist mal was anderes als die Autoabgase und der Zigarettenrauch und all der Gestank, mit dem man in der Stadt konfrontiert wird. Trotzdem, vielleicht würde es mich mehr stören, wenn ich es jeden Tag riechen müsste. Aber wenn ich es jeden Tag riechen müsste, würde ich wahrscheinlich aufhören, es wahrzunehmen.«

»Angeblich läuft das so. Ansonsten wäre es unmöglich für Menschen, in Städten mit Papierfabriken zu leben.«

»Jesus, das ist der schlimmste Gestank, den es gibt, eine Papierfabrik.«

»Es ist ziemlich schlimm. Aber Gerbereien sollen noch schlimmer sein.«

»Das muss am Prozess liegen«, sagte er, »denn dem Endprodukt merkt man nichts an. Leder hat einen angenehmen Geruch, Papier gar keinen. Und es gibt keinen angenehmeren Geruch für die Sinne als Speck, der in einer Pfanne gebraten wird, und kommt der nicht aus demselben Schweinepferch, der gerade in diesem Moment unsere Nasenlöcher beleidigt? Das erinnert mich an etwas.«

»An was?«

»Mein Geschenk für dich zu Weihnachten vorletztes Jahr. Der Schinken von einem meiner eigenen Schweine.«

»Das war sehr großzügig.«

»Könnte es ein passenderes Geschenk für eine jüdische Vegetarierin geben?« Er schüttelte beim Gedanken daran den Kopf. »Und was für eine kultivierte Frau sie ist. Sie hat sich so herzlich bei mir bedankt, dass mir erst Stunden später aufgefallen ist, was für ein unangemessenes Geschenk ich ihr gebracht hatte. Hat sie ihn für dich gekocht?«

Sie hätte es getan, wenn ich gewollt hätte, aber warum sollte Elaine etwas kochen, das sie nicht essen würde? Ich esse genug Fleisch, wenn ich außer Haus esse. Allerdings, egal ob zu Hause oder außer Haus, ich hätte vermutlich Probleme damit gehabt, diesen Schinken zu essen. Als ich Mick kennengelernt hatte, war ich auf der Suche nach einem Mädchen gewesen, das verschwunden war. Es stellte sich heraus, dass sie von ihrem Freund, einem jungen Mann, der für Mick arbeitete, umgebracht worden war. Er hatte ihre Leiche entsorgt, indem er sie an die Schweine verfüttert hatte. Mick war entrüstet gewesen, als er es erfahren hatte, und hatte für ausgleichende Gerechtigkeit gesorgt. Die Schweine hatten ein zweites Mal diniert. Der Schinken, den er uns gebracht hatte, stammte von einer anderen Schweinegeneration, die zweifellos mit Körnern und Tischabfällen gemästet worden war, aber ich war trotzdem froh gewesen, ihn an Jim Faber weitergeben zu können. Dessen Genuss daran wurde nicht durch das Wissen um die Vorgeschichte getrübt.

»Ein Freund von mir hat ihn zu Weihnachten gegessen«, sagte ich. »Er hat gesagt, dass es der beste Schinken war, den er jemals gegessen hat.«

»Zart und saftig.«

»Das hat er gesagt.«

Andy Buckley ließ die Schaufel fallen, kletterte aus dem Loch und trank den größten Teil einer Bierdose in einem Zug. »Herrgott!«, sagte er. »Diese Arbeit macht durstig.«

»Zwanzig-Dollar-Eier und Tausend-Dollar-Schinken«, sagte Mick. »Eine großartige Laufbahn für einen Mann, die Landwirtschaft. Wie könnte jemand dabei scheitern?«

Ich nahm die Schaufel und machte mich ans Werk.

* * *

Ich erledigte meinen Teil, Mick den seinen. Als er die Hälfte seines Teils hinter sich gebracht hatte, stützte er sich auf die Schaufel und seufzte. »Ich werde es morgen spüren«, sagte er. »All diese Arbeit. Aber es ist trotzdem ein gutes Gefühl.«

»Ehrliche körperliche Anstrengung.«

»Davon bekomme ich beim normalen Gang der Dinge ziemlich wenig. Wie sieht's bei dir aus?«

»Ich gehe sehr viel zu Fuß.«

»Das ist die beste Ertüchtigung von allen. So heißt es zumindest.«

»Das und vom Tisch aufstehen.«

»Ah, das ist am schwierigsten. Und mit dem Alter wird es nicht leichter.«

»Elaine geht in ein Fitnessstudio«, sagte ich. »Dreimal die Woche. Ich hab es versucht, aber es langweilt mich zu Tode.«

»Aber du gehst zu Fuß.«

»Ich gehe zu Fuß.«

Er zog den Flachmann aus der Tasche, das Mondlicht spiegelte sich im Silber. Er nahm einen Schluck, steckte ihn weg und griff wieder zur Schaufel. Er sagte: »Ich sollte öfter hierher kommen. Weißt du, wenn ich hier bin, unternehme ich lange Spaziergänge. Und ich erledige Arbeiten, auch wenn ich vermute, dass O'Gara sie noch einmal erledigen muss, wenn ich gegangen bin. Ich habe kein Talent für die Landwirtschaft.«

»Aber du genießt es, hier zu sein.«

»Das tue ich, und trotzdem bin ich nie hier. Und wenn ich es so sehr genieße, warum juckt es mich dann immer, in die Stadt zurückzukehren?«

»Du vermisst den Trubel«, vermutete Andy.

»Tue ich das? Ich hab ihn nicht so sehr vermisst, als ich bei den Brüdern war.«

»Bei den Mönchen«, sagte ich.

Er nickte. »Die Bruderschaft der Thessalonicher. Auf Staten Island, nur eine Fahrt mit der Fähre von Manhattan aus, aber man kommt sich vor, als wäre man in einer völlig anderen Welt.«

»Wann warst du zuletzt dort? In diesem Frühjahr, oder?«

»Die letzten beiden Maiwochen. Juni, Juli, August, September. Vor vier Monaten, so ungefähr. Beim nächsten Mal musst du mitkommen.«

»Ja, sicher doch.«

»Warum nicht?«

»Mick, ich bin nicht mal katholisch.«

»Wer kann sagen, was du bist oder nicht? Du bist mit mir in die Messe gegangen.«

»Das dauert zwanzig Minuten, nicht zwei Wochen, während denen ich mich fehl am Platze fühlen würde.«

»Das würdest du nicht tun. Es ist eine Klausur. Warst du noch nie in Klausur?«

Ich schüttelte den Kopf. »Ein Freund von mir macht das manchmal«, sagte ich.

»Bei den Thessalonichern?«

»Bei den Zen-Buddhisten. Jetzt, wo ich daran denke: Sie sind nicht so weit von hier. Gibt es hier in der Nähe eine Stadt namens Livingston Manor?«

»Die gibt es in der Tat, und sie ist wirklich nicht weit entfernt.«

»Nun, das Kloster ist in der Nähe der Stadt. Er war drei- oder viermal dort.«

»Ist er ein Buddhist?«

»Er wurde katholisch erzogen, hat aber seit ewiger Zeit nichts mehr mit der Kirche zu tun.«

»Und deshalb geht er zu den Buddhisten in Klausur. Hab ich ihn getroffen, diesen Freund von dir?«

»Ich denke nicht. Aber er und seine Frau haben den Schinken gegessen, den du mir geschenkt hast.«

»Und haben gesagt, dass er gut war. Hast du zumindest gesagt, wenn ich mich richtig erinnere.«

»Der beste, den er jemals gegessen hat.«

»Hohes Lob von einem Zen-Buddhisten. Ach, Jesus, es ist eine seltsame Welt, oder?« Er kletterte aus dem Loch. »Du darfst noch mal«, sagte er und gab Andy die Schaufel. »Ich denke zwar, dass es jetzt schon gut genug ist, aber es kann nicht schaden, wenn du es ein bisschen gleichmäßiger machst.«

Andy machte sich ans Werk. Ich spürte jetzt die Kälte, hob meine Windjacke auf und zog sie an. Der Wind wehte eine Wolke vor den Mond und nahm uns etwas von unserem Licht. Die Wolke zog weiter und das Mondlicht kam zurück. Es war ein zunehmender Mond, in ein paar Tagen würde er voll sein.

Dreiviertelmond – so bezeichnet man den Mond, wenn mehr als die Hälfte davon zu sehen ist. Das Wort stammt von Elaine. Nun, es stammt aus einem Lexikon, vermute ich, aber ich habe es von ihr gelernt. Sie war es auch, die mir gesagt hat, dass, wenn man in Iowa ein Fass mit Meerwasser füllt, der Mond in diesem Wasser Ebbe und Flut verursachen wird. Und dass die chemische Zusammensetzung von Blut der von Meerwasser sehr ähnlich ist und die Gezeitenwirkung des Mondes auch in unseren Adern wirkt.

Nur ein paar Gedanken, die mir unter einem Dreiviertelmond kamen ...

»Das genügt«, sagte Mick, woraufhin Andy die Schaufel zur Seite warf und sich von Mick dabei helfen ließ, aus dem Loch zu klettern. Andy holte eine Taschenlampe aus dem Handschuhfach, richtete den Strahl in das Loch hinab und wir blickten hinein und beurteilten es als ausreichend. Dann gingen wir zum Wagen und Mick seufzte tief, bevor er den Kofferraum aufschloss.

Einen Moment lang hatte ich den Gedanken, dass er leer sein würde. Der Ersatzreifen würde sich darin befinden, natürlich, und ein Wagenheber und ein Radmutternschlüssel, vielleicht auch eine alte Decke und ein Lappen. Aber abgesehen davon würde er leer sein.

Nur ein vorübergehender Gedanke, der durch mein Gehirn zog wie die Wolke vor dem Mond vorbei. Ich erwartete nicht wirklich, dass der Kofferraum leer sein würde.

Und natürlich war er es auch nicht.

Kapitel 2

Ich weiß nicht, ob ich derjenige bin, der diese Geschichte erzählen sollte.

Es ist viel mehr Micks Geschichte als meine. Er sollte derjenige sein, der sie erzählt. Aber er wird es nicht tun.

Es ist auch die Geschichte von anderen Leuten. Jede Geschichte gehört jedem, der daran beteiligt ist, und es gab eine ganze Menge Leute, die an dieser hier beteiligt waren. Es ist nicht so sehr ihre Geschichte wie die von Mick, aber sie könnten sie erzählen, einzeln oder gemeinsam, auf die eine oder andere Art.

Aber sie werden es nicht tun.

Ebenso wenig wird er es tun, derjenige, dessen Geschichte es mehr ist als die von irgendjemand anderem. Ich habe niemals einen besseren Geschichtenerzähler getroffen, und er könnte sehr viel Aufheben um diese hier machen, aber das wird nicht passieren. Er wird sie niemals erzählen.

Und schließlich war ich dabei. Für einen Teil des Anfangs und einen großen Teil der Mitte und fast das ganze Ende. Es ist auch meine Geschichte. Natürlich ist sie das. Wie könnte sie es nicht sein?

Ich bin hier, um sie zu erzählen. Aus irgendeinem Grund kann ich sie nicht *nicht* erzählen.

Also denke ich, dass es meine Aufgabe ist.

Kapitel 3

Früher an diesem Abend, einem Mittwoch, hatte ich ein Treffen der Anonymen Alkoholiker besucht. Danach hatte ich mit Jim Faber und ein paar anderen einen Kaffee getrunken, und als ich nach Hause kam, sagte Elaine mir, dass Mick angerufen hatte. »Er meinte, dass du vielleicht bei ihm vorbeischauen könntest«, sagte sie. »Er hat nicht ausdrücklich gesagt, dass es dringend ist, aber das war der Eindruck, den ich hatte.«

Also nahm ich meine Windjacke aus dem Wandschrank und zog sie an, und auf dem halben Weg ins Grogan's zog ich den Reißverschluss hoch. Es war September, ein ausgesprochener September des Übergangs, mit Tagen wie im August und Nächten wie im Oktober. Tage, die einen daran erinnerten, wo man gewesen war, Nächte, die einem nachdrücklich bewusst machten, wohin man steuerte.

Ich hatte ungefähr zwanzig Jahre lang in einem Zimmer im Hotel Northwestern gewohnt, auf der nördlichen Straßenseite der 57th Street, ein paar Häuser östlich der 9th Avenue. Als ich schließlich umgezogen war, war es einfach über die Straße gewesen, in den Parc Vendôme, ein großes Vorkriegsgebäude. Dort haben Elaine und ich nun eine geräumige Wohnung im vierzehnten Stock mit Blick nach Süden und Westen.

Jetzt ging ich zu Fuß nach Süden und Westen, nach Süden zur 50th Street und nach Westen zur 10th Avenue. Grogan's befindet sich an der südöstlichen Straßenecke, eine alte irische Kneipe der Sorte, die in Hell's Kitchen, ja sogar im gesamten New York, immer schwerer zu finden ist. Der Boden aus kleinen schwarzen und weißen Fliesen, die Decke aus gestanztem Blech, eine lange Mahagonibar, ein dazu passender langer Spiegel dahinter. Hinten ein Büro, in dem Mick Schusswaffen, Bargeld und Dokumente aufbewahrt und manchmal auf der langen grünen Ledercouch schläft. Links vom Büro gibt es eine Nische, an deren Ende sich unter einem präparierten Fächerfisch eine Dartscheibe befindet. Türen an der rechten Wand der Nische führen zu den Toiletten.

Ich kam durch die Eingangstür herein und nahm es alles auf, die Mischung aus Nichtstuern, Wichtigtuern und Knastbrüdern an der Theke, die Handvoll besetzter Tische. Burke stand hinter dem Tresen und bedachte mich mit einem ausdruckslosen Nicken des Erkennens, Andy Buckley war ganz allein in der Nische hinten und beugte sich mit einem Dartpfeil in der Hand vor. Ein Mann kam aus der Toilette und Andy richtete sich auf, entweder um ein paar Worte mit ihm zu wechseln oder um zu verhindern, dass er den Dartpfeil in ihn hineinbohrte. Der Kerl kam mir irgendwie bekannt vor und ich versuchte, das Gesicht einzuordnen, aber dann sah ich ein anderes Gesicht, das das erste völlig verdrängte.

Es gibt keine Tischbedienung im Grogan's, man muss sich die Getränke selbst an der Theke holen, aber es gibt Tische und etwa die Hälfte von ihnen war besetzt, einer mit drei Männern in Anzügen, der Rest mit Pärchen. Mick Ballou ist ein berüchtigter Verbrecher und Grogan's ist sein Hauptquartier sowie das Stammlokal der meisten noch im Viertel lebenden schweren Jungs. Aber die Gentrifizierung von Hell's Kitchen zu Clinton hatte die Kneipe zu einer stimmungsvollen Bar für die neueren Bewohner des Viertels werden lassen, zu einem Ort, an dem man sich nach der Arbeit bei einem Bier entspannt oder an dem man sich nach einem Abend im Theater noch einen Drink auf dem Nachhauseweg gönnt. Sie ist auch ein akzeptabler Ort, an dem man ein ernstes, durch Alkohol erleichtertes Gespräch mit seinem Partner führen kann. Oder, wie in ihrem Fall, mit dem Partner von jemand anderem.

Sie war dunkel und schlank, mit kurzem Haar, das ein Gesicht einrahmte, das zwar nicht hübsch, aber manchmal schön war. Sie hieß Lisa Holtzmann. Ich hatte sie kennengelernt, als sie noch verheiratet war. Ihr Ehemann war ein Kerl, den ich nicht mochte, wobei ich nicht wusste, warum. Dann erschoss ihn jemand, während er einen Anruf tätigte, und sie fand eine Schatulle voller Geld im Wandschrank und rief mich an. Ich stellte sicher, dass sie das Geld behalten konnte, klärte den Mord auf und irgendwann zwischendrin ging ich mit ihr ins Bett.

Als es anfing, wohnte ich noch im Northwestern. Dann zogen Elaine und ich zusammen ins Parc Vendôme, und nachdem wir dort für ein Jahr oder so gewohnt hatten, heirateten wir. Während dieser Zeit traf ich mich weiter mit Lisa. Es war immer ich, der anrief, fragte, ob sie Lust auf Gesellschaft hatte, und sie war immer liebenswürdig, freute sich immer, mich zu sehen. Manchmal ließ ich mehrere Wochen verstreichen, ohne mich mit ihr zu treffen, und ich fing an zu glauben, dass sich die Affäre überlebt hatte. Dann kam immer der Tag, an dem mir der Sinn nach der Flucht stand, die ihr Bett bot, und ich rief sie an und sie sorgte dafür, dass ich mich willkommen fühlte.

Soweit ich es sagen kann, hat diese ganze Sache meine Beziehung zu Elaine absolut nicht beeinträchtigt. Genau das möchte natürlich jeder denken, aber in diesem Fall bin ich wirklich davon überzeugt, dass es stimmt. Sie schien außerhalb von Zeit und Raum zu existieren. Es war sexuell, natürlich, aber es ging nicht *um* Sex, ebenso wenig wie es beim Trinken jemals darum geht, wie das Zeug schmeckt. Tatsächlich war es wie Trinken, oder seine Rolle war für mich wie die, die das Trinken für mich gehabt hatte. Es war ein Ort, an den ich mich zurückziehen konnte, wenn ich nicht dort sein wollte, wo ich mich befand.

Kurz nachdem wir geheiratet hatten – um genau zu sein, während der Flitterwochen –, gab Elaine mir zu verstehen, sie wüsste, dass ich mich mit einer anderen traf, und es mache ihr nichts aus. Sie sagte es nicht direkt. Was sie sagte, war, dass sich durch unsere Heirat nichts geändert hatte, dass wir weiterhin die Menschen bleiben konnten, die wir waren. Aber die Andeutung war unmissverständlich. Vielleicht hatte sie durch all die Jahre, die sie als Callgirl gearbeitet hatte, eine spezifische Sichtweise auf die Gewohnheiten von Männern, verheiratet oder nicht.

Ich traf mich nach der Heirat weiter mit Lisa, allerdings weniger oft. Und dann ging es zu Ende, weder mit einem Knall noch mit einem Gewimmer. Ich war eines Nachmittags bei ihr in ihrem Adlerhorst in den zwanziger Stockwerken eines Neubaus an der Kreuzung 57th Street und 10th Avenue. Wir tranken Kaffee und sie sagte mir zögerlich, dass sie angefangen hatte, mit jemandem auszugehen, dass es noch nichts Ernstes sei, sich daraus aber etwas entwickeln könnte.

Dann gingen wir miteinander ins Bett. Es war, wie es immer war, nichts Besonderes, aber gut genug. Die ganze Zeit über ertappte ich mich allerdings dabei, mich zu fragen, was zum Teufel ich hier machte. Ich dachte nicht, dass es eine Sünde war oder dass ich etwas Falsches tat, ich dachte nicht, dass ich jemanden verletzte, weder Elaine noch Lisa noch mich selbst. Aber irgendwie schien es mir unangebracht zu sein.

Ohne eine große Sache daraus zu machen, sagte ich, dass ich wahrscheinlich für eine Weile nicht mehr anrufen würde, dass ich ihr etwas Raum geben würde. Und sie sagte, genauso beiläufig, sie denke, dass das für den Moment wahrscheinlich eine gute Idee wäre.

Ich rief nie wieder bei ihr an.

Ich war ihr seitdem ein paarmal begegnet. Einmal auf der Straße, als sie mit einer Menge an Lebensmitteln von D'Agostino auf dem Nachhauseweg war. *Hi. Wie geht's dir? Danke, gut. Und dir? Mir auch. Bin immer beschäftigt. Ich auch. Du siehst gut aus. Danke. Du auch. Nun. Nun, es war schön, dich zu sehen. Gleichfalls. Mach's gut. Du auch.* Und einmal mit Elaine, als wir sie im vollen Armstrong's auf der andere Seite der Kneipe sahen. *Ist das nicht Lisa Holtzmann? Ja, ich denke, das ist sie. Sie ist nicht allein. Hat sie wieder geheiratet? Sie hatte eine ziemliche Pechsträhne, oder? Die Fehlgeburt, und dann der Tod ihres Mannes. Willst du nicht Hallo sagen? Ach, ich weiß nicht. Sieht aus, als wäre sie ziemlich mit dem Typen, mit dem sie hier ist, beschäftigt, und wir haben sie gekannt, als sie noch verheiratet war. Ein anderes Mal ...*

Aber es hatte kein anderes Mal gegeben. Und jetzt war sie hier, im Grogan's.

Ich befand mich auf dem Weg zum Tresen, und gerade in diesem Augenblick sah sie hoch. Unsere Blicke trafen sich, ihre Augen leuchteten auf. »Matt«, sagte sie und winkte mich an ihren Tisch. »Das ist Florian.«

Er sah zu gewöhnlich für diesen Namen aus. Er war um die vierzig, mit hellbraunem Haar, das oben dünn wurde, einer Hornbrille, einem blauen Blazer über einem Jeanshemd und einer gestreiften Krawatte. Er trug einen Ehering, stellte ich fest, und sie nicht.

Er grüßte mich, ich grüßte ihn und sie sagte, dass es schön sei, mich zu sehen. Dann ging ich rüber zum Tresen und ließ mir von Burke ein Coke einschenken. »Er sollte in einer Minute zurück sein«, sagte er. »Er hat gesagt, dass Sie vorbeischauen würden.«

»Damit hatte er Recht«, sagte ich, oder irgendetwas Ähnliches, wobei ich nicht wirklich darauf achtete, was ich sagte. Ich nahm einen Schluck Coke, worauf ich auch nicht achtete, und blickte über den Rand meines Glases zu dem Tisch, von dem ich gerade gekommen war. Ich bemerkte, dass sie jetzt Händchen hielten, oder vielmehr hielt er ihre Hand. Florian und Lisa, Lisa und Florian.

Es war eine Ewigkeit her, seit ich mit ihr geschlafen hatte. Jahre, wirklich.

»Andy ist hinten«, sagte Burke.

Ich nickte und verließ den Tresen. Ich sah etwas im Augenwinkel, drehte mich in die Richtung und mein Blick traf den des Mannes, den ich aus der Toilette hatte kommen sehen. Er hatte ein nach unten schmäler werdendes Gesicht, buschige Brauen, eine breite Stirn, eine lange, schmale Nase, einen volllippigen Mund. Ich kannte ihn, aber gleichzeitig hatte ich keine Ahnung, wer zum Teufel er war.

Er bedachte mich mit der Andeutung eines Nickens, aber ich konnte nicht entscheiden, ob es eine Geste des Erkennens war oder die einfache Bestätigung, dass sich unsere Blicke getroffen hatten. Dann wandte er sich wieder dem Tresen zu und ich ging an ihm vorbei dorthin, wo Andy Buckley an der Linie auf dem Boden stand, sich weit über sie hinwegbeugte und mit einem Dartpfeil auf die Scheibe zielte.

»Der Große ist kurz weggegangen«, sagte er. »Willst du eine Runde Darts spielen, während du wartest?«

»Ich denke nicht«, sagte ich. »Es würde nur dazu führen, dass ich mich minderwertig fühle.«

»Wenn ich nichts tun würde, wodurch ich mich minderwertig fühle, würde ich das Bett gar nicht mehr verlassen.«

»Was ist mit Darts? Was ist mit Autofahren?«

»Jesus, das ist das Schlimmste dabei. Die Stimme in meinem Kopf sagt: ›Sieh dich an, du Penner. Achtunddreißig Jahre alt, und alles, was du kannst, ist Autofahren und Darts spielen. So was nennst du Leben, du Penner?‹«

Er warf den Pfeil, der im *Bull's Eye* landete. »Nun«, sagte er, »wenn Dartpfeile werfen alles ist, was man kann, kann man genauso gut auch gut darin sein.«

Er holte die Pfeile von der Scheibe. Als er zurückkam, sagte ich: »Da ist ein Typ am Tresen, oder er war dort, vor einer Minute. Wo zum Teufel ist er hin?«

»Von wem sprichst du?«

Ich platzierte mich so, dass ich die Gesichter im Spiegel hinter der Bar sehen konnte. Dasjenige, nach dem ich suchte, konnte ich nicht finden. »Etwa so alt wie du«, sagte ich. »Vielleicht etwas jünger. Breite Stirn, schmäler werdendes Gesicht bis zu einem spitzen Kinn.« Ich fuhr fort, den Mann, den ich gesehen hatte, zu beschreiben, während Andy die Stirn runzelte und den Kopf schüttelte.

»Kommt mir nicht bekannt vor«, sagte er. »Und jetzt ist er nicht mehr dort?«

»Ich kann ihn nicht sehen.«

»Du meinst nicht Mr. Dougherty, oder? Denn der ist dort drüben und–«

»Ich kenne Mr. Dougherty. Und der dürfte, was, neunzig Jahre alt sein? Der Typ ist–«

»So alt wie ich oder jünger, richtig, das hast du mir gesagt und ich hab es vergessen. Ich muss dir sagen, jedes Mal, wenn ich mich umdrehe, gibt es mehr, die jünger sind als ich.«

»Wem sagst du das.«

»Egal, ich kann den Kerl nicht sehen und die Beschreibung erinnert mich an niemanden. Was ist mit ihm?«

»Er muss sich hinausgeschlichen haben«, sagte ich. »Der kleine Mann, der nicht dort war. Nur, er *war* dort, und ich denke, du hast mit ihm gesprochen.«

»An der Theke? Ich war die letzte halbe Stunde über hier hinten.«

»Er ist aus dem Klo gekommen«, sagte ich, »kurz nachdem ich zur Tür hereingekommen bin. Und er kam mir schon da bekannt vor. Ich dachte, er hätte etwas zu dir gesagt, oder vielleicht hast du auch nur gewartet, bis er weitergeht, damit du ihm keinen Dartpfeil ins Ohr wirfst.«

»Ich fange an, mir zu wünschen, dass ich das getan hätte. Dann wüssten wir wenigstens, wer er war. ›Oh, ja, ich weiß, wen du meinst. Das ist das Arschloch, das einen Dartpfeil als Ohrring trägt.‹«

»Du erinnerst dich nicht daran, dass du mit irgendjemand gesprochen hast?«

Er schüttelte den Kopf. »Ich will nicht behaupten, dass ich es nicht getan habe, Matt. Den ganzen Abend über gehen Typen in der Toilette ein und aus, und ich bin hier und spiele Darts, und manchmal bleiben sie stehen, um zu plaudern. Ich spreche mit ihnen, ohne auf sie achtzugeben, so lange ich nicht den Eindruck habe, dass sie vielleicht ein Spielchen um ein oder zwei Dollar machen möchten. Aber heute Abend würde ich nicht mal das tun, denn sobald er auftaucht, verschwinden wir von hier, und weißt du was? Da ist er.«

Er ist ein großer Kerl, Mick Ballou. Er sieht aus, als hätte man ihn grob aus Granit gemeißelt, wie eine Skulptur aus der Steinzeit. Seine Augen sind überraschend leuchtend grün und in ihnen ist mehr als eine Andeutung von Gefahr zu finden. An diesem Abend trug er eine graue Hose und ein blaues Sportshirt, aber er hätte ebenso gut die Schlachterschürze seines verstorbenen Vaters tragen können, deren weiße Oberfläche mit alten und neuen Blutflecken beschmiert war.

»Du bist gekommen«, sagte er. »Guter Mann. Andy wird den Wagen holen. Du hast nichts gegen einen Ausflug in einer lauen Septembernacht, oder?«

Mick genehmigte sich einen schnellen Drink am Tresen, dann verließen wir die Kneipe, stiegen in den dunkelblauen Cadillac und ließen das zurück, was ein Reporter als »das Hauptquartier seines kriminellen Imperiums« bezeichnet hatte. Die Formulierung, darauf hatte Elaine einmal hingewiesen, war unglücklich, denn Micks Stil hatte überhaupt nichts Imperiales an sich. Er war feudal. Er war der Herr im Hause und herrschte durch die bloße Macht seiner körperlichen Anwesenheit, wobei er die Treuen belohnte und Rivalen im Burggraben ertränkte.

Und er war, das war mir immer klar gewesen, ein unpassender Freund für einen ehemaligen Polizisten, der zu einem Privatdetektiv geworden war. Im Laufe der Jahre waren seine Hände ebenso blutbefleckt geworden wie seine Schürze. Aber ich scheine in der Lage zu sein, das zu erkennen, ohne über ihn zu richten oder mich von ihm zu distanzieren. Ich bin mir nicht sicher, ob das auf emotionelle Reife meinerseits oder auf pure vorsätzliche Uneinsichtigkeit zurückzuführen ist. Ich bin mir auch nicht sicher, ob es eine Rolle spielt.

Ich habe eine ganze Menge Freunde, aber nur wenige enge. Die Cops, mit denen ich vor Jahren zusammengearbeitet habe, sind jetzt in Rente und ich habe schon vor langer Zeit den Kontakt zu ihnen verloren. Meine Kneipenfreundschaften flauten ab, als ich mit dem Trinken aufhörte und mich nicht länger in Kneipen herumtrieb. Und meine AA-Freundschaften, trotz all ihrer Tiefe und Festigkeit, konzentrieren sich auf die gemeinsame Verpflichtung zur Abstinenz. Wir helfen uns gegenseitig, wir vertrauen uns, wir wissen überraschend persönliche Dinge von einander – aber wir stehen uns nicht unbedingt nahe.

Elaine ist meine engste Freundin und bei Weitem die wichtigste Person in meinem Leben. Aber es gibt eine Handvoll Männer, mit denen mich eine enge Freundschaft verbindet, mit jedem auf andere und tiefgreifende Weise. Jim Faber, mein AA-Sponsor. TJ, der in meinem alten Hotelzimmer wohnt und als mein Assistent fungiert, wenn er nicht gerade in Elaines Laden arbeitet. Ray Gruliow, der Radikalenanwalt. Joe Durkin, ein Detektiv am Revier Midtown North und meine letzte echte Verbindung zur Polizei. Chance Coulter, der früher mit Frauen gehandelt hat und jetzt afrikanische Kunst verkauft. Danny Boy Bell, dessen Ware Informationen sind.

Und Mick Ballou.

Sie entsprechen keinem bestimmten Muster, diese Freunde von mir, zumindest nicht, soweit ich das sehen kann. Im Großen und Ganzen würden sie nicht viel Sympathie füreinander empfinden. Aber sie sind meine Freunde. Ich richte sie nicht, ebenso wenig wie die Freundschaften, die ich mit ihnen habe. Das kann ich mir nicht leisten.

Das waren meine Gedanken, während Andy fuhr und ich neben Mick auf der breiten Rückbank saß. Wir redeten ein wenig über den neuen japanischen Werfer der Yankees, darüber, dass er sich nach einem vielversprechenden Anfang als Enttäuschung entpuppt hatte. Aber keiner von uns hatte sehr viel zu diesem Thema zu sagen, weshalb wir vor allem still nebeneinander saßen, während wir dahinfuhren.

Wir fuhren durch den Lincoln Tunnel nach New Jersey, anschließend auf der Route 3 nach Westen. Danach schenkte ich dem Weg keine große Aufmerksamkeit mehr. Wir durchquerten eine Art von vorstädtischem Industriegebiet und kamen schließlich zu einem imposanten einstöckigen Gebäude aus Betonblocksteinen, das hinter einem vier Meter hohen Drahtzaun mit Stacheldraht stand. »Zimmer zu vermieten«, verkündete ein Schild, was schwer zu glauben war, denn ich hatte noch nie ein unwahrscheinlicheres Wohnheim gesehen. Ein zweites Schild erklärte das erste: »E-Z Storage/Ihr günstiges Extra-Zimmer«.

Andy fuhr langsam an dem Gelände vorbei, drehte an der nächsten Einfahrt um, rollte ein zweites Mal am Grundstück vorbei. »Alles ruhig und friedlich«, sagte er und hielt vor dem abgeschlossenen Tor an. Mick stieg aus und öffnete das große Vorhängeschloss mit einem Schlüssel, dann schob er das Tor nach innen auf. Andy fuhr den Cadillac auf das Grundstück und Mick stieg wieder zu uns ins Auto, nachdem er das Tor abgesperrt hatte.

»Sie sperren das Tor um zehn zu«, erklärte er, »aber man bekommt einen Schlüssel für das Schloss. So hat man vierundzwanzig Stunden am Tag Zugang, wobei von zehn bis sechs Uhr morgens kein Angestellter auf dem Gelände ist.«

»Das könnte praktisch sein.«

»Der Grund, weshalb ich mich dafür entschieden habe.«

Wir fuhren um das Gebäude herum. Alle fünf Meter oder so gab es ein Rolltor aus Stahl, alle geschlossen und mit Vorhängeschlössern versehen. Andy hielt vor einem der Tore an, stellte den Motor ab und wir stiegen aus. Mick steckte einen anderen Schlüssel in dieses Schloss und öffnete es. Dann packte er den Griff und schob das Tor nach oben.

Innen war es dunkel, aber ich bekam erste Informationen, bevor das Tor ganz oben war. Ich schnüffelte in der Luft wie ein Hund, der den Kopf aus einem Autofenster steckt, und klassifizierte die üppige Mischung an Gerüchen, die mich erreichte.

Es war der Geruch des Todes, natürlich, lebloses Fleisch, das in einem warmen, ungelüfteten Raum verdarb. Es gab auch den Geruch von Blut, ein Geruch, den ich häufig als kupferartig beschreiben gehört habe, der mich aber immer eher an den Geschmack von Eisen im Mund erinnert hat. Ein eiserner Geruch, wenn man es so bezeichnen möchte. Außerdem waren da auch der Geruch von verbranntem Kordit und noch ein anderer Brandgeruch. Versengtes Haar, vermutlich. Und als überraschende Hintergrundnote für diese bitteren Düfte atmete ich das üppige, wehmütige Aroma von Whiskey ein. Es roch wie Bourbon, guter Bourbon noch dazu.

Dann ging das Licht an, eine einzelne Birne, die von der Decke baumelte und mir zeigte, was mich meine Nase hatte vermuten lassen. Zwei Männer, beide in Jeans und Turnschuhen, einer in einem waldgrünen Arbeitshemd mit hochgerollten Ärmeln, der andere in einem königsblauen Poloshirt. Sie lagen nur ein paar Schritte von der Mitte eines etwa fünf Meter breiten und tiefen, drei Meter hohen Raums am Boden.

Ich trat in den Raum und warf einen Blick auf die beiden Männer, die Ende zwanzig oder Anfang dreißig waren. Ich erkannte denjenigen im Poloshirt, auch wenn ich mich nicht an seinen Namen erinnern konnte, falls ich ihn überhaupt jemals gehört hatte. Ich hatte ihn im Grogan's gesehen. Er war erst vor Kurzem aus Belfast gekommen und besaß den typischen Akzent, bei dem er den Ton seiner Sätze am Ende ein bisschen hob, fast wie bei einer Frage.

Man hatte ihm in die Hand und den Oberkörper, knapp unter das Brustbein, geschossen. Er hatte noch eine weitere Kugel verpasst bekommen, eine endgültige, direkt hinter das linke Ohr. Dieser Schuss war aus unmittelbarer Nähe abgefeuert worden, wodurch die Haare um die Wunde herum versengt worden waren. Also waren es tatsächlich versengte Haare gewesen, die ich gerochen hatte.

Der andere Mann, derjenige im dunkelgrünen Arbeitshemd, hatte reichlich aus einer Schusswunde am Hals geblutet. Er lag auf dem Rücken, das Blut bildete um ihn herum eine Lache. Auch in diesem Fall hatte es einen Todesstoß gegeben, einen Schuss aus unmittelbarer Nähe mitten in die Stirn. Die Notwendigkeit dafür war kaum nachzuvollziehen. Die Wunde am Hals hätte gereicht, ihn zu töten, und in Anbetracht des Blutverlustes war er vielleicht sogar schon tot gewesen, als der zweite Schuss abgefeuert wurde.

Ich fragte: »Wer hat sie umgebracht?«

»Ah«, sagte Mick. »Bist du nicht der Detektiv von uns beiden?«

Andy wartete draußen beim Wagen, um bei Bedarf dafür zu sorgen, dass wir ungestört blieben. Mick zog das Stahltor herunter, damit wir von zufällig Vorbeikommenden nicht gesehen werden konnten. »Ich wollte, dass du sie genau so siehst, wie ich sie gefunden habe«, sagte er. »Es hat mir nicht gefallen, zu verschwinden und sie so zurückzulassen. Aber woher konnte ich wissen, welche Spuren ich vernichten würde? Was weiß ich von Spuren?«

»Du hast sie überhaupt nicht bewegt?«

Er schüttelte den Kopf. »Ich musste sie nicht berühren, um zu wissen, dass man ihnen nicht mehr helfen konnte. Ich hab genug Tote gesehen, um einen zu erkennen, wenn ich einen vor mir habe.«

»Selbst im Dunkeln.«

»Der Geruch war vor ein paar Stunden noch nicht so stark.«

»Wann hast du sie gefunden?«

»Ich hab nicht auf die Uhrzeit geachtet. Es war am frühen Abend, als es noch hell war. Ich würde sagen, zwischen sieben und acht.«

»Und du hast sie exakt so vorgefunden? Du hast nichts dazugetan oder weggenommen?«

»Nein, hab ich nicht.«

»Das Tor war unten, als du hergekommen bist?«

»Unten und abgeschlossen.«

»Der Pappkarton in der Ecke–«

»Da sind nur ein paar Werkzeuge drin, die hier nützlich sind. Eine Brechstange, um Kisten zu öffnen, ein Hammer, Nägel. Es gab auch eine Bohrmaschine, aber ich vermute, die haben sie mitgenommen. Sie haben alles andere mitgenommen.«

»Was gab es mitzunehmen?«

»Whiskey. Genug, um einen kleinen Lastwagen damit vollzuladen.«

Ich kniete mich hin, um einen besseren Blick auf den Mann, den ich erkannt hatte, werfen zu können. Ich bewegte seinen Arm, brachte die Wunde in der Hand in eine Linie mit der Wunde an seinem Oberkörper. »Eine Kugel«, sagte ich. »Zumindest sieht es so aus. Ich hab so etwas schon öfters gesehen. Es scheint ein Instinkt zu sein, die Hand zu heben, um eine Kugel abzuwehren.«

»Weißt du von Fällen, bei denen es funktioniert hat?«

»Nur bei Superman. Er wurde geschlagen, hast du das bemerkt? Ins Gesicht. Wahrscheinlich mit einer Pistole.«

»Oh, Jesus!«, sagte er. »Er war nur ein einfacher junger Kerl, weißt du. Du musst ihn in der Kneipe getroffen haben.«

»Ich hab seinen Namen nie erfahren.«

»Barry McCartney. Er hat hier dann immer gesagt, dass er nicht mit Paul verwandt ist. Er hätte sich nicht die Mühe gemacht, das zu Hause in Belfast zu sagen. In County Antrim besteht kein Mangel an McCartneys.«

Ich blickte die Hände des anderen Mannes an. Es gab keine Spuren an ihnen. Entweder hatte er nicht versucht, mit ihnen Kugeln zu fangen, oder er hatte es versucht und danebengegriffen.

Es schien, als hätte man auch ihm ins Gesicht und gegen den Kopf geschlagen, aber es war schwer, das mit Sicherheit zu sagen. Die Kugel in die Stirn hatte seine Züge verzerrt, was die Verfärbungen erklären konnte.

Für mich auf jeden Fall, und womöglich auch für jemanden, der etwas von dem verstand, was er da vor sich hatte. Ich war an einer Unmenge von Tatorten gewesen, aber ich war kein Gerichtsmediziner, kein Pathologe. Ich wusste nicht wirklich, wonach ich suchen sollte oder wie ich das, was ich sah, einschätzen sollte. Ich hätte die Leichen die ganze Nacht über studieren können und nicht einmal einen Bruchteil von dem wahrnehmen können, was ein Experte nach einem Blick sagen konnte.

»John Kenny«, sagte Mick, ohne dass ich ihn fragen musste. »Hast du ihn jemals getroffen?«

»Ich denke nicht.«

»Aus Strabane im County Tyrone. Er hat in Woodside gewohnt, in einem Wohnheim voller Jungs aus dem Norden Irlands. Seine Mutter ist vor einem Jahr gestorben. Was bedeutet, dass man es ihr wenigstens nicht mitteilen muss.« Er räusperte sich. »Er ist nach Hause geflogen, hat sie beerdigt und ist zurückgekommen. Und ist in einem Raum voll mit Whiskey gestorben.«

»Ich rieche ihn nicht an ihnen.«

»Der Raum war voll mit Whiskey, nicht der Junge selbst.«

»Aber ich habe Whiskey gerochen, als ich hereingekommen bin«, sagte ich. »Und ich rieche ihn immer noch, aber nicht an ihnen.«

»Da«, sagte er. Ich blickte zu der Stelle, auf die er deutete. Dort lag zerbrochenes Glas auf dem Betonboden an der Wand. Etwas mehr als eineinhalb Meter über den Glasscherben hatte die Wand einen Fleck, wobei die Flüssigkeit vom Fleck bis zum Boden die Wand hinabgelaufen war.

Ich ging hinüber und warf einen Blick darauf. »Sie haben deinen Whiskey gestohlen«, sagte ich. »Und sie haben eine Flasche zerbrochen.«

»Das haben sie.«

»Aber sie ist nicht einfach jemandem aus der Hand gerutscht und beim Aufprall kaputtgegangen«, sagte ich. »Jemand hat die Flasche absichtlich an die Wand geschmissen. Eine volle Flasche noch dazu.« Ich stocherte in den Scherben und fand das Stück mit dem Etikett. »George Dickel«, sagte ich. »Ich dachte mir, dass ich Bourbon rieche.«

»Du hast noch immer eine Nase dafür.«

»McCartney und ... Kenny, oder?«

»John Kenny.«

»Ich gehe davon aus, dass sie beide für dich gearbeitet haben.«

»Das haben sie.«

»Und sie waren hier, um etwas für dich zu erledigen?«

»Das waren sie. Gestern Abend hab ich ihnen gesagt, dass sie heute irgendwann hier rausfahren sollen, um ein halbes Dutzend Kisten zu holen. Scotch und Bourbon und ich weiß nicht mehr, was noch. Ich hab es ihnen gesagt und sie haben es sich aufgeschrieben. John hatte einen Kombi, einen großen, alten, verrosteten Ford. Mit genug Platz für ein paar Kisten Whiskey. Barry sollte ihm helfen. Sie kamen tagsüber her, also brauchten sie keinen Schlüssel für das Schloss am Zufahrtstor. Ich habe Extraschlüssel für diesen Lagerraum, davon hab ich ihnen einen gegeben.«

»Sie wussten, wie man herkommt?«

»Sie waren hier, als wir den Lastwagen mit dem Whiskey ausgeladen haben. Sie waren nicht dabei, als wir uns den Lastwagen geschnappt haben, aber sie haben beim Ausladen geholfen. Und sie waren im Laufe der Monate noch ein- oder zweimal hier.«

»Also sind sie hergefahren, um Whiskey zu holen. Wo sollten sie ihn abliefern?«

»In der Kneipe. Als sie nicht zurückgekommen sind, hab ich angefangen, wegen ihnen herumzutelefonieren. Es gab nicht die geringste Spur von ihnen, also hab ich mich in mein Auto gesetzt und bin rausgefahren.«

»Hast du dir wegen ihnen Sorgen gemacht?«

»Ich hatte keinen Grund zur Sorge. Der Auftrag, den ich ihnen gegeben hatte, war nicht dringend. Sie hätten es auch etwas aufschieben können.«

»Aber du hast dir trotzdem Sorgen gemacht, oder?«

»Das habe ich«, räumte er ein. »Ich hatte so ein Gefühl.«

»Ich verstehe.«

»Meine Mutter hat immer behauptet, dass ich das zweite Gesicht habe. Ich weiß nicht, ob das stimmt, aber manchmal habe ich so ein Gefühl. Wir brauchten Whiskey in der Kneipe und ich hatte nichts Besseres zu tun, also warum nicht hierher rausfahren und nachsehen?«

»Und du hast sie so vorgefunden?«

»Genau. Ich hab nichts dazugetan und nichts weggenommen.«

»Was ist mit dem Kombi passiert?«

»Keine Ahnung. Ich weiß nur, dass es keine Spur von ihm gab. Ich würde sagen, wer auch immer sie umgebracht hat, ist damit weggefahren.«

»Aber es gab mehr Whiskey hier, als in einen Kombi passen würde«, sagte ich. »Der würde für das halbe Dutzend Kisten ausreichen, aber um das gesamte Lager auszuräumen–«

»Würde man einen Lieferwagen brauchen.«

»Oder ein paar Kombis, von denen jeder mehrere Fuhren macht. Aber sie würden es alles auf einmal wegschaffen wollen. Sie würden nicht an einen Ort zurückkehren wollen, an dem Leichen herumliegen. Sie hatten einen Lieferwagen. Einer von ihnen ist damit weggefahren, der andere mit Kennys Kombi.«

»Das Teil könnte man nicht verkaufen«, sagte er. »Nicht mal zum Ausschlachten. Wenn man den Rost wegnimmt, wäre da nichts, was es zusammenhalten würde.«

»Vielleicht haben sie den zusätzlichen Platz benötigt. Vielleicht hat nicht alles in ihren Lieferwagen oder Kastenwagen gepasst und sie mussten die übrigen Kisten in den Kombi stopfen.«

»Und am Ende hatten sie eine Flasche übrig«, sagte er. »Und haben sie gegen die Wand geschmissen.«

»Das ist schwer nachzuvollziehen, oder? Es ist nicht so, dass die Flasche einfach auf den Boden gefallen ist. Jemand hat sie absichtlich an die Wand geschleudert.«

»Wenn es ein Handgemenge gab –«

»Aber dafür gibt es keine Anzeichen. Die Mörder haben deine Jungs überrascht, sie mit Pistolen geschlagen und sie erschossen. Dieser Teil scheint klar zu sein, aber es ist schwer, eine zerbrochene Flasche in dieses Szenario einzubauen.« Ich bückte mich, richtete mich wieder auf. »Die Flasche wurde geöffnet«, sagte ich. »Hier ist der Hals. Der Verschluss fehlt und das Siegel ist aufgebrochen.« Ich schloss die Augen und versuchte, mir den Ablauf vorzustellen. »Kenny und McCartney sind hier drin. Sie haben die Kisten eingeladen und gönnen sich einen Drink, bevor sie losfahren. Die Kerle kommen mit Waffen in der Hand herein. ›Nur die Ruhe, nehmt einen Schluck!‹, sagt Kenny oder McCartney. Er gibt ihnen die Flasche und der Räuber nimmt sie und schleudert sie gegen die Wand.«

»Warum?«

»Keine Ahnung, so lange du nicht von der militanten Abstinenzbewegung bestohlen wurdest.«

»All dieses Gerede über Whiskey«, sagte er und holte seinen Flachmann aus der Tasche, um einen Schluck zu nehmen. »Sie konnten keine offene Flasche finden, Mann. Alle Kisten waren versiegelt. Für einen Drink hätten sie eine der Kisten öffnen müssen, und das hätten sie niemals getan.«

Ich ging zu den Leichen zurück. Ein kleiner Glassplitter schwamm auf dem Blut, das aus John Kennys Hals geströmt war. »Die Flasche wurde zerstört, nachdem deine Männer getötet worden waren«, sagte ich. »Sie haben sie getötet, dann haben sie eine Kiste geöffnet und sich ein paar Drinks gegönnt, während sie den Whiskey eingeladen haben. Und dann haben sie die Flasche an die Wand geschmissen. Warum?«

»Vielleicht hat er ihnen nicht geschmeckt.«

»In einigen Gegenden verstößt es gegen das Gesetz, mit einer geöffneten Flasche Alkohol im Auto herumzufahren. Aber irgendwie denke ich nicht, dass sie sich deshalb Sorgen gemacht hätten. Es ist eine Geste der Verachtung, oder? Die Flasche gegen die Wand schleudern. Oder vielleicht ist es so, wie wenn man sein Glas in den offenen Kamin wirft, nachdem man auf das Wohl von jemandem getrunken hat. Was auch immer der Grund war, es zu tun, es war ziemlich dumm.«

»Warum?«

»Auf Glas bleiben Fingerabdrücke wunderbar zurück, also besteht eine gute Möglichkeit, dass sich auf einer dieser Scherben ein Abdruck befindet, mit dem sich etwas anfangen ließe. Und nur Gott weiß, was jemand von der Spurensicherung hier noch alles finden würde.« Ich wandte mich ihm zu. »Du hast dich sehr bemüht, die Unversehrtheit des Tatorts zu bewahren, was jedoch weitgehend vergeblich ist, wenn ich der Einzige bin, der ihn sieht. Ich hab weder das Training noch die Ausrüstung, dabei gute Arbeit zu leisten. Aber ich vermute, dass du das hier nicht der Polizei melden willst.«

»Will ich nicht.«

»Ja, das hab ich vermutet. Was passiert als nächstes? Willst du die Leichen entsorgen?«

»Nun ja«, sagte er. »Ich kann sie schlecht hier herumliegen lassen, oder?«

Kapitel 4

Wir legten die beiden Leichen in das Grab, das wir für sie ausgeschaufelt hatten. Bevor wir sie in den Kofferraum gepackt hatten, hatten wir sie jeweils in zwei schwarze Plastiksäcke gesteckt; wir ließen sie in den Säcken, als wir sie in das Grab umluden.

»Sie sollten ein Gebet haben«, sagte Mick, der unbeholfen an der Seite des Grabes stand. »Weiß einer von euch ein Gebet, das er sagen könnte?«

Mir fiel nichts Passendes ein, also blieb ich stumm. Andy ebenso. Mick sagte: »John Kenny und Barry McCartney. Ah, ihr wart gute Jungs, möge Gott euch Herrlichkeit gewähren. Der Herr hat's gegeben, der Herr hat's genommen. Im Namen des Vaters und des Sohnes und des Heiligen Geistes, Amen.« Er machte das Kreuzeszeichen über dem Grab, dann ließ er die Arme fallen und schüttelte den Kopf. »Man sollte meinen, dass mir ein verdammtes Gebet einfallen würde. Sie hätten einen Priester haben sollen, das wäre das Mindeste. Sie hätten ein anständiges Begräbnis haben sollen. Ach, Jesus, sie hätten weitere dreißig Jahre leben sollen, was das anbetrifft, und es ist ein verdammter Jammer, was sie alles hätten haben sollen, denn das hier ist alles, was sie bekommen. Ein Loch im Boden und drei Männer, die danebenstehen und den Kopf schütteln. Die armen Schweinehunde, lasst sie uns zuschaufeln, damit es ein Ende hat.«

Es nahm sehr viel weniger Zeit in Anspruch, das Loch zuzuschaufeln, als wir zum Ausheben gebraucht hatten. Trotzdem dauerte es eine ganze Weile, da wir nur eine Schaufel hatten, mit der wir uns abwechselten, so wie wir uns beim Ausheben abgewechselt hatten. Als wir fertig waren, blieb noch Erde übrig. Mick schaufelte sie in eine Schubkarre, die er aus dem Geräteschuppen geholt hatte und die er dann fünfzig Meter entfernt im Obstgarten ausleerte. Er kam mit der Schubkarre zurück, brachte sie gemeinsam mit der Schaufel wieder in den Geräteschuppen und trat zu uns, um noch einen Blick auf das Grab zu werfen.

Er sagte: »Sticht aus einer Meile Entfernung ins Auge, oder? Nun, es wird niemand hierherkommen außer O'Gara, und es wird nicht das Erste sein, das er sieht. Er ist ein guter Mann, O'Gara. Weiß, wenn er etwas ignorieren muss.«

In der Küche des Farmhauses brannte das Licht noch. Ich spülte die Thermosflasche aus und stellte sie ins Abtropfgestell. Mick verstaute die nicht geöffneten Bierdosen wieder im Kühlschrank und füllte seinen Flachmann aus der Jameson-Flasche nach. Dann stiegen wir alle wieder in den Cadillac und machten uns auf den Weg nach Hause.

Es war noch dunkel, als wir die Farm hinter uns ließen. Es gab weniger Verkehr als auf dem Hinweg und keine Leichen im Kofferraum, wegen denen wir uns an die Geschwindigkeitsbegrenzung hätten halten müssen. Trotzdem überschritt Andy sie nicht mehr als mit zehn Stundenkilometern. Nach einer Weile schloss ich die Augen. Ich schlief nicht ein, sondern hing in der Stille meinen Gedanken nach. Als ich meine Augen öffnete, befanden wir uns auf der George Washington Bridge und der Himmel im Osten war dabei, heller zu werden.

Also hatte ich mir die Nacht um die Ohren geschlagen, zum ersten Mal seit längerer Zeit. Manchmal saßen Mick und ich die ganze Nacht über im Grogan's bei abgesperrter Tür und ausgeschaltetem Licht, mit Ausnahme der schummrigen Glühbirne über unserem Tisch, und genossen Geschichten und Stille, bis die Sonne aufging. Ab und zu beschlossen wir die Nacht mit der Acht-Uhr-Messe in der St. Bernard's Church, der Butchers' Mass, wo Mick nur einer in einer ganzen Reihe von Männern in blutbefleckten weißen Schürzen war.

Als wir die Brücke verließen und in den West Side Drive abbogen, sagte er: »Wir würden rechtzeitig hinkommen, weißt du. Zur Messe in St. Bernard's.«

»Du kannst Gedanken lesen«, sagte ich. »Aber ich bin müde. Ich denke, diesmal passe ich.«

»Ich bin auch müde, aber heute Morgen habe ich das Bedürfnis. Sie hätten einen Priester haben sollen.«

»Kenny und McCartney.«

»Genau die. Die Familie des einen ist ganz in Belfast. Alles, was sie wissen müssen, ist, dass es Probleme gab und er gestorben ist, der arme Kerl. John Kennys Mutter ist tot, aber er hatte auch eine Schwester, oder, Andy?«

»Zwei Schwestern«, sagte Andy. »Die eine ist verheiratet, die andere eine Nonne.«

»Verheiratet mit unserem Herrn«, sagte Mick. Es war mir nicht immer klar, wo die Ehrfurcht endete und die Ironie begann. Ich bin mir auch nicht sicher, ob es ihm klar war.

Andy ließ uns am Grogan's aussteigen. Mick sagte ihm, dass er den Cadillac in die Garage bringen sollte. »Ich werde ein Taxi zu St. Bernard's nehmen«, sagte er. »Oder vielleicht gehe ich zu Fuß. Ich hab noch genug Zeit.«

Burke hatte die Kneipe Stunden zuvor geschlossen. Mick öffnete das stählerne Ziehharmonikagitter und schloss die Tür auf. Drinnen war das Licht aus und die Stühle befanden sich auf den Tischen, damit sie nicht im Weg waren, wenn der Boden gewischt wurde.

Wir gingen in das Hinterzimmer, das Mick als Büro diente. Er drehte die Nummernscheibe des riesigen alten Mosler-Tresors und holte ein Bündel Geldscheine heraus. »Ich will dich engagieren«, verkündete er.

»Du willst mich engagieren?«

»Als Detektiv. Das ist doch dein Job, oder? Jemand engagiert dich und du stellst eine Untersuchung an.«

»Das ist mein Job«, bestätigte ich.

»Ich will wissen, wer es war.«

Ich hatte darüber nachgedacht. »Es könnte eine spontane Tat gewesen sein«, sagte ich. »Jemand mit einem Lagerraum in der Nähe sieht zwei Typen herumstehen und all den Alk, den man nur mitnehmen muss. Was hast du gesagt, wieviel es war?«

»Fünfzig oder sechzig Kisten.«

»Nun, was sind die wert? Zwölf Flaschen pro Kiste, und wieviel kostet eine Flasche? Sagen wir zehn Dollar? Stimmt das in etwa?«

In seinen Augen zeigte sich Belustigung. »Sie haben die Preise angehoben, seit du nicht mehr trinkst.«

»Ich bin überrascht, dass sie immer noch im Geschäft sind.«

»Es ist schwer für sie ohne dich als Kunde, aber sie kommen durch. Sagen wir zweihundert Dollar pro Kiste.«

Ich rechnete es durch. »Zehntausend Dollar«, sagte ich. »Abgerundet. Das reicht, um es die Sache wert zu machen.«

»In der Tat, das tut es. Was denkst du, weshalb wir sie zuerst gestohlen haben? Allerdings hatten wir nicht das Bedürfnis, dabei jemanden zu töten.«

»Wenn es nicht jemand war, der einfach zufällig vorbeikam«, fuhr ich fort, »dann ist er entweder McCartney und Kenny gefolgt oder er hat den Lagerraum beobachtet und gewartet, bis jemand kam und ihn öffnete. Aber welchen Sinn würde das ergeben?«

Auf seinem Schreibtisch befand sich eine angebrochene Flasche Whiskey. Er öffnete sie, blickte sich nach einem Glas um, dann nahm er einen kleinen Schluck direkt aus der Flasche.

»Ich muss es wissen«, sagte er.

»Und du willst, dass ich es für dich herausfinde.«

»Das will ich. Es ist dein Arbeitsgebiet und ich würde dabei völlig nutzlos sein.«

»Also läge es an mir herauszufinden, was passiert ist und wer dafür verantwortlich war.«

»Das würde es.«

»Und dann würde ich dir die Information übergeben.«

»Worauf willst du hinaus, Mann?«

»Nun, ich würde ein Todesurteil übergeben, oder nicht?«

»Ah«, sagte er.

»Solange du nicht vorhast, die Polizei einzuschalten.«

»Nein«, sagte er. »Nein, ich würde es nicht als eine Angelegenheit für die Polizei betrachten.«

»Das habe ich mir gedacht.«

Er legte eine Hand auf die Flasche, bewegte sie aber nicht. Er sagte: »Du hast gesehen, was sie mit den beiden Jungs gemacht haben. Nicht nur die Kugeln, sondern auch Schläge. Es ist nur gerecht, wenn sie dafür bezahlen müssen.«

»Eine brutale Gerechtigkeit, wenn sie von dir selbst zugeteilt wird.«

»Ist nicht fast alle Gerechtigkeit brutal?«

Ich fragte mich, ob ich das glaubte. Ich sagte: »Mein Problem sind nicht die Maßnahmen, die du ergreifst. Mein Problem ist, dass ich daran beteiligt bin.«

»Ah«, sagte er. »Das kann ich verstehen.«

»Was du tust, ist deine Entscheidung«, sagte ich, »und es würde mir schwerfallen, dir eine Alternative zu empfehlen. Du kannst nicht zur Polizei gehen, und es ist ein bisschen spät für dich in deinem Leben, damit anzufangen, die andere Wange hinzuhalten.«

»Das würde mir gegen den Strich gehen«, räumte er ein.

»Und manchmal ist man nicht in der Lage, die andere Wange hinzuhalten«, sagte ich. »Oder sich einfach umzudrehen und es den Cops zu überlassen. Ich war selbst schon in so einer Situation.«

»Ich weiß, dass du das warst.«

»Und ich bin mir nicht sicher, dass ich den richtigen Weg gewählt habe. Aber ich scheine damit leben zu können. Also kann ich dir nicht sagen, dass du nicht zum Revolver greifen sollst, nicht, wenn ich dasselbe tun würde, wenn ich in deiner Lage wäre. Aber es ist deine Lage und nicht meine, und ich will nicht derjenige sein, der für dich den Revolver auf sein Ziel richtet.«

Er dachte darüber nach, nickte langsam. »Das kann ich nachvollziehen«, sagte er.

»Deine Freundschaft ist wichtig für mich«, sagte ich. »Und ich würde dafür die Prinzipien, die ich habe, dehnen. Aber ich denke nicht, dass das in dieser Situation angebracht wäre.«

Seine Hand suchte wieder die Flasche, und diesmal trank er daraus. Er sagte: »Du hast gesagt, dass es vielleicht Männer waren, die spontan gehandelt haben. Typen, die auch einen Lagerraum haben und die Gelegenheit für ein paar schnelle Dollars gesehen haben.«

»Das ist bestimmt eine Möglichkeit.«

»Angenommen, du widmest dich dieser Seite der Angelegenheit«, sagte er mit monotoner Stimme. »Angenommen du tust, was du tust, stellst deine Fragen und machst dir Notizen, bis du genug erfahren hast, um diese Möglichkeit denkbar erscheinen zu lassen oder sie auszuschließen.«

»Ich verstehe nicht.«

Er ging hinüber zur Wand, lehnte sich gegen sie und blickte einen der handkolorierten Stahlstiche an, die dort angebracht waren. Es gab zwei Gruppen davon: drei Ansichten von County Mayo in Irland, wo seine Mutter geboren war, und drei andere, die den Geburtsort seines Vaters im Süden Frankreichs zeigten. Ich weiß nicht, welches Land seiner Vorfahren er jetzt anblickte, und ich bezweifle, dass er es wirklich sah.

Ohne sich umzudrehen, sagte er: »Ich glaube, dass ich einen Feind habe.«

»Einen Feind?«

»Richtig. Und ich weiß nicht, wer er ist oder was er will.«

»Und du denkst, dass er dahintersteckt.«

»Das tue ich. Ich glaube, dass er den Jungs zum Lager gefolgt ist oder vor ihnen dort angekommen ist und auf sie gewartet hat. Ich glaube, dass der Whiskey, den er gestohlen hat, für ihn nebensächlich war. Ich glaube, er war mehr darauf aus, Blut zu vergießen, als gestohlenen Whiskey im Wert von zehntausend Dollar zu stehlen.«

»Es hat schon andere Vorfälle gegeben«, mutmaßte ich.

»Die hat es«, sagte er, »außer ich bilde mir das nur ein. Es könnte sein, dass ich zu einer alten Jungfer geworden bin, die die Schränke überprüft und unter das Bett guckt. Vielleicht ist es nur das. Das oder ich habe einen Feind und einen Verräter.«

Ich verfügte mittlerweile über eine Lizenz, ausgestellt vom Staat New York. Ich hatte sie mir vor einer Weile besorgt, als einer meiner Anwaltskunden mir gesagt hatte, dass er mir mehr Aufträge geben könnte, wenn ich eine hätte. In der letzten Zeit hatte ich viel für Anwälte gearbeitet, mehr als zu der Zeit, als ich noch keine Lizenz gehabt hatte.

Aber ich hatte nicht immer eine Lizenz besessen und nie exklusiv für Vertreter der Anwaltschaft gearbeitet. Einmal hatte ich einen Zuhälter als Klienten gehabt. Ein anderes Mal einen Drogendealer.

Wenn ich für die arbeiten konnte, warum konnte ich dann nicht für Mick Ballou arbeiten? Wenn er gut genug dafür war, mein Freund zu sein, gut genug dafür, mit ihm die ganze Nacht über wachzusitzen, warum konnte er dann nicht mein Klient sein?

Ich sagte: »Du würdest mir sagen müssen, wie ich dort hinkomme.«

»Wohin?«

»E-Z Storage.«

»Wir waren gerade dort.«

»Ich hab nicht mehr aufgepasst, nachdem wir durch den Tunnel waren. Ich werde eine Wegbeschreibung brauchen. Und du solltest mir einen Schlüssel für das Schloss geben.«

»Wann willst du da raus? Andy kann dich fahren.«

»Ich will allein rausfahren«, sagte ich. »Sag mir nur, wie ich hinkomme.«

Ich notierte mir die Wegbeschreibung in meinem Notizbuch. Er streckte mir die Rolle Geldscheine hin, hob dabei die Augenbrauen, aber ich sagte ihm, dass er sein Geld wegstecken solle.

Er sagte, dass es sich um ein Geschäft handle, dass er ein Klient wäre wie jeder andere, dass er erwarte, mich zu bezahlen. Ich antwortete, dass ich ein paar Stunden damit zubringen würde, Fragen zu stellen, die höchstwahrscheinlich zu nichts führen würden. Wenn die Sache erledigt wäre, wenn ich so viel getan hätte, wie ich guten Gewissens tun könnte, würde ich ihm sagen, was ich herausgefunden hatte und wieviel er mir schuldete.

»Und geben dir deine Klienten nicht üblicherweise eine Anzahlung? Natürlich tun sie das. Hier sind tausend Dollar. Nimm sie, Mann, Himmeldonnerwetter! Es wird dich nicht dazu verpflichten, irgendetwas zu tun, das du nicht tun möchtest.«

Das wusste ich. Warum sollte ich mich durch Geld mehr verpflichtet fühlen als aufgrund von Freundschaft? Ich sagte: »Du musst mir nichts im Voraus geben. Ich werde mir das wahrscheinlich nicht alles verdienen.«

»Dafür würdest du ziemlich wenig tun müssen. Mein Anwalt kriegt jedes Mal so viel, wenn er den Hörer abnimmt. Nimm es, steck es in die Tasche. Was du dir nicht verdienst, kannst du mir immer noch zurückgeben.«

Ich steckte die Scheine in meine Brieftasche, während ich mich fragte, warum ich mir überhaupt die Mühe gemacht hatte, mit ihm darüber zu diskutieren. Jahre zuvor hatte mir ein alter Cop namens Vince Mahaffey gesagt, was ich tun sollte, wenn mir jemand Geld anbot: »Nimm es«, hatte er gesagt, »steck es ein und bedank dich. Du könntest sogar deine Mütze berühren, wenn du eine trägst.«

»Danke«, sagte ich.

»Ich bin derjenige, der sich bei dir bedanken sollte. Bist du dir sicher, dass dich niemand rausfahren soll?«

»Ich bin mir sicher.«

»Oder ich kann dir einen Wagen überlassen und du kannst selbst damit rausfahren.«

»Ich werde hinkommen.«

»Jetzt, wo ich dich angeheuert habe, sollte ich dich besser in Frieden lassen, was? Gib mir einfach Bescheid, wenn du irgendetwas brauchst.«

»Das werde ich.«

»Oder wenn du irgendetwas erfährst. Oder wenn du entscheidest, dass es nichts zu erfahren gibt.«

»So oder so«, sagte ich, »sollte es nicht mehr als ein oder zwei Tage in Anspruch nehmen.«

»Wie auch immer. Ich bin froh, dass du das Geld genommen hast.«

»Nun, du hast ziemlich fest darauf bestanden.«

»Ach, wir sind ein großartiges Paar alter Narren«, sagte er. »Du hättest das Geld ohne Widerrede annehmen sollen. Und ich für meinen Teil hätte gestatten sollen, dass du es ablehnst. Aber wie hätte ich das tun können?« Sein

Blick fand meinen, fixierte ihn. »Nehmen wir an, so ein kleiner Wichser er- mordet mich, bevor du die Aufgabe erledigt hast. Wie würde ich mich dann fühlen? Ich würde es hassen zu sterben, wenn ich dir Geld schulde.«

Kapitel 5

Ich stand kurz vor Mittag auf. Um eins hatte ich mir bei Avis ein Auto besorgt und war zu E-Z Storage rausgefahren. Dort verbrachte ich den Nachtmittag. Ich sprach mit dem Mann, der das Sagen hatte, einem gewissen Leon Kramer. Kramer war anfangs argwöhnisch, entpuppte sich dann aber als überaus mitteilungsfreudig.

Elaine mietet eine Einheit in einem Lagerhaus ein paar Blocks westlich von unserer Wohnung – sie lagert dort Kunstwerke und Antiquitäten, den Überschuss aus ihrem Laden –, aber das System bei E-Z Storage in New Jersey war ein anderes, sehr viel lockerer. Wir müssen uns jedes Mal, wenn wir unseren Lagerraum aufsuchen, ein- und austragen, während E-Z, wo es nachts keine Aufsicht gibt und Rund-um-die-Uhr-Zugang geboten wird, ein derartiges Ausmaß an Sicherheit nicht anstreben kann. Ein Schild über Kramers Schreibtisch wies nachdrücklich darauf hin, dass die Lagerung völlig auf Risiko des Kunden stattfand, und er selbst betonte es in den ersten fünf Minuten unseres Gesprächs dreimal.

Also gab es keine Aufzeichnungen über das Kommen und Gehen, und nichts Solideres als das Vorhängeschloss des Mieters, um andere am Zugang zu seinem Lagerraum zu hindern.

»Unsere Kunden wollen jederzeit Tag und Nacht hierher kommen können«, sagte Kramer. »Wenn Ihr Schwager etwas einlagern muss, können Sie ihm den Schlüssel geben, ohne sich Gedanken machen zu müssen, ob Sie ihn auf die Liste der autorisierten Personen gesetzt haben. Sie wollen sich nicht jedes Mal in eine Liste eintragen müssen, sich einen Sicherheitsausweis anstecken, jede Menge Formulare ausfüllen. Was wir hier haben, ist eher Bequemlichkeit als Sicherheit. Niemand mietet bei uns eine Einheit, um die Kronjuwelen einzulagern. Alles, was wirklich wichtig oder wertvoll ist, landet im Schließfach bei der Bank. Was bei uns untergebracht wird, sind Mutters Esszimmergarnitur und die Unterlagen aus Papas altem Büro, nachdem man ihn ins Heim gesteckt hat. All das Zeug, das man auf dem Dachboden aufbewahren würde, nur dass man das Haus verkauft hat und jetzt in einer Wohnung mit Garten wohnt.«

»Oder Dinge, die man einfach lieber nicht bei sich zu Hause haben möchte«, schlug ich vor.

»Nun, davon würde ich nichts wissen«, sagte er, »und ich würde es auch nicht wissen wollen. Alles, was ich wissen muss, ist, dass der Scheck am Ersten von der Bank eingelöst wurde.«

»Der Lagerraum eines Mannes ist seine Burg.«

Er nickte. »Mit dem Unterschied, dass man in einer Burg wohnen kann und hier bei uns nicht. Es gibt aber eine Menge anderer Dinge, die Sie tun können. Wir nennen es Lagerung, aber es ist nicht nur Lagerung. Haben Sie dieses Schild gesehen, »Zimmer zu vermieten«? Das ist, was wir anbieten, das Extrazimmer, das Ihr Haus oder Ihr Apartment nicht hat. Es gibt Mieter, die lagern hier ein Boot ein, einschließlich Motor und Anhänger, weil sie dort, wo sie wohnen, keinen Platz dafür haben. Für andere ist der Lagerraum eine Werkstatt. Sie richten sich dort mit ihren Werkzeugen ein und bearbeiten Holz, basteln an ihrem Auto herum oder sonst etwas. Das Einzige, was man nicht tun kann, ist einziehen und hier wohnen, und diese Regel stammt nicht von mir, sondern vom Bezirk oder von der Gemeinde, was weiß ich. Kein Wohnen. Nicht, dass es nicht Leute geben würde, die es trotzdem versuchen.«

Ich hatte ihm meine Visitenkarte gezeigt und erklärt, dass ich für einen seiner Mieter arbeitete, dem ein paar Sachen abhandengekommen waren. Der Mieter wollte nicht zur Polizei gehen, solange er nicht ausgeschlossen hatte, dass es sich um Diebstahl durch seine eigenen Angestellten handelte. Darum handelte es sich wahrscheinlich, sagte Kramer. Jemand, der bereits einen Schlüssel hatte, nutzte die Gelegenheit und machte sich zum stillen Teilhaber des Chefs.

Als ich ihn verließ, hatte ich eine Liste der Mieter der Gebäudeseite, an der John Kenny und Barry McCartney erschossen worden waren. Ich hatte ungeschickt zu einem Vorwand gegriffen – vielleicht hatte einer der anderen Mieter etwas gehört oder gesehen – und Kramer ging darauf ein, entweder um mich loszuwerden oder weil wir zu diesem Zeitpunkt bereits beste Freunde geworden waren. Ballous Einheit, stellte ich fest, wurde offiziell von jemandem mit dem Namen J. D. Reilly mit einer Adresse in Middle Village in Queens gemietet.

Ich aß ein Sandwich und Pommes in einem Diner auf der anderen Straßenseite, stellte dort ein paar Fragen, dann kehrte ich zu E-Z Storage zurück und verschaffte mir mittels Micks Schlüssel einen weiteren Blick auf den Tatort.

Ich konnte noch immer all die Gerüche der Nacht zuvor wahrnehmen, aber sie waren jetzt schwächer.

Ich hatte Schaufel und Besen mitgebracht, kehrte die Glasscherben zusammen und schüttete sie in eine braune Papiertüte. Es bestand eine ziemlich hohe Wahrscheinlichkeit, dass sich auf einer der Scherben ein identifizierbarer Fingerabdruck finden ließ, aber wozu? Selbst wenn dem so war und selbst wenn ich ihn fand, was würde mir das nützen? Mit einem einzigen Fingerabdruck konnte man zwar einen Verdächtigen festnageln, aber man konnte keinen aus der Luft herbeizaubern. Dafür benötigte man einen vollen Satz Fingerabdrücke und außerdem offiziellen Zugang zu den Dateien der Bundesbehörden. Was ich hatte, war vom Standpunkt einer Untersuchung aus gesehen nutzlos und würde erst von Nutzen sein, wenn sich ein Verdächtiger in Haft befand und die Beweise gegen ihn gesammelt wurden.

Aber es taugte nicht einmal dafür. Der Tatort war bis zum Gehtnichtmehr kompromittiert worden, die Morde waren nicht gemeldet worden, die Leichen waren abtransportiert und in einem nicht markierten Grab entsorgt worden. Was ich in der Hand hielt, war der Beweis, dass eine Flasche zerschmettert worden war. Ich kenne Menschen, die das als Verbrechen betrachten würden, aber niemanden, der die Fingerabdrücke überprüfen lassen würde, um den Mann zur Strecke zu bringen, der sie zerschmettert hatte.

Ich stand im offenen Eingang und lauschte dem Verkehrslärm, dann zog ich das Stahltor ganz bis nach unten herab. Jetzt konnte ich nichts mehr hören, aber es war schwer zu sagen, was das bewies, denn der Verkehr war nicht allzu laut gewesen.

Worüber ich mir Gedanken machte, war der Krach der Schüsse. Ich ging davon aus, dass die Mörder das Tor heruntergezogen hatten, bevor sie schossen, aber dadurch würde der Lagerraum nicht unbedingt schalldicht sein.

Natürlich konnten sie Schalldämpfer verwendet haben. Wenn dem so war, dann war es etwas unwahrscheinlicher, dass es sich bei der Aktion um das spontane Ergreifen einer unerwarteten Gelegenheit gehandelt hatte. Ein paar findige Soziopathen konnten sich in der Nähe aufgehalten haben, konnten all die Kisten mit Alk gesehen haben. Und sie konnten zu diesem Zeitpunkt Waffen getragen haben – einige Leute, sogar mehr als man denken möchte, gehen niemals unbewaffnet aus dem Haus.

Aber wer führt dabei gewohnheitsmäßig einen Schalldämpfer mit sich? Niemand, den ich kenne.

Ich schob das Tor hoch, trat ins Freie, blickte mich um. Ein halbes Dutzend Einheiten entfernt lud ein Mann Schachteln aus einem Plymouth Voyager aus und verstaute sie in seinem Lagerraum. Eine Frau in Khaki-Shorts und grünem Top stand an den Transporter gelehnt und sah zu, wie er sich abmühte. Das Autoradio lief, war aber so leise gestellt, dass ich nur hören konnte, dass es Musik spielte, nicht aber, welche.

Abgesehen von meinem Ford war ihr Fahrzeug das einzige an dieser Seite des Gebäudes.

Ich entschied, dass die Mörder ihre Schüsse wahrscheinlich nicht hatten dämpfen müssen. Sehr wahrscheinlich war niemand hier gewesen, um sie zu hören. Und wie außergewöhnlich wären ein paar laute Geräusche gewesen? Wenn das Stahltor geschlossen war, würde jeder, der sich in Hörweite befand, vier oder fünf Schüsse als Schläge mit einem Hammer abtun, beispielsweise von jemandem, der eine Versandkiste zerlegt. Wir befanden uns schließlich in der Vorstadt und nicht in einer Gegend mit Sozialbauten wie in Brooklyns Red Hook. Man erwartete hier keine Schüsse und warf sich nicht jedes Mal auf den Boden, wenn ein Lastwagen fehlzündete.

Trotzdem, warum sie überhaupt erschießen?

»Namen und Adressen«, sagte TJ und runzelte die Stirn. »Das sind die Mieter neben dem Lager, wo die beiden Typen erschossen wurden.«

»Laut den Unterlagen der Lagerfirma.«

»Jemand macht sich nichts daraus, zwei Typen zu erschießen und eine Wagenladung Schnaps zu stehlen, und du denkst, er gibt seinen wirklichen Namen an, wenn er sich einen Lagerraum mietet?«

»Wahrscheinlich nicht«, sagte ich, »obwohl schon seltsamere Dinge vorgekommen sind. Da war dieser Kerl, der vor ein paar Monaten eine Bank ausgeraubt hat. Der Zettel, den er dem Kassierer hingehalten hat, war einer seiner eigenen vorgedruckten Einzahlungsscheine.«

»Dummheit geht bis in die Knochen, was?«

»Scheint so«, stimmte ich zu. »Aber wenn die Täter einen falschen Namen benutzt haben, hilft uns das auch. Denn wenn sich einer der Namen auf der Liste als erfunden herausstellt–«

»Ja, ich versteh schon. Also suchen wir nach einer von zwei Möglichkeiten. Jemand hat was auf dem Kerbholz oder jemand existiert überhaupt nicht.«

»Keines von beiden würde etwas beweisen«, sagte ich. »Aber wir hätten einen Anhaltspunkt.«

Er nickte und machte es sich am Computer bequem, wo er Tasten drückte und die Maus bediente. Ich hatte ihm den Computer zu Weihnachten gekauft und das Gerät – und ihn selbst – in meinem alten Zimmer im Northwestern installiert. Als Elaine und ich zusammenzogen, hatte ich mein Hotelzimmer auf der anderen Straßenseite als Kombination aus Männerbude und Büro behalten, einen Ort, an den ich mich zurückziehen konnte, wenn ich allein sein wollte, um am Fenster zu sitzen und lange Gedanken zu denken.

Ich hatte TJ in der 42nd Street kennengelernt, lange bevor man die Gegend saniert hatte, und er hatte sich ziemlich schnell selbst zu meinem Assistenten ernannt. Er hatte sich nicht nur als klug, sondern auch als überaus einfallsreich entpuppt. Als Elaine ihren Laden in der 9th Avenue öffnete, fing er an, dort herumzuhängen und gelegentlich für sie einzuspringen, wobei sein Verkaufstalent zum Vorschein kam. Ich weiß nicht, wo er gewohnt hatte, bevor er mein altes Zimmer übernahm – die einzige Kontaktmöglichkeit, die ich jemals für ihn gehabt hatte, war die Nummer seines Piepsers gewesen –, aber ich vermute, dass er immer in der Lage gewesen war, einen Platz zum Schlafen zu finden. Auf der Straße eignet man sich eine Menge Überlebensfertigkeiten an. Zumindest sollte man das.

Er hatte seitdem auch gelernt, mit dem Computer umzugehen. Während ich eine Ausgabe der *Macworld* durchblätterte und versuchte, darin etwas zu finden, das in einer mir verständlichen Sprache geschrieben war, hämmerte er auf die Tasten ein, runzelte die Stirn, pfiff und machte sich Notizen auf dem Blatt, das ich ihm gegeben hatte. Eine Stunde später hatte er festgestellt, dass alle Namen, die ich von Leon Kramer bekommen hatte, zu lebenden Menschen gehörten, und konnte für alle bis auf zwei von ihnen mit Telefonnummern aufwarten.

»Das bedeutet nicht unbedingt, dass alle Informationen so stimmen«, betonte er. »Kann sein, dass jemand so eine Schachtel gemietet und einen echten Namen mit echter Adresse angegeben hat, nur dass die halt zu jemand anderem gehören.«

»Unwahrscheinlich«, sagte ich.

»Die ganze Sache ist unwahrscheinlich, Heinrich. Ich bin in meinem Lagerraum und sehe zufällig, dass du all diesen Alk in *deinem* Lagerraum hast.

Und ich hab zufällig 'nen Revolver in der Tasche und zufällig nebenan einen Laster geparkt?«

»Der erste Teil könnte durchaus plausibel sein«, sagte ich. »Dass du dort bist und den Whiskey siehst. Aber warum erschießt du mich?«

»Weil du vielleicht keinen Wert darauf legst, untätig rumzustehen, während ich deinen Alk in meinen Laster lade und damit abzische?«

»Warum wartest du dann nicht?«

»Du meinst, später zurückkommen?«

»Warum nicht? Ich hab einen Kombi, also werde ich nicht mehr als ein paar Kisten wegschaffen. Der Rest wird noch da sein, wenn du mit einem Lastwagen und jemandem, der dir bei der Schlepperei hilft, zurückkommst. Du kannst es sogar in der Nacht tun, wenn es weniger wahrscheinlich ist, dass dich jemand dabei beobachtet.«

»Wenn man abzischt und zurückkommt, muss man sich mit dem Schloss abmühen.«

»Na und? Du bohrst oder sägst es auf. Oder du sprühst es mit Kältemittel ein und schlägst es mit einem Hammer kaputt. Was, denkst du, ist schwieriger: an einem Vorhängeschloss vorbeizukommen oder zwei Männer zu ermorden?«

Er tippte auf das Blatt. »Hört sich an, als würden wir damit unsere Zeit verschwenden.«

»Solange nicht jemand auf der Liste etwas gehört oder gesehen hat.«

»Dafür stehen die Chancen schlecht.«

»Bei den meisten Dingen im Leben stehen die Chancen schlecht.«

Er blickte die Liste mit Namen und Telefonnummern an, schüttelte den Kopf. »Ich vermute, ich darf ein paar Anrufe machen.«

»Ich erledige es.«

»Nein, ich übernehme sie. Die meisten sind in Jersey. Wenn du sie machst, landen sie auf deiner Telefonrechnung. Wenn ich sie mache, sind sie umsonst.«

Ein paar Jahre zuvor hatte ich vom Talent zweier Highschool-Computerhacker Gebrauch gemacht und aus Dankbarkeit von ihnen einen nicht verlangten Bonus erhalten. Sie waren in das labyrinthische Computersystem der Telefongesellschaft eingedrungen und hatten es so arrangiert, dass fortan alle meine Ferngespräche umsonst waren. Weil ich nicht dafür sorgte, dass ihr Werk bereinigt wurde, machte ich mich strenggenommen der Leistungserschleichung schuldig, aber irgendwie brachte mich das nicht allzu sehr aus der Ruhe. Ich wusste nicht einmal, welchen Netzbetreiber ich schädigte. Und hatte absolut keine Ahnung, wie man die Sache ins Reine bringen konnte.

Die kostenlosen Anrufe gehörten zum Hotelzimmer, also hatte TJ sie geerbt, als er eingezogen war. Er hatte eine zweite Leitung für das Computermodem installiert, so dass er gleichzeitig telefonieren und die Tasten drücken konnte.

Das ist die Zukunft, und ich vermute, dass man das so machen kann. Ich bin altmodisch und finde auf perverse Weise Trost in dem Gedanken, dass ich zu alt bin, um mich zu ändern. Alles, was ich kann, ist an Türen klopfen und eine Menge Fragen stellen.

»Du solltest deinen Brooks-Brothers-Akzent verwenden«, sagte ich.

»Oh, denkst du, Stu? Ich hatte mir überlegt, dass ich versuchen sollte, zu klingen wie ein Macker vom Acker.« Er verdrehte die Augen. Mit der Stimme eines Sprechers des National Public Radio sagte er: »Ich möchte Ihnen versichern, mein Herr, dass weder Asphalt noch Afrika in meiner Stimme zu hören sein werden.«

»Ich liebe es, wenn du so sprichst«, sagte ich. »Es ist, wie wenn man einen Hund beobachtet, der auf den Hinterbeinen läuft.«

»Ist das ein Kompliment oder eine Beleidigung?«

»Wahrscheinlich etwas von beidem«, sagte ich. »Eine Sache aber noch. Vergiss nicht, dass du mit Leuten aus Jersey telefonierst. Wenn du zu deutlich sprichst, werden sie dich nicht verstehen können.«

Elaine und ich gingen Abendessen und ins Kino, und ich hatte Gelegenheit, ihr zu erzählen, womit ich mich beschäftigte. »Ich denke nicht, dass TJ irgendetwas herausfinden wird«, sagte ich. »Es ist nicht sehr wahrscheinlich, dass jemand von den anderen Mietern gestern, als die Scheiße übergekocht ist, dort draußen war. Und falls jemand dort war, würde es mich überraschen, wenn er etwas gehört oder gesehen hätte.«

»Was wirst du als nächstes tun?«

»Wahrscheinlich werde ich ihm sein Geld zurückgeben, oder zumindest so viel davon, wie er annehmen wird. Aber das Geld ist nebensächlich. Ich denke, er hat Angst.«

»Mick? Schwer vorstellbar, dass der vor irgendetwas Angst hat.«

»Die meisten harten Kerle haben oft Angst«, sagte ich. »Deshalb geben sie sich Mühe, hart zu sein. Zumindest würde ich sagen, dass er besorgt ist, und er hat Grund dazu. Jemand hat zwei seiner Männer ohne guten Grund exekutiert. Sie hätten niemanden erschießen müssen.«

»Sie wollten ihm eine Botschaft schicken?«

»So sieht es aus.«

»Es ist aber keine sonderlich klare, wenn er nicht weiß, was er davon halten soll. Was passiert als nächstes?«

»Ich weiß es nicht«, sagte ich. »Er hat mir nicht viel gesagt und ich hab nicht nachgefragt. Vielleicht steckt er in einem Pisswettbewerb mit jemandem. Vielleicht wird es ein gewisses Hin- und Hergeschiebe geben, bis sich das Ganze wieder beruhigt hat.«

»Gangster, die um Gebiet kämpfen? Etwas von der Art?«

»So was in der Art.«

»Das ist nicht wirklich dein Kampf.«

»Nein, ist es nicht.«

»Du wirst dich da nicht mit reinziehen lassen, oder?«

Ich schüttelte den Kopf. »Er ist mein Freund«, sagte ich. »Du sprichst gerne über frühere Leben und karmische Bindungen, und ich weiß nicht, wie viel ich davon glaube, aber ich schließe es nicht aus. Mick und ich sind auf einer Art tieferer Ebene miteinander verbunden, so viel ist klar.«

»Aber eure Leben unterscheiden sich.«

»Absolut. Er ist ein Krimineller. Ich meine, das ist sein Geschäft. Ich bin selbst auch kaum ein Kandidat für eine Heiligsprechung, aber grundsätzlich stehen wir auf entgegengesetzten Seiten des Gesetzes.« Ich dachte darüber nach. »Das heißt, wenn das Gesetz etwas ist, das nur zwei Seiten hat, und da bin ich mir nicht so sicher. Der Job, den ich im letzten Monat für Ray Gruliow erledigt habe, war dazu gedacht, ihm dabei zu helfen, einen Freispruch für einen Klienten zu erwirken, wobei ich ganz sicher weiß, dass der Hurensohn schuldig im Sinne der Anklage war. Also war meine Aufgabe in diesem bestimmten Fall, dafür zu sorgen, dass der Gerechtigkeit keine Geltung verschafft wurde. Und als ich noch ein Cop war, hab ich mehr Meineide geschworen, als ich mich erinnern kann. Die Männer, gegen die ich ausgesagt habe, hatten das getan, was ihnen zur Last gelegt wurde, oder sie hatten etwas anderes getan, das wir ihnen nicht anhängen konnten. Ich habe niemals einem Unschuldigen etwas angehängt oder jemandem, der es nicht verdammt verdient gehabt hatte, ins Gefängnis zu wandern, aber auf welcher Seite des Gesetzes hab ich mich befunden, als ich gelogen habe, damit sie dort landen?«

»Tiefe Gedanken«, sagte sie.

»Ja, ich bin ein alter Philosoph. Und nein, ich werde mich nicht in Micks Problem hineinziehen lassen. Er wird es alleine durchstehen müssen. Und wahrscheinlich wird er das, worum auch immer es sich handelt.«

»Das hoffe ich«, sagte sie. »Aber ich bin froh, dass du nichts damit zu tun hast.«

Das war am Donnerstag. Als wir nach Hause kamen, gab es eine Nachricht von TJ auf dem Anrufbeantworter, aber es war spät und ich rief ihn erst am nächsten Morgen zurück. Dann erfuhr ich, dass er alle Personen auf der Liste erreicht hatte, sogar die beiden, deren Telefonnummern er zunächst nicht hatte herausfinden können.

»Durch Computer hat man die längsten Arme der Welt«, sagte er. »Man ist wie Plastic Man, man kann die Arme ausstrecken, jemanden berühren und ihm auch gleich in die Taschen greifen, wenn man schon dabei ist. Aber was hat man davon, wenn die Taschen leer sind?«

In der Tat bestand sein Bericht darin, dass er nichts zu berichten hatte. Nur eine der Personen auf der Liste hatte an dem fraglichen Tag E-Z Storage aufgesucht und diese Frau hatte nichts Erinnerungswürdiges, geschweige denn Verdächtiges, gehört oder gesehen. Falls dort ein Lastwagen war, in den Männer Kisten luden, hatte sie es nicht bemerkt. Falls es Schüsse oder laute Geräusche irgendeiner Art gab, hatte sie sie nicht gehört.

Ich rief bei Mick im Grogan's an und hinterließ die Nachricht, dass er mich zurückrufen sollte. Ich versuchte es bei den anderen Nummern, die ich von ihm hatte, aber niemand hob ab. Er hat ein paar über die Stadt verstreute Wohnungen, Orte, an die er sich zurückziehen kann, wenn er schlafen oder alleine etwas trinken will. Einmal war ich in einer von ihnen gewesen, ein anonymes Einzimmerapartment in einem Nachkriegsgebäude oben in Inwood mit spartanischer Einrichtung, Wechselkleidung im Schrank, einem kleinen Fernseher mit Zimmerantenne, ein paar Flaschen Jameson in einem Regal in der Küche. Und, fast sicher, dem Namen von jemand anderem im Mietvertrag.

Ich bin mir nicht sicher, warum ich es unter diesen Telefonnummern versuchte, und als ich aufgab, machte ich mir keine großen Sorgen darüber, dass ich ihn nicht erreichen konnte. Alles, was ich zu berichten hatte, war, dass ich nichts zu berichten hatte. Das war nicht furchtbar eilig. Es würde warten können.

Als ich mit dem Trinken aufhörte und anfing, die Treffen der Anonymen Alkoholiker zu besuchen, konnte ich hören, wie sehr viele Leute sehr viele unterschiedliche Sachen darüber sagten, wie man trocken bleiben würde. Schließlich lernte ich, dass es keine Regeln gibt – es gleicht in dieser Hinsicht dem Leben selbst –, und man folgt den Anregungen, soweit man es für gut hält.

Am Anfang hielt ich mich von Kneipen fern, aber als Mick und ich Freunde wurden, verbrachte ich gelegentlich lange Nächte mit ihm in seiner Kneipe. Ich trank Coke oder Kaffee und sah zu, wie er den zwölf Jahre alten irischen Whiskey in sich hineinkippte. Das wird nicht allgemein empfohlen – *ich* würde es gewiss nicht empfehlen –, aber bis jetzt hat sich das für mich nicht als gefährlich oder unangebracht angefühlt.

Ich bin der herkömmlichen Meinung in einigen Punkten gefolgt und habe sie in anderen ignoriert. Dem Zwölf-Schritte-Programm habe ich einige Aufmerksamkeit geschenkt, aber ich kann nicht sagen, dass die Schritte in den letzten Jahren an vorderster Front in meinem Bewusstsein gestanden hätten, und für Beten oder Meditieren hatte ich sowieso nie Talent.

Aber es gibt zwei Punkte, von denen ich nie abgewichen bin. Jeden Tag aufs Neue verzichte ich auf den ersten Drink. Und ich gehe nach all diesen Jahren immer noch zu den Treffen.

Ich gehe nicht mehr so häufig, wie ich es einmal getan habe. Am Anfang lebte ich beinahe in den Treffen, und es gab eine Zeit, zu der ich mich fragte, ob ich damit nicht Missbrauch trieb, weil ich zu häufig hinging und jemand anderem, der ihn vielleicht nötig hatte, einen Platz wegnahm. Ich fragte deshalb Jim Faber – das war, bevor ich ihn bat, mein Sponsor zu werden – und er sagte mir, dass ich mir deshalb keine Sorgen machen sollte.

Heutzutage vergeht selten eine Woche, in der ich nicht mindestens zu einem Treffen gehe. Normalerweise schaffe ich es zu zwei oder drei. Das, das ich am häufigsten aufsuche – ich bin fast immer dort, wenn wir nicht über das Wochenende wegfahren –, ist das Zwölf-Schritte-Treffen meiner Stammgruppe. Wir treffen uns in St. Paul the Apostle in der 9th Avenue, Ecke 60th Street, drei Blocks von meiner Wohnung. In meinen alten Trinkertagen zündete ich in dieser Kirche Kerzen an und stopfte seelisches Schweigegeld in die Almosenbüchse. Jetzt sitze ich im Keller auf einem Klappstuhl, trinke sakramentalen Kaffee aus einem Styroporkelch und werfe einen Dollar in den Korb.

In den frühen Tagen konnte ich die Dinge, die ich bei den Treffen hörte, kaum glauben. Die Geschichten an sich waren außergewöhnlich genug, aber noch bemerkenswerter war für mich die tagtägliche Bereitschaft der Teilnehmer, ihre intimsten Geheimnisse mit einem Raum voller Fremder zu teilen. Ich war sogar noch mehr überrascht, als ich mich ein paar Monate später ebenso offen verhielt. Ich habe mir seitdem angewöhnt, diese verblüffende Offenheit als gegeben anzusehen, aber sie beeindruckt mich noch immer, wenn ich darüber nachdenke. Und ich habe es immer genossen, den Geschichten zu lauschen.

Nach dem Treffen begleitete ich Jim Faber auf einen Kaffee ins Flame. Jim ist seit vielen Jahren mein Sponsor und wir haben noch immer eine feste wöchentliche Verabredung für das sonntägliche Abendessen. Gelegentlich muss einer von uns absagen, aber es klappt häufiger als nicht. Wir treffen uns in einem der chinesischen Restaurants des Viertels, wo wir uns von der Sauer-Scharf-Suppe bis zu den Glückskeksen ohne Pause unterhalten. Heutzutage neigen wir mindestens ebenso sehr dazu, seine Probleme zu diskutieren wie meine – seine Ehe hatte ihre Höhen und Tiefen und seine Druckerei wäre vor ein paar Jahren fast Pleite gegangen. Außerdem gibt es immer die Probleme der Welt zu lösen, wenn uns jemals die eigenen ausgehen sollten.

Wir tranken unseren Kaffee und bezahlten jeder für sich. »Komm«, sagte er. »Ich begleite dich bis zu deiner Haustür.«

»Ich gehe nicht nach Hause«, sagte ich, »obwohl ich daran vorbeigehe. Ich muss jemanden aufsuchen, und du würdest nicht dorthin gehen wollen.«

»Eine Spelunke, vermute ich mal.«

»Grogan's. Ich hab einen Tag Arbeit für Ballou erledigt und muss vorbeischauen, um ihm zu sagen, was ich herausgefunden habe.«

»Ist das das, wovon du vorhin gesprochen hast?«

Während des Treffens hatte ich den anderen von meinen gelegentlichen Schwierigkeiten, Grenzen zu setzen, erzählt. Ich hatte mich auf die gegenwärtige Sache bezogen, aber vermieden, irgendetwas Konkretes zu sagen.

»Es ist schwierig, das Richtige zu tun«, erklärte ich Jim, »wenn man nicht weiß, was es ist.«

»Das ist der große Vorteil für religiöse Fanatiker«, sagte er. »Die sind sich immer sicher.«

»Da sind sie mir um einiges voraus.«

»Mir auch«, sagte er. »Und der Abstand wird immer größer. Mit jedem Jahr gibt es ein paar neue Dinge, bei denen ich mir nicht sicher bin. Ich habe beschlossen, dass eine weitreichende Unsicherheit das Zeichen für die wirkliche Reife eines Menschen ist.«

»Dann muss ich dabei sein, erwachsen zu werden«, sagte ich. »Und es ist wirklich an der Zeit. Steht unsere Verabredung für Sonntagabend?«

Er bejahte. An der Kreuzung mit der 57th Street reichten wir uns die Hände und verabschiedeten uns. Er ging nach rechts, während ich die Straße überquerte. Ich fing automatisch an, auf den Eingang zum Parc Vendôme zuzugehen, ertappte mich dabei, stand dann kurz davor, trotzdem ins Haus zu gehen. Ich war müde und konnte Ballou anrufen, um ihm das, was ich ihm zu sagen hatte, am Telefon zu sagen.

Aber stattdessen hielt ich mich an den ursprünglichen Plan, ging am Gebäude vorbei und auf der 9th Avenue Richtung Downtown. Ich brachte drei Blocks hinter mich, kam an Elaines Laden vorbei, überquerte die Straße, als die Ampel grün war, und ging einen weiteren Block entlang. Ich trat gerade an der 53rd Street vom Bordstein, als urplötzlich ein stämmiger Kerl mit auf den Schädel geklatschtem schwarzem Haar vor mir erschien und mir eine Knarre ins Gesicht hielt.

Meine erste Reaktion war Verärgerung. Wo war er hergekommen und wie hatte ich überhaupt nicht bemerken können, dass er sich näherte? Die Kriminalitätsrate ist heutzutage niedrig und auf den Straßen fühlt man sich sehr viel sicherer, aber man sollte trotzdem noch auf der Hut sein. Ich war mein ganzes Leben lang auf der Hut gewesen, also was war jetzt mit mir los?

»Scudder«, sagte er.

Ich hörte meinen Namen und fühlte mich besser. Zumindest war ich kein verträumter Einfaltspinsel, der zufällig in die Rolle eines Raubüberfallopfers gestolpert war. Das war beruhigend, aber es trug nichts dazu bei, die kurzfristigen Aussichten zu verbessern.

»Hier lang«, sagte er und deutete mit dem Revolver. Wir gingen auf den Bürgersteig und in die Schatten der Seitenstraße. Er blieb vor mir und hielt die Waffe auf mein Gesicht gerichtet, während uns ein zweiter Mann, der die ganze Zeit über hinter mir war, folgte. Ich hatte ihn noch nicht zu Gesicht bekommen, aber ich konnte seine Anwesenheit spüren und seinen Bier-und-Tabak-Atem riechen.

»Du solltest damit aufhören, deine Nase in Lagerräume in Jersey zu stecken«, sagte der mit dem Revolver.

»In Ordnung.«

»Was?«

»Ich sagte, in Ordnung. Ihr wollt, dass ich mich raushalte, und ich will mich raushalten. Kein Problem.«

»Versuchst du, den Cleveren zu spielen?«

»Ich versuche, am Leben zu bleiben«, sagte ich, »und uns allen Kopfschmerzen zu ersparen. Vor allem mir selbst. Ich hab einen Job übernommen, der nirgendwo hingeführt hat, und ich war gerade auf dem Weg, dem Mann zu sagen, dass er sich einen anderen Laufburschen suchen soll. Ich bin ein verheirateter Mann und kein Jungspund mehr, und ich brauche keinen Ärger.«

Seine Nasenlöcher blähten sich, die Augenbrauen hoben sich. »Es heißt, dass du ein zäher Bursche bist«, sagte er.

»Das ist Jahre her. Warten wir ab, wie zäh du sein wirst, wenn du in mein Alter kommst.«

»Und du bist bereit, die ganze Sache zu vergessen? Jersey, die Kisten mit Alk, die beiden irischen Jungs?«

»Welche irischen Jungs?«

Er blickte mich an.

Ich sagte: »Siehst du, schon vergessen.«

Er warf mir einen langen Blick zu und ich konnte die Enttäuschung in seinen Gesichtszügen lesen. »Nun«, sagte er. »Es scheint, dass du ein einfacherer Fall bist, als zu erwarten war, aber ich muss trotzdem tun, was ich tun muss.« Ich hatte eine Vorstellung davon, was das bedeutete, und die Bestätigung kam, als der Mann hinter mir meine Oberarme packte und sie festhielt. Der vor mir schob sich den Revolver in den Gürtel und ballte die rechte Hand zur Faust.«

»Du musst das nicht tun«, sagte ich ihm.

»Nennen wir es Überzeugungsarbeit.«

Er traf mich genau an der Gürtellinie, wobei er ziemlich viel Kraft in den Schlag legte. Ich hatte genug Zeit, meine Bauchmuskeln anzuspannen. Das half etwas, aber er wusste, wie man zuschlug, und setzte dabei auch seine Schulter ein.

»Tut mir leid«, sagte er. »Nur noch ein paar, ja?«

Zum Teufel damit. Ich wollte keine weiteren Schläge abbekommen. Ich bereitete mich vor, ging die Bewegungen in Gedanken durch, bevor ich sie machte. Er holte mit der Faust aus, ich hob mein Bein und trat mit voller Kraft in den Spann des Hurensohns, der meine Arme gepackt hielt. Ich spürte, wie seine Knochen zerbrachen. Er schrie und ließ mich los, und ich machte einen Schritt nach vorn, schlug mit meiner Rechten zu und streifte damit die Seite des Gesichts des anderen Hurensohns.

Ich vermute, er machte sich nicht viel aus Boxen, wenn sein Gegner zurückschlagen konnte. Er wich zurück und zog an dem Revolver, den er in seinem Gürtel stecken hatte. Ich trat zu ihm, täuschte mit der Rechten an und legte meine ganze Kraft in einen linken Haken, der auf seine rechte Seite genau unterhalb des Brustkorbs zielte.

Ich traf, was ich anvisiert hatte, und die Wirkung war so, wie sie sein sollte. Ich habe Boxer gesehen, die von einem einzigen Schlag in die Leber zu Boden gingen und liegenblieben. Ich schlage nicht so hart zu wie ein Boxer, aber ich trug auch keine Handschuhe, um den Schlag abzumildern. Er klappte zusammen, als hätte man seine Beine unterhalb der Knie abgetrennt, und rollte sich auf dem Bürgersteig, während er sich den Bauch hielt und stöhnte.

Der Revolver landete auf dem Bürgersteig. Ich hob ihn auf und wirbelte gerade rechtzeitig herum, um den zweiten Mann, den, auf dessen Fuß ich gestampft war, dabei zu erwischen, wie er sich auf mich stürzen wollte. Er blieb unvermittelt stehen, als er die Waffe sah.

»Hau ab!«, sagte ich. »Mach schon, verschwinde! Verzieh dich, zum Teufel!«

Sein Gesicht war im Schatten und ich konnte es nicht lesen. Er blickte mich an, wog seine Chancen ab, und mein Finger spannte sich am Abzug. Vielleicht bemerkte er es, womöglich half ihm das bei der Entscheidung. Er wich zurück, tiefer in die Schatten, eilte um die Ecke und war verschwunden. Er humpelte ein wenig, wobei er den Fuß begünstigte, den ich verletzt hatte, aber er bewegte sich trotzdem schnell. Er trug Turnschuhe, bemerkte ich, während ich ein Paar gewöhnliche Lederschuhe anhatte. Wenn es umgekehrt gewesen wäre, wäre ich wahrscheinlich nicht dazu in der Lage gewesen, seinem Griff zu entkommen.

Der andere Kerl, der mit dem auf den Schädel geklatschten Haar, lag noch immer am Boden, wo er noch immer stöhnte. Ich zielte mit dem Revolver auf ihn. Die Waffe hatte sehr viel größer ausgesehen, als sie auf mich gerichtet gewesen war, als sie sich jetzt in meiner Hand anfühlte. Ich stopfte sie in meinen eigenen Hosenbund, wobei ich wegen der Schmerzen an der Stelle, an der sein Eröffnungsschlag gelandet war, zusammenzuckte. Mein Bauch war bereits empfindlich und am Morgen würde es zehnmal schlimmer sein.

Er hätte nicht auf mich einschlagen müssen, der Hurensohn.

Meine Wut loderte auf. Ich blickte auf ihn hinab und sah, dass er zu mir hochblickte. Ich holte mit einem Fuß aus, um ihm gegen den Kopf zu treten. Um ihm den verdammten Kopf einzutreten, dem Hurensohn.

Aber ich überwand den Drang und hielt mich zurück. Ich trat ihn nicht.

Ein Fehler.

Kapitel 6

»Als ich ihm sagte, dass ich aus der Sache raus bin«, sagte ich, »hab ich die Wahrheit gesagt. Ich hätte es auf jeden Fall gesagt, denn ich hab noch nie einen Sinn darin gesehen, den starken Mann zu markieren, wenn ich in den Lauf einer Knarre gucke, aber in diesem Fall wollte ich ihm nichts vormachen. Ich hatte bereits beschlossen, dass ich mit der Sache nichts mehr zu tun haben will, und ich war auf dem Weg hierher, um dir das zu sagen, als sie mich zur Rede gestellt haben.«

Er hatte gerade Burke am Zapfhahn ausgeholfen, als ich hereinkam. Vermutlich hatte sich etwas auf meinem Gesicht abgezeichnet, denn er kam hinter dem Tresen hervor, bevor ich ein Wort sagen konnte, und führte mich in sein Büro im Hinterzimmer. Er deutete auf die grüne Ledercouch, aber ich blieb stehen, wie er auch. Ich redete und er hörte zu.

Ich sagte: »Ich hatte bereits entschieden, dass ich meine Zeit und dein Geld verschwende. Ich kann die Möglichkeit nicht völlig ausschließen, dass diejenigen, die deine Männer getötet und deinen Whiskey gestohlen haben, zufällig dort waren und spontan gehandelt haben. Aber ich konnte absolut nichts herausfinden, was diese Annahme stützen würde. Und mir gefiel der Gedanke nicht, die Sache von der anderen Seite her zu untersuchen. Das würde bedeuten, in deinen Angelegenheiten herumzustochern, und das wollte ich nicht tun.«

»Du hast getan, was du versprochen hast.«

»Vermutlich, auch wenn ich nur herausgefunden habe, dass es nichts herauszufinden gibt. Und dann tauchen zwei Clowns mit einer Knarre auf und im Handumdrehen haben sie die Schlussfolgerung bestätigt, zu der ich bereits gekommen war. Wenn sie etwas mit der Sache zu tun haben, dann kannst du das, was auf der anderen Seite des Flusses passiert ist, unmöglich als Zufall und Pech abschreiben. Du hast einen Feind, und das ist der Grund, weshalb Kenny und McCartney sterben mussten.«

»Ah, ich denke, ich wusste es schon die ganze Zeit über«, sagte er. »Aber ich wollte mir gewiss sein.«

»Nun, für mich wurde es zur Gewissheit in dem Augenblick, als sie aufgetaucht sind, um mir nahezulegen, dass ich mich raushalten soll. Ich hatte bereits damit abgeschlossen. Das ist, was ich ihnen gesagt habe, und das Witzige dabei ist, ich denke, sie haben mir geglaubt.«

»Aber dieses Arschloch hat dich trotzdem geschlagen.«

»Er hat sich dafür entschuldigt«, sagte ich, »aber er hat trotzdem richtig zugeschlagen. Also hat es sich nicht sehr wie eine Entschuldigung angefühlt.«

»Und du hast dagestanden und dich schlagen lassen.«

»Mir blieb kaum eine andere Wahl. Aber ein Schlag war alles, was ich einstecken wollte.«

»Und deshalb hast du ihnen gezeigt, aus welchem Holz du geschnitzt bis. Jesus, ich wünschte, ich wäre dort gewesen, um das zu sehen.«

»Ich wünschte, du wärest dort gewesen, um mir zur Hand zu gehen«, sagte ich. »Ich bin zu alt für so einen Scheiß.«

»Wie geht's deinem Bauch, Mann?«

»Nicht so schlimm, wie es ihm gehen würde, wenn ich zugelassen hätte, dass er mir noch einen Schlag versetzt. Weißt du, ich hatte verdammtes Glück. Wenn ich den Fuß des anderen nicht genau richtig erwische, lässt er mich nicht los. Und dann ist alles, was ich davon habe, dass ich sie gereizt habe. Und was blüht mir dann?« Ich zuckte mit den Schultern. »Alles in allem war es wahrscheinlich ein Fehler, mich zu wehren. Er hatte eine Knarre, verdammt noch mal. Und ich wusste, dass sie Mörder sind oder zumindest für Mörder arbeiten. Zum Teufel, ich hab gesehen, was mit Kenny und McCartney passiert ist.«

»Du hast dabei geholfen, sie zu begraben.«

»Also, wenn ich die beiden wütend mache, werden sie mich nur noch mehr verprügeln, und vielleicht werden sie die Knarre anstelle der Faust benutzen. Sie könnten sich sogar hinreißen lassen, mich zu erschießen. Aber ich hatte keine Zeit, das durchzudenken. Alles, was ich tun konnte, war reagieren. Und, wie ich gesagt habe, ich hatte Glück.«

»Ich hätte Eintrittsgeld dafür bezahlt.«

»Viel Eintritt wäre es nicht wert gewesen. Es war schneller vorbei, als es gedauert hat, dir davon zu erzählen. Das Adrenalin versetzt einen in einen Rauschzustand, das kann ich dir sagen. Als ich dort stand und zugesehen hab, wie der eine auf seinem verletzten Fuß davongehetzt ist, während sich der andere auf dem Boden herumgewälzt und sich die Leber liebkost hat, bin ich mir vorgekommen wie Supermans großer Bruder.«

»Du hattest jedes Recht dazu.«

»Und ich hab mir gedacht, nun, zum Teufel mit euch Arschlöchern. Ich hatte nichts mehr mit dem Fall zu tun, ich hatte damit abgeschlossen, aber wisst ihr was, ihr Wichser, ich bin wieder dabei.« Ich holte Atem. »Aber als das Adrenalin abklang, hab ich erkannt, dass das nicht stimmt. Was passiert ist, hat nichts geändert.«

»Nein.«

»Ich bin einen halben Block weit gegangen und musste mich an einem Laternenmast festhalten, während ich mich übergeben hab. Ich hab nicht mehr auf die Straße gekotzt, seit ich mit dem Trinken aufgehört habe, und das ist jetzt schon ein paar Jahre her.«

»Abgesehen von dem schmerzenden Bauch«, sagte er, »wie geht es dir jetzt?«

»Ich bin in Ordnung.«

»Ich würde sagen, du könntest einen Drink vertragen, aber du würdest keinen wollen, oder?«

»Nicht heute Abend.«

»Gelten für deinen Haufen niemals besondere Umstände? Was für eine Art von Mann würde dir einen Drink an so einem Abend übelnehmen?«

»Es spielt keine Rolle, was jemand anderes tun würde«, sagte ich. »Ich bin der Einzige, der mir die Erlaubnis geben kann.«

»Und du wirst sie dir nicht geben.«

»Nehmen wir an, ich würde beschließen, dass es okay ist zu trinken, wenn ich einen Schlag in den Bauch erhalte. Was denkst du, was dann passieren würde?«

Er grinste. »Du hättest bald eine sehr wunde Bauchgegend.«

»Das hätte ich, denn ich würde dafür sorgen, dass ich oft geschlagen werde. Mick, ein Drink würde mir rein gar nicht helfen. Alles, was er tun würde, ist, mir schaden.«

»Ah, das weiß ich.«

»Und überhaupt, ich will nicht wirklich einen. Alles, was ich will, ist, dir einen Teil des Geldes zurückgeben, nach Hause gehen und mich in eine Wanne mit heißem Wasser legen.«

»Das Letzte ist eine gute Idee. Die Hitze wird den Schmerz rausziehen und dir den Morgen erleichtern. Aber ich werde kein Geld von dir nehmen.«

»Ich musste ein Auto mieten«, sagte ich, »und ich war einen Nachmittag lang damit beschäftigt. TJ hat ein paar Stunden am Telefon und am Computer zugebracht. Ich schätze, ich hab mir etwa die Hälfte der tausend Dollar, die du mir gegeben hast, verdient.«

»Du hast Prügel einstecken müssen«, sagte er, »und eine Kugel riskiert. Um Himmels willen, Mann, behalte das verdammte Geld.«

»Ich hätte mit ihm streiten können«, erklärte ich Elaine, »aber für einen Abend hatte ich genug gekämpft. Also hab ich das Geld behalten und mir ein Taxi für den Nachhauseweg gegönnt. Ich kam mir lächerlich vor, an einem so schönen Abend wie heute eine so kurze Strecke mit dem Taxi zu fahren, aber ich dachte mir, dass ich die Bewegung nicht wirklich nötig hatte.«

»Und du wolltest ihnen nicht noch einmal begegnen.«

»Daran hab ich nicht einmal gedacht«, sagte ich, »aber vielleicht hatte ich es im Hinterkopf. Nicht den Gedanken, speziell ihnen zu begegnen, aber das Gefühl, dass die Straßen plötzlich nicht mehr sicher waren.«

Ich hatte nicht die Absicht gehabt, ihr irgendetwas davon zu erzählen, zumindest nicht sofort. Aber als ich die Wohnung betrat, warf sie einen Blick auf mich und wusste sofort, dass etwas nicht stimmte.

»Also wirst du nicht weiter für Mick arbeiten«, sagte sie jetzt.

»Das hätte ich sowieso nicht getan. In den Filmen ist der beste Weg, einen Detektiv dazu zu bringen, weiter an einem Fall zu arbeiten, zu versuchen, ihn einzuschüchtern. Aber in der wirklichen Welt läuft das nicht so. Mick hat nicht zugelassen, dass ich ihm Geld zurückgebe, aber er hat auch nicht versucht, mich dazu zu überreden, weiterzumachen. Er wusste, dass ich getan hatte, was ich tun wollte.«

»Wissen die das auch, Liebling?«

»Die beiden Schlägertypen? Ich hab es ihnen gesagt und ich denke, dass sie mir geglaubt haben. Mir eine Abreibung zu verpassen, war Teil ihres Auftrags, also hat der Kerl sein Bestes gegeben. Aber das bedeutet nicht, dass er mir nicht geglaubt hat.«

»Und jetzt?«

»Du denkst, dass er seine Meinung geändert hat?

»Seiner Meinung nach«, sagte sie, »wolltest du die Sache sein lassen, weil es ihm gelungen war, dich einzuschüchtern.«

»Was ja zum Teil auch stimmt. Obwohl es genauer wäre zu sagen, dass er mich in einer Entscheidung, die ich bereits getroffen hatte, bestärkt hat.«

»Aber dann hast du dich gewehrt«, sagte sie. »Und gewonnen.«

»Es war ein Glückstreffer.«

»Was auch immer es war, es hat funktioniert. Du hast dafür gesorgt, dass der eine davongehüpft ist und der andere sich unter Höllenqualen gewunden hat. Was ist so lustig?«

»›Unter Höllenqualen gewunden‹.«

»Sich auf dem Boden herumwälzen und versuchen, seine Leber wieder zusammenzusetzen? Das hört sich für mich wie ›unter Höllenqualen winden‹ an.«

»Vermutlich.«

»Worauf ich hinauswill, du hast dich nicht so verhalten, als ob du eingeschüchtert gewesen wärst. Obwohl ich vermute, dass du Angst gehabt haben musst.«

»Nicht, während es passierte. Man konzentriert sich zu sehr auf den Augenblick, um noch Platz für Angst zu haben. Danach, als ich über die 53rd Street gegangen bin, hab ich angefangen zu schwitzen wie der Typ in *Nachrichtenfieber*.«

»Der Typ in ... oh, Albert Brooks. Das war ein witziger Film.«

»Und dann musste ich anhalten und mich übergeben. Selbstverständlich in die Gosse, denn ich bin ja ein Gentleman. Also tippe ich, wir können sagen, dass ich Angst hatte, nachdem es vorbei war und es nichts mehr gab, vor dem ich Angst haben musste. Aber ein paar kritische Sekunden lang war ich dort Mister Cool.«

»Mein Held«, sagte sie. »Baby, sie haben dich nachher nicht mehr gesehen, oder? Sie haben das Zittern und den Angstschweiß verpasst. Alles, was sie gesehen haben, war Mister Cool.«

»Du machst dir Sorgen, dass sie noch einmal auftauchen könnten.«

»Du etwa nicht?«

»Ich kann die Möglichkeit nicht ausschließen. Aber warum sollten sie? Sie werden selbst sehen, dass ich nicht nach Jersey hinaueile oder im Grogan's herumhänge. Ich war zwar heute Abend dort, aber ich werde nicht mehr hingehen, bis die ganze Sache vorüber ist.«

»Und du denkst nicht, dass es dir heimzahlen wollen?«

»Auch das ist möglich. Es waren Profis, aber selbst einem Profi kann es passieren, dass ihm sein Ego bei der Arbeit in die Quere kommt. Ich werde die nächsten paar Wochen lang die Augen offenhalten und dunkle Gassen vermeiden.«

»Das ist immer eine gute Idee.«

»Und weißt du, was ich noch machen werde? Ich werde eine Waffe tragen.«

»Die da?«

Ich hatte den Revolver auf den Couchtisch gelegt. Jetzt nahm ich ihn und spürte sein Gewicht in meiner Hand. Es war ein Smith & Wesson Kaliber .38 mit Hohlspitzpatronen in fünf der sechs Kammern der Trommel.

»Als ich noch bei der Polizei war«, sagte ich, »hab ich einen getragen, der dem hier sehr ähnlich war. Sie wiegen immer mehr, als man denken sollte, selbst so ein Stummelteil wie das hier. Der Lauf ist nur zweieinhalb Zentimeter lang. Bei dem, den ich damals die meiste Zeit über getragen hab, war er fünf Zentimeter lang.«

»Wenn du mich besucht hast«, sagte sie, »hast du als Erstes immer den Revolver hervorgeholt und abgelegt.«

»Soweit ich mich erinnern kann, war das Erste immer, dass ich dich geküsst habe.«

»Dann als Zweites. Du hast es zu einem Ritual gemacht.«

»Hab ich das?«

»Mhm. Vielleicht war es deine Art, mir zu zeigen, dass du dich bei mir sicher fühlst.«

»Vielleicht.«

Als wir uns kennengelernt hatten, war ich ein verheirateter Cop gewesen und sie ein süßes und unschuldiges junges Callgirl. Das war vor einer Ewigkeit. In einem anderen Leben, in zwei anderen Leben.

Ich sagte: »Vor ein paar Jahren hat man erkannt, dass die Cops den bösen Jungs, vor allem den Drogendealern, waffentechnisch unterlegen waren. Also hat man die Revolver eingesammelt und Neun-Millimeter-Pistolen verteilt. Mehr Patronen im Magazin als bei so einem hier, und eine höhere Mannstoppwirkung. Aber ich denke, mehr Waffe als die hier brauche ich nicht.«

»Ich hoffe, dass du überhaupt keine Waffe brauchst. Aber du hast Recht, es ist keine schlechte Idee, wenn du eine trägst. Aber ist es legal?«

»Ich habe die Erlaubnis, eine zu tragen. Dieser Revolver ist nicht registriert, oder falls doch, dann nicht auf mich. Also ist es in diesem Sinn ein Verstoß, wenn ich ihn trage, aber ich werde mir deshalb keine Sorgen machen.«

»Dann werde ich mir auch keine machen.«

»Wenn ich ihn einsetzen muss, ist der Umstand, dass er nicht registriert ist, das kleinste meiner Probleme. Wenn es einen Vorfall gibt, den ich lieber nicht melden möchte, könnte das Fehlen von Papieren sogar von Vorteil sein.«

»Du meinst, wenn du jemanden erschießt und dich aus dem Staub machst.«

»Etwas in der Art.« Ich legte den Revolver auf den Tisch und gähnte. »Am liebsten würde ich direkt ins Bett gehen«, sagte ich, »aber ich werde mich zuerst in eine Wanne mit heißem Wasser legen. Morgen früh werde ich froh sein, dass ich es getan habe.«

Ich schlief nicht in der Badewanne ein, war aber nahe dran. Ich blieb in der Wanne, bis sich das Wasser abgekühlt hatte. Nachdem ich mich abgetrocknet hatte, ging ich ins Schlafzimmer. Dort war das Licht gedämpft und leise Musik spielte, ein Album von John Pizzarelli, das wir beide mochten. Sie stand neben dem Bett, trug Parfüm und lächelte, bevor sie zu mir kam, um das Handtuch, das ich mir um die Hüfte geschlungen hatte, zu lösen.

»Du hast etwas vor«, sagte ich.

»Da sieht man, was passiert, wenn ein Mädchen einen Detektiv heiratet. Ihm entgeht auch rein gar nichts. Nun, warum legst du dich nicht einfach in die Mitte des Betts auf den Rücken und schließt die Augen?«

»Ich werde einschlafen.«

»Das werden wir sehen«, sagte sie.

Danach sagte sie: »Vielleicht ist es eine Bekräftigung der Lebenskraft. Oder vielleicht bin ich einfach nur vom Gedanken daran, wie du diese beiden Kerle fertiggemacht hast, scharf geworden. Aber es war nett, oder? Und es hat deinem wunden Bauch oder sonst etwas nicht geschadet, weil du keinen Muskel einsetzen musstest. Nun ja, einen Muskel vielleicht doch.

Und ich liebe dich so sehr, du alter Bär. Es treibt mich in den Wahnsinn, wenn ich daran denke, dass dir jemand wehtun will. Alles, was ich tun möchte, ist, sie zur Strecke zu bringen und sie zu töten. Aber ich bin ein Mädchen, und das bedeutet, dass ich in der traditionellen weiblichen Rolle feststecke und Hilfe und Beistand leisten muss. Vor allem Beistand.

Und alles, was du tun willst, ist schlafen, du armer Bär, und diese verrückte Tusse lässt dich nicht in Frieden. Du hattest deinen Beistand – ist das nicht ein tolles Wort? – und jetzt schlummerst du ein. Oh, schlaf gut, mein Liebling. Träum was Schönes. Ich liebe dich.«

Ich erwachte mit dem Wissen, dass ich ein paar außergewöhnlich lebhafte Träume gehabt hatte, konnte mich aber nicht an sie erinnern. Ich duschte und rasierte mich, dann ging ich in die Küche. Elaine war zu einem Yoga-Kurs gegangen und hatte mir eine diesbezügliche Nachricht hinterlassen, nebst der Mitteilung, dass sie Kaffee gemacht hatte. Ich schenkte mir eine Tasse ein und trank sie am Wohnzimmerfenster.

Wie vorherzusehen gewesen war, schmerzte mein Bauch von dem Schlag, den ich hatte einstecken müssen, und es gab eine gleichermaßen vorhersehbare Verfärbung. Aller Voraussicht nach würde es morgen noch schlimmer sein, danach würde es anfangen, besser zu werden.

Meine Hände waren auch etwas steif und schmerzten, die rechte von dem Schlag, der die Seite seines Kopfs gestreift hatte, die linke von dem, der dort gelandet war, wo er hatte landen sollen. Hier und dort schmerzten auch andere Muskeln, in den Armen und Schultern, in einer Wade und im oberen Teil meines Rückens. Ich hatte verschiedene Muskeln auf eine Weise eingesetzt, in der ich sie nicht sehr oft einsetzte, und durfte den Preis dafür bezahlen. Das muss man immer.

Ich schluckte ein paar Aspirin-Tabletten und wählte eine Telefonnummer, die ich auswendig kannte. »Ich hätte dich letzte Nacht fast noch angerufen«, sagte ich zu Jim Faber, nachdem ich ihm erzählt hatte, was er verpasst hatte, nachdem wir uns am Vorabend voneinander verabschiedet hatten.

»Das hättest du tun können.«

»Ich hab daran gedacht. Aber es war schon ziemlich spät. Wenn Elaine nicht hier gewesen wäre, hätte ich nicht gezögert. Es war nicht der richtige Zeitpunkt für mich, allein zu sein, aber sie war hier und es ging mir gut.«

»Und du hast keinen Alk zu Hause.«

»Nein, aber ich wollte auch keinen Drink.«

»Trotzdem, unmittelbar nach einer Prügelei in eine Kneipe gehen ...«

»Ich hab in der Tür gezögert«, sagte ich, »aber entschieden, dass es in Ordnung war. Ich musste eine Nachricht überbringen und ich hab sie überbracht, dann bin ich so schnell wie möglich abgezischt und nach Hause gegangen.«

»Wie fühlst du dich jetzt?«

»Alt.«

»Wirklich? Man sollte annehmen, dass du dich wie ein junger Löwe fühlst. Wie alt waren die Typen, die du verprügelt hast?«

»Ich würde nicht sagen, dass ich sie verprügelt habe. Ich hab sie überrascht und das Glück war auf meiner Seite. Wie alt? Keine Ahnung. Mitte dreißig, würde ich sagen.«

»Kinder.«

»Nicht wirklich.«

»Trotzdem, das muss dir ein gutes Gefühl geben, Matt. Zwei junge Kerle, und du versohlst ihnen den Hintern? Selbst wenn dabei ein bisschen Glück mit im Spiel war–«

»Mehr als ein bisschen.«

»– geht es trotzdem als Sieg in die Annalen ein.«

Wir unterhielten uns noch ein wenig und er brachte das Gespräch auf unsere Verabredung zum sonntäglichen Abendessen. Er schlug vor, dass wir uns bei dem vegetarischen Chinesen gegenüber vom Coliseum treffen sollten. »Ist schon Monate her, seit wir dort gegessen haben«, sagte er. »Und ich bin in der Stimmung für diesen berühmten Aal-Ersatz, den sie haben.«

»Hat dichtgemacht«, sagte ich.

»Machst du Witze? Wann?«

»Keine Ahnung, aber ich hab irgendwann Anfang letzter Woche das Schild dort im Fenster gesehen. ›Restaurant Zu. Essen Woanders. Danken Ihnen.‹ Nicht gerade das, was man im Sprachkurs lernen würde, aber die Botschaft war eindeutig.«

»Elaine muss verzweifelt sein.«

»Versuch's mit untröstlich. Wir haben einen vegetarischen Laden in Chinatown gefunden, es gibt dort unten jetzt ein paar von denen, aber der in der 58th Street war ihr Lieblingsladen, und er war gleich um die Ecke. Er wird eine Leere in ihrem Leben hinterlassen.«

»Er wird auch eine kleine Leere in meinem hinterlassen. Wo sonst werde ich Aal aus Sojabohnen finden? Ich mache mir nichts aus echtem Aal, ich will nur falschen.«

»Willst du den Laden in Chinatown ausprobieren?«

»Nun, ich möchte dieses Aal-Gericht noch einmal essen, bevor ich sterbe, aber das wäre ein sehr weiter Weg dafür.«

»Ich bin mir nicht einmal sicher, ob sie Aal auf der Speisekarte haben. Der Chinese in der 58th Street war der einzige, bei dem ich es jemals gesehen habe.«

»Mit anderen Worten, wir könnten uns bis nach Downtown runterschleppen, und am Ende würde ich Seeohren aus Gluten essen müssen?«

»Dieses Risiko besteht durchaus.«

»Oder Lammkotelett aus Kleister. Wenn es keinen Aal gibt, würde ich lieber bei echtem Essen bleiben, also vergessen wir Chinatown. Bei Gott, es gibt ja genügend Chinesen hier im Viertel.«

»Wähl einen aus.«

»Hmm«, sagte er. »Wo waren wir schon länger nicht mehr? Wie wäre es mit dem kleinen Laden in der 8th Avenue, Ecke 53rd Street? Weißt du, welchen ich meine? An der nordöstlichen Ecke, nur dass er nicht genau *an* der Ecke ist, sondern ein oder zwei Häuser die Avenue runter.«

»Ich weiß, welchen du meinst. Irgendwas mit Panda. Ich wollte sagen der Goldene, aber das stimmt nicht.«

»Pandas sind normalerweise schwarz und weiß.«

»Danke. Aber du hast Recht, dort waren wir schon lange nicht mehr. Und soweit ich mich erinnern kann, war es ziemlich gut.«

»Sie sind alle ziemlich gut. Halb sieben?«

»Perfekt.«

»Und kann ich mich darauf verlassen, dass du dich bis dann aus Prügeleien heraushältst? Und nicht in Kneipen gehst?«

»Abgemacht«, sagte ich.

Es gibt einen Waffenladen in der Centre Market Place, hinter dem alten Polizeihauptquartier in der Centre Street. Er ist schon seit Urzeiten dort und bietet neben einer breiten Auswahl an Waffen auch die ganze Palette von Polizeiausrüstung und Ausbildungshandbüchern an. Ich ging dorthin, um mir ein Schulterholster zu kaufen, und als nachträglichen Einfall nahm ich auch eine

Schachtel mit Patronen, dieselbe Hohlspitzmunition wie die fünf, die sich in dem Smith & Wesson befanden. Jeder kann ein Holster kaufen, aber ich musste einen Waffenschein vorzeigen, um die Patronen zu kaufen. Ich hatte meinen mitgebracht, zeigte ihn und unterschrieb neben meinem Namen im Register.

Es gab auch Kevlarwesten, aber ich besaß bereits eine. Tatsächlich trug ich sie auch, ich hatte sie angezogen, bevor ich aus dem Haus gegangen war.

Es war ein warmer Tag, um eine schusssichere Weste zu tragen, mit einer Luftfeuchtigkeit, die ein paar Prozentpunkte über dem lag, was angenehm war. An einem derartigen Tag benötigt man keine Jacke, aber ich trug meinen marineblauen Blazer. Ich hatte mir den kleinen Smith & Wesson in den Gürtel geschoben und brauchte die Jacke, damit man ihn nicht sah, ebenso wie ich sie dafür brauchte, das Schulterholster zu verbergen.

Man gab mir die Patronen und das Holster in einer Papiertüte und ich lief damit in der Hand herum auf der Suche nach einem Ort, an dem ich zu Mittag essen konnte. Ich kam an einer Menge asiatischer Restaurants vorbei und erreichte die Mulberry Street, das zwei Blocks lange Teilstück, das alles ist, was von Little Italy übrig geblieben ist. Ich setzte mich in den Hinterhofgarten des Luna und bestellte mir einen Teller Linguini mit roter Muschelsoße. Während sie mit der Zubereitung beschäftigt waren, schloss ich mich auf der Herrentoilette ein. Ich zog meine Jacke aus, legte das Holster an und stellte die Riemen ein, dann zog ich den Revolver aus meinem Hosenbund und steckte ihn in das Holster. Ich überprüfte mich im Spiegel und es schien mir, als würde die Ausbeulung des Holsters selbst von der anderen Seite eines Raums aus nicht zu übersehen sein. Es war jedoch angenehmer, als mit einer in den Gürtel geschobenen Waffe herumzulaufen, vor allem, weil mein Bauch sowieso schon schmerzte.

Auf dem Weg zurück zu meinem Tisch hatte ich das Gefühl, dass jeder im Restaurant, wenn nicht sogar im gesamten Viertel, wusste, dass ich eine Waffe trug.

Ich aß mein Mittagessen und ging nach Hause.

Als TJ anrief, sah ich gerade im Fernsehen, wie Notre Dame Miami vermöbelte. Ich hatte den Blazer über einen Stuhlrücken gehängt und saß in Hemdsärmeln herum, mit dem Holster an seinem Platz und dem Revolver im Holster. Ich zog den Blazer an und ging über die Straße ins Morning Star.

Wir sitzen normalerweise an einem der Fenstertische. Er befand sich schon dort, als ich eintraf, und trank Orangensaft durch einen Strohhalm. Ich ließ ihn an einen Tisch in der Nähe der Küche wechseln, weit weg von den Fenstern, und setzte mich so, dass ich den Eingang im Auge behalten konnte.

TJ nahm das alles hin, ohne es zu kommentieren. Nachdem ich einen Kaffee bestellt hatte, sagte er: »Hab alles über dich gehört. Dass du der härteste Kerl im Viertel bist, Arschtritte verteilst und dir die Namen merkst.«

»In meinem Alter«, sagte ich, »bedeutet es eher, Arschtritte verteilen und Namen vergessen. Was hast du gehört und wo?«

»Hab schon gesagt, was ich gehört hab, und was denkst du, wo? Ich war drüben bei Elaine im Laden. Oh, ob ich es auf der Straße gehört habe? Also, wenn du dir einen Ruf aufbauen möchtest, kann ich es gerne herumerzählen.«

»Tu mir keinen Gefallen.«

»Du hast dich in Schale geschmissen. Wo gehen wir hin, Kevin?«

»Nicht, dass ich wüsste.«

»Elaine hat gesagt, dass du das, was in Jersey passiert ist, nicht mehr untersuchst, aber ich hab mir gedacht, dass du ihr das vielleicht nur gesagt hast, damit sie sich keine Sorgen macht.«

»So etwas würde ich nicht tun. Ich war damit vor dem Vorfall letzte Nacht sowieso fertig. Alles, was der getan hat, war, das zu bestätigen, was du und ich bereits festgestellt hatten.«

»Wenn wir nicht arbeiten, musst du dich nur deshalb in Schale geschmissen haben, um hier mit mir einen Kaffee zu trinken.« Er neigte den Kopf, starrte auf die Ausbeulung an der linken Seite meiner Brust. »Ist das das, was ich denke, was es ist?«

»Woher soll ich das wissen?«

»Weil du nicht wissen kannst, was ich denke? Nur, dass du es weißt, und ich weiß es auch, weil sie mir gesagt hat, dass du Vorsichtsmaßnahmen ergreifen wirst. Ist das das Teil, das du dem Kerl abgenommen hast?«

»Genau das. Es ist nicht schwer zu bemerken, oder?«

»Nicht, wenn man danach Ausschau hält, aber es ist auch nicht so, dass du ein Schild um den Hals hängen hast. Wenn du allerdings von jetzt an immer so rumlaufen willst, solltest du dir vielleicht deine Jacke so schneidern lassen, dass sie sich nicht ausbeult.«

»Damals hab ich Tag und Nacht eine Waffe getragen«, sagte ich. »Wenn ich im Dienst war und wenn nicht. Es gab eine Vorschrift bei der Polizei, die einen dazu verpflichtete. Ich weiß nicht, ob sie immer noch gilt. Bei all den betrunkenen Cops, die im Laufe der Jahre sich selbst oder andere erschossen haben, haben die Bosse vielleicht noch einmal über diese bestimmte Regel nachgedacht.«

»Cops würden eh eine Waffe tragen, oder? Egal, ob es Vorschrift ist oder nicht?«

»Wahrscheinlich. Ich hab viele Jahre draußen auf Long Island gewohnt, und die Vorschrift bezog sich nur auf die fünf Stadtbezirke, aber ich hab die ganze Zeit über eine getragen. Natürlich gab es da eine andere Vorschrift, die besagte, dass ein Beamter der New Yorker Stadtpolizei in einem der fünf Bezirke wohnen musste, aber es war nie schwer, diese Vorschrift zu umgehen.«

Er saugte den letzten Rest seines Orangensafts auf, wobei der Strohhalm ein gurgelndes Geräusch verursachte. Er sagte: »Ich weiß nicht, wer sich Orangensaft ausgedacht hat, aber der Mann war ein Genie. Es schmeckt so gut, dass es beinahe unmöglich ist zu glauben, dass es gut für einen ist. Aber es ist gut. Oder ist das gelogen?«

»Soweit ich weiß, ist das die Wahrheit.«

»Stellt meinen Glauben wieder her, Oliver«, sagte er. »Erinnerst du dich noch daran, wie ich dir einmal eine Knarre auf der Straße gekauft hab? Hab sie dir in einer Kangaroo-Bauchtasche gegeben, in derselben, in der ich sie vom Verkäufer bekommen hab.«

»Das hast du getan. Sie war blau.«

»Blau, richtig. Irgendwie eine lahme Farbe, wenn ich mir richtig erinnere.«

»Wenn du meinst.«

»Hast du sie noch?«

Ich hatte die Waffe für eine Freundin besorgt, die dabei war, an Bauchspeicheldrüsenkrebs zu sterben. Sie wollte einen schnellen Ausweg haben, wenn es unerträglich wurde. Es wurde wirklich ziemlich schlimm, bevor es sie schließlich umbrachte, aber irgendwie war sie in der Lage gewesen, damit zu leben, bis sie starb, und sie hatte die Waffe nie gebrauchen müssen.

Ich wusste nicht, was mit der Waffe passiert war. Ich vermute, dass sie in einem Fach in ihrem Schrank gelegen hatte, geborgen in der blauen Bauchtasche, in der ich sie ihr gebracht hatte. Vermutlich fand jemand die Waffe, als man ihre Sachen durchging, aber ich habe nicht den blassesten Schimmer, was danach mit ihr passierte.

»Sie sind nicht schwer aufzutreiben«, fuhr er fort. »All diese Koreaner

mit ihren kleinen Läden, davor Tische voll mit Sonnenbrillen und Baseball-
kappen? Die haben alle Bauchtaschen. Kosten zehn, fünfzehn Dollar, ein bisschen mehr, wenn man eine aus Leder will. Was hast du für die Schultertake-
lung bezahlt?«

»Mehr als zehn oder fünfzehn Dollar.«

»Eine Bauchtasche würde die Passform deiner Jacke nicht verderben. Du
würdest nicht mal 'ne Jacke tragen müssen, was das anbetrifft.«

»Ich werde den Revolver wahrscheinlich gar nicht brauchen«, sagte ich.
»Aber falls doch, möchte ich mich nicht mit einem Reißverschluss herum-
ärgern müssen.«

»Du willst damit sagen, dass Quickdraw McGraw auch keine Bauchtasche
hatte.«

»Richtig.«

»Was eine Menge Typen tun, sie lassen den Reißverschluss offen. Sieht sowieso irgendwie cooler aus.«

»So wie Turnschuhe mit offenen Schnürsenkeln.«

»So in etwa, nur dass man kaum über seine Bauchtasche stolpern wird.
Wenn die Dinge unschön werden, greift man einfach hinein und na bitte.«
Er verdrehte die Augen. »Aber ich rede in den Wind, Kind, weil du dir keine
Bauchtasche zulegen wirst, oder?«

»Vermutlich nicht«, sagte ich. »Ich denke, ich bin einfach kein Bauch-
taschentyp.«

Ich ging wieder nach Hause und schaute weiter Footballübertragungen. Ich
wechselte den Sender, wenn sie Werbung zeigten, und folgte den Spielen nicht
wirklich. Kurz vor sechs stellte ich den Fernseher ab und spazierte runter zu
Elaines Laden. ELAINE MARDELL, verkündet das Schild über dem Fenster, und der Laden selbst ist ein ziemlich gutes Abbild seiner Besitzerin –
Volkskunst und Antiquitäten, Gemälde, die sie in Secondhandläden und bei
Ramschverkäufen zutage gefördert hat, sowie Ölbilder und Zeichnungen einiger zeitgenössischer Künstler, die von ihr entdeckt wurden. Sie hat das Auge
eines Künstlers und nahm den Revolver sofort wahr.

»Oho«, sagte sie. »Ist das das, was ich denke, dass es ist? Oder freust du
dich nur, mich zu sehen?«

»Beides.«

Sie streckte die Hände aus, um die Jacke aufzuknöpfen. »So ist es weniger offensichtlich«, sagte sie.

»Bis sie sich ganz öffnet und es sehr viel offensichtlicher wird.«

»Oh, das stimmt. Daran habe ich nicht gedacht.«

»TJ wollte mir eine Bauchtasche einreden.«

»Wäre genau dein Stil.«

»Das hab ich ihm auch gesagt.«

»Das ist eine nette Überraschung«, sagte sie. »Ich wollte sowieso gerade schließen.«

»Ich hatte gehofft, dass ich dich zum Abendessen ausführen darf.«

»Hmm. Ich möchte erst nach Hause gehen und mich frisch machen.«

»Das dachte ich mir.«

»Und mich umziehen.«

»Das auch.«

Als wir die 9th Avenue hochgingen, sagte sie: »Da wir sowieso nach Hause gehen, warum koche ich nicht einfach etwas?«

»Bei dieser Hitze?«

»Es ist nicht so heiß, und es wird ein kühler Abend werden. Vielleicht regnet es sogar.«

»Es fühlt sich nicht nach Regen an.«

»Im Radio haben sie davon geredet. Egal, in unserer Wohnung ist es nicht heiß. Ich hab irgendwie Lust auf Nudeln und Salat.«

»Du würdest überrascht sein, in wie vielen Restaurants du das bekommen kannst.«

»Aber nirgendwo besser, als wenn ich es selbst zubereite.«

»Nun, wenn du darauf bestehst«, sagte ich. »Ich hatte eigentlich zu Armstrong's oder Paris Green tendiert, und danach könnten wir runter ins Village gehen und irgendwo Musik hören.«

»Oh.«

»Das nenne ich Enthusiasmus.«

»Nun, an was *ich* gedacht habe«, sagte sie, »war Nudeln und Salat zu Hause, gefolgt von einer Doppelvorstellung aus dem Videorecorder.« Sie tätschelte ihre Handtasche. »*Michael Collins* und *Der englische Patient*. Romantik und Gewalt, in der von uns gewünschten Reihenfolge.«

»Ein ruhiger Abend zu Hause«, sagte ich.

»Sagte er, kaum in der Lage, seine Begeisterung im Zaum zu halten. Was hast du gegen einen ruhigen Abend zu Hause?«

»Nichts.«

»Wir haben die beiden Filme im Kino verpasst. Und wir hatten uns geschworen, dass wir sie noch ansehen würden.«

»Das ist allerdings wahr«, sagte ich.

Wir beließen es dabei, bis wir die Lobby unseres Hauses erreichten. Dann sagte ich: »Wir reagieren beide über, oder? Du willst nicht, dass ich das Haus verlasse.«

»Und du willst den Schweinehunden zeigen, dass sie dich nicht davon abhalten können, das zu tun, was du tun möchtest.«

»Egal, ob ich es wirklich tun will oder nicht. Du hast vergessen zu erwähnen, dass es Samstagabend ist. Egal, wo wir hingehen, es wird voll und laut sein. Wenn ich nicht so ein starrköpfiger Hurensohn wäre, würde mir ein ruhiger Abend zu Hause wahrscheinlich als großartige Idee erscheinen.«

»Du hörst dich nicht so an wie ein starrköpfiger Hurensohn.«

»Vor ein paar Minuten schon.«

»Aber du hast angefangen einzulenken«, sagte sie. »Vielleicht gibt das den Ausschlag: Ich habe uns kürzlich mit Scotch-Bonnet-Chilis eingedeckt. Die Soße zu den Nudeln wird dir die Schuhe ausziehen, das verspreche ich.«

»Zuerst das Abendessen«, sagte ich, »und danach *Michael Collins*. Wenn ich dabei vor dem Fernseher einschlafe, verpasse ich wenigstens nur den *Englischen Patienten*.«

»Sie sind ein zäher Verhandlungspartner, Mister.«

»Nun, ich habe ein jüdisches Mädchen geheiratet«, sagte ich. »Sie hat mich gut geschult.«

Kapitel 7

Am Sonntagmorgen schaute ich auf meinen Bauch und wurde von der Hälfte der Farben des Regenbogens begrüßt. Er fühlte sich ein bisschen besser an, obwohl er sehr viel schlimmer aussah, und es schien mir, als wären auch meine anderen Schmerzen etwas zurückgegangen.

Ich zog mich an und ging in die Küche, um einen Bagel und eine Tasse Kaffee zu frühstücken. Elaine fragte mich, wie ich mich fühlte, und ich erzählte es ihr. »Vor ein paar Jahren«, sagte ich, »hätte ich mich von so einem Schlag sehr viel schneller erholt. Ich hätte nicht jeden Morgen nachsehen müssen, um zu wissen, wie ich mich fühle.«

»Und die Instanthaltung erfordert mehr Zeit und Aufwand«, sagte sie. »Wer zum Teufel musste sich früher mit Sport herumschlagen? Wo wir gerade davon sprechen, ich denke, ich werde für eine Stunde ins Fitnessstudio gehen.«

»Ich bin fast verzweifelt genug, dich zu begleiten.«

»Warum tust du es dann nicht? Es gibt jede erdenkliche Maschine, nach der einem der Sinn stehen könnte, und jede Menge Gewichte, wenn du den Technikfeind markieren willst. Tonnenweise Frauen in hautenger Kleidung zum Angucken, danach den Whirlpool für deine schmerzenden Muskeln. Aber dein Gesichtsausdruck sagt mir, dass du nicht mitkommen wirst.«

»Heute nicht«, sagte ich. »Ich hab schon zu viel Energie verbraucht, als du von diesen Maschinen erzählt hast. Weißt du, wonach mir der Sinn steht? Nach nichts derart Energischem wie einer Trainingseinheit im Fitnessstudio, sondern nach einem schönen langen Spaziergang. Runter ins Village und zurück, oder hoch zur 96th Street und zurück.«

»Nun, das könntest du tun, wenn du möchtest.«

»Aber du denkst nicht, dass ich es tun sollte.«

»Zieh dich nur warm an, ja? Trag deine Weste und dein Schulterholster.«

»Vielleicht hänge ich heute einfach nur hier zu Hause rum.«

»Warum nicht, Liebling? Du kannst ein paar sehr vorsichtige halbe Sit-ups machen, wenn du dich schneller erholen willst. Warum gibst du diesen Idioten nicht einen weiteren Tag, um das Interesse an dir zu verlieren?

»Das ergibt Sinn.«

»Außerdem kannst du die Sonntagsausgabe der *Times* lesen. Allein die hochzuheben ist mehr Leibesertüchtigung, als Leute im Rest des Landes in einem Monat praktizieren. Und es gibt bestimmt jede Menge Sport im Fernsehen.«

»Ich denke, ich esse noch einen Bagel«, sagte ich. »Es hört sich an, als würde ich die Energie brauchen.«

Ich las die Zeitung und schaute das Spiel der Giants. Als es zu Ende gegangen war, schaltete ich zwischen den Jets und den Bills auf NBC und einem Golfturnier für Senioren auf einem anderen Kanal hin und her. Es interessierte mich nicht sonderlich, wer das Football-Spiel gewann – sie auch nicht, so wie sie spielten –, und das Golfturnier war nicht einmal ansatzweise interessant, obwohl es etwas auf eigentümliche Weise Hypnotisierendes hatte.

Es hatte die gleiche Wirkung auf Elaine, die mir eine Tasse Kaffee brachte und dann wie gebannt auf den Bildschirm starrte, bis der Zauber mit einer Reklame für den Midas-Muffler-Auspuffservice gebrochen wurde. »Warum hab ich das geguckt?«, wollte sie wissen. »Was interessiert mich Golf?«

»Ich weiß.«

»Und was interessiert mich Midas Muffler? Wenn ich mir einen Auspuff kaufe, dann wird es die Marke sein, für die George Foreman Werbung macht«

»Meineke.«

»Was auch immer.«

»Da wir kein Auto haben ...«

»Du hast Recht.«

Sie ging aus dem Zimmer und ich wandte mich wieder dem Golfturnier zu. Während sich ein Typ in zu greller Kleidung an seinen Birdie-Putt machte, erwischte ich mich dabei, wie ich an Lisa Holtzmann dachte. Was ich dachte, war, dass es genau die richtige Sorte von faulem Nachmittag war, um ihn in ihrer Wohnung zu verbringen.

Nur ein flüchtiger Gedanke, so wie ich ab und zu noch an einen Drink denke, ohne ein wirkliches Verlangen nach einem zu spüren. Ich hatte vor ein paar Tagen all den Bourbon gerochen und der Duft war direkt in meine Gedächtnisbank gegangen, aber es hatte nicht dazu geführt, dass ich einen Drink wollte. Ich hatte ihn am folgenden Tag wieder gerochen, gemeinsam mit dem

Geruch von Blut, Tod und Schüssen, schwächer, weil es einen Tag später war, aber doch noch sehr gut wahrzunehmen. Und ich hatte dann auch keinen Drink gewollt.

Und ich wollte Lisa jetzt auch nicht, aber offensichtlich wollte ich den Ort verlassen, an dem ich mich befand, nicht den tatsächlichen Ort unserer Wohnung, sondern den geistigen Ort, die Kammer des Ichs, die ich bewohnte. Das war, was sie immer gewesen war, mehr als nur eine Quelle der Lust, mehr als nur eine Eroberung, mehr als nur gute Gesellschaft. Sie war eine Möglichkeit gewesen zu entkommen, und ich war eine Person, die immer entkommen wollen würde. Egal, wie angenehm mein Leben war, egal, wie gut ich zu ihm passte und es zu mir, ich würde mich immer davonmachen und für eine Weile verstecken wollen.

Das ist ein Teil von mir.

Allein sie dort zu sehen, ihre Aufmerksamkeit zu erregen, zu beobachten, wie sie mit Florian Händchen hielt, hatte dafür gesorgt, dass ich an sie dachte. Ich würde sie nicht aufsuchen. Ich würde sie nicht einmal anrufen. Aber es war etwas, worüber ich später mit Jim reden konnte, und etwas, worüber ich jetzt nicht weiter nachdenken würde.

Stattdessen würde ich weiter den Jungs beim Golfspielen zusehen.

»Du siehst nett aus«, sagte Elaine. Sie streckte die Hand aus, um meine Windjacke zu berühren, und drückte gegen den Revolver, der sich darunter verbarg. »Sehr nett. So wie sich das bauscht, ist das Holster völlig verborgen. Und wenn du sie so wie jetzt halboffen trägst, kannst du schnell danach greifen, oder?«

Ich führte es ihr vor, zog den Revolver, steckte ihn zurück.

»Und dein rotes Polohemd«, sagte sie und öffnete einen Knopf. »Oh, ich verstehe, du hattest es zugeknöpft, damit die Weste nicht zu sehen ist. Aber es sieht offen besser aus, und wen kümmert es schon, wenn man die Weste sieht? Man kann nicht sagen, um was es sich handelt. Es könnte ein Unterhemd sein.«

»Unter einem Polohemd?«

»Oder eine Tätowierung«, sagte sie. »Du siehst gut aus. Es gibt gerade genug Kontrast zwischen der Windjacke und der Khakihose, dass es nicht wie eine Uniform aussieht.«

»Da bin ich aber froh«, sagte ich, »denn ich hatte mir deshalb wirklich Sorgen gemacht.«

»Nun, das solltest du auch. Was wäre, wenn eine Dame hält neben dir anhält und dich bittet, nach ihrem Öl zu sehen? Wie würdest du dich dann fühlen?«

»Ich denke nicht, dass ich darauf antworten werde.«

»Du bist ein kluger Mann«, sagte sie. »Küss mich. Mmm. Viel Spaß. Sei vorsichtig. Grüß Jim von mir.«

Ich ging nach draußen. Es fühlte sich nach Regen an und wir konnten ihn gebrauchen. Die Luft war stickig und drückend; sie hatte die Reinigung nötig, die ihr ein kräftiger Regenguss verpassen würde. Aber meine Vermutung war, dass wir noch etwas länger warten durften, so wie wir schon seit mehreren Tagen warteten.

Ich spazierte den Block entlang bis zur 8th Avenue, dann ein paar Blocks Richtung Süden bis zum Restaurant. Es entpuppte sich als das Lucky Panda. Es gab einen Pandabären auf dem Schild, auf herkömmliche Weise schwarz und weiß, und er grinste, als hätte er gerade im Lotto gewonnen.

Jim Faber war bereits dort, er war in dem fast völlig leeren Restaurant leicht zu entdecken. Der Tisch, für den er sich entschieden hatte, war einer, den ich auch selbst gewählt hätte, an einer Wand im hinteren Bereich. Er war damit beschäftigt, die Sonntagsbeilage der *Times* zu lesen, legte sie weg, als ich mich näherte, und stand auf.

»Will und Bill«, sagte er.

Wir gaben uns die Hand und ich sagte: »Wie bitte?«

Er zeigte auf mich, dann auf sich. »›Will und Bill, wer's doppelt will.‹ Hast du das noch nie gehört?«

»Nicht, dass ich mich erinnere.«

»Ich hatte Zwillingscousins, die drei Jahre älter waren als ich. Hab ich sie schon mal erwähnt?«

»Ich denke nicht. Und sie hießen Will und Bill?«

»Nein, natürlich nicht. Sie hießen Paul und Philip, aber jeder nannte Philip Buzzy. Weiß der Geier, warum. Aber ich hatte diesen Onkel, nicht der Vater der Zwillinge, ein anderer Onkel, und jedes Mal, wenn er sie traf, sagte er dasselbe.«

»›Hallo, Jungs.‹«

»›Will und Bill, wer's doppelt will.‹ Bei jeder gottverdammten Gelegenheit, womit ich jede Familienfeier meine, und es gab eine Menge von denen. Für eine Familie voller Leute, die sich nicht sonderlich mochten, haben wir uns sehr oft getroffen. ›Will und Bill, wer's doppelt will.‹ Muss sie in den Wahnsinn getrieben haben, aber sie haben sich nie beklagt. Aber andererseits, in meiner Familie beklagte man sich nicht. Man lernte schnell, es nicht zu tun.«

»›Hör auf zu flennen oder du wirst gleich wirklich Grund zum Heulen haben.‹«

»Herrgott, ja. Hat dein Vater das auch gesagt?«

»Nein, nie. Aber ich hatte einen Onkel, der das immer zu seinen Kindern gesagt hat. Und soweit ich weiß, war es nicht nur Gerede.«

»Ich hab das sehr oft gehört, als ich ein Kind war, und bei uns zu Hause war es auch nicht nur Gerede. Egal, das ist die traurige Sage von Will und Bill.«

Wir trugen beide hellbraune Windjacken über roten Polo Shirts und Khakihosen. »Wir sind nicht wirklich Zwillinge«, sagte ich. »Ich trage eine schusssichere Weste.«

»Danke für die Information. Jetzt werde ich wissen, dass ich hinter dir Schutz suchen kann, wenn die Luft bleihaltig wird.«

»Während du das tust«, sagte ich, »werde ich die Schweinehunde mit Kugeln eindecken.«

»Oh? Du trägst eine Knarre?«

»In einem Schulterholster«, sagte ich und zog den Reißverschluss weit genug herunter, um es sichtbar zu machen. Dann zog ich ihn wieder hoch.

»Jetzt werde ich besser schlafen«, sagte er, »weil ich weiß, dass mein Tischgenosse bewaffnet und gefährlich ist. Lass uns die Plätze tauschen.«

»Hä?«

»Komm schon«, sagte er. »Wir tauschen die Plätze. Dann hast du den Eingang im Blick.«

»Wenn irgendjemand irgendetwas versucht«, sagte ich, »dann wird es auf der Straße sein. Das Einzige, worüber ich mir hier drinnen Sorgen machen muss, ist das Moo-Shu-Schweinefleisch.«

Er lachte darüber, ging aber trotzdem um den Tisch herum. Ich zuckte mit den Schultern und setzte mich auf den Platz, den er freigemacht hatte. »Bitteschön«, sagte er. »Ich habe meinen Beitrag geleistet. Ich vermute, du möchtest deine Jacke anbehalten, damit nicht die ganze Welt auf deine Freunde Smith und Wesson aufmerksam wird. Was ist los?«

»›Luft bleihaltig ‹«, sagte ich. »›Deine Freunde Smith und Wesson.‹«

»Hey, ich halte mich auf dem Laufenden, was den Jargon anbetrifft. Ich sehe fern.« Er grinste. »Ich werde meine Jacke auch anbehalten, aber nicht aus Solidarität. Ich schwöre, als ich das letzte Mal hier war, haben wir mitten in einer Hitzewelle gesteckt und es war hier drinnen heißer als draußen. Heute ist ein netter Herbsttag und sie haben die Klimaanlage bis zum Anschlag aufgedreht. Hattest du zu Hause eine Klimaanlage, als du noch ein Kind warst?«

»Machst du Witze? Wir waren froh, wenn wir uns überhaupt Luft zum Atmen leisten konnten.«

»Bei mir war es genauso«, sagte er. »Wir hatten einen Ventilator. Wir haben uns immer alle vor ihm versammelt und er hat heiße Luft auf uns geweht.«

»Aber du hast dich nicht beklagt.«

»Mit der Hitze war es etwas anderes«, sagte er. »Über die Hitze durfte man sich beklagen. Hier kommt unser Mann. Willst du bestellen?«

»Ich hab noch nicht mal die Speisekarte in der Hand gehabt«, sagte ich. »Und ich will mich zuerst frischmachen. Wenn du willst, kannst du aber für uns beide bestellen.«

Er schüttelte den Kopf. »Es besteht keine Eile«, sagte er und teilte dem Kellner mit, dass wir noch ein paar Minuten brauchen würden.

Ich suchte die Herrentoilette auf und tat das, was man dort tut. Das übliche Schild informierte mich, dass Angestellte verpflichtet waren, sich die Hände zu waschen, und ich wusch meine, obwohl ich zu diesem Zeitpunkt nirgendwo angestellt war. Sie hatten einen dieser Händetrockner mit Warmluftgebläse anstatt von Papierhandtüchern, und wenn ich das rechtzeitig bemerkt hätte, wäre ich womöglich nicht so erpicht darauf gewesen, mir die Hände zu waschen. Ich hasse diese verdammten Dinger: Es dauert eine Ewigkeit und meine Hände fühlen sich danach nie wirklich trocken an. Aber ich hatte sie gewaschen und jetzt stand ich da und trocknete sie. Während das dauerte, malte ich mir aus, wie ich das alles in ein paar Minuten Jim erzählen würde.

Ich blickte mich im Spiegel an und zupfte am Kragen meines Polohemds, um die Weste zu verstecken, ohne den obersten Knopf zuzuknöpfen. Nicht, dass irgendjemand sie wirklich sehen konnte oder wissen konnte, was sie da sahen. Und es spielte keine Rolle. Trotzdem, wenn ich sie nahm und sie vorne ein bisschen herunterzog–

Das war, womit ich beschäftigt war, als ich die Schüsse hörte.

*   *   *

Ich hätte sie überhören können, sie waren nicht übermäßig laut. Oder ich hätte sie für etwas anderes halten können. Einen fehlzündenden Lastwagen, einen Kellner, der ein Tablett fallenließ. Irgendetwas.

Aber aus irgendeinem Grund wusste ich sofort, was ich hörte, und erkannte auch, was es bedeutete. Ich stürzte aus der Toilette und rannte den Korridor entlang in den Speiseraum. Mit einem Blick erfasste ich die Lage dort: Jim, ein Kellner mit aufgerissenem Mund, zwei Gäste, die versuchten, sich in der hölzernen Wandverkleidung aufzulösen, eine dünne blonde Frau am Rande der Hysterie, eine andere Frau, die versuchte, sie zu beruhigen. Ich rannte an allen vorbei und durch die Tür hinaus, aber der Schütze war nirgends zu sehen. Er war um eine Ecke verschwunden und in ein wartendes Auto gesprungen. Oder er hatte sich in Luft aufgelöst. Was auch immer er getan hatte, es gab keine Spur von ihm.

Ich ging wieder ins Restaurant. Nichts hatte sich geändert, niemand hatte sich bewegt. Jim war an unserem Tisch, mit dem Rücken zum Eingang. Er hatte wieder angefangen zu lesen, während ich auf der Toilette war, und die Sonntagsbeilage lag auf dem Tisch, aufgeschlagen bei einem Artikel über Eltern, die ihre Kinder nicht in die Schule schickten, sondern sie zu Hause unterrichteten. Im Laufe der Jahre hatte ich ein paar Leute getroffen, die davon gesprochen hatten, dass sie das tun wollten, aber nie jemanden, der es wirklich getan hatte.

Er musste gelesen haben, als sich der Schütze näherte, und er hatte es wahrscheinlich nicht kommen sehen. Man hatte ihm mit einer kleinkalibrigen Pistole zweimal seitlich in den Kopf geschossen, mit einer .22er, wie sich herausstellen sollte. Es hatte eine Zeit gegeben, zu der diese Waffen als Spielzeuge oder Damenpistolen belächelt worden waren, aber seitdem waren sie zur bevorzugten Waffe von Auftragsmördern geworden. Ich bin mir nicht ganz sicher, warum. Mir wurde gesagt, dass eine leichtere Kugel dazu tendiert, im Schädel herumzuirren, wodurch sich die Wahrscheinlichkeit, dass der Schuss tödlich ist, beträchtlich erhöht. Vielleicht ist es das oder vielleicht hat es was mit ihrem Ego zu tun. Wenn man wirklich gut in seinem Geschäft ist, braucht man kein Geschütz, man kommt mit einem Skalpell aus.

Er hatte zwei Kugeln abbekommen, wie erwähnt, eine in die Schläfe, eine ins Ohr. Die beiden Einschusslöcher waren nicht viel mehr als drei Zentimeter voneinander entfernt. Der Mörder war nahe an ihn herangekommen – ich konnte die Schmauchspuren sehen, ich konnte versengte Haare und Haut riechen – und er hatte die Pistole fallenlassen, nachdem er sie benutzt hatte, sie zusammen mit den ausgestoßenen Patronenhülsen zurückgelassen.

Ich berührte die Pistole nicht, ebenso wenig versuchte ich, sie zu untersuchen. Ich wusste damals noch nicht, dass es sich wirklich um eine .22er handelte, ich erkannte weder den Hersteller noch das Modell, aber sie sah aus wie eine und auch die Wunden sahen danach aus.

Er war nach vorne gesackt, die unversehrte Seite seines Gesichts lag auf der geöffneten Sonntagsbeilage vor ihm auf dem Tisch. Blut war seine Wange hinab gesickert und etwas davon hatte sich auf der Beilage angesammelt. Allerdings nicht sehr viel Blut. Man hört mehr oder weniger auf zu bluten, wenn man tot ist, und er musste tot gewesen sein, bevor der Mörder auf dem Weg nach draußen die Türschwelle überquert hatte, vielleicht sogar schon, bevor die Pistole auf dem Boden gelandet war.

Wie alt war er? Einundsechzig, zweiundsechzig? Irgendwas in der Richtung. Ein Mann mittleren Alters in einem roten Polohemd und einer Khakihose, der eine hellbraune Windjacke mit geöffnetem Reißverschluss trug. Er hatte noch den größten Teil seines Haars, obwohl der Ansatz zurückgegangen und es am Hinterkopf dünn geworden war. Er hatte sich an diesem Morgen rasiert gehabt und sich dabei leicht am Kinn geschnitten. Ich konnte die Stelle jetzt nicht sehen, aber ich hatte sie vorher bemerkt, bevor ich auf die Toilette gegangen war. Er tat das sehr oft, sich beim Rasieren schneiden. Hatte es sehr oft getan.

Will, von Will und Bill.

Ich stand da. Irgendjemand sagte etwas, und man mochte etwas zu mir gesagt haben, aber ich registrierte nichts. Meine Augen starrten auf einen Satz in dem Artikel über Heimunterricht, aber den registrierte ich auch nicht. Ich stand einfach da, und schließlich hörte ich eine Sirene und die Cops trafen ein.

Kapitel 8

Wenn.

Wenn ich nur das Essen abgesagt hätte. Wir hatten uns während der vergangenen paar Wochen sehr häufig getroffen. Lass uns eine Woche auslassen, hätte ich vorschlagen können. Er hätte keinen Einspruch erhoben. Es ist sogar wahrscheinlich, dass er insgeheim erleichtert gewesen wäre.

Wenn wir nur nach Chinatown gegangen wären. Das vegetarische Restaurant da unten war in der Pell Street und man musste eine lange, schmale Treppe hochsteigen. Ein Profi hätte nie jemanden an einem Ort ermordet, an dem der Fluchtweg so heikel gewesen wäre.

Wenn ich nur andere Kleidung angezogen hätte. Ich achte nie sonderlich darauf, was ich anziehe. Normalerweise schnappe ich mir einfach das oberste Hemd vom Stapel. Diesmal war das Hemd zufällig rot, ebenso wie seines.

Wer auch immer mir vom Parc Vendôme zum Lucky Panda gefolgt war, hatte einen Mann verfolgt, der ein rotes Polohemd, eine Khakihose und eine hellbraune Windjacke trug. Und als er (oder wer auch immer von ihm angerufen worden war) das Restaurant betreten hatte, hatte er einen Mann in genau dieser Kleidung allein an einem Tisch sitzen sehen, die einzige Person im Lokal, die der Beschreibung entsprach. Er musste nicht nach einem Ausweis fragen. Er tat, wozu er gekommen war, ließ die Waffe fallen und verschwand.

Wenn er nur zuerst einen guten Blick auf Jim geworfen hätte.

Wenn ich nur meinen Blazer getragen hätte. Und wenn er sich ein bisschen über dem Schulterholster ausbeulte, na und? Ich posierte nicht für eine Fotostrecke in *GQ*.

Wenn ich mir nur die Zeit genommen hätte, meine verdammte Blase zu entleeren, bevor ich das Haus verließ. Ich hätte den Tisch nicht verlassen, ich hätte gegenüber von Jim gesessen, als der Schütze ins Restaurant gekommen war. Der Hurensohn hätte gedacht, dass er doppelt sieht. Er hätte vielleicht beschlossen, uns beide zu erschießen und es Gott zu überlassen, uns auszusieben, und es wäre ihm vielleicht auch gelungen, aber er wäre einen Augenblick lang verwirrt gewesen, ein paar Sekunden, während denen er innehielt, um die

Situation zu erfassen. Vielleicht wäre das Zeit genug für mich gewesen, ihn zu bemerken und nach meiner eigenen Waffe zu greifen.

Wenn ich nur den Vorschlag abgelehnt hätte, die Plätze zu tauschen. Jim hätte vielleicht gesehen, wie der Typ hereinkam, vielleicht hätte er die Chance gehabt zu reagieren. Und der Schütze hätte vielleicht, weil er das Gesicht anstatt des Hinterkopfes sehen konnte, erkannt, dass es sich um den falschen Mann handelte.

Wenn ich nur darauf verzichtet hätte, mir die Hände zu waschen. Oder sie an meiner Hose abgewischt hätte, anstatt Zeit mit dem Händetrockner zu verschwenden. Ich wäre etwa zu der Zeit, als sich der Schütze Jims Tisch näherte, aus der Herrentoilette gekommen. Ich hätte ihm eine Warnung zurufen können, hätte meine eigene Waffe ziehen können, hätte den Schweinehund erledigen können, bevor er meinen Freund erschoss.

Wenn ...

Wenn ich nur einfach stillgehalten und an jenem Abend meine Prügel wie ein richtiger Mann eingesteckt hätte. Es hätte mich nicht umgebracht und damit hätte die Sache ein Ende gehabt. Ich hätte meine Lektion gelernt, zumindest hätte es den Anschein gehabt, und sie hätten mich in Ruhe gelassen. Aber nein, ich hatte ein Held sein müssen, ich hatte angeben und mich wehren müssen.

Wenn ich nur in jener Nacht Turnschuhe getragen hätte. Ich trug sie jetzt. Warum konnte ich sie nicht dann tragen? Als ich dem Typen hinter mir auf den Fuß stampfte, hätte er gestöhnt und mich festgehalten, und ich hätte mir einen zusätzlichen harten Schlag für meine Mühen eingefangen.

Wenn ich die Sache nur zu Ende gebracht hätte. Wenn ich schon darauf bestand, mich zu wehren, und damit auch noch Erfolg hatte, warum hatte ich es dann nicht konsequent durchziehen können? Wenn ich nur meinem Impuls nachgegeben und dem Schläger gegen den Kopf getreten hätte, ihn noch einmal getreten hätte, ihn solange getreten hätte, bis ich seinen verdammten Kopf eingetreten hatte. Und dem anderen Kerl eine Kugel in die Brust gejagt hätte, wenn ich schon dabei war, und den Revolver seinem Kumpel in die Hand gedrückt hätte. Hätten die Cops doch herausfinden sollen, was passiert war. Bei zwei zwielichtigen Typen wie diesen hätten sie sich bestimmt keine sonderlich große Mühe gegeben.

Oh, zum Teufel. Wenn ich mich nur von Anfang an von dem Fall ferngehalten hätte. Wenn ich Mick gesagt hätte, dass ich damit nichts zu tun haben wollte. Ich hatte ihm das nur einen Tag später sowieso gesagt.

Die Geschichte meines Lebens, immer einen Tag zu spät und einen Dollar zu wenig.

Wenn ich ihn nur als meinen Sponsor gefeuert hätte. Ich war schon seit Jahren trocken, ich hatte offenbar schon vor langer Zeit die Kunst gemeistert, jeden Tag aufs Neue nichts zu trinken, also wofür hatte ich dann noch einen Sponsor gebraucht? Warum hatte ich die Beziehung andauern lassen und warum hatten wir die alberne Tradition des sonntäglichen Abendessens beim Chinesen aufrechterhalten?

Elaine hätte mich daran erinnern können, dass ich ein verheirateter Mann war, dass ich am Sonntag mit meiner Ehefrau zu Abend essen sollte. Sie würde so etwas nie tun, das war absolut nicht ihre Art, aber wenn sie es nur getan hätte.

Wenn ich ihn nur überhaupt nie als Sponsor ausgewählt hätte. Er war die offensichtliche Wahl gewesen, die einzige Person, die mir wirklich Aufmerksamkeit geschenkt hatte, als ich begonnen hatte, zu den Treffen in St. Paul's zu kommen. Am Anfang trank ich noch gelegentlich; ich war mir nicht sicher, dass ich überhaupt dort sein wollte, und ich war offensichtlich unfähig, mich selbst als Alkoholiker zu bezeichnen oder auch nur ein Wort mehr zu sagen, als unbedingt nötig war. Wenn es sich nicht vermeiden ließ, dass ich an die Reihe kam, sagte ich nur: *Ich heiße Matt und ich denke, ich werde heute nur zuhören.* Ich dachte nicht, dass mich irgendjemand bemerkte, und erst Monate später erfuhr ich, dass ich dort eine Zeitlang einen Spitznamen gehabt hatte. Die Leute hatte mich Matt der Zuhörer genannt.

Aber er hatte sich für mich interessiert, hatte immer gegrüßt, hatte immer mit mir geplaudert. Hatte mich dazu aufgefordert, mit ein paar von ihnen nach dem Treffen einen Kaffee trinken zu gehen. Hatte respektvoll zugehört, als ich Blödsinn in der typischen Art der frisch Trockenen von mir gegeben hatte. Hatte gelegentlich einen Vorschlag gemacht, immer so behutsam formuliert, dass ich selten erkannte, dass ich nicht von selbst darauf gekommen war.

Ich bekomme immer zu hören, dass ich mir einen Sponsor suchen soll, hatte ich eines Abends nebenbei gesagt. Es gesagt, nachdem ich es zwei Tage lang geübt hatte. Was denkst du darüber, hatte ich gesagt.

Es ist wahrscheinlich keine schlechte Idee, hatte er geantwortet.

Nein, hatte ich gesagt, darüber, mein Sponsor zu sein. Was denkst du darüber?

Ich denke, dass ich es wahrscheinlich schon bin, hatte er gesagt. Aber, hatte er hinzugefügt, wenn du es formell machen willst, würde ich sagen, dass es sich für mich okay anhört.

Er war einfach nur dieser Kerl in einer alten Armeejacke. Eine lange Zeitlang wusste ich nicht, wovon er lebte und was für ein Leben er außerhalb der Räumlichkeiten der AA führte. Dann leitete er ein Treffen und ich bekam seine Geschichte zu hören. Und dann lernten wir uns richtig kennen, tranken unzählige Liter Kaffee bei Treffen und nach Treffen, saßen einander an Hunderten von Sonntagabenden an Restauranttischen gegenüber.

Wenn ich nur jemand anderen als meinen Sponsor ausgewählt hätte oder überhaupt niemanden. Wenn ich mich nur in diesem Kellerraum umgeblickt hätte, danke, ich verzichte, gesagt hätte und auf einen Drink in die nächste Kneipe gegangen wäre.

Er hätte mir Schwachsinn dieser Art niemals durchgehen lassen. Du musst ein verdammt großes Ego haben, hatte er mir mehr als einmal gesagt, wenn du so hart mit dir selbst ins Gericht gehst. Für wen hältst du dich eigentlich, dass du dir selbst so unmöglich hohe Maßstäbe setzt? Was denkst du eigentlich, wer du bist? Das Stück Scheiße, um das sich die Welt dreht?

Ich sagte, willst du damit sagen, dass ich es nicht bin?

Du bist nur ein Mensch, antwortete er. Du bist einfach nur ein weiterer Alkoholiker.

Ist das alles?

Das ist genug, sagte er.

Wenn man nur das Vergangene ändern könnte.

Wenn sich TJ am Computer etwas anders überlegt, kann er bestimmte Tasten drücken und das, was er vorher gemacht hat, ungeschehen machen. Aber, wie mir ein Flippersüchtiger vor Jahren erklärt hat, das Problem mit dem Leben ist, das es keinen Knopf für einen Neustart gibt.

Was geschehen ist, kann niemals ungeschehen gemacht werden. Es ist einbetoniert, in Stein gemeißelt.

Omar Khayyam hat es vor vielen Jahren beschrieben. Er hat es so gut formuliert, dass ich mich sogar an den Wortlaut erinnern kann:

Der Finger bewegt sich und er schreibt; hat er geschrieben,
zieht er fort: Weder deine Frömmigkeit noch dein Verstand
werden ihn zurücklocken, um eine halbe Zeile auszulöschen,
noch werden deine Tränen ein Wort davon wegwaschen.

Wenn es nur nicht so wäre.
Wenn ...

Kapitel 9

Ich wurde am Tatort ausführlich vernommen, zuerst von den uniformierten Cops, die auf den Notruf reagiert hatten, dann von jemandem in Zivil. Ich kann mich nicht an die Fragen und Antworten erinnern, weil ich mir der Prozedur während des Ablaufs kaum bewusst war. Ein Teil meines Bewusstseins bemühte sich aufzupassen und nahm das, was andere in Hörweite sagten, auf, verfolgte die Fragen, die mir gestellt wurden, und meine Antworten. Der Rest von mir war irgendwo anders, wanderte ziellos durch die Korridore der Vergangenheit, unternahm Streifzüge in eine alternative Zukunft. Eine Wenn-Zukunft, eine Zukunft, in der, weil ich etwas anders gemacht hatte, Jim noch am Leben war.

Als ich elf oder zwölf Jahre alt war, wurde ich von einem Baseball an der Stirn getroffen und lief den ganzen Tag wie benommen herum. Jetzt war es genauso. Als wäre ich in Watte gewickelt, von einem Nebel eingehüllt. Ich nahm nichts wirklich auf und es würde mir alles wie ein Traum im Gedächtnis bleiben, gedämpft, verschleiert und verschwommen, mit Teilen, die fehlten.

Es war Viertel vor zehn, als sich der Nebel lichtete oder hob oder was auch immer er tut. Ich bemerkte die Uhrzeit auf der Wanduhr im Dienstraum im ersten Stock des Reviers Midtown North, wohin man mich, wie ich mich vage erinnerte, auf dem Rücksitz eines blauweißen Streifenwagens gebracht hatte. Wir hätten zu Fuß gehen können; das Revier war in der 54th Street westlich der 8th Avenue, buchstäblich einen Steinwurf vom Lucky Panda entfernt.

Ich vermute, das gesamte Revier kannte das Restaurant. Cops sind legendär für ihren Appetit auf Donuts, aber sie verschlingen auch eine Menge chinesisches Essen, und bestimmt waren ein paar von Midtown Norths ganzem Stolz zumindest gelegentlich im Lucky Panda zu Gast. Das gab mir noch einen Eintrag in der Wenn-Lotterie. Warum konnten nicht ein paar uniformierte Beamte an einem Tisch in der Nähe des Eingangs gesessen haben? Der Schütze hätte einen Blick auf sie geworfen und wäre unverrichteter Dinge abgezogen.

Viertel vor zehn. Ich hatte bis jetzt nicht auf die Uhrzeit geachtet. Ich hatte Jim gegen halb sieben getroffen. Wir hatten eine Minute lang oder so miteinander geredet. Ich ging auf die Toilette, ich benutzte die Toilette, ich kam aus der Toilette gerannt ...

Seitdem waren drei Stunden vergangen, in Windeseile vergangen. Ich musste einen großen Teil davon sitzend oder stehend verbracht haben, darauf wartend, dass irgendetwas passiert, wartend, dass mir jemand sagen würde, was ich tun sollte. Ich musste in einem sehr folgsamen Zustand gewesen sein. Mir des Vergehens der Zeit nicht bewusst, war ich weder gelangweilt noch ungeduldig geworden.

»Matt? Warum nehmen Sie nicht Platz? Wir gehen es noch einmal durch, dann können Sie nach Hause gehen und sich erholen.«

»Klar«, sagte ich.

Der Detective hieß George Wister. Er war schlank und knochig, mit spitzer Nase und spitzem Kinn sowie einem sorgfältig gepflegten kleinen Schnurrbart. Sein Bartschatten war dunkel und dicht. Ich vermute, dass er sich rasiert hatte, als er an diesem Morgen aufgestanden war, aber er hätte sich jetzt wieder rasieren müssen und er wusste es. Er hatte die Angewohnheit, sich an die Backe oder das Kinn zu fassen, einen Finger gegen den Strich seiner Barthaare gleiten zu lassen, als ob er nachprüfen wollte, wie dringend er sich rasieren musste.

Er war um die vierzig, etwa eins achtundsiebzig, mit dunkelbraunem Haar und tief liegenden braunen Augen. Ich registrierte das alles und fragte mich, warum. Niemand würde mich bitten, den Ermittlungsbeamten zu beschreiben. Was sie gerne von mir haben wollten, war eine Beschreibung des Mörders, und damit konnte ich ihnen nicht dienen.

»Es tut mir leid, dass wir sie so lange aufhalten«, sagte Wister. »Aber Sie wissen ja, wie diese Dinge laufen. Sie waren ja selbst bei der Polizei.«

»Vor vielen Jahren.«

»Und es kommt mir so vor, als hätte ich Sie hier im Revier schon gesehen. Sie sind mit Joe Durkin befreundet, oder nicht?«

»Wir kennen uns schon eine ganze Weile.«

»Und jetzt arbeiten Sie als Privatdetektiv.« Ich zog meine Brieftasche hervor und wollte ihm meine Lizenz zeigen. »Nein, es ist in Ordnung«, sagte er. »Sie haben sie mir schon gezeigt.«

»Es ist schwer, den Überblick zu behalten. Was ich gezeigt habe und wem ich es gezeigt habe.«

»Ja, und jeder will noch einmal dasselbe durchgehen, und die ganze Sache macht einen sowieso fertig. Sie müssen hundemüde sein.«

War ich das? Ich wusste es nicht einmal.

»Und Sie müssen erpicht darauf sein, nach Hause gehen zu können.« Er berührte sein Kinn, seine Backe. »Der Verstorbene ist James Martin Faber«, las er von einem Klemmbrett ab und fuhr fort, Jims Adresse sowie den Namen und die Adresse seiner Firma vorzulesen, wobei er mich jedes Mal anblickte, um eine Bestätigung zu erhalten.

Ich sagte: »Seine Frau ist–«

»Mrs. Beverly Faber, gleiche Adresse. Sie wird verständigt, genau genommen waren sie wahrscheinlich schon bei ihr. Sie wird eine offizielle Identifizierung vornehmen müssen.«

»Ich werde selbst mit ihr sprechen müssen.«

»Sie sollten sich erst einmal erholen, Matt. Sie stehen jetzt selbst noch unter Schock.«

Ich hätte ihm sagen können, dass es am Abklingen war. Ich war wieder ich selbst, was auch immer das bedeutete. Aber alles, was ich tat, war zu nicken.

»Faber war ein Freund von Ihnen.«

»Mein Sponsor.« Das Wort verwirrte ihn und ich bereute, es gebraucht zu haben, weil ich es jetzt erklären musste. Nicht, dass es einen Grund gegeben hätte, es nicht zu erklären. Es gibt eine Tradition, die Anonymität eines anderen AA-Mitglieds zu wahren, aber diese Höflichkeit bezieht sich nur auf die Lebenden. »Mein AA-Sponsor«, sagte ich.

»Das bedeutet Anonyme Alkoholiker?«

»Das ist richtig.«

»Ich dachte, dass da jeder beitreten kann. Ich wusste nicht, dass man gesponsort werden muss.«

»Man muss es nicht«, sagte ich. »Ein Sponsor ist eine Person, die man bekommt, nachdem man sich angeschlossen hat. Eher eine Kombination aus Freund und Ratgeber. So ungefähr wie ein Kollege auf dem Revier, der einen unter seine Fittiche nimmt.«

»Jemand mit mehr Erfahrung? Lässt seine Verbindungen spielen, hilft einem dabei, keinen Blödsinn zu machen?«

»Es ist ein bisschen anders«, sagte ich, »da es bei AA keine Beförderungen gibt und der einzige Weg, wie man Probleme bekommen könnte, darin besteht, einen Drink in die Hand zu nehmen. Ein Sponsor ist jemand, mit dem man reden kann, jemand, der einem hilft, trockenzubleiben.«

»Kein Problem, das ich habe«, sagte er, »aber eine Menge Cops haben es, was kein Wunder ist. Der Stress, mit dem man sich tagein, tagaus herumschlagen muss.«

Jeder Job ist stressig, wenn man einen Drink braucht.

»Also haben Sie sich mit ihm zum Abendessen getroffen. Hatten Sie etwas Bestimmtes im Sinn, etwas, über das sie reden mussten?«

»Nein.«

»Sie sind verheiratet, er ist verheiratet, aber Sie beide haben an einem Sonntagabend Ihre Frauen zu Hause gelassen und sind zum Chinesen gegangen.«

»An jedem Sonntagabend«, sagte ich.

»Tatsächlich?«

»Von seltenen Ausnahmen abgesehen, ja.«

»Also war es eine regelmäßige Sache. Ist das der standardmäßige Ablauf bei AA?«

»Bei AA ist nichts Standard«, sagte ich, »außer, dass man nicht trinkt, und selbst das ist nicht so sehr ein Standard, wie man annehmen möchte. Unsere sonntäglichen Verabredungen zum Abendessen waren am Anfang ein Element der Sponsorenbeziehung, ein Weg, um uns gegenseitig kennenzulernen. Im Laufe der Jahre wurde es dann einfach nur zu einem Element unserer Freundschaft.«

»›Im Laufe der Jahre‹. War er über lange Zeit Ihr Sponsor?«

»Sechzehn Jahre.«

»Sie machen Witze. Sechzehn Jahre? Und Sie hatten die ganze Zeit über keinen Drink?«

»Bis jetzt noch nicht.«

»Und Sie gehen immer noch zu den Treffen?«

»Das tue ich.«

»Was ist mit ihm?«

»Er hat es auch getan.«

»Sie wollen sagen, er hat damit aufgehört?«

Ich versuchte, mir zu überlegen, wie ich darauf antworten sollte, als er verstand und rot wurde. »Entschuldigung«, sagte er. »Es war ein langer Tag.« Er blickte auf sein Klemmbrett hinab. »Jeden Sonntagabend. Immer im selben Restaurant?«

»Immer chinesisch«, sagte ich. »Unterschiedliche Restaurants.«

»Warum chinesisch? Gab es irgendeinen bestimmten Grund?«

»Nur eine Gewohnheit, die wir uns zugelegt hatten.«

»Nun, man könnte sich jede Woche für ein neues chinesisches Restaurant entscheiden und es würde eine ganze Weile dauern, bis man sie alle durch hätte. Worauf ich hinauswill, wer wusste, dass Sie beide heute Abend dort sein würden?«

»Niemand.«

»Ich gehe davon aus, dass Sie keinen Tisch reserviert hatten.«

»Im Lucky Panda?«

»Ja, ich hab mich gefragt, ob überhaupt irgendjemand mal dort einen Tisch reserviert hat. Mittags vielleicht, denn unter der Woche ist es dann relativ voll, aber an Abenden und Wochenenden könnte man dort auf Rotwild schießen.«

»Oder auf Menschen«, sagte ich.

Er blickte mich an, unsicher, wie er antworten sollte. Er holte tief Atem und fragte mich, wer das Restaurant ausgewählt hatte.

»Ich bin mir nicht sicher«, sagte ich. »Lassen Sie mich nachdenken. Er hat einen Laden in der 58th Street vorgeschlagen, aber die haben dichtgemacht. Dann hab ich Chinatown vorgeschlagen und er meinte, dass es zu umständlich wäre. Ich denke, er war derjenige, der an das Lucky Panda gedacht hat.«

»Und wann war das?«

»Dürfte gestern gewesen sein. Wir haben miteinander telefoniert.«

»Und die Uhrzeit und den Ort vereinbart.« Er schrieb etwas auf. »Und das letzte Mal, als Sie ihn wirklich getroffen haben, war ...«

»Freitagabend beim Treffen.«

»Das war ein AA-Treffen, richtig? Und Sie haben gestern telefoniert und sich heute Abend wie verabredet zum Essen getroffen.«

»Das ist richtig.«

»Haben Sie gegenüber irgendjemandem erwähnt, wo Sie zu Abend essen werden?«

»Vielleicht hab ich es meiner Frau gesagt. Ich erinnere mich nicht.«

»Aber sonst niemandem?«

»Nein.«

»Und er dürfte es seiner Frau gesagt haben?«

»Wahrscheinlich. Er hat ihr wahrscheinlich gesagt, dass er sich mit mir zum Abendessen treffen wird, aber ich weiß nicht, ob er sich die Mühe gemacht hat, ihr zu sagen, wo.«

»Kennen Sie seine Frau?«

»Flüchtig. Ich denke nicht, dass ich sie in den sechzehn Jahren öfters als zwanzigmal getroffen habe.«

»Sie verstanden sich nicht miteinander?«

»Er und ich waren Freunde, das ist alles. Elaine und ich waren mit Jim und Beverly ein paarmal Essen, aber das war wirklich alles. Zwei- oder dreimal.«

»Elaine ist Ihre Frau?«

»Richtig.«

»Wie kamen sie miteinander aus?«

»Jim und seine Frau?«

»Mhm. Hat er jemals darüber geredet?«

»Nicht in der letzten Zeit.«

»Soweit Sie wissen ...«

»Soweit ich weiß, kamen sie gut miteinander aus.«

»Er hätte es Ihnen gesagt, wenn dem nicht so gewesen wäre?«

»Ich denke, ja.«

»Wer kommt Ihnen in den Sinn, mit dem er nicht ausgekommen sein könnte?«

»Jim kam mit jedem gut aus«, sagte ich. »Er war ein sehr gelassener Typ.«

»Der keinen Feind auf der Welt hatte.«

Er hörte sich skeptisch an, so wie Cops es in der Regel sind. »Falls er einen hatte«, sagte ich, »wusste ich nichts davon.«

»Was ist mit seiner Firma?«

»Seiner Firma?«

»Mhm. Er war ein Drucker, oder? Hatte eine Druckerei hier im Viertel?«

Ich zog eine meiner Visitenkarten hervor. »Er hat die für mich gemacht«, sagte ich.

Er fuhr mit dem Daumen über die hervortretenden Buchstaben. Vielleicht wollte er herausfinden, ob sie eine Rasur nötig hatten. »Gute Arbeit«, sagte er. »Kann ich die behalten?«

»Klar.«

»Wissen Sie irgendetwas über seine Firma?«

»Wir haben nicht allzu oft darüber gesprochen. Vor ein paar Jahren hat er davon geredet, dichtzumachen.«

»Die Druckerei aufzugeben?«

»Er hatte genug davon und ich denke, das Geschäft lief schlecht genug, um entmutigend zu sein. Eine Zeitlang hat er sich überlegt, in ein Café-Franchise einzusteigen. Das war damals, als man sich nicht umdrehen konnte, ohne dass ein neues aufgemacht hat.«

»Mein Schwager hat in so eines investiert«, sagte Wister. »Es ist eine ziemlich gute Sache für ihn, aber sie sind Tag und Nacht am Schuften, sowohl er als auch meine Schwester.«

»Jedenfalls, er hat sich dagegen entschieden und blieb bei der Druckerei. Manchmal hat er davon gesprochen, sich zur Ruhe zu setzen, aber ich hatte nie den Eindruck, dass er dafür bereit war.«

»Hier steht, dass er dreiundsechzig war.«

»Das hört sich ungefähr richtig an.«

»Hätte er es sich leisten können, in Rente zu gehen?«

»Ich hab keine Ahnung.«

»Er hat nicht über Investitionen, Schulden oder etwas Derartiges gesprochen?«

»Nein.«

Er prüfte die Stoppeln an seinem Kinn. »Irgendwas über ein kriminelles Element?«

»Ein kriminelles Element?«

»Sagen wir, jemand, der sich mit Gewalt in seine Firma drängen wollte.«

»Wenn das irgendjemand versucht hätte«, sagte ich, »hätte er ihnen die Schlüssel gegeben und ihnen viel Glück gewünscht. Er war in der Lage, aus dem Geschäft mehr schlecht als recht seinen Lebensunterhalt zu bestreiten, aber es ist nichts, mit dem man reich werden kann, nichts, was ein Gangster übernehmen möchte.«

»Hat er Arbeiten für welche erledigt?«

»Für Gangster?«

»Für das organisierte Verbrechen.«

»Jesus!«, sagte ich.

»Es ist nicht so weit hergeholt, wie es sich anhört, Matt. Kriminelle Unternehmungen benötigen dieselben Waren und Dienstleistungen wie alle anderen. Sie benötigen Briefköpfe, Rechnungsvordrucke, Bestellformulare und, ja, Visitenkarten. Gott weiß, was noch alles. Denen gehören eine Menge Restaurants, also lassen sie immer Speisekarten drucken. Es gibt keinen Grund, warum Ihr Freund nicht Druckarbeiten für sie erledigt haben sollte. Er muss nicht unbedingt gewusst haben, für wen er arbeitet.«

»Ich vermute, es ist möglich, aber–«

»Es ist auch möglich, dass sie ihn gebeten haben, etwas zu drucken, das nicht ganz koscher war. Duplikate von staatlichen Formularen oder Bestellformularvordrucke von jemand Bestimmtem, etwas Zwielichtiges in der Art. Vielleicht hat er es gemacht, vielleicht hat er sich geweigert, vielleicht hat er dabei etwas erfahren, was er besser nicht erfahren hätte.«

»Worauf wollen Sie hinaus?«

»Worauf ich hinaus will? Ich will darauf hinaus, dass Ihr Freund Faber einem anscheinend sehr professionellen Auftragsmörder zum Opfer gefallen ist. Diese Kerle erschießen nicht einfach jemanden, um in Übung zu bleiben. Wenn Ihr Freund auf irgendeine Weise mit der Mafia in Verbindung stand, unschuldig oder auf andere Weise, tun Sie ihm keinen Gefallen, wenn Sie es für sich behalten.«

»Glauben Sie mir, ich behalte nichts für mich.«

»Kommt Ihnen irgendjemand in den Sinn, der ihn tot gesehen haben wollte?«

»Nein.«

»Irgendjemand, der mit ihm in Verbindung stand und dafür gezahlt haben könnte, dass er umgebracht wird? Oder irgendjemand in der Unterwelt, der eine Art von Groll gegen ihn gehegt haben könnte?«

»Gleiche Antwort.«

»Sie sind in das Restaurant gekommen, Sie haben sich an den Tisch gesetzt. In welchem Gemütszustand war er?«

»So wie immer. Ruhig und gelassen.«

»Soweit Sie das sehen konnten, hat er sich nicht wegen irgendetwas Sorgen gemacht?«

»Nichts, das ihm anzumerken gewesen wäre.«

»Worüber haben Sie gesprochen?«

»Über Gott und die Welt. Oh, Sie meinen heute Abend?«

»Sie waren ein oder zwei Minuten mit ihm zusammen, bevor Sie auf die Toilette gegangen sind. Worüber haben Sie da geredet?«

Ich musste nachdenken. Will und Bill, und dann was?

»Klimaanlagen«, sagte ich.

»Klimaanlagen?«

»Klimaanlagen. Die im Restaurant war so eingestellt, dass es sich dort wie in einem Kühlschrank angefühlt hat. Darüber haben wir gesprochen.«

»Mit anderen Worten, oberflächliches Zeug.«

»Zu oberflächlich, um sich daran zu erinnern.«

Er schlug einen anderen Kurs ein und fragte mich, ob ich womöglich einen klitzekleinen Blick auf den Schützen hatte werfen können. Ich sagte ihm, was ich schon die ganze Zeit über gesagt hatte, dass er aus der Tür und verschwunden gewesen war, bevor ich von der Toilette zurückgekommen war.

»Nun, das Gedächtnis ist ein seltsames Tier«, sagte er. »Es wird von verschiedenen Dingen beeinflusst. Das Bewusstsein will eine bestimmte Information nicht wahrhaben, weshalb es einen Bereich des Gedächtnisses abtrennt und einem keinen Zugang dazu gewährt.«

»Ich könnte Ihnen dafür Beispiele nennen«, sagte ich, »aber in diesem Fall war es nicht so. Ich war auf der Toilette, als ich die Schüsse gehört habe. Ich kam rausgerannt, ich sah, was passiert war, und ich bin auf die Straße gerannt, in der Hoffnung, einen Blick auf ihn werfen zu können.«

»Aber Sie haben ihn nicht gesehen.«

»Nein.«

»Also wissen Sie nicht, ob er groß oder klein, dick oder dünn, schwarz oder weiß war ...«

»Soweit ich weiß, haben die Zeugen gesagt, dass er schwarz war.«

»Aber Sie selbst haben ihn nicht gesehen.«

»Nein.«

»Oder irgendeinen Schwarzen in dem Restaurant.«

»Ich hab nicht sehr auf die anderen Gäste geachtet, weder vor noch nach den Schüssen. Aber der Laden war so gut wie leer, und nein, ich denke nicht, dass irgendjemand dort schwarz war.«

»Was ist mit einem Auto, das womöglich weggefahren ist, das Sie aber zu dem Zeitpunkt nicht wahrgenommen haben?«

»Ich hätte es wahrgenommen, denn das war ja, wonach ich Ausschau hielt, entweder ein Mann zu Fuß oder ein Auto, das wegfährt.«

»Aber Sie haben weder das eine noch das andere gesehen.«

»Nein.«

»Auch kein Taxi oder ...«

»Nein.«

»Und jetzt fällt Ihnen niemand ein, der einen Grund gehabt hätte, James Faber lieber tot zu sehen.«

Ich schüttelte den Kopf. »Was nicht heißen muss, dass eine solche Person nicht existiert«, sagte ich. »Aber mir fällt niemand ein und ich habe keinen Grund, an die Existenz einer solchen Person zu glauben.«

»Abgesehen von dem, was sich heute Abend abgespielt hat.«

»Abgesehen davon.«

»Wie steht es mit Ihnen, Matt?«

Ich starrte ihn an. »Irgendetwas scheint an mir vorbeizugehen«, sagte ich ruhig. »Wollen Sie wirklich darauf hinaus, dass ich ihm eine Falle gestellt habe und auf die Toilette verschwunden bin, damit ein von mir angeheuerter Killer hereinkommen und ihn erschießen kann?«

»Immer mit der Ruhe ...«

»Das ist so weit hergeholt, dass ich nicht einmal weiß, wie ich darauf reagieren soll.«

»Nicht aufregen«, sagte er. »Setzen Sie sich, Matt. Das ist absolut nicht, worauf ich hinauswollte.«

»Ist es nicht?«

»Absolut nicht.«

»Es hat sich aber so angehört.«

»Nun, dann war das mein Fehler, denn es war nicht meine Absicht. Ich sagte ›Wie steht es mit Ihnen?‹, weil ich wissen wollte, ob es irgendjemanden gibt, der einen Grund haben könnte, *Sie* ermorden zu lassen.«

»Oh.«

»Aber Sie haben gedacht ...«

»Ich weiß, was ich gedacht habe. Es tut mir leid, dass ich so in die Luft gegangen bin.«

»Nun, Sie haben weder gebrüllt noch geschrien, aber Ihr Gesicht ist so dunkel geworden, dass ich Angst hatte, Sie würden einen Schlaganfall bekommen.«

»Ich vermute, ich bin erschöpfter, als mir bewusst ist«, sagte ich. »Sie wollen sagen, dass der Schütze womöglich den falschen Mann erwischt hat?«

»Das ist immer eine Möglichkeit, wenn der Schütze das Opfer nicht persönlich kennt. Faber war was, ein paar Jahre älter als Sie?«

»Ich bin ein paar Zentimeter größer und er war schwerer und hatte einen größeren Bauch. Ich denke nicht, dass wir uns sehr ähnlich sahen. Niemand hat mich jemals aus Versehen als Jim angeredet, soviel kann ich Ihnen sagen.«

»Haben Sie irgendwelche alten Feinde? Aus der Zeit, als Sie noch im Dienst waren vielleicht?«

»Das ist mehr als zwanzig Jahre her, George. Ich bin schon länger nicht mehr dabei, als ich jemals dabei war.«

»Nun, welche Feinde haben Sie sich in der letzten Zeit gemacht? Sie sind Detektiv. Arbeiten Sie an irgendetwas mit Verbindung zur Mafia?«

»Nein.«

»Irgendetwas, mit dem Sie bei einem schweren Jungen angeeckt sein könnten?«

»Nichts«, sagte ich. »Heutzutage arbeite ich vor allem für Anwälte. Ich überprüfe Zeugenaussagen für Gerichtsverfahren bei Gesundheitsbeschädigung und Produkthaftung. Ich hab einen Jungen mit einem Computer, der den größten Teil der Arbeit für mich erledigt.«

»Also fällt Ihnen absolut nichts ein?«

»Nein.«

»Nun, warum gehen Sie dann nicht nach Hause? Überschlafen Sie die Sache, vielleicht fällt Ihnen ja dann noch etwas ein. Sie wissen, worauf es wahrscheinlich hinausläuft, oder?«

»Worauf?«

»Eine Verwechslung. Ich hab einen Verdacht, was passiert ist, und bei Gott, es wäre nicht das erste Mal. Jemand hat ihren Freund gesehen und ihn mit jemandem verwechselt, der ihn bei einem Drogendeal über den Tisch gezogen hat, seine Frau gevögelt hat oder sonst irgendetwas. Oder, und da kenne ich auch ein paar Fälle, es war ein Mord in Auftrag gegeben, irgend so ein armer Schweinehund, der überhaupt nicht wie ihr Freund aussieht, soll erledigt werden und jemand sieht ihn und verpfeift ihn, und der Typ, der den Anruf bekommt, geht zum falschen verdammten Chinesen. Er geht zum Lucky Panda in der 8th Avenue anstatt zum Golden Rabbit in der 7th oder dem Hoo Flung Poo in der 9th.«

»Vielleicht.«

»Es ist Vollmond, müssen Sie wissen.«

»Ich hab es nicht bemerkt.«

»Nun, es ist bewölkt. Man kann ihn nicht sehen, aber es steht im Kalender. Genau genommen erst morgen Abend, aber das ist nahe genug. Es ist die Zeit, wenn seltsame Sachen passieren.«

Ich erinnerte mich an den Mond vom Mittwoch, den Dreiviertelmond. Und jetzt war er voll.

»Also, gehen Sie nach Hause. Wir haben Beamte, die jetzt nach Zeugen suchen, Aussagen aufnehmen von Leuten, die auf der Straße waren, als es passiert ist, oder vielleicht aus dem Fenster geguckt und sich gefragt haben, ob es jemals regnen wird. Sie wissen, wie es abläuft. Wir werden alles überprüfen, sehen, was unsere Informanten zu sagen haben, und wenn wir Glück haben, werden wir das Stück Scheiße, das den Abzug gedrückt hat, schnappen.« Er bearbeitete sein Kinn. »Es wird ihn nicht zurückbringen, Ihren Freund«, sagte er. »Aber es ist, was wir tun. Es ist alles, was wir tun können.«

Ich ging in der 9th Avenue nach Hause. Unterwegs kam ich an ein paar Kneipen vorbei, und jedes Mal fühlte ich, wie mein Herz allein von ihrem Anblick ein bisschen schneller schlug. Es war eine angebrachte Reaktion. Ich konnte den Film, der sich in meinem Kopf abspielte, nicht ertragen und Alkohol war ein todsicheres Mittel, den Ton zu übertönen und das Bild schwarz werden zu lassen.

Auf dein Wohl, Jim! Hoch die Tassen! Ex und hopp! Prost, Kumpel!

Danke, dass du mir die letzten sechzehn Jahre über geholfen hast, trockenzubleiben. Wer weiß, ob ich es ohne dich geschafft hätte? Und jetzt werde dein Andenken ehren, indem ich alles vergesse, was ich von dir gelernt habe.

Nein, ich denke nicht.

Jim hatte aufgehört, *NYPD Blue* zu gucken, als Sipowicz nach dem Tod seines Sohnes zu trinken begann. Was für ein Idiot, hatte er gesagt. Was für ein verdammtes Arschloch.

Er kann nichts dagegen tun, hatte ich gemeint. Er ist nur eine Figur, er kann nur tun, was im Drehbuch steht.

Ich rede von dem Drehbuchschreiber, hatte er gesagt.

Also würde ich keinen Drink nehmen, aber ich konnte nicht leugnen, dass ich das Verlangen spürte. Meine Augen registrierten jede Kaschemme, jede zwinkernde Leuchtreklame für Bier. Mir dürfte ein wenig das Wasser im Mund zusammengelaufen sein. Aber meine Füße setzten den Nachhauseweg fort.

Ich sah nach dem Mond, nach dem Vollmond, aber ich konnte ihn nicht sehen.

Als ich die Lobby unseres Gebäudes betrat, wurde ich von Angst gepackt. Im Aufzug hatte ich plötzlich eine Vision von dem, was mich im vierzehnten Stock erwarten würde. Die Tür eingetreten, die Möbel umgestürzt, Bilder zerschlitzt.

Und Schlimmeres ...

Die Tür war zu und abgesperrt. Ich klingelte, bevor ich sie mit meinem Schlüssel aufsperrte. Elaine stand auf der anderen Seite, als ich die Tür öffnete. Sie wollte etwas sagen und stoppte, als sie mein Gesicht sah.

»Jim ist tot«, sagte ich. »Er wurde wegen mir ermordet.«

Kapitel 10

»Ich vermute, ich stand unter Schock«, sagte ich. »Und wahrscheinlich bin ich es immer noch etwas. Aber egal, wie dicht der Nebel wurde, ich hab nie mein Ziel aus den Augen verloren, die Behinderung der Justiz.«

»Weil du ihnen nicht alles erzählt hast?«

»Weil ich sie bewusst in die Irre geführt habe und ihnen Informationen vorenthalten habe, von denen ich wusste, dass sie wichtig sind. Ich saß da und hab Fragen zu Jims Druckerei abgeschmettert, obwohl mir kristallklar war, warum er ermordet wurde. Der Schütze hat einen Fehler gemacht, richtig, aber das hatte nichts mit den Mondphasen zu tun. Er sollte einen Typen mittleren Alters in einer Khakihose, einer Windjacke und einem roten Poloshirt erschießen, und genau das hat er getan.«

»Warum konntest du ihnen das nicht sagen?«

»Weil es mich mit Mick Ballou in Verbindung bringen würde und wir dann beide im Mittelpunkt einer noch größeren Morduntersuchung stehen würden. Sie würden wissen wollen, wo die Leichen begraben sind, und das ist jetzt keine Redewendung. Ich würde in der Klemme stecken, weil ich die Ermordung von Kenny und McCartney nicht gemeldet habe und weil ich tatsächlich aktiv daran beteiligt war, ihren Tod zu vertuschen. In der Nacht, als wir auf Micks Grundstück die Grube geschaufelt haben, haben wir eine Menge Gesetze gebrochen.«

»Du würdest deine Lizenz verlieren.«

»Das wäre das geringste Problem. Man könnte Anklage gegen mich erheben.«

»Daran habe ich nicht gedacht.«

»Es scheint mir, als hätte ich durchaus ein paar Straftaten begangen«, sagte ich, »und da wir eine Staatsgrenze mit zwei Leichen im Kofferraum überquert haben, könnte es auch zu einer Anklage vor einem Bundesgericht führen. Aber trotzdem hätte ich es vielleicht darauf ankommen lassen, wenn ich gedacht hätte, dass es irgendwas bringen würde, mit Wister offen und ehrlich zu reden.«

»Davon wäre Jim auch nicht wieder lebendig geworden.«

»Nein, er wird von gar nichts wieder lebendig. Aber es würde auch nicht dazu führen, dass sein Mörder geschnappt wird. Jim war ein unschuldiger Zuschauer, der mitten in einen Bandenkrieg spaziert ist.«

»Ist es das, um was es sich handelt? Ein Bandenkrieg?«

»So sieht es aus. So hat es in diesem Lagerraum in Jersey ausgesehen. Wenn ich nur ein kleines bisschen Hirn gehabt hätte, wäre ich schon damals aus der Sache ausgestiegen.«

»Ich wünschte, du würdest aufhören, dir Vorwürfe zu machen.«

Ich ließ das unkommentiert. Sie hatte es schon mehrmals gesagt und ich wusste immer noch keine Antwort darauf. Ich sagte: »Es gibt Dinge, auf die sich Cops verstehen, aber die Aufklärung von Morden in Verbindung mit dem Bandenmilieu gehört nicht dazu. Selbst wenn sie Glück haben und herausfinden, wer den Auftrag gegeben hat und wer den Abzug gedrückt hat, werden sie nicht in der Lage sein, eine Anklage aufzubauen, die vor Gericht Bestand haben wird.«

»Ich vermute, sie sind hilflos gegenüber dem organisierten Verbrechen.«

»Nicht wirklich hilflos. Durch das RICO-Gesetz haben sie sehr viel mehr Möglichkeiten als früher. In den letzten Jahren gab es eine Reihe größerer Fälle, bei denen sie eine Menge Mafiosi wegsperren konnten. Sie bringen jemanden dazu, ein Wanze zu tragen, sie überreden jemanden, gegen seinen Boss auszusagen, und bevor man sich versieht, sitzt ein Kerl mehr im Bundesgefängnis in Marion ein und beklagt sich, dass niemand dort eine vernünftige Marinara-Soße zubereiten kann. Das funktioniert, ebenso wie einige der lokalen Maschen, die sie durchziehen, beispielsweise einen Laden anmieten, wo gestohlene Sachen aufgekauft werden, um dann all die Leute, die mit Nerzen und Fernsehern anspaziert kommen, einzusperren.«

»Es wird sehr viel darüber berichtet, wenn sie so etwas tun.«

»Ich bin mir sicher, dass das einer der Aspekte ist, der ihnen daran besonders gefällt. Aber es ist trotzdem gute Polizeiarbeit. Einige aus meiner Zeit wären vielleicht anderer Ansicht, aber ich denke, dass das NYPD besser ist als damals, als ich noch dabei war. Sie leisten außergewöhnlich gute Arbeit. Aber das bedeutet nicht, dass sie den Kerl finden werden, der Jim erschossen hat.«

»Trotzdem«, sagte sie, »es bedrückt dich, dass du ihnen nicht die Wahrheit gesagt hast.«

»Ich denke, es würde mich mehr bedrücken, wenn ich es getan hätte. Ich hätte viel Spaß dabei gehabt, eine Menge Dinge erklären zu dürfen, darunter auch den Revolver, den ich mit mir herumtrage.«

»An den hab ich auch schon gedacht. Hat ihn niemand bemerkt?«

»Ich war kein Verdächtiger, also gab es keinen Grund, mich abzutasten. Ich hab den Reißverschluss meiner Windjacke hochgezogen gelassen. Im Restaurant und auf der Straße war es kühl, aber im Dienstraum des Reviers war es warm und stickig. Ich hab darauf gewartet, dass Wister mir sagt, dass ich meine Jacke ausziehen und es mir gemütlich machen soll, aber er hat es nicht getan.«

»Aber wenn du ihnen gesagt hättest, dass eigentlich du das beabsichtigte Opfer warst ...«

»Dann hätten sie mich mit Hunderten von Fragen gelöchert und es wäre alles herausgekommen, darunter auch der Revolver. ›Das hier? Nun, ihr habt die Mordwaffe schon und überhaupt, das hier ist ein .38er, keine .22er. Und ihr könnt sehen, dass er in der letzten Zeit nicht benutzt wurde. Ich hab ihn noch nicht registrieren lassen, weil ich ihn gerade erst dem Typen, der mir in den Bauch geschlagen hat, abgenommen habe.‹«

»Wo wir schon davon sprechen, wie geht es deinem Bauch?«

»Gut.«

»Aber du musst hungrig sein, du hast kein Abendessen bekommen und seit Mittag nichts mehr gegessen.«

»Ich will nichts.«

»Wenn du meinst.«

»Warum siehst du mich so an?«

»Ich hab daran gedacht, was Jim dazu sagen würde, wenn du zulässt, dass du zu hungrig wirst.«

»Er würde sagen, dass ich es nicht tun soll«, sagte ich. »Aber ich bin nicht hungrig. Im Augenblick dreht es mir beim Gedanken an Essen den Magen um.«

»Wenn du deine Meinung änderst ...«

»Werde ich dich das wissen lassen. Aber hör mal, gibt es Kaffee? Ich könnte eine Tasse vertragen.«

»Was mir Sorgen bereitet«, sagte ich, »ist, dass ich zweimal ohne mit der Wimper zu zucken die Unwahrheit gesagt habe. Es war wie selbstverständlich.«

Wir saßen am Küchentisch bei Kaffee für mich und Kräutertee für sie. Ich hatte die Windjacke abgelegt, den Revolver und das Holster ebenfalls. Ich hatte das Polohemd ausgezogen, mich der schusssicheren Weste entledigt und das Hemd wieder angezogen. Die Weste hing jetzt über der Rückenlehne des Stuhls, der Revolver und das Holster lagen auf der Arbeitsplatte.

Ich sagte: »Ich war viele Jahre bei der Polizei und danach hab ich lange als Privatdetektiv ohne Lizenz gearbeitet. Schließlich hab ich mir eine zugelegt, weil es Unannehmlichkeiten brachte, keine zu haben, und weil es mich auf Aufträge gekostet hat. Aber es gab noch einen Grund: Ich hatte im Hinterkopf, dass ich damit anständig werden würde.«

»Das hast du noch nie erwähnt.«

»Nein.«

»Als wir geheiratet haben«, sagte sie, »hab ich dir was gesagt. Erinnerst du dich noch daran?«

»Ich hab erst kürzlich daran gedacht. Du hast gesagt, dass sich dadurch nichts ändern müsste.«

»Weil wir bereits eine sehr enge Beziehung hatten. Wie konnte ein Blatt Papier etwas daran ändern? Und du warst bereits anständig.«

»Vielleicht ist das das falsche Wort. Vielleicht hab ich von der Lizenz erwartet, dass sie mich seriöser machen würde, dass ich dadurch zum Establishment gehören würde.«

»Und, hat sie das bewirkt?«

»Das ist es ja«, sagte ich. »Sie hat es nicht. Du weißt, dass ich die meisten meiner Illusionen über das System schon während meiner Zeit als Cop verloren habe. Es heißt, wenn man in einer Fleischfabrik arbeitet, verliert man den Appetit auf Wurst, und etwas Ähnliches passiert bei der Polizei. Im Grunde genommen wird einem beigebracht, wie man die Regeln bricht. Ich hab gelernt, wie man Vorschriften umgeht, wie man vor Gericht erscheint und unter Eid lügt. Ich hab mich auch bestechen lassen und die Toten bestohlen, aber das war etwas anderes, das war eher die Aushöhlung meiner eigenen Moralvorstellungen. Vielleicht hing es mit dem Dienst zusammen, aber es hat sich nicht direkt daraus ergeben, wie ich gelernt hatte, das System zu betrachten.«

»Dann hab ich meinen Abschied eingereicht«, fuhr ich fort. »Darüber weißt du Bescheid. Es war abrupt, an einem Tag war ich noch ein Cop, am nächsten nicht mehr. Aber auf andere Weise war es ein langsamerer Prozess. In meinem Herzen war ich noch immer ein Cop. Alles, was mir dazu fehlte, waren die Polizeimarke und der Gehaltsscheck. Ich sah die Welt noch immer auf dieselbe Weise. Ich kannte Jungs in Revieren in allen fünf Bezirken, ich habe meine Beziehungen spielen lassen und um Gefälligkeiten gebeten, wenn ich an meinen eigenen Fällen gearbeitet habe. Oder ich habe Gefälligkeiten gekauft, die Cops für Informationen bezahlt, als wären sie meine Informanten.«

»Ich erinnere mich.«

»Nun, die Jahre vergingen«, sagte ich, »und alle, die ich kannte, starben oder gingen in Rente. Joe Durkin ist jetzt mein einziger wirklicher Freund bei der Polizei, und ich hab ihn damals noch gar nicht gekannt. Ich hatte schon mehrere Jahre lang als Detektiv gearbeitet, als ich ihn kennengelernt habe. Und jetzt spricht er immer davon, dass er in Rente gehen will, und eines Tages wird er es tun.«

»Angenommen, er hätte dich anstelle von Wister heute Abend verhört.«

»Hätte ich ihm dieselben Lügen aufgetischt? Wahrscheinlich. Ich sehe nicht, was ich sonst hätte tun können. Vielleicht hätte ich mich etwas unbehaglicher dabei gefühlt, Joe anzulügen, und vielleicht hätte er gespürt, dass ich etwas verschweige. Was das anbetrifft, vielleicht hatte selbst Wister dieses Gefühl.«

»Es ist kompliziert, oder?«

»Sehr. Es ist schwer zu wissen, was ich bin. ›Mein Name ist Matt und ich bin Alkoholiker.‹ Ich hab das so oft gesagt, dass ich beginne, es zu glauben, aber darüber hinaus wird es ein bisschen undeutlich. Über Jahre hinweg hab ich Vorschriften umgangen und meine eigenen Regeln aufgestellt. Ich hab bei der Polizei gelernt, wie man es macht, und niemals gelernt, wie man es nicht macht. Ich hab bewusst das Gesetz untergraben und ab und zu hab ich es sogar in meine eigenen Hände genommen. Ich hab mich zum alleinigen Richter aufgeschwungen. Manchmal hab ich vermutlich Gott gespielt.«

»Du hattest immer einen Grund.«

»Jeder kann immer einen Grund finden. Die Sache ist die, dass ich strafbare Handlungen begangen habe, und ich habe für und mit Kriminellen gearbeitet, aber ich habe mich selbst nie als einen Kriminellen betrachtet.«

»Nun, natürlich nicht. Du bist kein Krimineller.«

»Ich bin mir nicht sicher, was ich bin. Ich sage mir, dass ich versuche, das zu tun, was richtig ist, aber ich weiß nicht, wie ich diese Entscheidung treffe. Der Ausdruck, der mir in den Sinn kommt, ist ›moralischer Kompass‹, aber ich bin mir nicht sicher, dass ich weiß, was genau ein moralischer Kompass ist, und ob ich einen habe.«

»Aber natürlich hast du einen, Liebling. Es ist nur so, dass sich die Nadel dauernd bewegt, oder?«

»Die einzige Regel, nach der ich leben muss«, sagte ich, »ist die: ›Bleib trocken und geh zu den Treffen.‹ Jim hat gesagt, wenn ich das tue, wird sich alles andere zum Guten wenden, so wie es soll.«

»Und du tust es und es tut es.«

»Oh, es wendet sich zum Guten. Das ist etwas anderes, was er mir gesagt hat, die Dinge wenden sich immer zum Guten. Und Gottes Wille wird immer getan. So findet man heraus, was Gottes Wille ist. Man wartet ab, um zu sehen, was passiert.«

»Das hast du schon öfters zitiert.«

»Es hat mir immer gefallen«, sagte ich. »Ich vermute, es war Gottes Wille, dass Jim heute Abend sterben musste und dass ich weiterleben darf. Sonst wäre es nicht passiert, richtig?«

»Richtig.«

»Manchmal«, sagte ich, »ist es schwer, dahinter zu kommen, was Gott im Sinn hat. Manchmal muss man sich einfach fragen, ob er überhaupt aufpasst.«

Wir sprachen sehr lange. Vor vielen, vielen Jahren, in einem anderen Leben, als sie ein Callgirl war und ich ein verheirateter Cop, war eine Sache, die sie für mich so anziehend machte, dass man so leicht mit ihr reden konnte. Ich vermute, in gewisser Weise war das Teil der Stellenbeschreibung in dem von ihr gewählten Tätigkeitsbereich gewesen. Ein Callgirl sollte schließlich dafür sorgen, dass sich Männer entspannen. Aber es schien für uns beide darüber hinauszugehen. Ich fühlte, dass ich in ihrer Gegenwart absolut ich selbst sein konnte, dass ich es war, den sie mochte, nicht der Mann, der ich vorgab zu sein, nicht der Mann, von dem ich dachte, dass ihn die Welt so wollte.

Vielleicht war das auch Teil der Stellenbeschreibung.

Ich trank Kaffee, sie nippte an ihrem Kräutertee und ich redete über Jim. Ich erzählte Geschichten aus den frühen Tagen meiner Abstinenz, bevor sie und ich uns wiedergefunden hatten, nachdem wir mehrere Jahre lang keinen Kontakt mehr miteinander gehabt hatten. »Zuerst dachte ich mir, dass er ein ziemlich netter Kerl ist«, sagte ich ihr, »aber ich wünschte mir, dass er mich in Ruhe lassen würde, denn ich wusste, dass ich nicht trocken bleiben würde. Er war nur eine weitere Person, die ich enttäuschen würde. Dann begann ich, mich darauf zu freuen, ihn bei den Treffen zu sehen. Soweit es mich anbetraf, war er der personifizierte Mister AA, die Stimme der Abstinenz. Tatsächlich hatte er weniger als zwei Jahre vor mir mit dem Programm begonnen. Ich war noch in meinen ersten neunzig Tagen, als ich ihn an seinem zweiten Jahrestag sprechen hörte. Jetzt blicke ich zurück und was sind zwei Jahre? Eine Person mit zwei Jahren fängt gerade erst damit an, sich die Spinnweben aus dem Kopf zu klopfen. Also war er selbst eigentlich noch ziemlich frisch, aber aus meiner Perspektive war er trocken genug, um eine Feuergefahr darzustellen.«

»Was würde er dir jetzt sagen?«

»Was er mir sagen würde? Er wird mir nie mehr irgendetwas sagen.«

»Aber wenn er es könnte.«

Ich seufzte. »›Trink nicht. Und geh zu den Treffen.‹«

»Willst du jetzt zu einem Treffen gehen?«

»Es ist zu spät für das Mitternachtstreffen in der Houston Street. Sie haben noch eines um zwei Uhr morgens, aber das ist zu spät für mich. Deshalb, nein, ich möchte nicht zu einem gehen, aber ich möchte auch nicht trinken. Also gleicht sich das aus, denke ich.«

»Was würde er dir sonst noch sagen?«

»Ich kann nicht in seinen Gedanken lesen.«

»Nein, aber du kannst deine Vorstellungskraft gebrauchen. Was würde er sagen?«

Widerwillig sagte ich: »›Mach mit deinem Leben weiter.‹«

»Und?«

»Was und?«

»Wirst du damit weitermachen?«

»Mit meinem Leben? Ich hab nicht wirklich eine Wahl, oder? Aber das ist nicht so einfach.«

»Warum nicht?«

»Ich hab den beiden Kerlen an jenem Abend gesagt, dass ich nicht mehr für Ballou arbeiten werde, und ich hab Mick dasselbe gesagt. Und damit war die Sache abgeschlossen.«

»Aber?«

»Aber ich muss gewusst haben, dass es nicht so einfach werden wird«, sagte ich. »Sonst wäre ich nicht geradewegs zu Jovine's gegangen, um mir ein

Schulterholster zu kaufen. Ich hab mir gesagt, wenn ich mich von Mick fernhalte und nicht weit von Zuhause weggehe, wird es ihnen leicht fallen, mich zu vergessen. Aber offensichtlich hatten sie bereits den Entschluss gefasst, mich zu erledigen, und heute Abend hatten sie die erste Gelegenheit dazu. Und sie wollten sie nutzen.« Ich runzelte die Stirn. »Dadurch sollte sich nichts ändern. Oh, ich koche innerlich wegen Jims Tod. Der größte Teil der Wut richtet sich gegen mich selbst, weil ich dafür gesorgt habe, dass er umgebracht wurde, aber–«

»Du hast nicht dafür gesorgt, dass er umgebracht wurde.«

»Ich habe ihn der Gefahr ausgesetzt. Schuldig oder nicht schuldig, drüber lässt sich kaum streiten. Er wurde umgebracht, weil ihn jemand mit mir verwechselt hat, und das ist passiert, weil ich mich mit ihm zum Essen getroffen habe. Und weil ich jemandem einen Grund dafür gegeben hatte, mich töten zu wollen.«

»Ich könnte mit dir streiten, aber ich werde es nicht tun.«

»Gut. Wie ich gesagt habe, der größte Teil meiner Wut richtet sich auf mich selbst. Aber es ist noch etwas übrig für den Schützen und für denjenigen, der ihn auf mich gehetzt hat.«

»Zwei verschiedene Personen?«

»Mindestens zwei. Jemand hat die Entscheidung getroffen, entweder der Schläger mit den angeklatschten Haaren oder der Kerl, der ihm seine Anweisungen gibt. Jemand anderes hat unser Haus beobachtet und ist mir von hier bis zum Chinesen gefolgt. Es könnten der Schläger oder sein Kumpel gewesen sein – sie würden mich beide ohne Probleme erkennen – oder es könnte eine dritte Person gewesen sein, jemand, der sich keine Sorgen machen musste, dass ich ihn erkennen würde.«

»Wenn dem so ist, war das vielleicht auch der Schütze.«

»Vielleicht, aber ich würde nicht darauf wetten. Ich denke, dass er mir zum Restaurant gefolgt ist, sich dann auf der anderen Straßenseite postiert hat und einen schnellen Anruf mit seinem Handy getätigt hat ...«

»Ich vermute, heutzutage haben sie alle Handys.«

»Alle außer dir und mir, so scheint es zumindest. Selbst Mick hat eines, falls du das glauben kannst. Er hat es in jener Nacht benutzt, um die Farm anzurufen und zu sagen, dass wir kommen würden.«

»›Lass eine Lampe brennen und eine Schaufel auf der Hintertreppe.‹«

»Der Verfolger ruft den Killer an, der setzt sich in sein Auto und fährt an den Schauplatz. Sie treffen sich auf der Straße und der Verfolger deutet auf das Lucky Panda. ›Rotes Polohemd, hellbraune Jacke, Gap-Khakihose, Turnschuhe‹, sagte er. ›Du kannst ihn nicht verfehlen.‹

Dann setzt er sich ans Steuer, falls in dem Auto nicht schon ein Fahrer zusätzlich zum Killer war. Wer auch immer fährt, wartet mit dem Auto an einem praktischen Platz und lässt den Motor laufen. Der Schütze geht mit einer Pistole hinein und kommt ohne sie heraus. Er springt ins Auto und weg sind sie.«

»Und ein Mann ist tot«, sagte sie.

»Und ein Mann ist tot.«

»Das hättest du sein können.«

»Das hätte ich sein sollen.«

»Aber Gott hatte andere Ideen.«

Das war eine mögliche Sichtweise. Ich sagte: »Zwei Männer vorgestern Abend in der 9th Avenue. Ein dritter, der den Mord anordnet. Ein vierter Mann, der mir zum Lucky Panda folgt und ein fünfter, der hereinkommt und abdrückt. Und vielleicht ein sechster Mann, um den Wagen zu fahren.« Ich blickte sie an. »Das sind eine Menge Leute für eine Abrechnung.«

»Ist es das, was du möchtest?«

»Es ist schwer, sich gegen den Drang zu wehren«, sagte ich. »Das Verlangen ist ziemlich elementar, und ich vermute, dass es instinktiv ist, sogar in unseren Genen. ›Sie haben es mit uns getan, also werden wir es mit ihnen tun.‹ Sieh dir die Geschichte der Menschheit an.«

»Sieh dir Bosnien an«, sagte sie.

»Aber, wie ich gesagt habe, es sind fünf oder sechs Leute, und ich weiß nicht einmal, wer sie sind. Und es gelingt mir nicht, mir einzureden, dass Jims Geist nach Rache ruft. Wenn es einen Teil von uns gibt, der den Tod überlebt, dann vermute ich, dass es nicht der Teil ist, der die Dinge persönlich nimmt. Hast du nicht gefragt, was Jim mir jetzt sagen würde? Nun, was er nicht sagen würde, ist, zieh los und leg einen um für die gute Sache.«

»Nein, das hört sich nicht wie Jim an.«

»Ich hasse die Vorstellung, mich zurückzulehnen und sie damit davonkommen zu lassen«, sagte ich. »Aber ich bin mir nicht sicher, dass irgendjemand wirklich jemals mit irgendetwas davonkommt. Und ich denke, dass ich über die Ansicht hinausgewachsen bin, dass die Welt nicht ohne meine Hilfe auskommen kann.«

»Das ist ein ziemlich weit verbreiteter Irrglaube«, sagte sie, »und je religiöser eine Person ist, desto mehr versteift sie sich darauf. Wenn es etwas gibt, das alle Fundamentalisten auf der Welt gemeinsam haben, dann ist es die Überzeugung, dass Gottes Werk nicht getan werden wird, solange sie nicht zupacken und es erledigen. Ihr Gott ist allmächtig, aber er ist angeschissen, wenn sie ihm nicht unter die Arme greifen.«

Ich trank von meinem Kaffee. Ich sagte: »Es ist nicht meine Aufgabe, sie zu bestrafen. Ich schwinge mich nicht zum alleinigen Richter auf und ich melde mich auch nicht freiwillig für das Exekutionskommando. Ich hab ihnen gesagt, dass ich nichts mehr mit der Sache zu tun habe, ich habe Mick dasselbe gesagt und Jims Tod ändert daran nichts. Ich will der Sache immer noch den Rücken zukehren.«

»Dem Himmel sei Dank dafür.«

»Aber es gibt da ein Problem. Siehst du, ich denke nicht, dass ich es kann.«

»Warum nicht?«

»Ich hab der Sache vor zwei Tagen den Rücken zugekehrt«, sagte ich, »und es hat mir nichts Gutes gebracht. Ihre Antwort war, jemanden zu schicken, um mich zu töten. Soweit es sie betraf, war ich noch immer mit der Sache befasst. Oder vielleicht war es ihnen egal. Damit befasst oder nicht, ich bin der Hurensohn, der ihnen in den Arsch getreten hat, und vielleicht ist das alles, was du in dieser Gegend tun musst, damit Madame Defarge deinen Namen auf den Schal strickt. Denn so oder so ist mein Name auf der Todesliste gelandet, und Jims Tod wird nicht dafür sorgen, dass er von dort verschwindet.«

»Das heißt, selbst wenn du nichts tust …«

»Bin ich noch immer zum Tode bestimmt. Jetzt wissen sie wahrscheinlich schon, dass sie den falschen Mann erwischt haben. Falls noch nicht, dann spätestens morgen früh. Ich mag dazu neigen zu glauben, dass Jim für meine Sünden gestorben ist, aber dadurch werden sie seinen Tod nicht als Ersatz für meinen akzeptieren.«

»Dein Name ist noch immer auf dem Schal.«

»Das befürchte ich.«

Sie blickte mich an. »Also. Was sollen wir tun?«

Was wir versuchten zu tun, war, uns zu lieben, aber das klappte nicht wirklich, weshalb wir uns einfach nur in den Armen hielten. Ich erzählte ihr ein paar

Geschichten über Jim. Einige davon hatte sie bereits früher gehört, andere waren neu für sie. Ein paar von ihnen waren lustig und wir lachten.

Sie sagte: »Ich sollte das wahrscheinlich nicht sagen, aber es spuckt mir im Kopf herum und macht mich verrückt. Das, was mit Jim passiert ist, tut mir furchtbar leid. Er tut mir leid und Beverly tut mir leid und natürlich tust du mir leid.

Aber diese Trauer ist nicht alles, was ich fühle. Ich bin froh, dass es ihn erwischt hat und nicht dich.«

Ich schwieg.

»Es ist etwas, was ich die ganze Zeit über denke«, sagte sie. »Es ist das, was die Stimme in meinem Kopf jedes Mal sagt, wenn ich die Todesanzeigen lese. Manchmal denke ich, dass es der Grund dafür ist, *weshalb* ich die Todesanzeigen lese. Damit ich sagen kann, ›Besser sie als ich‹, wann auch immer eine Frau meines Alters an Brustkrebs stirbt. ›Besser er als Matt‹, wenn so ein armer Kerl auf dem Golfplatz tot umfällt. ›Besser sie als wir‹, wann auch immer es ein Erdbeben, eine Überschwemmung, eine Seuche oder einen Flugzeugabsturz gibt. Wer auch immer sie waren, was auch immer mit ihnen passiert ist, besser sie als wir.«

»Das ist eine ziemlich natürliche Reaktion.«

»Aber zur Abwechslung trifft sie mal wirklich zu, oder nicht? Denn es war ziemlich eine Frage von entweder der eine oder der andere. Wenn Jim auf die Toilette gegangen wäre und du am Tisch geblieben wärst ...«

»Dann wäre es vielleicht anders ausgegangen. Ich hätte die Tür im Blick gehabt, als er hereinkam. Und ich hatte einen Revolver.«

»Und hättest du schnell genug danach greifen können?«

Wenn ich hochgeblickt hätte, als sich die Tür öffnete, hätte ich einen Fremden gesehen, einen Schwarzen, der absolut nicht so aussah, wie die beiden weißen Kerle, die mich überfallen hatten. Und das wäre nur für den Fall gewesen, dass ich hochgeblickt hätte. Ich hätte genauso gut in die Speisekarte oder Jims Sonntagsbeilage vertieft gewesen sein können.

»Vielleicht«, sagte ich. »Aber wahrscheinlich eher nicht.«

»Also sage ich, besser er als du. Beverly hat mein volles Mitgefühl, ich werde krank beim Gedanken an das, was sie jetzt durchmachen muss, aber besser sie als ich. Das sind keine edlen Empfindungen, oder?«

»Ich denke nicht, dass sie das sind.«

»Aber Gott weiß, dass sie von Herzen kommen. Und du solltest genauso fühlen, Baby. Denn du kannst dir einreden, dass du da in deinem eigenen Blut hättest liegen sollen, aber das warst nicht du und in deinem Herzen bist du froh darüber. Ich habe Recht, oder?«

»Ja«, sagte ich nach einem Moment. »Ich denke, das hast du. Ich wünschte fast, es wäre nicht so, aber so ist es.«

»Alles, was das bedeutet, ist, dass du froh bist, am Leben zu sein, Schatz.«

»Vermutlich.«

»Das ist nicht unbedingt eine schlechte Sache.«

»Vermutlich nicht.«

»Weißt du«, sagte sie, »es würde dir wahrscheinlich nicht schaden zu weinen.«

Vielleicht hatte sie damit ebenfalls Recht, aber wir würden es nicht herausfinden. Soweit ich mich erinnern kann, habe ich das letzte Mal bei einem frühen AA-Treffen geweint, als ich zum ersten Mal das Wort ergriffen hatte, um mich selbst als Alkoholiker zu bezeichnen. Die Tränen, die darauf folgten, hatten mich völlig überrascht. Seitdem waren meine Augen trocken geblieben, außer gelegentlich beim Filmeschauen, und ich denke nicht, dass das zählt. Das sind keine wirklichen Tränen, ebenso wenig wie die Angst, die einen während eines Horrorfilms packt, eine wirklich Angst ist.

Also konnte ich nicht weinen und ich konnte keine Liebe machen, und es stellte sich heraus, dass ich auch nicht schlafen konnte. Ich wäre fast eingeschlafen, aber dann tat ich es doch nicht, und schließlich gab ich auf. Ich stieg aus dem Bett und zog mich an. Unter dem Hemd trug ich die Weste, das Holster darüber. Den Reißverschluss der Windjacke zog ich gerade hoch genug, dass der Revolver nicht zu sehen war.

Dann ging ich in das andere Zimmer und telefonierte.

Kapitel 11

»Ein Schwarzer«, sagte Mick, während er mich über den Tisch hinweg anblickte.

»Laut den Zeugen.«

»Aber du hast ihn selbst nicht gesehen?«

»Nein, und ich durfte die Zeugen auch nicht befragen, aber soweit ich weiß, stimmten sie alle darin überein, dass der Schütze schwarz war. Mittlere Größe, mittlerer Körperbau, in den Zwanzigern, Dreißigern oder Vierzigern–«

»Das grenzt es ein.«

»Und er hatte einen Bart oder einen Schnurrbart.«

»Das eine oder das andere?«

»Oder beides«, sagte ich. »Oder keines von beiden, vermutlich. Er war schneller drinnen und wieder draußen, als man braucht, es zu beschreiben, und niemand hatte einen Grund, ihn anzublicken, bevor er zu schießen begann. Und dann wollten alle vermeiden, selbst erschossen zu werden.«

»Aber er war schwarz«, sagte Mick. »In diesem Punkt sind sie sich ausnahmsweise einig.«

»Ja.«

»Dann sind es Nigger? Was habe ich mit denen zu tun oder die mit mir?« Er hob sein Whiskeyglas hoch, blickte es an, stellte es wieder ab, ohne daraus getrunken zu haben. »Die beiden Männer, die dich verprügelt haben«, sagte er, »oder es versucht haben. Waren die schwarz?«

»Sie waren beide weiß. Der mit dem Revolver hat sich angehört wie ein gebürtiger New Yorker. Ich konnte keinen richtigen Blick auf den anderen werfen oder ihn sprechen hören, aber er war weiß.«

»Und der Mann, der deinen Freund erschossen hat ...«

»War schwarz.«

»Ein Weißer könnte einen schwarzen Killer anheuern«, sagte er nachdenklich. »Aber würde dieser Mann wirklich auf einen Außenstehenden zurückgreifen? Würde er nicht einen seiner eigenen Männer schicken?«

»Wer ist er?«

»Ich weiß es nicht.«

»Aber jemand versucht ...«

»Mir alles wegzunehmen«, sagte er. »Und ich weiß nicht, wer er ist oder warum er hinter mir her ist.«

Ich hatte nicht gedacht, dass es wirklich irgendjemanden gab, der das Parc Vendôme beobachtete, aber mir war gerade das Pferd gestohlen worden und ich würde die Stalltür nicht offenstehen lassen. Ich war in den Keller hinuntergegangen und hatte das Gebäude durch den Lieferanteneingang an der Rückseite verlassen. Auf meinem Weg zum Grogan's hatte ich sehr häufig über meine Schulter geblickt. Ich wurde nicht verfolgt und niemand war urplötzlich aus den Schatten vor mir getreten.

Mick hatte gesagt, dass er mir eine Kanne Kaffee machen würde. Er saß an einem Tisch, als ich eintraf, vor sich eine Flasche und ein Glas, auf der anderen Seite des Tisches ein Kaffeebecher aus Steingut. Vom Eingang aus ließ ich meinen Blick über den Raum schweifen. Es war fast schon Zeit zum Schließen, aber es gab eine ordentliche Anzahl an Leuten, die nicht wollten, dass das Wochenende endete, zu zweit und allein an der Theke, ein paar Pärchen an den Tischen. Ich sah Andy Buckley und Tom Heaney hinten bei der Dartscheibe, Burke hinter der Theke und den alten Eamonn Dougherty an ihrer anderen Seite. Mick hatte mich einmal auf ihn als legendären IRA-Killer aufmerksam gemacht. Er hat schon Leute ermordet, bevor du geboren wurdest, hatte er gesagt.

Es gab auch noch ein paar andere bekannte Gesichter.

Ich ging dorthin, wo Mick saß, nahm den Kaffeebecher und trug ihn zu einem Tisch an der Wand. Er riss deshalb die Augen auf, aber als ich ihm signalisierte, dass er mir folgen sollte, kam er zu mir und brachte seine Flasche und sein Glas mit.

»Hat dir der andere Tisch nicht zugesagt?«

»Zu nahe an diesen Leuten«, sagte ich. »Ich wollte ihre Unterhaltung nicht mithören müssen, und ich wollte auch nicht, dass sie unsere mithören.«

»Ich hab schon genug von ihrer mitbekommen«, sagte er mit Belustigung in den Augen. »Es ist eine ernste Diskussion über ihre Beziehung, die sie da führen.«

»Das hatte ich mir gedacht«, sagte ich. Dann erzählte ich ihm von meinem Besuch im Lucky Panda. Seine Augen wurden starr und sein Gesicht ernst.

Schließlich sagte er: »Es war ein Fehler von mir, dich in die Sache zu verwickeln.«

»Ich hätte es dir abschlagen können.«

»Und du hättest es getan, wenn du gewusst hättest, auf was du dich einlässt. Ich hatte selbst keinen blassen Schimmer, dass ich dich in Gefahr bringen würde. Aber jetzt bist du es, Mann.«

»Ich weiß.«

»Sie haben nicht geglaubt, dass du ihre Warnung ernstnehmen würdest. Oder es war ihnen egal. Du hast sie blamiert, dafür gesorgt, dass sie schlecht aussahen. Das ist mehr, als meine beiden Jungs getan haben, Himmelherrgott!«

»Kenny und McCartney.«

»Hingerichtet, die armen Burschen.«

Zwei Tische weiter stand der Mann auf und ging zum Tresen, um neue Getränke zu holen. Die Frau warf einen Seitenblick auf mich, auf ihren Lippen die Andeutung eines Lächelns. Dann senkte sie die Augen.

»Und Peter Rooney«, sagte Mick.

»Der Name kommt mir bekannt vor. Kenne ich ihn?«

»Du könntest ihn hier getroffen haben. Lass mich sehen, woher könntest du ihn kennen? Nun, er hatte einen Schiffsanker auf den linken Handrücken tätowiert, gleich beim Handgelenk.«

Ich nickte. »Langes, schmales Gesicht, Stirnglatze.«

»Genau der.«

»Er hat auch das Aussehen eines Matrosen.«

»Und was für ein Aussehen ist das? Ach, egal. Die Fähre nach Staten Island ist alles, womit er jemals auf See war. Oder sein wird.«

»Warum das?«

Er blickte sein Glas mit Whiskey an. Er sagte: »Du weißt, dass ich immer etwas Geld auf der Straße habe. Das hab ich von den Juden gelernt. Es ist wie Brot, das über das Wasser fährt, oder nicht? Man tut sein Geld auf die Straße und es kommt vervielfacht zurück. Peter hat für mich gearbeitet, an den Baustellen und in den Gewerkschaftshäusern. Du weißt schon, Kredite vergeben und Zahlungen entgegennehmen. Er hatte nichts mit der schweren Arbeit zu tun, musst du wissen, weil er dafür nicht der Typ war. Eine kräftige Warnung, so weit würde er gehen. Danach müsste ich jemand anderen schicken. Oder womöglich selbst gehen.«

»Was ist mit ihm passiert?«

»Man hat ihn mit dem Kopf nach unten in eine Mülltonne gestopft gefunden, in einer Seitengasse an der 11th Avenue. Er war so zugerichtet, dass ihn seine eigene Mutter nicht mehr erkannt hätte, wenn sie noch am Leben wäre, was sie Gott sei Dank nicht mehr ist. Halb tot geprügelt und dann obendrein noch erstochen.«

»Wann ist das passiert?«

»Ich kann dir nicht sagen, wann es passiert ist. Er wurde am Vormittag gefunden und ich hab heute am frühen Abend davon erfahren.« Er nahm sein Glas und leerte es, als wäre es Wasser. »Hab ich diesen Freund von dir gekannt?«

»Ich denke nicht.«

»Dann hast du ihn also nie mit hierher gebracht?«

»Er hat vor einiger Zeit damit aufgehört, in Kneipen zu gehen.«

»Ah, einer von dem Haufen. Doch nicht etwa derjenige, von dem du mir vor ein paar Tagen erzählt hast? Der, der zu den Buddhisten in Klausur gegangen ist?«

»In der Tat, genau der.«

»Ach, Herrgott. Es ist eine seltsame Sache. Ich hab über diese Unterhaltung nachgedacht, musst du wissen, und ich hab mir gedacht, dass das ein Mann ist, den ich gerne kennenlernen würde. Und jetzt werde ich nie mehr die Gelegenheit dazu haben. Wie war sein Name noch mal?«

»Jim Faber.«

»Jim Faber. Ich würde mein Glas im Andenken an ihn heben, aber vielleicht hätte er das nicht so gerne.«

»Ich denke nicht, dass es ihm was ausmachen würde.«

Er schenkte sich einen kleinen Drink ein. »Auf Jim Faber«, sagte er und trank.

Ich trank einen Schluck Kaffee und fragte mich, was die beiden voneinander gehalten hätten. Ich hätte nicht erwartet, dass sie sich gut verstehen würden, aber wer weiß das schon? Vielleicht hätten sie eine Gemeinsamkeit entdeckt, vielleicht hatte Jim in der Zendo sitzend dasselbe gesucht wie Mick in der Butchers' Mass.

Nun, wir werden es nie herausfinden.

Er sagte: »Du weißt, dass sie es wieder bei dir versuchen werden.«

»Ich weiß.«

»Wenn es Morgen wird, werden sie von ihrem Fehler erfahren, wenn sie es nicht schon wissen. Was wirst du tun?«

»Ich weiß es nicht. Alles, was ich bis jetzt getan habe, war, die Cops anzulügen.«

»Erinnerst du dich noch an damals, als ich nach Irland gegangen bin? Ich bin einer Zwangsvorladung aus dem Weg gegangen, aber es wäre auch ein guter Ort, sich vor Kugeln zu verstecken. Du könntest morgen hinfliegen und zurückkommen, wenn das Entwarnungssignal gegeben wird.«

»Ich vermute, das könnte ich.«

»Du und sie. Ich weiß, dass du noch nie dort warst, aber war sie schon mal?«

»Nein.«

»Ah, ihr würdet es lieben, ihr beide.«

»Du könntest mitkommen«, sagte ich. »Uns herumführen, den Fremdenführer spielen.«

»Einfach abhauen und sie sich nehmen lassen, was sie wollen«, sinnierte er. »Weißt du, ich hab daran gedacht. Es ist nicht meine Art, aber ist es meine Art, gegen etwas zu kämpfen, das ich nicht sehen kann? Sollen sie es sich nehmen, sollen sie alles nehmen.«

»Warum nicht?«

Er wurde still, dachte über die Frage nach. Über seine Schulter sah ich, wie sich Andy Buckley vorbeugte, um einen Dartpfeil zu werfen. Er verlor das Gleichgewicht und Tom Heaney streckte den Arm aus, um ihn zu halten. Tom, ein weiterer gebürtiger Belfaster, arbeitete tagsüber in der Kneipe und gab kaum je ein Wort von sich. Er war mitgekommen, als Mick und ich die Sache in Maspeth erledigen mussten. An jenem Abend hatte er sich eine Kugel eingefangen und wir waren mit Andy am Steuer zu viert direkt hinaus zu Micks Farm gefahren. Mick hatte einen Arzt kommen lassen, der ihn zusammenflickte. Tom hatte während der Tortur kaum etwas gesagt und war danach ebenso schweigsam gewesen.

Am Tresen lachte jemand – sicherlich nicht der immerstumme Mr. Dougherty – und an dem Tisch in unserer Nähe erklärte der Mann der Frau, dass es für ihn auch nicht einfacher war als für sie.

»Vielleicht soll es nicht einfach sein«, sagte sie.

Ich blickte zu Mick und fragte mich, ob er sie gehört hatte. Er war dabei, eine Antwort auf meine Frage zu formulieren, doch dann veränderte sich sein

Gesichtsausdruck, als er etwas hinter mir wahrnahm. Bevor ich mich umdrehen konnte, um nachzusehen, was er gesehen hatte, war er in Bewegung, schlug auf den kleinen Tisch ein und ließ ihn mit dem Becher, der Untertasse, der Flasche und allem davonfliegen. Dann hechtete er über die Stelle, an der der Tisch gestanden hatte, auf mich.

Eine abgehackte Garbe von Schüssen ertönte. Mick prallte gegen mich und ich stürzte nach hinten um. Der Stuhl zerbrach unter mir. Ich landete auf dem Holz und Mick landete auf mir. Er hatte eine Pistole in der Hand und gab damit gezielte einzelne Schüsse als Antwort auf die Schüsse aus dem Sturmgewehr vom Eingang her ab.

Ich sah, wie irgendetwas über uns hinwegflog. Dann gab es einen lauten Krach, mit Schockwellen, die über uns hinwegrollten wie das Meer. Und dann war da überhaupt nichts mehr.

Kapitel 12

Ich konnte nicht sehr lange bewusstlos gewesen sein. Ich erinnere mich nicht daran, wie ich wieder zu mir kam, aber das Nächste, was ich wusste, war, dass ich auf den Beinen war und Mick mich vorwärtsdrängte. Er hatte einen kräftigen Arm um meine Hüfte gelegt, die Hand umklammerte einen abgenutzten Lederranzen. Er war in sein Büro gegangen, um ihn zu holen, was bedeutete, dass ich mindestens so lange bewusstlos gewesen sein musste, wie er dafür gebraucht hatte. Aber nicht viel länger als das.

In der anderen Hand hielt er eine Pistole, eine Armeepistole Kaliber .45, deren Korn abgefeilt war. Es gelang mir, mich umzusehen, aber ich konnte nicht erfassen, was ich sah. Tische und Stühle waren umgestürzt, einige davon zu Kleinholz zersplittert. Barhocker lagen auf dem gefliesten Boden wie Leichen. Der Spiegel hinter dem Tresen war verschwunden, es hingen nur noch ein paar vereinzelte Stücke im Rahmen. Die Luft war von den Überbleibseln einer Schlacht geprägt und meine Augen brannten vom Rauch, dem Dunst des Schießpulvers und dem verschütteten Whiskey.

Überall lagen Menschen herum, die aussahen wie Puppen, die ein achtloses Kind zur Seite geworfen hatte. Der Mann und die Frau, die über ihre Beziehung diskutiert hatten, waren im Tod vereint, sie befanden sich neben ihrem umgestürzten Tisch. Er lag auf dem Rücken, der größte Teil seines Gesichts fehlte. Sie lag zusammengekrümmt auf der Seite, gebogen wie ein Angelhaken, die Oberseite ihres Kopfes offen. Ihr Gehirn quoll aus dem zerstörten Schädel hervor.

»Komm schon, Mann.«

Ich vermute, er schrie, aber seine Stimme hörte sich für mich nicht sonderlich laut an. Ich denke, die Bombenexplosion hatte mein Gehör beeinträchtigt. Alles war leicht gedämpft, so wie am Flughafen, wenn man gerade erst gelandet ist und die Ohren noch nicht geknackt haben.

Ich hörte ihn und registrierte seine Worte, aber ich blieb wie angewurzelt stehen, wo ich war, unfähig, meine Augen von den beiden abzuwenden. Es sei für ihn auch nicht einfacher als für sie, hatte er ihr gesagt.

Berühmte letzte Worte ...

»Sie sind tot, verdammt noch mal«, sagte Mick. Sein Ton war gleichzeitig brutal und sanft.

»Ich hab die Frau gekannt«, sagte ich.

»Ah«, sagte er. »Nun, es gibt absolut nichts, was du jetzt noch für sie tun kannst, und absolut keine Zeit, etwas zu versuchen.«

Ich schluckte, um den Druck in meinen Ohren loszuwerden. Es ist, als würde man mitten in einem Kriegsgebiet aus dem Flugzeug steigen, dachte ich. Den Kordit und den Tod riechen und auf dem Weg zur Gepäckausgabe über Leichen steigen.

Eine der Leichen lag im Eingang, ein kleiner Mann mit feinen asiatischen Gesichtszügen. Er trug eine schwarze Hose und ein lindgrünes Hemd, das ich zuerst für eines dieser Hawaiihemden mit tropischen Blumen hielt. Aber es war ein einfarbiges Hemd, und die Blumen waren drei Einschusslöcher. Sein Blut sorgte für die Blütenblätter.

In seiner Armbeuge ruhte das Sturmgewehr, mit dem er in den Raum gefeuert hatte.

Mick hielt lang genug an, um sich das Gewehr zu schnappen, dann versetzte er dem toten Mann einen kräftigen Tritt gegen den Kopf. »Fahr zur Hölle, du Arschloch!«, rief er.

Am Bordstein stand ein Auto, ein großer alter Chevy Caprice, dessen Karosserie sehr vom Rost gezeichnet war. Andy Buckley saß hinter dem Lenkrad, Tom Heaney stand neben der offenen Tür mit einer Pistole in der Hand, um uns abzusichern.

Wir rannten über den Bürgersteig. Mick schob mich auf die Rückbank und setzte sich neben mich. Tom stieg vorne neben Andy ein. Das Auto fuhr los, bevor sie die Türen geschlossen hatten.

Ich konnte Sirenen hören. Unvollkommen, so wie alles, was ich hörte, aber ich konnte sie hören. Sirenen, die in unsere Richtung kamen.

»Bist du in Ordnung, Andy?«

»Mir geht's gut, Mick.«

»Tom?«

»Nichts abbekommen, Sir.«

»Gut, dass ihr beide dort hinten wart. Was zum Teufel sie mit Grogan's angestellt haben, was? Diese Arschlöcher.«

Wir fuhren auf dem West Side Drive Richtung Norden und wechselten irgendwann auf den Deegan Expressway. Andy bot mehr als einmal an, dass er mich und Mick absetzen würde, wo auch immer wir hinwollten, aber das war nicht, was Mick wollte. Er sagte, er sei sich noch nicht sicher, wo er bleiben würde, und er wollte ein Auto haben.

»Nun, der hier ist ein Rückschritt gegenüber dem Caddy«, sagte Andy. »Aber er stand gleich die Straße runter, was sehr viel schneller war, als deinen aus der Garage zu holen.«

»Er ist genau richtig für mich«, sagte Mick. »Und ich werde ihn sorgsam behandeln.«

»Dieses Scheißteil? Wenn du ihn sorgsam behandelst, wird er an einem Schock sterben.« Er schlug auf das Lenkrad. »Allerdings, er läuft gut. Und die Rostschäden sind ein Vorteil, soweit es mich betrifft. Du kannst ihn auf der Straße parken und sicher sein, dass er noch da sein wird, wenn du zurückkommst.«

Wir fuhren durch die Bronx, ein Stadtteil, in dem ich mich fast gar nicht auskenne. Als Kind hatte ich kurz dort gewohnt, über dem kleinen Schuhladen, den mein Vater aufgemacht hatte – und bald wieder geschlossen hatte, woraufhin wir nach Brooklyn umgezogen waren. Das Haus, in dem wir gewohnt hatten, ist verschwunden, der ganze Block war für eine Erweiterung des Cross-Bronx Expressways den Bulldozern zum Opfer gefallen, und meine Erinnerung an das Viertel war mit ihm verschwunden.

Also konnte ich nicht wirklich nachverfolgen, wo wir uns befanden, aber ich wäre auf vertrauterem Terrain womöglich ähnlich verloren gewesen, da mein Hörvermögen noch immer mangelhaft war und sich mein ganzes Ich benommen und benebelt fühlte. Es wurde nicht viel gesprochen, aber ich verpasste einen Teil von dem, was sie besprachen, weil ich mich periodisch ein- und ausklinkte.

Tom sagte, dass er von Andy aus zu Fuß gehen würde, dass es nicht nötig war, ihn bis zur Haustür zu fahren, und Andy sagte, dass es kein Problem war, ihn nach Hause zu fahren, dass es überhaupt nicht weit war. Mick sagte, egal ob weit oder nicht, wir würden Tom bei sich zu Hause absetzen, Himmelherrgott.

Andy sagte: »Wohnst du noch immer dort, Tom? Perry Avenue?« Tom nickte. Wir fuhren durch nicht vertraute Straßen dorthin und Tom stieg vor einer kleinen Schachtel von Haus mit Bitumenverkleidung aus. Mick sagte, dass er sich melden würde. Tom nickte und trottete zur Tür, wo er den Schlüssel in das Schloss steckte. Andy wendete das Auto.

An einer roten Ampel sagte er: »Mick, bist du sicher, dass ich dich nicht zurück in die Stadt fahren soll? Du kannst das Auto behalten und ich nehm die U-Bahn nach Hause.«

»Sei nicht albern.«

»Oder du kannst dir den Caddy holen. Oder ich hole den Caddy, was auch immer du willst.«

»Fahr zu dir nach Hause, Andy.«

Andy wohnte in der Bainbridge Avenue, von Tom aus auf der anderen Seite des Mosholu Parks. Er hielt vor seinem Haus an und stieg aus dem Wagen. Mick lehnte sich aus dem Fenster und winkte ihn zu sich, woraufhin Andy um das Auto herumging und sich mit einer Hand auf dem Dach dagegenlehnte.

»Grüß deine Mutter von mir«, sagte Mick.

»Sie wird schon schlafen, Mick.«

»Bei Gott, das hoffe ich.«

»Aber ich werde es ihr ausrichten, wenn sie aufwacht. Sie fragt die ganze Zeit über nach dir.«

»Ah, sie ist eine gute Frau«, sagte Mick. »Ist bei dir alles klar? Wirst du keine Probleme haben, an ein Auto zu kommen?«

»Mein Cousin Denny wird mir seines geben. Oder jemand anderes. Oder ich schnappe mir eines auf der Straße.«

»Sei vorsichtig, Andy.«

»Immer, Mick.«

»Sie machen auf uns Jagd wie auf Ratten in einem Abwasserkanal, diese Schweinehunde. Und wer sind sie überhaupt. Nigger und Chinesen.«

»Hat mehr wie ein Vietnamese ausgesehen, Mick. Oder vielleicht ein Thai.«

»Für mich sind sie alle eins«, sagte er. »Und was bin ich für sie? Was für ein Problem haben sie mit mir? Oder mit dem armen Burke, Herrgott nochmal, oder mit irgendeinem anderen der Jungs?«

»Sie wollten einfach alle abknallen.«

»Alle. Sogar die Gäste. Alte Männer, die in Ruhe ihr Bier trinken. Anständige Leute aus dem Viertel, die einen letzten Drink nehmen, bevor sie schlafen gehen. Ah, es war der letzte Drink für einige von ihnen, das stimmt.«

Andy trat zwei Schritte zurück und Mick stieg aus dem Auto. Er blickte sich um, dann schüttelte er sich wie ein nasser Hund. Er ging um das Auto herum und setzte sich ans Steuer. Ich stieg ebenfalls aus, um mich neben ihn zu setzen. Andy stand auf dem Bürgersteig und sah uns nach, als wir davonfuhren.

Keiner von uns sprach auf der Rückfahrt und ich vermute, ich muss mich ausgeklinkt haben. Als ich wieder zu mir kam, waren wir zurück in Manhattan, irgendwo unten in Chelsea. Ich wusste es, weil ich ein kubanisch-chinesisches Restaurant erkannte und mich plötzlich an den Geschmack ihres Kaffees erinnerte, sämig und dunkel und stark, und ich erinnerte mich an den Kellner, der ihn an den Tisch gebracht hatte, ein alter Mann, der sich so langsam bewegte, als würden ihm seine Füße schon seit Jahren Schwierigkeiten bereiten.

Seltsam, an was man sich erinnert, seltsam, an was nicht.

In der 24th Street, Ecke 6th Avenue, am Rand des Flower District, bremste Mick vor einem schmalen, achtstöckigen Backsteingebäude. Es gab ein Rolltor aus Stahl wie bei E-Z Storage, aber schmäler und nur ein bisschen breiter als ein Auto. Das Tor wurde von zwei fensterlosen Türen flankiert. Die Tür zur Rechten hatte eine Reihe von Klingeln an der Seite, was nahelegte, dass sie zu den Büros oder Wohnungen in den oberen Stockwerken führte. Auf der Tür zur Linken befanden sich zwei Zeilen in Schablonenschrift, mit Silber umrandetes Schwarz auf der roten Tür. MCGINLEY & CALDECOTT, verkündeten sie. ARCHITECTURAL SALVAGE.

Mick schloss das Rolltor auf und schob es hoch, wodurch eine kleine Garage auf Straßenhöhe zum Vorschein kam. Nachdem er ein paar Kartons aus dem Weg getreten hatte, gab es gerade genug Platz, ein normales Auto oder einen Kleinlieferwagen zu parken. Er gab mir ein Zeichen, woraufhin ich mich hinter das Lenkrad des Chevys setzte und ihn hineinmanövrierte.

Ich stieg aus und begab mich zu Mick auf den Bürgersteig. Er zog das Tor herunter und sperrte es ab, dann schloss er die rote Tür mit der Aufschrift auf. Wir gingen hinein und er schloss die Tür, wodurch wir uns im Dunkeln befanden, bis er den Lichtschalter fand. Wir standen an einem Treppenabsatz und er führte mich in den Keller hinunter.

Wir gelangten in einen riesigen Raum mit schmalen Gängen zwischen dicht gepackten Reihen aus Schreibpulten, Tischen, Kommoden und Kisten, die bis auf Schulterhöhe ausgestapelt waren. Es war, wie versprochen, eine Firma für

Altmaterialverwertung aus Abbruchgebäuden, und der gesamte Keller diente gleichzeitig als Ausstellungs- und Lagerraum.

Seit dem Kauf des Gebiets durch die Niederländer ist Manhattan eine Stadt, in der Gebäude errichtet werden, nur um sie wieder abzureißen. Der Gebäudeabbruch ist eine Industrie für sich, der Zwillingsbruder des Baus, und wenn sein Hauptziel ein leeres Grundstück ist, blickte ich hier auf seine Nebenprodukte. Schubladen und Kisten waren übervoll mit jeder Art von Eisenwaren, die man aus einem Gebäude ausbauen konnte, bevor sich die Abbruchbirne ans Werk machte. Es gab Schachteln nur mit Türgriffen, sei es aus Messing, aus Glas oder vernickelt. Es gab Kisten mit Türrosetten, Türangeln, Schlössern und Dingen, die ich erkannte, deren Namen mir aber unbekannt waren, und es gab andere Dinge, die ich absolut nicht identifizieren konnte.

Hier und da standen geschnitzte Holzsäulen herum, auf der Suche nach einer Zimmerdecke, die sie stützen konnten. Ein Bereich war vollgestopft mit dekorativen Stein- und Betonarbeiten von Gebäudefassaden: Wasserspeier, die die Zunge herausstreckten, wirkliche und der Fantasie entsprungene Tiere, einige davon überaus detailliert, andere so schwer zu erkennen wie die Inschriften auf alten Grabsteinen, da sie durch die Zeit und den sauren Regen verwittert waren.

Ein oder zwei Jahre zuvor waren Elaine und ich für ein Wochenende nach Washington gefahren und hatten uns in dessen Verlauf auch durch das Holocaust Museum geschleppt. Es war herzzerreißend gewesen, natürlich – das soll es sein –, aber was uns am stärksten mitgenommen hatte, war ein Raum voller Schuhe. Nur Schuhe, ein endloser Haufen Schuhe. Keiner von uns beiden konnte die entsetzliche Wirkung des Raumes wirklich erklären, aber ich gehe davon aus, dass unsere Reaktion nicht untypisch war.

Ich kann nicht sagen, dass die Milchkästen aus Kunststoff, die mit Türgriffen überquollen, eine ähnliche emotionale Reaktion auslösten. Mein Magen drehte sich nicht beim Gedanken daran um, was mit all den Türen, an die diese Griffe einmal angebracht gewesen waren, oder den lange verschwundenen Räumen hinter ihnen passiert war. Aber irgendwie rief die endlose Anordnung von Eisenwaren, die mit deutscher Gründlichkeit gesichtet und sortiert waren, die Erinnerung an den Raum voller Schuhe wach.

»Wo Häuser hingehen, um zu sterben«, sagte Mick.

»Genau das, was ich gedacht habe.«

»Es ist ein gutes, altes Geschäft. Man sollte nicht glauben, was man aus einem alten Haus herausholen kann, bevor es abgerissen wird. Man baut die Rohrleitungen aus, klar, und den Heizungskessel, und das verkauft man als Schrott, aber es gibt Leute, die einen Nutzen für all die alten Eisenteile und Verzierungen haben. Wenn man, sagen wir, ein altes Sandsteinhaus restauriert, würde man wollen, dass die Details authentisch sind. Also kommt man hierher und geht mit Ersatzkristallen für den Kronleuchter nach Hause oder, noch besser, mit einem ganzen Kronleuchter. Und Türangeln und einem Kaminsims aus Marmor. Alles, was man auch immer wollen könnte, ist hier, so viel man davon möchte.«

»Das sehe ich.«

»Und hast du gewusst, dass es Leute gibt, die gewisse Verzierungen sammeln? Caldecott hat einen Kunden mit einer Leidenschaft für Wasserspeier. Einmal hat er einen gekauft, der zu schwer zum Tragen war, und Caldecott hat ihn angeliefert und seine Sammlung gesehen. Zwei kleine Zimmer in der Christopher Street waren alles, was er hatte, und überall standen Regale vollgestopft mit Dutzenden von verdammten Wasserspeiern in allen möglichen Größen. Alle von ihnen haben schreckliche Grimassen geschnitten, einer hässlicher als der andere. Der Beschreibung nach muss es so vollgestopft gewesen sein wie hier, aber so ist das, wenn man ein Sammler ist. Man will immer noch mehr von dem, für was man sich interessiert.«

»Gehört dir die Firma hier, Mick?«

»Ich bin an ihr beteiligt. Man könnte sagen, dass ich ein stiller Teilhaber bin.« Er hob eine matte Messingtürangel hoch, drehte sie um, legte sie zurück an ihren Platz. »Es ist ein gutes Geschäft. Man verkauft gegen Bargeld und hat keine Einkaufsunterlagen, weil man seine Ware nicht einkauft. Man schlachtet aus. Also kommt Bargeld hinein und Bargeld fließt hinaus, und das ist eine nützliche Art von Geschäft in dieser unserer Zeit.«

»Ich kann mir vorstellen, dass es das ist.«

»Und ich bin ein nützlicher Partner für die Jungs. Ich habe Verbindungen zum Bau und zum Abbruchgeschäft, zu den Arbeitern und dem Management gleichermaßen, und das hilft, wenn es um die Rechte zum Ausschlachten eines Gebäudes geht. Oh, es lohnt sich für alle Beteiligten.«

»Und ich vermute, dein Name taucht nirgendwo in den Unterlagen auf.«

»Du kennst meine Meinung, was das anbetrifft. Was man nicht besitzt, können sie einem nicht wegnehmen. Ich habe einen Satz Schlüssel, kann das Büro benutzen, wann immer ich möchte, und habe einen Ort, an dem ich ein

Auto so parken kann, dass es nicht gesehen wird. Normalerweise parken sie dort ihren Lieferwagen, sie benutzen die Garage zum Ein- und Ausladen, aber Brian McGinley nimmt den Lieferwagen abends immer mit nach Hause. Was mich an etwas erinnert.«

Er holte sein Handy aus der Tasche, dann überlegte er es sich anders und schob es zurück. Wir gingen einen Gang entlang bis zu einem Büro im hinteren Bereich, wo er an einem grauen Metallschreibtisch Platz nahm, eine Nummer nachschlug und einen Anruf tätigte. Das Telefon hatte eine Wählscheibe und stammte womöglich selbst aus einem Abbruchgebäude.

Er sagte: »Ich möchte bitte mit Mr. McGinley sprechen ... Ich weiß, wie spät es ist, und ich würde ihn um diese Zeit nicht anrufen, wenn es nicht notwendig wäre ... Ich befürchte, dass Sie ihn wecken müssen. Sagen Sie ihm einfach, dass es der Große ist.«

Er hielt die Sprechmuschel zu und verdrehte die Augen. »Ah, Brian«, sagte er. »Guter Mann. Wissen Sie, ich denke, dass Sie für den Rest der Woche geschlossen haben. Niemand soll herkommen, solange Sie nicht wieder von mir hören ... Das ist der Gedanke. Und ich möchte mich bei Ihrer Frau entschuldigen, dass ich Sie zu so später Stunde noch belästigt habe. Warum fliegen Sie als Wiedergutmachung nicht für ein paar Tage nach Puerto Rico? ... Nun, dann Cancún, wenn ihr das besser gefällt ... Und Sie werden Caldecott anrufen? Und alle, die es sonst noch wissen müssen? Guter Mann.«

Er legte auf. »›Der Große‹«, sagte er. »Es ist eine Anmaßung, mir selbst diesen Namen zu verpassen. So hat man Collins genannt.«

»Und De Valera hat es nicht gefallen.«

»Was für ein scheinheiliger Hurensohn, oder? Sag mir mal was: Wo zum Teufel ist Cancún?«

»Auf der Halbinsel Yucatán.«

»Das ist in Mexiko, oder? Mrs. McGinley gefällt es dort, es gefällt ihr besser, als mitten in der Nacht angerufen zu werden. ›Ich kann ihn nicht aufwecken, er schläft.‹ Nun, wenn er nicht schlafen würde, würdest du ihn nicht aufwecken *müssen*, du dumme Kuh.« Er seufzte, lehnte sich in dem Schreibtischstuhl aus Eiche zurück. »Woher zum Teufel weißt du, dass es Dev nicht gefallen hat? Du bist nicht ins Kino gegangen, als sie den Film gezeigt haben.«

»Elaine hat ihn ausgeliehen«, sagte ich, »und wir haben ihn auf Video angesehen. Herrgott!«

»Was?«

»Es war gestern Abend, dass wir ihn gesehen haben. Das erscheint unmöglich. Es fühlt sich eher an wie eine Woche.«

»Du hattest einen vollen Tag, was?«

»So viele Tote«, sagte ich.

»Die beiden, die wir bei der Farm begraben haben, und das war wann? Vor vier Tagen? Dann Peter Rooney, aber von dem weißt du nur, weil ich es dir erzählt habe. Und dann dein Freund, der Buddhist. Ich habe zu seinem Andenken getrunken, und eine Minute später haben sie aus Grogan's ein Leichenhaus gemacht, links und rechts Leute abgeknallt. Burke wurde getötet, weißt du.«

»Das habe ich nicht gewusst.«

»Ich hab ihn gesucht und auf den Holzdielen hinter dem Tresen gefunden. Er war mit Glasscherben vom Spiegel bedeckt und hatte ein furchtbares Loch in der Brust. Auf seinem Posten gestorben, wie ein Kapitän, der mit dem Schiff untergeht. Ich würde sagen, das ist das Ende des Ladens. Wenn du ihn das nächste Mal siehst, wird ein Koreaner ihn haben und dort rund um die Uhr Obst und Gemüse verkaufen.

Er verstummte. Einen langen Moment später sagte ich: »Ich hab sie gekannt, Mick.«

»Das hab ich mir gedacht.«

»Du weißt, wen ich meine?«

»Natürlich tue ich das. Diejenige, die in unserer Nähe saß, von der du nicht wolltest, dass sie unser Gespräch mithört. Ich hatte gleich so ein Gefühl.«

»Hattest du das?«

»Ja. Weißt du, den Tisch zu wechseln, hat uns wahrscheinlich das Leben gerettet. So saßen wir an der Seite und hatten das zusätzliche Quäntchen Zeit, auf den Boden zu hechten, bevor die Kugeln uns erreichten.« Er neigte den Kopf und blickte irgendetwas an der Wand an. »Solange es nicht alles vorherbestimmt ist«, sagte er, »und man stirbt, wenn die Zeit gekommen ist und nicht vorher.«

»Das frage ich mich.«

»Ah, das ist das Los der Menschen, oder? Sich zu fragen.« Er öffnete die Schreibtischschubladen, bis er diejenige gefunden hatte, in der sich die Flasche Jameson befand. Er öffnete sie und trank aus der Flasche. Dann sagte er: »War sie diejenige?«

»Diejenige?«

»Deine Eskapade.«

»Ich vermute, der Ausdruck beschreibt es so gut wie jeder andere. Wir haben vor einiger Zeit aufgehört, uns zu treffen.«

»Hast du sie geliebt?«

»Nein.«

»Ah.«

»Aber ich hatte sie gern.«

»Das kommt selten genug vor«, sagte er und nahm noch einen Schluck. »Ich hab nie jemanden geliebt. Außer meine Mutter und meine Brüder, aber das ist etwas anderes, oder?«

»Ja.«

»Von den Frauen liebte ich keine und hatte wenige gern.«

»Ich liebe Elaine«, sagte ich. »Ich denke nicht, dass ich jemals eine andere geliebt habe.«

»Du warst vorher schon mal verheiratet.«

»Vor sehr langer Zeit.«

»Hast du die geliebt?«

»Es gab eine Zeit, da dachte ich, dass ich es tun würde.«

»Ah. Wie hat die hier geheißen?«

»Lisa.«

»Sie war eine gutaussehende Frau.«

In meinem Bewusstsein bildete sich das Bild, wie ich sie zuletzt gesehen hatte, mit zerstörtem Schädel. Ich blinzelte es weg und sah sie in ihrer Wohnung, in Jeans und Pullover, vor einem Fenster mit Ausblick auf die untergehende Sonne stehend. Das war besser.

»Ja«, sagte ich. »Das war sie.«

»Es war plötzlich, weißt du. Ich denke nicht, dass sie mitbekommen hat, was mit ihr passiert.«

»Aber sie ist tot.«

»Das ist sie«, sagte er.

Er hatte den alten Lederranzen auf den Schreibtisch gelegt und kramte darin herum. »Bargeld aus dem Tresor«, sagte er. »Einige Dokumente. Alle Waffen, die ich zusammenpacken konnte. Die Polizei kann sich eine gerichtliche Anordnung besorgen und den Tresor aufbrennen, oder vielleicht werden sie es auch ohne Anordnung tun. Was sie nicht als Beweismittel gegen mich verwenden können, werden sie sich in die Taschen stopfen. Deshalb wollte ich ihnen nicht allzu viel dalassen.«

»Nein.«

»Und alles, was die zurücklassen würden, wäre nutzlos für mich, weil ich nicht zurückgehen kann, um es mir zu holen. Sie werden den Laden versiegeln, wenn sie erst einmal mit ihren Fotos und den Messungen durch sind, mit all dem wissenschaftlichen Zeug, das sie tun. Aber darüber weißt du besser Bescheid als ich.«

»Die Tatort-Routine hat sich seit meiner Zeit geändert«, sagte ich. »Mir scheint, als würden sie heutzutage sehr viel auf Video aufnehmen. Und sie werden immer wissenschaftlicher.«

»Wofür braucht man da Wissenschaft? Ein Mann durchsiebt einen Raum mit Kugeln und ein anderer schmeißt eine Bombe. Ich frage mich, ob sie bereits damit fertig sind, die Toten rauszutragen. Ich frage mich, wie viele Tote es gegeben hat und wie viele jetzt noch im Sterben liegen.«

»Wir werden es aus den Nachrichten erfahren.«

»Zu viele, egal wie viele. Eine ganze Reihe, die am Tresen getrunken hat, und ein Kugelhagel, der sie von ihren Hockern gerissen hat. Bis auf Eamonn Dougherty, allerdings. Hat keinen Kratzer abbekommen. Hab ich dir nicht mal gesagt, dass der uns alle überleben wird?«

»Ich denke, das hast du.«

»Der mordgierige kleine Hurensohn. Ich frage mich, wie alt er ist. Jesus, er hat zu Tom Barrys West-Cork-Einheit gehört. Er muss mindestens neunzig sein, vielleicht sogar fünfundneunzig. Ein sehr langes Leben mit so viel Blut an den Händen. Oder denkst du, das Blut wäscht sich mit den Jahren ab?«

»Ich weiß es nicht.«

»Ich frage mich«, sagte er und blickte auf seine Hände hinab. »Du hast den Schützen gesehen. Ein Vietnamese, denkt Andy. Oder ein Thai oder weiß Gott was. Hast du einen Blick auf denjenigen werfen können, der die Bombe geschmissen hat?«

»Nein.«

»Er ist entkommen und ich selbst hab ihn kaum gesehen. Da war sein großes Gesicht, als er dem anderen über die Schulter geblickt hat, und dann hat er die Bombe geschmissen und danach hab ich ihn nicht mehr gesehen. Es scheint mir, als wäre er von der sehr blassen, ausgewaschenen weißen Sorte gewesen.«

»Und er hat sich mit einem Asiaten zusammengetan.«

»Die gesamten verdammten Vereinten Nationen haben sich gegen mich verbündet«, sagte er. »Es ist reines Glück, dass sie nicht versucht haben, mich zu töten.«

»Du meinst, sie haben das alles nur gemacht, um deine Aufmerksamkeit zu erregen?«

»Oh, sie kamen, um zu morden, und gemordet haben sie. Aber ich würde sagen, dass der Mann, der sie geschickt hat, nicht erwartet hatte, dass ich dort sein würde, oder du. Er hat die beiden geschickt, um den Laden zu zerstören und so viele Leute wie möglich zu töten.« Er hob das Gewehr hoch, das er dem toten Asiaten abgenommen hatte. »Wenn ich das Arschloch nicht erschossen hätte«, sagte er, »hätte er weitergemacht, bis alle in der Kneipe tot gewesen wären.«

Und wenn er nicht so schnell wie eine Katze gesprungen wäre und mich zur gleichen Zeit, als er seine Waffe zog, zu Boden geschubst hätte …

»Ein großes Mondgesicht, blass wie der Tod. Hört sich das an wie irgendjemand, den du kennst?«

»Ein Cop hat gesagt, dass heute Vollmond ist.«

»Dann war er das vielleicht persönlich. Der Mann im Mond ist herabgestiegen, um uns seinen Respekt zu zollen. Was ist mit den beiden, die dir vor ein paar Tagen aufgelauert haben?«

Ich beschrieb sie, so gut ich konnte, und er schüttelte den Kopf. Sie könnten egal wer sein, sagte er. Irgendjemand.

»Und es war ein Schwarzer, der den Mord im chinesischen Restaurant begangen hat. Da bekommt man Sehnsucht nach der guten alten Zeit, als die Einzigen, wegen denen man sich Sorgen machen musste, die Spaghettifresser waren. Sie mögen fiese Schweinehunde gewesen sein, aber man konnte vernünftig mit ihnen reden. Jetzt ist es die Regenbogenkoalition mit allen Rassen der Menschheit, die sich gegen mich verbündet hat. Was denkst du, kommt als nächstes? Hunde und Katzen?«

»Bist du hier sicher, Mick?«

»Sicher genug für die Zeit, die ich hierbleiben werde. Ich wollte nicht in irgendeine meiner Wohnungen gehen. Es gibt Leute, die von ihnen wissen. Zwar nur wenige Leute, und es sind Leute, denen ich vertraue, aber woher soll ich wissen, wem ich noch trauen kann? Andy Buckley ist für mich fast wie ein

Sohn, aber wer kann sagen, was er tun wird, wenn irgendein Schweinehund ihm eine Knarre an den Kopf hält?«

»Ist das der Grund, weshalb du nicht wolltest, dass er uns hier absetzt?«

»Nein, ich wollte ein Auto zur Hand haben, eines, das weniger auffällig ist als der Cadillac. Aber es gibt keinen Grund für ihn zu wissen, wo ich bin. Er kann nicht verraten, was er nicht weiß.«

»Hättest du nicht zur Farm fahren können?«

Er schüttelte den Kopf. »Es gibt zu viele, die von der Farm wissen. Und sie ist zu weit entfernt von allem.« Er nahm einen Schluck aus der Flasche. »Wenn ich von all dem fern sein wollte«, sagte er, »könnte ich zu den Brüdern gehen.«

Das verwirrte mich einen Moment lang. Dann sagte ich: »Oh. Das Kloster.«

»Die Thessalonicher, natürlich. Was hast du denn gedacht?«

»Du hast gesagt Brüder, und wir haben darüber gesprochen, dass der Mörder ein Schwarzer war und die Regenbogenkoalition und ...«

»Ah, das ist gut«, sagte er. »Nein, die Brüder auf Staten Island, nicht die Brüder in der Lenox Avenue.« Er blickte wieder seine Hände an. »Ich bin ein furchtbarer Katholik«, sagte er. »Meine letzte Beichte ist eine Ewigkeit her und meine Seele ist geschwärzt mit Sünden. Aber ich könnte dorthin gehen, zu den Brüdern, und sie würden mich aufnehmen und mir keine Fragen stellen. Wer auch immer es ist, er würde nie auf den Gedanken kommen, mich dort zu suchen. Er würde nicht seine schwarzen und braunen Schützen schicken und auch nicht seine blassen weißen Bombenwerfer.«

»Vielleicht ist das keine schlechte Idee, Mick.«

»Es ist überhaupt keine Idee«, sagte er, »weil ich es nicht tun kann.«

»Warum nicht? Nehmen wir an, du kehrst allem hier den Rücken zu.«

Er schüttelte den Kopf. »Es gibt nichts, dem ich den Rücken zukehren könnte. Ich weiß nicht, wer er ist oder was er will, der Mann, der das alles in Bewegung gesetzt hat. Aber es kann nichts sein, das ich besitze. Bin ich ein Gangsterboss mit einem großen Territorium? Ich bin nichts dergleichen. Mir gehören ein paar Immobilien, ich habe ein paar Geschäftsbeteiligungen, aber das ist nicht das, was er will. Siehst du es nicht? Es ist etwas Persönliches für ihn. Er will mich zerstören.« Er öffnete die Flasche, nahm einen Schluck. »Und alles, was ich tun kann«, sagte er, »ist zu versuchen, ihn mir zuerst zu schnappen.«

»Bevor er dich schnappt.«

»Gibt es einen anderen Weg? Du bist der Polizist.«

»Das ist Jahre her.«

»Aber du kannst immer noch wie einer denken. Gib mir den Rat eines Polizisten. Soll ich hingehen und eine Anzeige erstatten? Gegen eine oder mehrere unbekannte Personen?«

»Nein.«

»Oder soll ich um Polizeischutz bitten? Die würden mich selbst dann nicht beschützen können, wenn sie es wollten, und warum sollten sie es wollen? Hab ich denn nicht mein ganzes Leben auf der anderen Seite des Gesetzes zugebracht? Und jetzt heißt es töten oder getötet werden, und wie kann ich da eine weiße Flagge hissen und sie darum bitten, die Regeln zu ändern?«

Hinter einer Tür in der linken hinteren Ecke des Kellers lag eine Treppe, die zum Lichtschacht hochführte. Mick entriegelte die Tür und fragte mich noch einmal, ob ich nicht ein paar Stunden schlafen wollte, bevor ich mich auf den Nachhauseweg machte. Ich könnte die Couch haben, sagte er. Er trank, er würde einfach auf dem Schreibtischstuhl sitzen und Whiskey trinken, bis er einschlief.

Ich sagte ihm, ich wollte vermeiden, dass Elaine aufwachte, bevor ich nach Hause kam. Sie würde die Nachrichten einschalten und hören, was im Grogan's passiert war.

»Es wird überall die Hauptnachricht sein«, sagte er. »Ich könnte das Radio anmachen, um die Zahl der Toten zu erfahren, aber ich werde sie früh genug wissen.« Er packte mich an der Schulter. »Geh nach Hause. Und halte die Augen offen, ja?«

»Das werde ich.«

»Und pack deine Sachen und flieg mit ihr nach Irland oder nach Italien oder wohin auch immer sie will. Nur, damit du von hier wegkommst. Wirst du das tun?«

»Ich werde es dich wissen lassen.«

»Ich will von dir hören, dass du am Flughafen bist und darauf wartest, dass ihr an Bord eures Flugzeugs gehen könnt.«

»Wie kann ich dich erreichen? Was ist die Nummer hier?«

»Warte einen Moment«, sagte er. Er schrieb etwas auf ein Stück Papier, richtete sich auf und gab mir das Papier. »Das Handy. Ich gebe die Nummer nie her, weil ich nicht will, dass ein verdammtes Telefon in meiner Tasche klingelt. Ich habe das Teil nur gekauft, weil man niemals ein Münztelefon finden kann, das funktioniert, oder falls doch, man dann keine Münzen dafür hat. Ich weiß nicht, wie lange ich hierbleiben werde, und ich werde das Telefon des Ladens sowieso nicht abnehmen, wo hier eh nur Leute anrufen, um sich nach Türgriffen und Scharnierbändern zu erkundigen. Ruf mich vom Flughafen aus an, ja? Wirst du das tun?«

Er wartete nicht auf eine Antwort, klopfte mir nur auf die Schulter und schob mich durch die Tür. Ich ging die dunkle Treppe hoch und hörte, wie die Tür geschlossen und abgesperrt wurde.

Kapitel 13

»Er hat mir das Leben gerettet«, sagte ich. »Daran besteht kein Zweifel. Der eine Kerl hat die Kneipe mit Kugeln eingedeckt und versucht, jeden, der einen Puls hatte, zu töten. Da war ein Pärchen zwei Tische weiter, das leise über seine Beziehung diskutierte. Beide sind tot. Ich wäre es auch, wenn ich auf meinem Stuhl sitzengeblieben wäre.«

»Nicht, wenn du im Bett geblieben wärst.«

»Ich wäre fein raus gewesen«, sagte ich. »Bis ich das nächste Mal aus dem Haus gegangen wäre.«

Sie hatte geschlafen, als ich nach Hause gekommen war, aber nicht sehr tief. Das Geräusch meines Schlüssels im Türschloss hatte genügt, sie zu wecken. Sie stand auf, rieb sich den Schlaf aus den Augen, zog einen Morgenrock an und folgte mir in die Küche. Zur Abwechslung machte ich Kaffee und während er durch den Filter lief, erzählte ich ihr, was passiert war.

Sie sagte: »Bomben und Kugeln. Ich würde sagen, es hört sich an wie *Der Pate – Teil IV*, nur dass das nicht wirklich stimmt. Es hört sich eher an wie Krieg.«

»So fühlt es sich auch an.«

»Willkommen in Sarajevo. Oder gibt es nicht eine Kneipe im East Village namens Downtown Beirut?«

»In der 2nd Avenue, wenn sie noch nicht dichtgemacht hat.«

»Zwei Menschen gehen ein Bier trinken, um über ihre Beziehung zu reden, und bevor man sich versieht, haben sie einen Zettel am Zeh hängen. Ins Kreuzfeuer geraten. Gab es Kreuzfeuer?«

»Nicht von mir. Mick hat seine Pistole leergeschossen. Er war derjenige, der den Schützen erschossen hat. Mein Revolver hat es nicht aus dem Holster geschafft und Tom und Andy waren ganz hinten, also denke ich nicht, dass sonst irgendjemand von uns zurückgeschossen hat.«

»›Von uns.‹« Sie nahm einen Schluck Kaffee und verzog das Gesicht. Er war zu stark. Wenn ich Kaffee mache, wird er immer zu stark.

Sie sagte: »Er hat sich selbst das Leben gerettet, das weißt du.«

»Er hat mich mit seinem Körper beschützt. Hat sich auf mich geworfen, mich bewusst abgeschirmt.«

»Aber es muss ein Reflex gewesen sein, denkst du nicht? Etwas ist passiert und er hat einfach reagiert.«

»Und?«

»Er hat nicht bewusst gedacht: *Matt ist in Gefahr und ich muss ihn umstoßen, um ihn vor den Kugeln zu beschützen.* Er hat es einfach getan.«

»Würde er mehr Punkte auf der Skala für edles Verhalten bekommen, wenn er es zuerst durchdacht hätte? Wenn er sich die Zeit genommen hätte nachzudenken, wären wir beide tot.«

»Du hast Recht«, sagte sie. »Du siehst, was ich tue, oder? Ich versuche, das, was er getan hat, zu minimalisieren, damit du dich ihm gegenüber nicht verpflichtet fühlst. Du wurdest in einer einzigen Nacht zweimal fast umgebracht. Ich möchte, dass du aus dem Spiel aussteigst, bevor dich das Glück verlässt.«

»Ich denke nicht, dass ich das tun kann.«

»Warum nicht? Wie ändert das, was passiert ist, irgendetwas? Wenn Mick dir das Leben gerettet hat, dann deshalb, weil er möchte, dass du lebst, nicht, damit du Seite an Seite mit ihm auf dem Schlachtfeld kämpfst. Hat er dir nicht gesagt, dass du mich nach Irland bringen sollst?«

»Das hat er gesagt.«

»Ich war noch nie dort. Aber ich habe irgendwie das Gefühl, dass wir nicht fahren.«

»Nicht jetzt.«

»Willst du mir sagen, warum nicht?«

»Weil es wirklich ein Krieg ist«, sagte ich, »und niemand wird mir gestatten, die Schweiz zu sein. Wie haben wir es formuliert? Mein Name steht auf dem Schal. Der einzige Weg, wie ich jetzt neutral sein könnte, wäre, meine Koffer zu packen und das Land zu verlassen.«

»Und? Dein Pass ist gültig.«

Ich schüttelte den Kopf. »Ich kann nicht auf einer Steinmauer in County Kerry sitzen und hoffen, dass sich mein Problem von alleine lösen wird.«

»Also wirst du mitmischen.«

»Das ist besser, als herumzusitzen und Daumen zu lutschen, während ich darauf warte, dass etwas passiert.«

»Außerdem hat er dir das Leben gerettet.«

»Auch das spielt eine Rolle.«

»Und ein Mann muss tun, was ein Mann tun muss. Ist das auch berücksichtigt?«

»Das gehört wahrscheinlich auch dazu«, räumte ich ein. »Ich mag denken, dass das Meiste von diesem Männerzeugs Schwachsinn ist, aber dadurch bin ich nicht immun dagegen. Und es ist nicht alles Quatsch. Wenn ich in dieser Stadt leben will, kann ich nicht erlauben, dass mich jemand dazu bringt, aus ihr zu verschwinden. Und ich muss in dieser Stadt leben.«

»Warum? Wir könnten überall leben.«

»Wir könnten, aber wir tun es nicht. Wir leben hier.«

»Ich weiß«, sagte sie. »Hier ist unser Zuhause.« Sie kostete noch einmal vom Kaffee, dann gab sie auf und trug ihre Tasse zur Spüle. »Es ist schade«, sagte sie. »Ich weiß nicht, wie das Auf-Steinmauern-Sitzen ist, aber es hätte mir Spaß gemacht, nach Irland zu fliegen.«

»Du kannst immer noch gehen.«

»Wann? Oh, du meinst jetzt? Nein, danke.«

»Oder nach Paris oder wohin auch immer du willst.«

»Wo ich in Sicherheit wäre.«

»Das ist richtig.«

»Damit du dir keine Sorgen um mich machen musst.«

»Und?«

»Und? Vergiss es. Wenn ich herumsitzen muss, um zu warten, bis das Telefon klingelt, bleibe ich lieber dort, wo es ein Ortsgespräch ist. Versuch nicht, mich zu überreden, ja? Denn du wirst es nicht schaffen. Ich bin zwar kein Stier, aber ich bin genauso starrköpfig wie du. Wenn du nicht gehst, werde ich auch nicht gehen.«

»Es ist deine Entscheidung. Wirst du den Laden schließen?«

»Das werde ich machen. Ich werde sogar ein Schild in die Tür hängen, auf dem steht, dass ich bis zum ersten Oktober auf Einkaufstour sein werde. Wird diese Sache bis zum Ende des Monats vorüber sein?«

»Auf die eine oder andere Weise.«

»Ich wünschte, du hättest es anders formuliert.«

Ich sagte: »Das Paar, das ich erwähnt habe? Im Grogan's?«

»Der leise gehaltene Beziehungszwist? Was ist mit denen?«

»Sie war jemand, den wir gekannt haben.«

»Ja?«

»Lisa Holtzmann.«

Elaine und Lisa hatten sich in einem Kunstgeschichtekurs am Hunter College getroffen. Dadurch hatte ich dann Lisas Ehemann kennengelernt und sie war auf die Idee gekommen, mich anzurufen, nachdem er ermordet worden war.

»Mein Gott!«, sagte sie. »Und sie wurde getötet?«

»Sofort, so wie es aussah.«

»Das arme Mädchen. Was für ein Leben und was für ein Tod. Wo haben wir sie zuletzt gesehen?«

»Im Armstrong's, es ist schon eine Weile her.«

»Und wir haben uns nicht einmal die Mühe gemacht, ›Hallo‹ zu ihr zu sagen. Wer hätte wissen können, dass wir sie nie wieder sehen würden?« Sie runzelte die Stirn. »Was hat sie im Grogan's gemacht? Ich weiß, was sie gemacht hat, aber man sollte nicht denken, dass das ihre Art von Lokal war, oder?«

»Soweit ich es weiß, war sie zum ersten Mal dort. Nein, das stimmt nicht, denn sie waren vor ein paar Tagen auch dort.«

»Vorgestern Abend?«

»Nein, an dem Abend, als die ganze Sache angefangen hat. Mittwoch muss das gewesen sein. Bevor wir zu diesem Lagerraum in New Jersey rausgefahren sind. Sie war mit demselben Typen dort, und es könnte derselbe Tisch gewesen sein. Es war auch nicht seine Art von Lokal.«

»Wer war er?«

»Sein Name war Florian.«

»Florian? Vorname oder Nachname?«

»Vorname, nehme ich an. ›Matt, das ist Florian. Florian, das ist Matt.‹«

»Prickelnder Dialog. Florian. Hatte er lange Haare und eine Zigeunergeige?«

»Er hatte einen Ehering.«

»Er hatte einen, und sie keinen.«

»Richtig.«

»Also war er verheiratet und sie nicht, und vielleicht waren sie deshalb in einer heruntergekommenen Kneipe anstatt in einer besseren Lokalität.« Sie legte ihre Hand auf meine. »Erst Jim und dann Lisa. Das war wirklich eine Nacht für dich, oder?«

»Es gab auch noch eine Menge anderer Toter im Grogan's.«

»Du hast den Barkeeper erwähnt. Burke?«

»Und Leute, die ich vom Sehen kannte, und andere, die ich überhaupt nicht kannte. So viele Tote.«

»Ich bin deshalb selbst ganz durcheinander und ich war nicht einmal dort. Du warst beide Male vor Ort.«

»Es fühlt sich unwirklich an.«

»Natürlich. Es ist zu viel, um es zu verarbeiten. Du musst erschöpft sein. Hast du überhaupt geschlafen, bevor du losgezogen bist, damit sie auf dich schießen können?«

»Das ist nicht der Grund, weshalb ich weggegangen bin. Und nein, ich konnte nicht einmal die Augen geschlossen halten.«

»Ich wette, jetzt könntest du es.«

»Ich denke, du hast Recht«, sagte ich und stand auf. »Weißt du, ich war in der Lage, ab und zu mal eine Nacht nicht zu schlafen und einfach weiterzumachen. Natürlich hatte ich damals einen Motor, der mit Alkohol als Treibstoff lief.«

»Dein Motor hatte damals auch noch nicht so viele Meilen hinter sich wie jetzt.«

»Denkst du, dass das etwas damit zu tun hat?«

»Natürlich nicht«, sagte sie. »Du bist immer noch jung und spritzig. Geh schlafen, Sportsfreund. Jetzt.«

Kapitel 14

Ich schlief sofort ein und ich denke nicht, dass ich meine Schlafposition irgendwie veränderte, bis ich kurz nach Mittag die Augen aufriss. Ich war seit Jahren nicht mehr so unvermittelt aufgewacht. Es war nicht wie Aufwachen, es war, als käme ich nach einem Filmriss zu mir.

Nachdem ich geduscht und mich rasiert hatte, wartete Elaine mit einer Tasse Kaffee auf mich und sagte mir, dass das Telefon den ganzen Morgen über geklingelt hatte. »Ich hab den Anrufbeantworter rangehen lassen«, sagte sie. »Eine Menge Leute, die etwas über Jim erfahren oder etwas über ihn erzählen wollten. Und auch andere Leute. Mit Namen, die mir unbekannt waren, aber auch welchen, die ich kenne. Joe Durkin und dieser andere Cop, der von gestern Abend.«

»George Wister?«

»Genau. Er hat zweimal angerufen. Beim zweiten Mal hatte ich das Gefühl, dass er mich sehen kann. ›Bitte nehmen Sie den Hörer ab, wenn Sie zu Hause sind.‹ Sehr streng, sehr elternmäßig und genau die Art und Weise, die garantiert eine ausgesprochene Verpiss-dich-Reaktion *chez moi* hervorruft. Überflüssig zu sagen, dass ich nicht abgehoben habe.«

»Was für eine Überraschung.«

»Ich hab nicht mal abgehoben, als es für mich war. Monica hat angerufen und ich war nicht in der Stimmung, mir von ihr über ihren neuesten verheirateten Freund erzählen zu lassen. Einmal hab ich jedoch abgehoben, das war, als TJ dran war. Er hatte die Nachrichten gesehen und wollte sichergehen, dass du in Ordnung bist. Ich hab ihm gesagt, dass du das wärst, und ich hab ihm auch gesagt, dass er heute den Laden nicht öffnen soll. Tatsächlich hab ich ihn ein Schild ins Fenster hängen lassen.«

»›Wir sind zu bis Monatsende, Mann, weil wir neue Teile abchecken.‹«

»Ich hab auch Beverly Faber angerufen. Du kannst dir vorstellen, wie große Lust ich auf diesen Anruf hatte, aber ich hab mir gedacht, dass ich es tun muss. Sie hat sich wie unter Beruhigungsmitteln angehört, aber vielleicht war sie auch nur angeschlagen von dem Schock und dem Mangel an Schlaf. Die Cops haben ihr die ganze Nacht über Fragen gestellt. Der Eindruck, den sie bei ihr hinterlassen haben, oder auch nur der, den sie haben wollte, ist, dass Jims Ermordung ein Fall von Verwechslung war.«

»Nun, das war sie.«

»Im Moment scheint sie es als das Werk von zufälligem Schicksal zu betrachten. Erinnerst du dich daran, als diese Schauspielerin etwas aus dem Fenster fallen ließ? Ich denke, es war ein Blumentopf.«

»Mein Gott, das ist schon eine Ewigkeit her. Ich war noch ein Cop, als es passiert ist. Tatsächlich war ich noch in Brooklyn, ich war noch nicht ans Sechste Revier gewechselt. So lange ist das schon her.«

»Der Blumentopf ist ungefähr sechzehn Stockwerke in die Tiefe gefallen und hat einen Typen erschlagen, der auf dem Nachhauseweg vom Abendessen in einem Restaurant war. War es nicht so?«

»So in etwa. Die Frage damals war, wie der Blumentopf aus dem Fenster kam. Nicht, dass sie auf den armen Kerl gezielt hätte, sondern ist er wirklich einfach nur so runtergefallen oder hatte sie ihn hochgehoben und damit auf jemanden geworfen?«

»Und er hat sich geduckt und der Topf ist aus dem Fenster geflogen?«

»Vielleicht. Was auch immer es war, es war vor sehr, sehr langer Zeit.«

»Nun, Beverly erinnert sich daran, als wäre es gestern gewesen. Ihr Jim war wie der Typ, der vom Blumentopf erschlagen wurde, hat sich nur um seinen eigenen Kram gekümmert, bis Gottes Daumen vom Himmel herabkam und ihn wie einen Käfer zerdrückt hat.« Sie verzog das Gesicht. »Weißt du«, sagte sie, »ich hab Beverly nie gemocht. Aber ich empfinde Mitgefühl für sie und ich wollte sie für die Dauer des Telefongesprächs wirklich mögen.«

»Ich weiß, was du meinst.«

»Es ist nicht einfach, sie zu mögen. Ich denke, es ist ihre Stimme. Sie hört sich an, als würde sie jammern, selbst wenn sie es nicht tut. Hör mal, bist du hungrig?«

»Am Verhungern.«

»Nun, Gott sei Dank, denn ich hatte schon Angst, dass ich dich an den Tisch fesseln und zwangsernähren muss. Geh und hör die Nachrichten ab, während ich dir was mache.«

Ich spielte die Nachrichten ab und notierte mir Namen und Nummern, obwohl ich wenig Drang verspürte, irgendjemanden zurückzurufen, besonders nicht die beiden Cops. Wisters zweiter Anruf war so, wie Elaine ihn beschrieben hatte, und rief bei mir so ziemlich dieselbe Reaktion hervor wie bei ihr. Joe

Durkins Nachricht, aufgezeichnet nur eine halbe Stunde, bevor ich die Augen geöffnet hatte, hörte sich ebenso dringend wie gereizt an und weckte in mir auch kein Bedürfnis, mit ihm zu sprechen.

Ich löschte die Nachrichten und ging in die Küche, wo ich alles aß, was Elaine vor mich auf den Tisch stellte. Als das Telefon wieder klingelte, ließ ich die Maschine rangehen. Der Anrufer legte auf, ohne eine Nachricht zu hinterlassen.

»Davon gab es eine Menge«, sagte sie. »Aufleger.«

»Die gibt es immer. Sehr oft sind es Telefonverkäufer.«

»Mein Gott, erinnerst du dich an meine kurze Karriere als Telefonverkäuferin? Was war ich für eine Niete.«

»Das war kein Telefonverkauf.«

»Natürlich war es das.«

»Es war Telefonsex«, sagte ich.

»Nun, das ist dasselbe. Bei beidem melkt man Leute über das Telefon. Mein Gott, das war lustig, oder?«

»Damals hast du das nicht so gesehen.«

»Ich dachte, es wäre etwas, das ich tun könnte, und es stellte sich heraus, dass ich es nicht konnte. Das war etwa zu der Zeit, als ich Lisa kennengelernt habe.«

»Richtig.«

»Bevor wir zusammengezogen sind und bevor ich den Laden geöffnet habe. Ich hatte aufgehört, Kunden zu empfangen, und wusste nicht, was ich mit dem Rest meines Lebens anfangen sollte.«

»Ich erinnere mich.«

»Matt?«

»Was?«

»Oh, nichts.«

Ich spülte meinen Teller in der Spüle ab, stellte ihn in das Trockengestell.

Sie sagte: »Du solltest TJ anrufen.«

»Später.«

»Und willst du die Fernsehnachrichten sehen? Auf New York One gab es jede Menge Bilder vom Tatort.«

»Die gibt es später auch noch.«

Sie war einen Moment lang still, legte sich ihre Gedanken zurecht. Dann sagte sie: »Du und Lisa, ihr wart eng, oder?«

»Eng?«

»Hör zu, tu mir einen Gefallen, okay? Sag mir, dass ich die Klappe halten und mich um meine eigenen Sachen kümmern soll.«

»Das werde ich dir nicht sagen.«

»Ich wünschte, du würdest es tun.«

»Stell deine Frage.«

»War sie die, mit der du geschlafen hast? Mein Gott, ich kann nicht glauben, dass ich das gesagt habe.«

»Die Antwort ist ja.«

»Ich weiß, dass die Antwort ja ist. Es war vor einer Weile zu Ende, oder?

»Vor einer ziemlich langen Weile. Danach hab ich sie nicht mehr gesehen, bis wir beide sie im Armstrong's entdeckt haben.«

»Das ist, was ich gedacht hatte. Ich wusste, dass du dich mit jemandem triffst. Das hab ich gemeint, als ich …«

»Ich weiß.«

»Als ich gesagt habe, dass sich durch unsere Heirat nichts ändern muss. Und ich habe es auch so gemeint. Hast du gedacht, dass ich großzügig bin? Denn ich war es nicht.«

»Ich hab mir gedacht, dass du es so gemeint hast.«

»Ja, das habe ich, und ich war nicht eine Sekunde lang großzügig. Ich war realistisch. Männer und Frauen sind verschieden, und eines der Dinge, in denen sie sich unterscheiden, ist Sex. Sie können mich aus der Frauenvereinigung werfen, weil ich das sage, aber es ist mir egal. Es ist wahr. Und ich sollte es ja wissen, richtig?

»Richtig.«

»Männer vögeln herum, und über Jahre hinweg hab ich mir einen schönen Lebensunterhalt damit verdient, dass ich eine von denjenigen war, mit denen sie rumgevögelt haben. Die meisten von ihnen waren verheiratet, und es hatte nichts mit ihren Ehen zu tun. Sie haben aus vielen Gründen herumgevögelt, aber letztendlich liefen die alle auf einen einzigen hinaus: Männer sind so.«

Sie nahm meine Hand, drehte meinen Ehering.

Sie sagte: »Ich denke, dass es wahrscheinlich biologisch ist. Andere Tiere sind genauso, und sag mir nicht, dass sie alle neurotisch sind oder auf den Gruppenzwang reagieren. Also, warum sollte ich erwarten, dass du anders bist, oder warum sollte ich überhaupt *wollen*, dass du anders bist? Die einzige Sache, über die ich mir Sorgen machen müsste, wäre, dass du eine finden könntest, die du lieber magst als mich, und ich hab nicht gedacht, dass das passieren würde.«

»Das wird es niemals.«

»Das war, was ich entschieden hab, denn ich weiß, was wir miteinander haben. Warst du in sie verliebt?

»Nein.«

»Es war nie eine Gefahr, oder? Für uns?«

»Nicht eine Sekunde lang.«

»Schau mich an«, sagte sie. »Ich hab Tränen in den Augen. Kannst du das glauben?«

»Ich kann es glauben.«

»Die Ehefrau, die wegen des Todes der Geliebten heult. Man sollte meinen, dass es Freudentränen sind, oder?«

»Nicht bei dir.«

»Und ›Geliebte‹ ist das falsche Wort für sie. Dann hättest du ihr die Miete zahlen müssen und sie jeden Nachmittag von fünf bis sieben besuchen müssen. Ist das nicht, wie die Franzosen solche Sachen halten?«

»Da fragst du den Falschen.«

»*Cinq à sept*, so nennen sie es. Wie sollen wir sie nennen? Wie wäre es mit ›die auserkorene Freundin‹?«

»Das ist nicht so schlecht.«

»Ich fühle mich so traurig. Oh ja, halte mich. Das ist besser. Weißt du, wie ich mich fühle, Baby? Als hätten wir ein Familienmitglied verloren. Ist das nicht albern? Ist das nicht bescheuert?«

Einer der ersten Anrufer, den ich zurückrief, war Ray Gruliow. »Ich brauche deine Dienste«, sagte er, »und zur Abwechslung habe ich einmal einen Klienten mir einer relativ dicken Brieftasche, was bedeutet, dass du deinen vollen Stundensatz in Rechnung stellen kannst.«

»Ich gehe davon aus, dass das nicht ein paar Wochen warten kann.«

»Ich würde nicht einmal ein paar Tage damit warten wollen. Sag mir nicht, dass du ausgebucht bist.«

»Das ist das, was ich gerade einem anderen Vertreter deines Standes erzählt habe. Mit dir werde ich ein bisschen aufrichtiger sein.«

»In Anbetracht unserer herzlichen persönlichen und geschäftlichen Beziehung.«

»Genau deshalb. Ich muss mich mit persönlichen Geschäften herumschlagen, Ray, und ich kann im Moment an Arbeit nicht mal denken.«

»Persönliche Geschäfte.«

»Richtig.«

»Jemand könnte das als Oxymoron bezeichnen, denkst du nicht auch? Wenn es persönlich ist, wie können es dann Geschäfte sein?«

»Ja, wie?«

»Moment mal. Das hat nicht zufällig etwas mit dem zu tun, was letzte Nacht in deinem Teil der Stadt passiert ist, oder?«

»Mit was?«

»Hast du die Schlagzeile der *Post* gesehen? ›Massaker in der 10th Avenue‹, so haben sie es genannt, mit der Originalität, für die sie berühmt sind.«

»Ich hab heute noch keine Zeitung gelesen.«

»Oder Fernsehen geguckt?«

»Nein.«

»Dann weißt du nicht, worüber ich rede?«

»Das habe ich nicht gesagt.«

»Ich verstehe«, sagte er. »Sehr interessant.«

Ich war einen Augenblick lang still. Dann sagte ich: »Ich denke, ich brauche juristischen Rat.«

»Nun, junger Mann, heute ist Ihr Glückstag. Zufällig bin ich Anwalt.«

»Ich war letzte Nacht dort.«

»Sprechen wir von der 10th Avenue?«

»Ja.«

»Und du warst dort, als die Exkremente den Siedepunkt erreicht haben?«

»Ja.«

»Du lieber Himmel! Weißt du, wie viele Tote es gegeben hat? Das Letzte, was ich gehört habe, war zwölf Tote und sieben Verletzte, und mindestens einer der Verwundeten steht kurz davor, über den Jordan zu gehen. In einer der Nachrichtensendungen am Morgen haben sie eine Innenaufnahme der Kneipe gezeigt. Es sah in etwa so aus wie Rotterdam, nachdem die Luftwaffe auf einen Besuch vorbeigekommen war.«

»Es hat ziemlich schlimm ausgesehen, als ich sie zum letzten Mal gesehen habe.«

»Aber du bist in Ordnung?«

»Es geht mir gut«, sagte ich.

»Und du bist rausgekommen, bevor die Cops aufgetaucht sind.«

»Ja«, sagte ich. »Früher am Abend war ich zum Abendessen mit einem Freund in einem chinesischen Restaurant.«

»Und in Peking geht jeder am liebsten zu McDonald's. Da soll einer schlau draus werden, was?«

»Ich vermute, das hat es nicht in die Nachrichten geschafft.«

»Was hat es nicht in – War das ein Restaurant in derselben Gegend wie das andere Lokal?«

»Mehr oder weniger. 8th Avenue.«

»Doch, es war in den Nachrichten, wahrscheinlich weil es in derselben Gegend war. Einzelner Schütze erschießt einzelnen Restaurantbesucher ohne jeglichen Grund. Er hatte einen Copyshop in der Nähe, wenn ich mich richtig erinnere.«

»Nun, eine Druckerei.«

»Nahe genug. Und?«

»Du kennst den Mann.«

»Ich kenne ihn?«

»Du hast ihn vor sechs Monaten in St. Luke's sprechen gehört«, sagte ich. »Er hatte siebzehn Jahre hinter sich. Jim F.«

»Dein Sponsor.«

»Richtig.«

»Er ist der Typ, mit dem du jeden Sonntag zu Abend isst. Es war davon die Rede, dass es sich um einen einzelnen Restaurantbesucher gehandelt hat, aber ich vermute, er war nicht allein.«

»Er war allein, als es passiert ist. Ich hab mir gerade die Hände gewaschen. Ray, die beiden Sachen stehen in Verbindung mit einander, und ich bin das Bindeglied. Ich hab den Cops gestern Abend nicht die volle Wahrheit gesagt, und dann bin ich wie der Teufel vom Grogan's verschwunden, bevor sie aufgetaucht sind. Sie haben Nachrichten auf meinem Anrufbeantworter hinterlassen, aber ich will nicht mit ihnen reden.«

»Dann rede nicht mit ihnen. Du hast keinerlei Verpflichtung, es zu tun.«

»Ich bin ein lizensierter Privatdetektiv.«

»Oh, das ist ein Argument. Das verpflichtet dich in gewisser Weise, oder?

Andererseits, wenn du für einen Anwalt arbeitest, wirst du einigermaßen durch das Anwaltsgeheimnis abgeschirmt.«

»Willst du mich engagieren?«

»Nein, diesmal werde ich dein Anwalt sein. Wird dein Freund immer noch tatkräftig vertreten durch den findigen Mark Rosenstein?«

»Ich denke, ja.«

»Er soll Mark anrufen«, sagte er, »und ihm sagen, dass Mark dich engagieren soll, um diverse Angelegenheiten im Zusammenhang mit einem anstehenden Gerichtsverfahren zu untersuchen. Kannst du dir das merken?«

»Ich schreib es mir auf. Die Sache ist nur, es könnte schwer sein, meinen Freund zu erreichen.«

»Ich werde Mark anrufen. Es ist ja nicht so, dass er irgendetwas tun müsste. In der Zwischenzeit solltest du vielleicht die Zeitungen lesen und den Fernseher anstellen.«

»Ich vermute, das werde ich tun müssen.«

»New York One hat ein Portrait deines Freundes gebracht, während sie jemanden vor dem, was von seinem Geschäftssitz übrig ist, herumstehen ließen. Sie haben es klingen lassen wie damals, als Damon Runyon Al Capone beschrieben hat. Blutrünstig, aber irgendwie charmant.«

»Das trifft es in etwa.«

»Diese großartige Inszenierung mit der Bowlingkugel. Ist das wirklich passiert?«

»Ich war nicht dabei«, sagte ich. »Und man bekommt zu diesem Thema niemals eine offene Antwort von ihm.«

»Wenn es nicht passiert ist«, sagte er, »dann hätte es verdammt noch mal passieren sollen. Vergiss nicht, sag ihnen absolut nichts. Und ruf mich an, wenn du mich brauchst.«

Ich rief TJ an, damit er die Zeitungen kaufte und mitbrachte. Wir saßen vor dem Fernseher und er zappte sich durch die Kanäle, während ich herausfand, was die Boulevardblätter zu sagen hatten. Sie brachten es beide auf der Titelseite – die *News* charakterisierte es einfach als ›Teufels Küche‹ –, aber es war zu spät passiert, um auf den Innenseiten die volle Würdigung zu erfahren, und es musste aus den Frühausgaben völlig außen vorgeblieben sein. Die Leitartikler und Feature-Autoren würden sich morgen früh darüber ausbreiten, bis dahin gab es nur die nackten Tatsachen. Die Anzahl der Toten variierte, die *Post* hatte einen mehr als die *News*. Die Namen wurden aufgrund der ausstehenden Benachrichtigung der Angehörigen verschwiegen.

Die Fernsehreporter hatten auch nicht sehr viel mehr Fakten, abgesehen von aktuelleren Zahlen, was die Opfer anbetraf. Aber sie hatten Namen und Fotos von einigen der Toten. Ein paar der Gesichter kamen mir bekannt vor, aber es waren keine Leute, die ich wirklich gekannt hatte. Offensichtlich hatten sie Lisa und ihren Freund noch nicht identifiziert oder es war ihnen noch nicht gelungen, die Angehörigen zu verständigen.

Die Innenaufnahmen des Grogan's waren so, wie man sie mir beschrieben hatte, und so, wie ich den Ort von dem Augenblick, als Mick mich herausgezerrt hatte, in Erinnerung hatte. Und die Außenaufnahmen waren den Erwartungen entsprechend, mit einem Reporter nach dem anderen, der vor der guten alten Kneipe stand und in die Kamera sprach. Die Fenster waren jetzt mit Sperrholzplatten abgedeckt, auf dem Bürgersteig davor lag immer noch ein Teppich aus Trümmern und Glasscherben.

Die Stärke des Fernsehens lag in Erläuterungen und Hintergrundberichten, in Interviews mit Überlebenden und Bewohnern des Viertels, in Portraits von Michael »Der Schlachter« Ballou, legendärer inoffizieller Betreiber des Grogan's und Erbe einer langen Tradition von wilden Kneipenwirten in Hell's Kitchen. Sie tischten die alten Geschichten auf, einige davon wahrer als andere, und natürlich verzichteten sie nicht auf diejenige mit der Bowlingkugel.

»Stimmt das?«, wollte TJ wissen.

Alle Versionen der Geschichte stimmten darin überein, dass Mick Ballou eine ernste Meinungsverschiedenheit mit einer anderen Persönlichkeit des Viertels namens Paddy Farrelly gehabt hatte. Eines Tages war Farrelly verschwunden und wurde nie wieder gesehen. Am Tag nach seinem Verschwinden zog Mick angeblich durch die Kneipen des Viertels (einschließlich Grogan's, das ihm damals noch nicht gehörte), wobei er die Art von Tasche bei sich trug, in der Bowlingspieler ihre Kugel transportieren.

Was er in den verschiedenen Kneipen tat, abgesehen davon, dass er ein Glas Whiskey trank, hing davon ab, welche Version der Geschichte man hörte. In einigen von ihnen stellte er einfach die Tasche demonstrativ auf die Bar, um dann nach dem abwesenden Farrelly zu fragen und auf sein Wohl zu trinken, »wo auch immer der prächtige Bursche sein mag.«

In anderen Wiedergaben öffnete er die Tasche und forderte diejenigen, die

Interesse hatten, auf, einen Blick hineinzuwerfen. Und in der übertriebenen Version ging er von Tür zu Tür, von Kneipe zu Kneipe, um jedes Mal den abgetrennten Kopf von Paddy Farrelly an den Haaren aus der Tasche zu ziehen und herumzuzeigen. »Sieht er nicht großartig aus?«, sagte er. »Hat er jemals besser ausgesehen?« Und dann forderte er die Leute auf, dem alten Paddy einen Drink auszugeben.

»Ich weiß nicht, was passiert ist«, sagte ich TJ. »Ich war damals in Brooklyn, noch bei der Polizei, und ich hatte weder was von Paddy Farrelly noch von Mick gehört. Wenn ich eine Vermutung abgeben müsste, würde ich sagen, dass er die Runde gemacht hat und dass er eine Bowling-Tasche bei sich gehabt hat, aber ich denke nicht, dass er sie geöffnet hat. Er könnte es getan haben, falls er wild und betrunken genug war, aber ich denke nicht.«

»Und wenn er es gemacht hat? Ich meine, was denkst du, war in der Tasche?«

»Er könnte durchaus den Kopf darin gehabt haben«, sagte ich. »Ich zweifle keine Sekunde lang daran, dass er diesen Farrelly ermordet hat. Soweit ich weiß, haben sie einander wirklich gehasst, und wenn er die Gelegenheit dazu bekommen hat, hat er ihn wahrscheinlich mit einem Hackmesser ermordet und dabei die Schürze seines Vaters getragen. Er könnte die Leiche zerstückelt haben, um sie zu entsorgen, und das hätte auch bedeutet, ihr den Kopf abzuschneiden, deshalb, ja, er könnte durchaus den Kopf in der Tasche gehabt haben.«

»Die Leiche wurde nie gefunden, was?«

»Nein.«

»Und der Kopf auch nicht, tippe ich.«

»Der Kopf auch nicht.«

Er dachte darüber nach. »Warst du jemals bowlen?«

»Bowlen? Seit vielen, vielen Jahren nicht mehr. Es gab eine Cops-Liga in Suffolk County, als ich in Syosset gewohnt habe. Ich hab ein paar Monate lang zu einer Mannschaft gehört.«

»Ja? Hattest du eines dieser Hemden, mit deinem Namen auf der Brusttasche?«

»Ich kann mich nicht erinnern.«

»›Ich kann mich nicht erinnern.‹ Das bedeutet, du hattest eins, Heinz, und du willst es nicht zugeben.«

»Nein, es bedeutet, dass ich mich nicht erinnern kann. Wir hatten für alle

Hemden bestellt, aber ich musste die Mannschaft verlassen, als ich befördert wurde und sich meine Arbeitszeit geändert hat.«

»Und du hast danach nicht mehr gebowlt?«

»Nur noch einmal, soweit ich mich erinnern kann. Ich war schon nicht mehr bei der Polizei und hab im Hotel gewohnt, und ein Freund von mir namens Skip Devoe hat immer Sachen organisiert.« Ich wandte mich an Elaine. »Hast du Skip jemals kennengelernt?«

»Nein, aber du hast von ihm erzählt.«

»Er besaß einen Schuppen in der 9th Avenue und war ein Teufelskerl. Er hatte irgendeinen komischen Einfall und bevor man sich versah, sind wir alle rausgetuckert zum Belmont Park für die Pferderennen oder nach Randall's Island für ein Freiluftjazzkonzert. Es gab eine Bowlingbahn auf der westlichen Seite der 8th Avenue, zwei oder drei Häuser über die 57th Street, und einmal hat er es sich in den Kopf gesetzt, dass wir Bowlen gehen müssten, und schon sind ein halbes Dutzend Betrunkener über den Laden hergefallen.«

»Und du warst nur dieses eine Mal?«

»Nur dieses eine Mal. Aber wir haben danach wochenlang davon geredet.«

»Was ist aus ihm geworden?«

»Skip? Er ist ein paar Jahre später gestorben. Akute Bauchspeicheldrüsenentzündung, aber dann schreiben sie ja auch nie auf den Totenschein, dass jemand an einem gebrochenen Herzen gestorben ist. Die Geschichte ist zu lang, um sie jetzt zu erzählen. Außerdem hat Elaine sie schon gehört.«

»Und die Bowlingbahn existiert nicht mehr.«

»Schon lange nicht mehr. Ebenso wie das Haus, in dem sie sich befunden hat.«

»Ich hab einmal gebowlt«, sagte er. »Bin mir dabei vorgekommen wie ein Idiot. Hat so einfach ausgesehen, und dann konnte ich es nicht.«

»Man bekommt den Dreh raus.«

»Das kann ich mir vorstellen. Und danach versucht man, immer wieder das Gleiche zu tun. Ich seh sie manchmal im Fernsehen, und diese Kerle sind wirklich gut darin, aber ich warte immer darauf, dass sie während der Partie einschlafen. Wie sind wir auf dieses Thema gekommen?«

»Du hast es aufgeworfen.«

»Die Tasche. Der Kopf wurde nie gefunden, und ich hab mich gefragt, ob sie jemals die Tasche gefunden haben. Spielt keine Rolle, ob sie es getan haben oder nicht. Die Sache ist, einen netten Freund hast du da.«

»Du hast ihn getroffen.«

»Ja.«

»Er ist, wer er ist«, sagte ich. »Er kann sehr charmant sein, aber er war sein ganzes Leben lang ein Krimineller und er hat eine Menge Blut an den Händen kleben.«

»Als ich ihn getroffen hab«, sagte er, »da war ich mit dir unterwegs und wir haben diesen Laden von ihm aufgesucht, der jetzt in Schutt und Asche gelegt wurde.«

»Grogan's.«

»Hab nicht viele Schwarze dort gesehen.«

»Nein.«

»Weder arbeiten noch trinken.«

»Nein.«

»Der Kerl war freundlich zu mir und so, aber ich hab die ganze Zeit über daran denken müssen, welche Hautfarbe ich habe.«

»Ich kann nachvollziehen, dass du das getan hast«, sagte ich. »Mick ist ein irischer Junge aus einem schlechten Viertel, und das waren die Leute, die bei den Einberufungskrawallen während des Bürgerkriegs Schwarze an Laternenmasten aufgeknüpft haben. Es ist unwahrscheinlich, dass er seine Fenster für den Martin Luther King Day schmücken wird.«

»Verwendet wahrscheinlich das N-Wort ziemlich oft.«

»Tut er.«

»Nigger, Nigger, Nigger«, sagte er.

»Hört sich dämlich an, wenn man es immer wieder wiederholt.«

»Wie die meisten Wörter. Wie du sagst, er ist, wer er ist. Wir sind alle, wer wir sind, Clint.«

»Aber du würdest keinen Wert darauf legen, für ihn zu arbeiten.«

»Nicht in seiner Kneipe. Wobei es ja auch nicht so aussieht, als ob sie schon bald wieder öffnen würde. Aber das ist nicht, wie du es gemeint hast.«

»Nein.«

»Wir haben vor ein paar Tagen für ihn gearbeitet, oder? Ist er jetzt ein sehr viel größerer Rassist, als er es dann war?«

»Wahrscheinlich nicht.«

»Warum würde ich dann so plötzlich nicht für den Mann arbeiten wollen?«

»Weil es gefährlich und illegal ist«, sagte Elaine. »Du könntest größere Schwierigkeiten mit der Polizei bekommen und du könntest getötet werden.«

Er grinste. »Nun, das klingt alles echt cool«, sagte er, »aber es gibt bestimmt noch eine Kehrseite, oder?«

»Du denkst, das ist witzig, oder?«

»Du doch auch, sonst müsstest du nicht so sehr versuchen, dir das Lachen zu verkneifen.« Zu mir sagte er: »Was genau werden wir tun? Uns ein paar Schießeisen greifen und zum O. K. Corral aufbrechen?«

Ich schüttelte den Kopf. »Ich denke, keiner von uns beiden ist dafür geschaffen«, sagte ich. »Es wird wahrscheinlich die Zeit dafür kommen, aber dann wird es jemand anderes tun müssen. Im Augenblick weiß allerdings niemand, wo der O. K. Corral ist oder wer sich da verschanzt hat.«

»Waren die Clantons, soweit ich mich erinnere.«

»Diesmal haben die Clantons weder Namen noch Gesichter. Deshalb ist Detektivarbeit angesagt.«

»Und wir sind die Detektive«, sagte er. Er kratzte sich am Kopf. »Wir sind mit E-Z Storage nicht sehr weit gekommen. Tatsächlich sind wir so weit gegangen, wie wir konnten, dann haben wir den Fall geschlossen.«

»Wir haben jetzt nicht viel mehr, als wir da hatten, aber es gibt doch ein paar Sachen.«

»Der Kerl, der deinen Freund erschossen hat.«

»Das ist ein Ansatzpunkt. Im Moment wissen wir eigentlich nur, dass er schwarz war.«

»Das schränkt es ein.«

»Das tut es wirklich, denn wir wissen auch, dass er ein Profi ist. Und er hat es vermasselt, er hat die falsche Person erschossen.«

»Das könnte sich rumsprechen.«

»Könnte es«, stimmte ich zu. »Außerdem gibt es den Schützen im Grogan's.«

»Asiatischer Kerl.«

»Südostasien, so wie er aussah.«

»Richtig, du hast den Mann gesehen. Ich hab daran gedacht, dass sie sein Gesicht im Fernsehen nicht gezeigt haben, aber du hast ihn ja aus der Nähe betrachten können.«

»Näher, als es mir lieb war. Sie haben weder seinen Namen noch sonst irgendetwas zu ihm bekanntgegeben, aber das heißt nicht, dass sie nichts wissen.«

»Seinen Namen erfahren, die Spur zurückverfolgen, herausfinden, mit wem er herumgehangen hat.«

»Das ist die Idee. Unser dritter Ansatz sind die beiden Kerle, die sich ein paar Blocks von hier auf mich gestürzt haben.«

»Auf dich eingeschlagen haben, bis du genug hattest und zurückgeschlagen hast.«

»Ich konnte einen guten Blick auf einen von ihnen werfen«, sagte ich. »Ich würde ihn wiedererkennen.«

»Denkst du, dass er in New York wohnt?«

»Das wird er wohl müssen. Warum?«

»Dann werden wir Folgendes machen. Wir fahren einfach herum und sehen uns die Leute an, bis wir ihn aus den acht Millionen Gesichtern, die wir sehen, herausgepickt haben.«

»Nun, das wäre eine Möglichkeit.«

»Aber du weißt noch eine andere.«

»Tue ich«, sagte ich. »Das Problem ist, sie ist nicht sehr viel besser als deine.«

»Nun, wir sind flexibel«, sagte er. »Wir versuchen es auf deine Weise, und wenn das nicht funktioniert, dann auf meine.«

Kapitel 15

»George Wister ist kein schlechter Kerl«, sagte Joe Durkin. »Ein guter Cop und ein kluger Bursche. Er weiß nicht, was er von dir halten soll. Willst du was wissen? Ich bin mir selbst nicht so sicher, dass ich noch weiß, was ich von dir halten soll.«

»Was willst du damit sagen?«

»Du warst gestern zum Abendessen mit deinem Freund. Du bist aufs Klo und er wurde erschossen. Und dir fiel absolut kein Grund ein, warum um alles in der Welt jemand den guten alten Jim töten wollte.«

»Mir fällt noch immer keiner ein.«

»Schwachsinn«, sagte er. »Ist das dieselbe Jacke, die du gestern Abend anhattest?«

»Und?«

»Dein Freund hatte die gleiche an. Halt mich nicht zum Narren, ja? Du hättest das Opfer sein sollen. Der einzige Grund, weshalb du jetzt hier bist, ist, dass du den richtigen Zeitpunkt gewählt hast, um pinkeln zu gehen.«

Wir saßen in einem griechischen Café in der 8th Avenue, nur einen Block vom Lucky Panda entfernt. Ich hätte einen anderen Treffpunkt vorgezogen, aber ich hatte bereits seinen ersten Vorschlag, den Dienstraum im Revier Midtown North, abgelehnt und ihm hatte meine Idee, uns außerhalb des Viertels irgendwo in Chelsea oder im Village zu treffen, nicht gefallen.

Als ich eintraf, saß er schon in einer der hinteren Nischen, trank Kaffee und hatte bereits die Hälfte eines Käsekuchens mit Kirschen gegessen. Er sagte, der Kuchen sei gut und ich solle mir auch einen bestellen, aber ich sagte dem Kellner, dass ich nur eine Tasse Kaffee wollte. Joe sagte, es sei gut, dass wir im Viertel geblieben waren, denn es würde regnen. Ich sagte, dass sie immer Regen vorhersagten und es dann nie regnete. Er meinte, sie würden früher oder später Recht behalten, dann brachte der Kellner meinen Kaffee und wir kamen zur Sache.

Jetzt sagte ich: »Ich vermute, das stimmt. Offensichtlich war ich das tatsächliche Ziel des Schützen.«

»Du hast bis heute Nachmittag gebraucht, um darauf zu kommen?«

»Wister hat gestern Abend etwas in der Richtung in den Raum geworfen. Nachdem er die Idee durchgekaut hatte, dass Jim Green Cards und Inhaberpfandbriefe für die Mafia gedruckt haben könnte. Ich hab es ungefähr genauso ernst genommen.«

»Wann hast du deine Ansicht geändert?«

»Als ich mit Mick Ballou gesprochen habe.«

»Deinem Freund.«

»Ja, er ist ein Freund von mir, das weißt du.«

»Und du weißt, wie ich darüber denke. Eine Menge Jungs bei der Truppe haben sich auf diese Weise Kummer bereitet, mit dieser Art von Freund. Kumpel aus dem alten Viertel, Kerle, die den einen Weg eingeschlagen haben, während sie einen anderen genommen haben.«

»Ich bin nicht mehr bei der Truppe, Joe.«

»Nein, das bist du nicht.«

»Und Ballou und ich sind noch nicht so lange befreundet. Ich hatte den Dienst bereits quittiert, als ich ihn kennengelernt habe.«

»Und ihr beide habt euch auf Anhieb einfach bestens verstanden, was?«

»Seit wann muss ich dir meine Freundschaften erklären? Du bist ein Freund von mir und Ballou nimmt mich deshalb auch nicht in die Zange.«

»Ist das so? Ich vermute, dann ist er ein bisschen aufgeschlossener, als ich es bin. Wo waren wir stehengeblieben? Du hast gesagt, dass du deine Ansicht geändert hast, als du mit deinem guten Freund, dem Mörder, gesprochen hast. Wann war das?«

»Nachdem ich bei Wister fertig war. Ich hab auf dem Nachhauseweg in seiner Kneipe vorbeigeschaut.«

»Liegt nicht wirklich auf dem Weg. Du bist rübergegangen zur 9th Avenue und dann links anstatt rechts abgeboben. Ich vermute mal, du bist nicht auf einen Drink dort eingekehrt.«

»Ich hatte gerade einen Freund verloren und verspürte das Bedürfnis, mit einem anderen zu reden«, sagte ich. »Und als ich dort ankam, sagte er mir, dass er Probleme hat.«

»So?«

»Es gab einen Typen, der ein bisschen Kleinkram für ihn erledigt hat und in einer Mülltonne in der 11th Avenue aufgefunden wurde.«

»Peter Rooney, und das bisschen Kleinkram hatte mit Ballous Geschäften als Kredithai zu tun. Was hat er getan, ein paar Dollar abgezweigt, und Ballou hat ihn in die Tonne gestopft?«

»Er wusste nicht, wer Rooney umgebracht hat, aber so wie ich es verstanden habe, gab es auch andere Vorfälle. Es läuft darauf hinaus, dass jemand versucht, ihm das Geschäft streitig zu machen. Seine Ansicht über die Ermordung Jims war, dass ich das Ziel hätte sein sollen, weil ich ein Freund von ihm bin.«

»Das ist, was er dir gesagt hat.«

»Ja.«

»Und ich gehe davon aus, dass er nicht erwähnt hat, wer ihn in die Zange nimmt.«

»Er sagte, dass er es nicht weiß.«

»Wie wenn man Rosen von einem heimlichen Verehrer bekommt? Nur, dass es anstelle von Rosen Morddrohungen sind?«

»Vielleicht wusste er es und hat es nur nicht gesagt.«

»Ja, und vielleicht hat er es gesagt und du bist derjenige, der es nicht sagen will. Und was ist dann passiert?«

»Was dann passiert ist?«

»Ja. Was hast du als nächstes getan?«

»Ich bin nach Hause gegangen. Ich kann nicht sagen, dass ich das allzu ernst genommen habe. Warum sollte ich wegen einer Freundschaft zum Ziel eines offenbar professionellen Killers werden?« Ich zuckte mit den Schultern. »Ich konnte nicht schlafen. Ich war lange wach, hab in der Küche Kaffee getrunken und um meinen Freund getrauert.«

»Um deinen Freund Jimmy.«

»Jim. Niemand hat ihn jemals Jimmy genannt.«

»Dann dein Freund Jim. Und nicht dein Freund Mick.«

Ich ließ es auf sich beruhen. »Dann hat mich Elaine gegen Mittag geweckt«, sagte ich, »nachdem sie von dem Vorfall im Grogan's gehört hatte.«

»Dem Vorfall.«

»Dem Bombenanschlag, wobei ich davon ausgehe, dass es mehr war als das. Es wurde auch geschossen, oder?«

»Sag du es mir.«

»Wie denn das?«

Er nahm seine leere Kaffeetasse und klopfte damit gegen den Rand der Untertasse. »So wie ich es gehört habe«, sagte er, »warst du dort.«

»Ich hab dir gerade erzählt, dass ich dort war. Dann bin ich nach Hause gegangen. Es muss zwei Stunden später gewesen sein, als die Scheiße überge-kocht ist.«

»Zwei Stunden später.«

»Vielleicht drei.«

»Das hab ich anders gehört.«

»Du hast gehört, dass ich dort war, als es passiert ist?«

»Das ist richtig, Matt«, sagte er und blickte mir in die Augen. »Das ist genau das, was ich gehört habe.«

»Wer behauptet das?«

»Eingegangene Informationen. Willst du noch einmal über deine Ge-schichte nachdenken?

»Meine Geschichte? Ich habe keine Geschichte. Ich hab dir erzählt, was passiert ist.«

»Und du warst nirgendwo zu sehen, als die Scheiße herumgeflogen ist.«

»Nein.«

Er runzelte die Stirn. »Ich mache dafür all die Jahre bei der Polizei verant-wortlich«, sagte er. »Wenn es eine Sache gibt, die ein Cop lernt, dann ist es, wie man eine Lüge erzählt und darauf beharrt. Und es ist wie Fahrradfahren, oder? Man verlernt es nie.«

»Du denkst, dass ich dich angelogen habe?«

»Wie kommst du auf sowas?«

»Nun, ich denke, du hast mich angelogen. ›Eingegangene Informatio-nen.‹ Du hast nie gehört, dass ich im Grogan's war. Das war nur ein Bluff.«

Er breitete die Arme aus. »Wir hatten eine Beschreibung, ein paar Typen, die gesehen wurden, als sie den Schauplatz verlassen haben. Einer davon war Ballou, der andere könntest du gewesen sein.«

»Was haben sie gesagt, ein männlicher Weißer mit zwei Armen und zwei Beinen?«

»In Ordnung, ich hab's begriffen. Die Beschreibung, die wir bekommen haben, könnte aufs halbe Revier passen. Wenn sie noch ›geht einem auf die Eier‹ hinzugefügt hätten, dann würde ich jedoch keine Zweifel haben. Viel-leicht habe ich geblufft, aber dadurch liege ich noch nicht falsch. Verdammt noch mal, ich denke noch immer, dass du dort warst.«

»Nun, es ist ein freies Land. Du kannst denken, was du möchtest.«

»Ich bin froh, dass ich deine Erlaubnis habe. Und weil wir gerade dabei sind, gibst du mir dein Wort, dass du nicht dort warst, als das alles passiert ist?«

»Wozu? Du hast mir gerade erklärt, dass mein Wort keinen Pfifferling wert ist.«

»Ich tippe, es ist immer noch irgendwas wert«, sagte er, »sonst würdest du nicht damit zögern, es mir zu geben. Ich bin mir nicht sicher, welche Art von Spiel du spielst, mein Freund, aber ich denke nicht, dass es mir gefällt. Weißt du eigentlich selbst, was zum Teufel du tust?«

»Ich bin mir nicht sicher, dass ich die Frage verstehe.«

»Vielleicht versuchst du einfach nur, am Leben zu bleiben, und in diesem Fall kann ich nicht sagen, dass ich dir etwas vorwerfe. Hier ist eine Frage, die du ehrlich beantworten kannst. Warst du heute Nachmittag dort?«

»Wo, beim Grogan's?«

»Mhm. Bist du zufällig vorbeispaziert, um einen Blick darauf zu werfen?«

Ich schüttelte den Kopf. »Ich bin direkt hierhergekommen. Nach dem, was sie im Fernsehen gezeigt haben, gibt es dort im Moment außer Sperrholz sowieso nichts zu sehen.«

»Es ist eine Schande, dass du es nicht so sehen konntest wie ich. Ich war heute Morgen dort, gleich nach Dienstbeginn. Zu diesem Zeitpunkt hatten sie die Leichen bereits abtransportiert, aber ich durfte mir Fotos ansehen.«

»Darum beneide ich dich nicht.«

»Und ich beneide die armen Schweinehunde nicht, die als erste am Tatort waren, was das anbetrifft. Was für ein verdammter Alptraum.« Er legte den Kopf schief. »Wenn du die Fotos gesehen hättest, hätte es vielleicht jemanden gegeben, den du erkannt hättest.«

»Worauf willst du hinaus?«

»Sagt dir der Name Lisa Holtzmann irgendetwas?«

»Natürlich«, sagte ich, ohne zu zögern. »Von vor ein paar Jahren. Sie war eine Klientin, ihr Mann wurde erschossen, als er telefoniert hat.«

»Aus Versehen erschossen, wie sich herausstellen sollte. Wie dein Freund gestern Abend.«

»Was ist mit Lisa? War sie gestern Abend im Grogan's?«

»Das wusstest du nicht?«

»Ihr Name wurde in den Nachrichten nicht erwähnt.«

»Sie war dort«, sagte er. »Und wenn ich darüber nachdenke, vielleicht hättest du sie auf dem Foto gar nicht erkannt. Was ich gesehen habe, war eindeutig ein Fall für einen geschlossenen Sarg.«

»Ich hab sie im Laufe der Jahre ein paarmal im Viertel gesehen. Aber nie im Grogan's, soweit ich mich erinnern kann.«

»Sie war nicht dort, als du früher am Abend vorbeigeschaut hast?«

»Ich denke, es ist nicht ausgeschlossen. Aber wenn sie dort war, hab ich sie nicht gesehen.«

»Wenn sie dort war, hätte sie heimgehen sollen, als du es getan hast. Du hättest sie nach Hause begleiten können.«

»Worauf willst du hinaus?«

»Keine Ahnung. Matt, wenn du Informationen verschweigst, die den Fall weiterbringen könnten, tust du niemandem einen Gefallen damit. Ehrliche Antworten für eine Minute, okay? Weißt du, wer deinen Freund Faber erschossen hat?«

»Nein. Ich habe gehört, dass es ein Schwarzer war, aber selbst das kann ich nicht aus eigener Erfahrung sagen.«

»Der Kerl war ein Profi, so wie es sich für mich anhört. Du weißt nicht, wer ihn angeheuert haben könnte?«

»Nein.«

»Oder wer hinter dieser Scheiße im Grogan's steckt?«

»Nein, aber ich bin bereit zu glauben, dass es dieselbe Person ist, die den anderen Mörder angeheuert hat.«

»Und du weißt nicht, wer das sein könnte, und Ballou tut es auch nicht.«

»Außer er verheimlicht es vor mir.«

»Denkst du, dass er das tut?«

»Ich sehe keinen Grund, warum er es tun sollte. Haben sie in den Nachrichten nicht gesagt, dass der Schütze im Grogan's Asiate war?«

»Einer von ihnen, ja. Wir haben nichts zu dem anderen Mann.«

»Ich wusste nicht, dass da noch ein zweiter Mann war.«

»Der Bombenwerfer. So lange da nicht nur ein Mann war, der geschossen *und* die Bombe geworfen hat, was aber ziemlich unwahrscheinlich ist. Augenzeugenberichte lassen auf einen zweiten Mann schließen, wenngleich nicht völlig zweifelsfrei.«

»Aber der Schütze war Asiate.«

»Vietnamese, um genau zu sein. War das nicht in den Nachrichten?«

»Falls es das war, hab ich es verpasst. Alles, was ich gehört habe, war Asiate.«

»Vielleicht haben sie es noch nicht bekanntgegeben. Frag mich nicht nach seinem Namen, aber der steht in seiner Akte, gemeinsam mit seinen Fingerabdrücken und Fotos, von vorn und im Profil.«

»Er ist vorbestraft?«

»Er hatte eine schwere Jugend«, sagte er. »Erinnerst du dich an Born To Kill? Schlitzaugengang aus dem Zentrum, haben vor ein paar Jahren große Schlagzeilen gemacht, weil sie mörderischer waren als die Vietcong?«

»Waren das nicht die, die bei einer Hochzeit in Jersey ein Massaker angerichtet haben?«

»War es eine Hochzeit oder eine Beerdigung? Was auch immer es war, auf jeden Fall haben all die gestandenen Mafiarecken die Köpfe geschüttelt und sich gefragt, was aus der Welt geworden ist. BTK hat in erster Linie Schutzgeld in Chinatown erpresst und den alten Banden Kummer bereitet, der typische Erstgenerationsscheiß. Der Grund, warum man nichts mehr von ihnen hört, ist, dass sie fast alle entweder tot sind oder im Knast sitzen. Oder beides, wie unser Freund von gestern Abend. Er hat erst im Norden drei Jahre wegen Raub und Körperverletzung abgesessen und ist dann gestern Abend tot am Tatort zurückgeblieben.« Er beugte sich vor. »Jemand hat ihm die Lichter ausgepustet. Vielleicht du, mit dem was du da unter deiner Jacke hast.«

»Es ist eine .38er«, sagte ich. »Habt ihr dieses Kaliber aus Mr. Tot-am-Tatort rausgeholt?«

»Diese kleine Aufgabe haben wir dem Gerichtsmediziner überlassen. Aber nein, er wurde mit drei Kugeln aus einer .45er umgelegt. Wann hast du angefangen, eine Knarre zu tragen?«

»Seit ich heute Morgen die Nachrichten gesehen habe. Ich hab einen Waffenschein, falls du dir deswegen Sorgen machst.«

»Uff, da fällt mir ein Stein vom Herzen.«

»Wie heißt er?«

»Wer, der tote Schütze? Sie heißen alle gleich.«

»Das muss sehr praktisch sein«, sagte ich. »Man ruft einen Namen, und sie kommen alle angerannt.«

»Du weißt, was ich meine. Ihre Namen klingen alle so wie etwas, was man in einem Restaurant bestellen würde, wenn man nur wüsste, wie man es ausspricht. Dieser hier, sein Name fing mit *NG* an, also selbst wenn ich mich daran erinnern würde, könnte ich ihn nicht aussprechen.«

»Wenn du jemals genug davon hast, ein Cop zu sein, könntest du jederzeit für die UNO arbeiten.«

»Oder für das Außenministerium und ihnen beibringen, wie man sich diplomatisch verhält. Was zum Teufel interessierst du dich für den Namen eines toten Schlitzauges?«

»Das war nur so dahingefragt.«

»Nur, dass es sich gar nicht so dahingefragt angehört hat. Was verschweigst du?«

»Absolut nichts.«

»Und das soll ich dir glauben?«

»Du kannst glauben, was du möchtest.«

»Weißt du«, sagte er, »du hast eine Lizenz vom Staat New York. Du darfst keine Beweise zurückhalten.«

»Ich hab keine Beweise, die ich zurückhalten könnte. Irgendwelche Vermutungen oder Theorien, die ich haben könnte, sind keine Beweise, und ich bin nicht verpflichtet, sie weiterzugeben.«

»Wenn du letzte Nacht dort warst, zählt das, was du gesehen hast, als Beweis.«

»Ich war auf der Toilette«, sagte ich mit Bedacht, »und was ich gesehen habe, war mein eigenes Gesicht im Spiegel, und ich hab Wister bereits gesagt–«

»Ich rede vom Grogan's. Du Hurensohn, du hast *gewusst*, dass ich vom Grogan's rede.«

»Ich hab dir bereits gesagt, dass ich gegangen bin, bevor es irgendetwas zu sehen gab.«

»Du warst zu Hause in deiner Küche.«

»Richtig.«

»Hast Kaffee getrunken. Ist es das, was du machst, wenn du nicht schlafen kannst? Kaffee trinken?«

»Wenn ich mich nur bei dir gemeldet hätte, dann hättest du mir sagen können, dass ich stattdessen warme Milch trinken soll.«

»Du versuchst, witzig zu sein, aber es ist die beste Sache der Welt, bevor man ins Bett geht. Noch besser ist, die Milch mit einem großzügigen Schuss

Scotch aufzupeppen. Aber ich vermute, du würdest den Scotch weglassen, oder?«

»Wahrscheinlich.«

»Oder vielleicht doch nicht. Vielleicht nimmst du gerne mal ein Schlückchen. Ist das der Grund, weshalb du mit deinem Gangsterfreund herumhängst? Damit du von Zeit zu Zeit heimlich einen Drink nehmen kannst?«

»Bis jetzt habe ich es noch nicht getan.«

»Nun, was noch nicht ist ... Was hat dein anderer Freund eigentlich davon gehalten, dass du mit billigen Gaunern in ihren Kneipen herumhängst? Dein Freund Jim. Ich wette, er hat gedacht, dass es eine tolle Idee ist.«

»Worauf willst du eigentlich hinaus?«

»Ich will darauf hinaus, dass ich denke, dass du letzte Nacht dort warst.«

»Egal, was ich sage.«

»Egal, was du sagst. Du warst im Grogan's, als die Scheiße übergekocht ist, und du musst mitten drin gestanden sein, was der Grund dafür ist, dass du jetzt so voll davon bist. Weißt du, was er tun will? George Wister? Er will anordnen lassen, das man dich aufs Revier bringen soll.«

»Ich vermute, das kann er tun, wenn er möchte.«

»Nett von dir, dass du ihm die Erlaubnis gibst.«

»Aber er wird nichts erfahren, was er nicht ohnehin schon weiß.«

»Matt, Matt, Matt«, sagte er. »Ich dachte, wir sind Freunde.«

»Das dachte ich auch.«

»Nur, dass es heißt, dass ein Cop nur mit einem anderen Cop befreundet sein kann, und das bist du ja nicht mehr, oder?«

»Ich bin immer noch das, was ich war, als wir uns kennengelernt haben.«

»Mir scheint, als hättest du dich verändert. Aber vielleicht auch nicht.« Er lehnte sich in seinem Stuhl zurück. »Lass uns das hier abschließen, okay? Ich weiß nicht, wie tief du in der Sache drinsteckst, aber der Hauptgrund, weshalb ich jetzt hier bin, ist, dich zu warnen. Halte dich zum Teufel noch mal von Ballou fern.«

Ich schwieg.

»Denn er ist erledigt, Matt. Jemand war letzte Nacht sehr nahe dran, der Welt einen Gefallen zu tun. Er ist noch einmal davongekommen, aber beim nächsten Mal hat er vielleicht nicht dieses Glück. Und du weißt, dass es ein nächstes Mal geben wird.«

»Solange erstklassige Polizeiarbeit nicht zur schnellen Verhaftung der Verantwortlichen führt.«

»Und wie könnten wir dabei scheitern, bei der Unterstützung, die wir aus der Öffentlichkeit erfahren? Das ist nicht der Punkt. Der Punkt ist, dass er am Ende ist. Er steht im Mittelpunkt einer größeren polizeilichen Untersuchung. Wenn die nächste Bombe oder Kugel ihn nicht erwischt, bedeutet das nur, dass er in den Knast wandern wird.«

»Bis jetzt hat er es noch nicht getan.«

»Er hat ein behütetes Leben geführt. Behütete Leben dauern nicht ewig.«

Die andere Art tat es auch nicht. Ich sagte: »Er ist ein Freund in Not, deshalb soll ich ihn fallenlassen.«

»Wie einen heißen Stein. Was er ist, er ist ein Freund, der tief in der Scheiße steckt, und er hat sich jedes Gramm davon verdient, und wenn du zu nah bei ihm bist, wirst du gemeinsam mit ihm darin untergehen. Herrgott, Matt, bist du zu dämlich, um zu kapieren, dass ich versuche, dir einen Gefallen zu tun? Rede ich in den Wind oder was?«

Kapitel 16

Ich ging nach Hause, wobei ich das Gebäude so betrat, wie ich es verlassen hatte, durch den Lieferanteneingang. Es gab zwei neue Nachrichten auf dem Anrufbeantworter. Eine war von Ray Gruliow, der mir mitteilte, dass er mit Mark Rosenstein gesprochen hatte und ich nun offiziell engagiert war, um eine Untersuchung im Interesse von Rosensteins Klienten, eines gewissen Michael Francis Ballou, anzustellen. Die andere war von Denis Hamill von der *Daily News*. Er hoffte, von mir irgendetwas Zitierwürdiges für einen Artikel, den er gerade über das Ableben einer legendären Kneipe schrieb, zu bekommen. Ich rief zurück und sagte ihm, dass das Grogan's nicht tot war, sondern nur schlief.

Ich rief bei Ray Galindez zu Hause an, nachdem ich vergeblich versucht hatte, ihn auf dem Revier zu erreichen. Seine Frau Bitsy hob ab und erkundigte sich nach Elaine, bevor sie mir das Neueste von ihren Kindern erzählte. Dann sagte sie: »Ich vermute, du willst mit dem Boss sprechen«, und ich wartete, bis Ray an den Apparat kam.

»Ich benötige deine Dienste«, sagte ich, »aber es muss inoffiziell sein.«

»Kein Problem. Mit wem werde ich arbeiten?«

»Nur mit mir. Ich hab vor ein paar Tagen einen Kerl gesehen und hätte gerne ein Bild von ihm.«

»Das ist großartig«, sagte er. »Mit dir lässt sich leicht arbeiten. Es gibt Leute, die sind einfach zu sehr darauf bedacht, mich zufriedenzustellen. ›Ja, das ist gut, so hat er ausgesehen‹ – nur dass er das nicht hat, aber sie wollen meine Gefühle nicht verletzen. Wann willst du es tun? Ich würde sagen heute Abend, aber wir haben für heute schon was mit Bitsys Schwester und ihrem Trottel von Ehemann geplant. Tu mir einen Gefallen und sag mir, dass es dringend ist, damit ich das absagen kann.«

»Es ist nicht so dringend.«

»Es tut mir leid, das zu hören. In diesem Fall, passt es morgen? Momentan arbeite ich in Bushwick.«

»Ich weiß, dort habe ich es zuerst versucht.«

»Ja, normalerweise würde ich heute arbeiten, aber ich hab mir einen Tag freigenommen. Unser Großer hatte ein Fußballspiel und das wollte ich sehen.

Ich sag dir, nachdem ich ihn spielen gesehen habe, denke ich, dass er auch besser Künstler werden sollte wie sein Alter.«

»Es gibt Schlimmeres.«

»Vermutlich. Willst du, dass ich morgen bei euch vorbeischaue? Ich mach um vier Schluss und das Revier ist gleich neben der U-Bahn. Ich könnte bis fünf locker bei euch sein.«

»Vielleicht wäre es besser, wenn ich zu dir komme.«

»Bist du sicher? Denn soweit es mich betrifft, ist das großartig. Erspart mir eine Fahrt mit der U-Bahn. Willst du auf dem Revier vorbeikommen? Ich hab dort mehr als genug freie Zeit zur Verfügung.«

»Das wäre vielleicht ein bisschen zu öffentlich.«

»Richtig, du wolltest es inoffiziell. Dann ist das vielleicht keine so tolle Idee. Das war eine ziemliche Sache, was letzte Nacht in eurer Gegend passiert ist.«

»Furchtbar«, stimmte ich zu. »Hör zu, wäre es sehr aufdringlich, wenn ich zu euch nach Hause kommen würde? Du machst um vier Schluss, also sagen wir um fünf? Ist das okay?«

»Das geht in Ordnung. Ich weiß, dass sich Bitsy freuen wird, dich zu sehen. Überhaupt, warum bringst du nicht Elaine mit? Ich hab ein paar neue Arbeiten, die ich ihr schon länger zeigen wollte. Ihr kommt gegen fünf und bleibt dann zum Abendessen.«

»Ich denke, ich komme allein«, sagte ich. »Und ich werde wahrscheinlich keine Zeit für ein Abendessen haben.«

Ich rief bei TJ an. Als er nicht abhob, wählte ich die Nummer seines Piepsers. Ich hatte den Fernseher laufen, als er zurückrief, und ich stellte den Ton ab, während der Anrufbeantworter anging und ihm mitteilte, dass er nach dem Signalton seine Nachricht hinterlassen sollte. »Ich weiß, dass du da bist«, sagte er, »weil du mich gerade angepiepst hast, also –«

»Also musst du ein Detektiv sein«, sagte ich, »dass du das herausgefunden hast. Wo bist du?«

»Du bist auch ein Detektiv, Steve. Kannst du es nicht sagen?«

Er musste den Hörer Richtung Publikum gehalten haben, denn die Hintergrundgeräusche wurden lauter. »Am O'Hare Flughafen«, sagte ich.

»Morning Star Restaurant.«

»Nun, ich war nah dran.«

»Und ich hab so lang für den Rückruf gebraucht, weil ich warten musste, bis eine Dame mit dem Telefonieren aufgehört hat. Sie hat mich echt in Fahrt gebracht. Was sie gemacht hat, sie hat ihre Münze eingeworfen und eine Nummer gewählt, und dann hat sie einfach nichts gesagt. Stand einfach da mit dem Hörer am Ohr. Ich wollte ihr sagen, wenn sie bis jetzt nicht abgehoben haben, ist bestimmt niemand zu Hause. Ich meine, wie oft lässt man es klingeln?«

»Sie hat ihren Anrufbeantworter abgehört.«

»Ja, nun, bin ich auch draufgekommen, hat aber 'ne Minute gedauert. Was ich gemacht habe, ich hab mir gedacht, ich könnte auf der Straße etwas erfahren, aber sie erzählen nur den gleichen Scheiß wie in den Nachrichten. Warst du drüben beim Grogan's?«

»Nein.«

»Nun, spar dir den Aufwand. Gibt nichts zu sehen. Es ist genau wie im Fernsehen, mit den Sperrholzbrettern. Und es gibt gelbes Absperrband vor dem Sperrholz und den Türen, und Zettel, auf denen steht, dass man sich fernhalten soll.«

»Was vielleicht keine schlechte Idee ist.«

»Von mir aus, Klaus. Gibt dort eh nichts, was einen zweiten Blick wert wäre. Was ich gemacht habe, ich hab ein paar Fragen gestellt. Hatte ein Button-down-Hemd an und ein Klemmbrett in der Hand, also dachten sie, dass ich das dürfte.«

»Von jetzt an«, sagte ich, »solltest du dich vielleicht auf die Art von Fragen beschränken, die du auf elektronischem Weg stellen kannst.«

»Wie Cyberfragen? Es gibt Dinge, die man noch auf die alte Weise tun muss. Man muss Straßenfragen stellen, um Straßenantworten zu bekommen.«

»Ich hab selbst ein paar Caféfragen gestellt«, sagte ich. »Der Schütze im Grogan's war ein Vietnamese von den Born To Kill. Er hat wegen Raub und Körperverletzung gesessen und sein Name fängt mit *NG* an.«

»Wenn das nicht für Nichts Gutes steht, ist es wahrscheinlich Nguyen.«

»Könnte sein«, sagte ich. »Es könnte aber auch etwas anderes sein. Ich weiß nicht, ob es sein Vorname oder sein Nachname ist, und ich bin mit dem *NG* nicht einmal einhundertprozentig sicher.«

»Es gibt ziemlich viel, was du nicht weißt.«

»Scheint mit jedem Tag mehr zu werden.«

»Was Vor- oder Nachnamen betrifft, bei asiatischen Namen ist das schwer zu sagen. Denn der Nachname kommt zuerst. Wie bei Mao Zedong, Mao ist sein Familienname. Aber wenn du auf Du und Du mit dem Typen wärst, was schwer wäre, selbst wenn er nicht tot wäre, würdest du ihn Mao nennen.«

»Das ist faszinierend.«

»Aber vielleicht ist das mit den Vietnamesen anders. Und zwei Buchstaben sind alles, was wir von seinem Namen haben, Vor- *oder* Nachname.«

»Mit ein bisschen angewandter Überredungskunst könntest du vielleicht den Rest herausfinden.«

»Vielleicht.«

»Und dann, wenn es einen Weg gäbe herauszufinden, wo er gesessen hat und wen er dort kennengelernt hat ...«

»Vom Schreibtisch aus schwer zu erledigen«, sagte er. »Gefängnisse, Behörden und so was, die haben gesicherte Systeme. Schwer, sich da reinzuhacken, und wenn man es tut, hinterlässt man Spuren und sie können sie zurückverfolgen, um herauszufinden, wer zu Besuch war. Du hast gesagt, dass er bei den Born To Kill war?«

»Das wurde mir gesagt.«

»Bedeutet, ich zieh mir wohl besser was anderes an. Blaues Button-down-Hemd ist zu lahm und zahm für da, wo ich hingehe.«

»Sei auf der Hut.«

»Sollte man sowieso sein«, sagte er. »Wie der Typ gesagt hat, oder?«

»Von welchem Typ redest du?«

»Der, der im Wald gelebt hat und keine Steuern gezahlt hat. Muss vor der Lyme-Krankheit gewesen sein, als man mit so was noch durchkommen konnte. Du weißt schon, von welchem Typen ich rede. Hat gesagt, man soll sich vor Beschäftigungen hüten, für die man sich herausputzen muss.«

»Thoreau.«

»Ja, genau der. Ich werde mich herunterputzen, nicht herausputzen, aber das ist Jacke wie Hose.«

Ich sagte: »Du weißt, das ist da draußen kein Videospiel. Die nehmen echte Kugeln.«

»Willst du damit sagen, dass man nicht wieder lebendig wird, wenn man noch eine Münze einwirft?«

»Und ich hab Elaine versprochen, dafür zu sorgen, dass du nicht umgebracht wirst.«

»Hast du? Du hast ihr das versprochen?«

»Warum ist das so witzig?«

»Nun, hör zu«, sagte er, »sie hat mich versprechen lassen, dass ich nicht zulassen werde, dass dir etwas passiert. Wie sollen wir beide unser Wort halten?«

Wir aßen zu Hause. Elaine kann ein Pilz-Tofu-Stroganoff zubereiten, das wir beide mögen, und sie servierte es mit einem großen grünen Salat. Nach dem Abendessen ging ich in das andere Zimmer und rief Beverly Faber an. Ich hatte es ein paar Stunden zuvor schon bei ihr versucht, aber dankbar aufgelegt, als ihr Anschluss besetzt war. Diesmal hob sie ab, und ich blieb tapfer und stand das Gespräch durch. Zu dem Zeitpunkt, als ich in die Küche zurückkehrte, um Elaine zu sagen, dass ich angerufen hatte, hatte ich bereits beide Seiten des Gesprächs – was ich gesagt hatte und was sie gesagt hatte – vergessen. Etwas über eine private Beerdigung im Familienkreis, gefolgt von einer Trauerfeier in ein paar Wochen.

»Er hat jetzt seinen Frieden gefunden«, sagte Elaine.

»Er hatte die ganze Zeit über seinen Frieden gefunden«, sagte ich. »Er war ein ziemlich friedfertiger Typ. Er war nicht die ganze Zeit über glücklich, dafür müsste man auch ein ziemlicher Idiot sein, aber er war gut darin, die Dinge so zu nehmen, wie sie kamen. Du hattest Recht mit dem, was du gesagt hast. Es ist schwer, unsere Beverly zu mögen.«

»Ich denke, sie hat ihn geliebt.«

»Und er hat sie geliebt. Es lief nicht immer alles glatt zwischen den beiden, aber sie haben es hinbekommen. Ich denke, ich werde zu einem Treffen gehen.«

Ich zog ein Sportsakko an, ein Sakko aus Harris Tweed mit Ellbogen-Patches, das sie für mich ausgesucht hatte. Ich hatte es zuvor schon anprobiert, es passte besser über das Holster als der Blazer.

»Schwerer als die Windjacke«, sagte sie, während sie den Ärmel rieb, »aber es hat keinen Reißverschluss. Wird es dir warm genug sein?«

»Mach dir deshalb keine Sorgen.«

»Nimm einen Regenschirm mit. Es regnet noch nicht, aber es wird es tun, bevor die Nacht vorüber ist.«

Ich öffnete den Mund, um mit ihr zu diskutieren, schloss ihn wieder und nahm den Regenschirm. »Ich komme vielleicht erst spät nach Hause«, sagte ich.

»Ich werde nicht wachbleiben«, sagte sie. »Aber du kannst jederzeit anrufen. Ich werde den Anrufbeantworter rangehen lassen, also bleib am Apparat und gibt mir Zeit abzuheben.«

»Das werde ich.«

Sie drückte meinen Arm. »Und wage es nicht, dich umbringen zu lassen«, sagte sie.

Es gibt an jedem Abend unter der Woche ein Treffen meiner Stammgruppe in St. Paul the Apostle. Eine Stammgruppe fühlt sich an wie Familie, und ich wollte dort sein, aber es war zu früh, sich einer Menge gemeinsamer Erinnerungen an Jim und Fragen, was ihm genau zugestoßen war, zu stellen. In einer Kleinstadt hätte das ein Problem bedeutet, aber ich befand mich in New York und konnte unter Dutzenden von Treffen auswählen.

Ich stieg am Columbus Circle in die IRT und an der Kreuzung 96th Street und Broadway wieder aus. Das Treffen fand im Keller einer Kirche statt – das tun sie häufig – und ich traf ein paar Minuten vor Beginn ein und nahm mir einen Becher Kaffee. Ich kannte niemanden dort, worüber ich durchaus froh war. Ich wollte bei einem Treffen sein, aber ich wollte mit niemandem reden.

Um acht eröffnete der Sprecher der Gruppe das Treffen. Er ließ jemanden die Präaambel vorlesen und stellte dann die Rednerin vor, eine Frau, die aussah wie eine junge Hausfrau aus der Vorstadt mit zwei Kindern und einem Golden Retriever. Sie erzählte eine erschütternde Geschichte, vor allem über Drogen, aber auch mit jeder Menge Alk, erzählte von Vergewaltigungen mit gezücktem Messer, als sie sich in Harlem Heroin beschaffen wollte, erzählte von Blowjobs im Tausch gegen Züge an der Crackpfeife in Rattenlöchern in Alphabet City. Sie war jetzt zwei Jahre sauber und hatte ihr Leben zurück. Außerdem war sie HIV positiv und die Anzahl ihrer T-Zellen war nicht so toll, aber ansonsten hatte sie bislang keine Symptome und sie hegte große Hoffnungen.

»Jedenfalls«, sagte sie, »habe ich den heutigen Tag.«

Während der Pause legte ich einen Dollar in den Korb, nahm mir noch einen Kaffee und aß einen faden Haferflocken-Cookie. Es gab ein paar Ankündigungen – das jährliche Tanzdinner in sechs Wochen, ein paar Lücken auf der Liste von Rednern, die an Treffen anderer Gruppen teilnehmen sollten, ein

Mitglied im Krankenhaus, das sich über Anrufe freuen würde. Danach wurde das Treffen mit einer offenen Runde fortgesetzt.

Wenn ich gewusst hätte, dass es eine offene Runde geben würde, wäre ich wahrscheinlich zu einem anderen Treffen gegangen. Ich wurde seltsam nervös, je näher der Moment kam, an dem ich an der Reihe sein würde. Vermutlich wusste ich, dass ich etwas sagen sollte, und ich wusste auch, dass ich es nicht wollte.

»Ich heiße Matt«, sagte ich, »und ich bin Alkoholiker. Vielen Dank für deinen Bericht. Er war sehr eindringlich. Ich denke, ich werde heute nur zuhören.«

Matt der Zuhörer.

Kapitel 17

»Matthew Scudder«, sagte Danny Boy. »Zuerst hab ich gehört, dass du tot bist. Dann hab ich gehört, dass du es nicht bist. Die Logik hat mir gesagt, dass nicht beides stimmen konnte.«

»Wo wären wir ohne die Logik?«

Er lächelte und deutete auf einen Stuhl. Ich zog ihn vom Tisch und setzte mich. Nachdem das Treffen zu Ende gewesen war, war ich die Amsterdam Avenue hinabgegangen und hatte im Mother Blue's nach ihm gesucht. Als ich ihn dort nicht hatte finden können, war ich den Rest des Wegs zu Poogan's Pub in der westlichen 72nd Street spaziert. Er saß an seinem üblichen Tisch, mit einer Flasche eisgekühltem Wodka in einem Korb neben sich und einer nicht sonderlich überzeugenden Transsexuellen auf dem Stuhl gegenüber. Sie gebrauchte die Hände sehr intensiv, während sie sprach, und was sie sagte, brachte Danny Boy zum Lachen.

Ich trank ein Perrier an der Bar, während sie sprach und gestikulierte und Danny Boy lachte und zuhörte. Ich dachte nicht, dass er mich bemerkt hatte, aber an einem Punkt sah er in meine Richtung und unsere Blicke trafen sich. Etwas später erhob sich die Transsexuelle – sie war groß genug, um Basketball zu spielen – und streckte die Hand aus. Es war eine größere Hand, als sie jemals irgendeine Frau gehabt hatte, mit langen Fingernägeln, die glänzend blau lackiert waren. Danny Boy nahm ihre riesige Hand in seine kleine und drückte sie an seine Lippen. Sie jauchzte verzückt und stolzierte davon, dann war ich an der Reihe.

An sieben Abenden die Woche ist er entweder in der einen oder in der anderen Kneipe zu finden. Er sitzt an dem Tisch, den sie für ihn reserviert haben, lauscht der Musik (live im Mother Blue's, aus der Konserve im Poogan's), flirtet mit der aktuelle Freundin und handelt mit Informationen. Wenn die Kneipen schließen – und beide bleiben so lange geöffnet, wie es das Gesetz gestattet –, geht er in der Regel in einen Spätclub im Norden Manhattans.

Aber er geht nach Hause, bevor die Sonne aufgeht, und er bleibt dort, bis sie wieder untergeht. Danny Boy Bell ist ein Afroamerikaner, und diese unhandliche Formulierung passt besser zu ihm als Schwarzer, denn tatsächlich ist er weißer als weiß, ein Albino mit weißem Haar, rosafarbenen Augen und blasser, fast durchsichtiger Haut. Sonnenstrahlung ist gefährlich für ihn und jedes kräftigere Licht bereitet ihm Kummer. Was der ganzen Welt fehlt, sagt er häufig, ist ein Dimmerschalter.

Ich saß dort, wo die Transsexuelle gesessen hatte, und Danny Boy hob sein Glas mit eisgekühltem Wodka und sagte mir, er sei froh, dass ich am Leben war.

»Das bin ich auch«, sagte ich. »Was genau hast du gehört?«

»Wie ich gesagt habe. Zuerst wurde mir zugetragen, dass man dich in einem Restaurant erschossen hätte. Dann kam über das Buschtelefon die Richtigstellung. Das warst doch nicht du. Es war jemand anderes.«

»Ein Freund von mir. Ich hatte den Tisch verlassen und der Mörder hat uns verwechselt.«

»Und hat es erst später herausgefunden«, sagte er. »Denn er muss gemeldet haben, dass er den Auftrag erfolgreich ausgeführt hat, wenn dein Name als Teil der ersten Nachricht auf der Straße zu hören war. Wer war dein Freund?«

»Niemand, den du kennen würdest.«

»Ein braver Bürger?«

»Ein Perrier-Genosse.«

»Oh, und daher hast du ihn gekannt? Ein enger Freund?«

»Sehr eng.«

»Es tut mir leid, das zu hören. Andererseits, Matthew, ich bin froh, dass du nicht auf meiner Liste gelandet bist.«

»Von welcher Liste sprichst du?«

»Nur so ein Ausdruck.«

»Der wäre neu für mich. Was für eine Liste?«

Er zuckte mit den Schultern. »Nur etwas, das ich vor einer Weile aufgestellt habe. Ich hab mich hingesetzt und angefangen, eine Liste zu machen von allen, die mir einfallen und die tot sind.«

»Jesus Christus.«

»Nun, er könnte auf die Liste gehören oder auch nicht, abhängig davon, wen man fragt. Das gleiche gilt für Elvis. Aber diese bestimmte Liste war auf Leute begrenzt, die ich persönlich gekannt habe.«

»Und du hast ihre Namen aufgeschrieben.«

»Hört sich idiotisch an«, sagte er, »und ich denke, dass es das auch war, aber als ich einmal damit angefangen hatte, konnte ich nicht mehr aufhören.

Ich wurde wie besessen davon. Mir fiel ein Name ein und ich musste ihn aufschreiben. Es war so ungefähr wie das Vietnam Veterans Memorial in Washington, nur dass die eine Mauer haben und nicht ein paar Seiten in einem Notizbuch. Und sie hatten etwas gemeinsam. Sie starben alle im selben Krieg.«

»Und die anderen waren alle Freunde von dir.«

»Nicht einmal das. Einige von ihnen konnte ich nicht ausstehen, andere waren Leute, die ich allenfalls gegrüßt habe. Aber es war wie ein Rausch, Matthew. Ein Name führte zu einem anderen, es war, als stürzten in meiner Erinnerung Dominosteine um. Ich hab mich an Leute erinnert, an die ich schon seit Jahren nicht mehr gedacht hatte. Nachbarn aus meiner Kindheit. Mein Kinderarzt. Ein Junge von der anderen Straßenseite, der an Leukämie gestorben ist, ein Mädchen aus meiner fünften Klasse, das von einem Auto überfahren wurde. Weißt du, was mir klar wurde?«

»Was?«

»Die meisten Menschen, die ich gekannt habe, sind tot. Ich vermute, das ist so, wenn man lange genug lebt. Ich hab einmal gehört, wie George Burns etwas in der Richtung gesagt hat. ›Wenn man in meinem Alter ist, sind die meisten Freunde tot.‹ Oder etwas Derartiges. Das Publikum hat gelacht, aber ich konnte nie verstehen, warum. Was ist daran lustig? Hört es sich für dich lustig an?«

»Vielleicht war es die Art und Weise, wie er es gesagt hat.«

»Vielleicht. Und jetzt ist er tot. George Burns. Ich hab ihn nie kennengelernt, also steht er nicht auf meiner Liste. Und du ebenso wenig, weil dein Herz noch schlägt, und ich bin froh, das zu wissen.«

»Ich auch«, sagte ich, »aber jemand will mich auf die Liste setzen.«

»Wer?«

»Ich wünschte, ich wüsste es«, sagte ich und setzte ihn ins Bild.

»Ich hab gehört, dass es in Ballous Laden ziemlich zur Sache gegangen sein muss«, sagte er. »Die Zeitungen sind voll davon. Es muss ein Blutbad gewesen sein.«

»Das war es.«

»Das glaube ich. Ich wusste nicht, dass du dort warst.«

»Vor ein paar Stunden hab ich einem Cop gesagt, dass ich es nicht war.«

»Nun, ich werde nie etwas anderes behaupten. Ballou weiß wirklich nicht, wer es auf ihn abgesehen hat?«

»Nein.«

»Muss die gleiche Person sein, die deine Ermordung in Auftrag gegeben hat.«

»Das würde ich denken.«

»Wer auch immer es ist, als Arbeitgeber ist er gegen Diskriminierung. Heuert Killer jeglicher Hautfarbe an. Schwarz, weiß, gelb.«

»Mehrere weiße Kerle, wenn man das Paar, das mich auf der Straße belästigt hat, mitzählt.«

»Und du hast niemanden erkannt?«

»Es gab nur einen Kerl, auf den ich einen wirklich guten Blick werfen konnte. Und nein, ich hatte ihn noch nie zuvor gesehen. Wenn ich dich das nächste Mal treffe, werde ich dir ein Bild von ihm zeigen. Jetzt möchte ich wissen, was du weißt.«

»Weniger als du, muss ich sagen. Die große Neuigkeit war, dass du tot bist, und dann kam die Nicht-so-große-Neuigkeit, dass die große Neuigkeit falsch war.«

»Die Tatsache, dass ich am Leben bin, war als Nachricht weniger wert?«

»Was erwartest du? Schau dir die *Times* an. Die drucken die ganze Zeit über Richtigstellungen, aber sie bringen sie nicht auf der Titelseite.« Er runzelte die Stirn. »Das andere große Ding ist, dass jemand einen Krieg mit Mick Ballou angezettelt hat, und ich muss sagen, dass ich darüber sehr viel mehr aus dem Fernsehen weiß, als man mir zugezwitschert hat.«

»Jemand muss etwas wissen.«

»Absolut. Die Frage ist, womit man anfängt, und da denke ich an den Schützen.«

»Es gab zwei Schützen.«

»Der schwarze, denn der gelbe spricht nicht mehr, wohingegen der schwarze reden dürfte, bis er blau im Gesicht ist, um der Palette noch eine Farbe hinzuzufügen. Wo wir gerade bei blau sind, wie haben dir Ramonas Fingernägel gefallen?«

»Danach wollte ich fragen. Malt sie sie an oder ist das ihre natürliche Farbe?«

»Matthew, wenn du sie das fragen würdest, würde sie denken, dass du es ernst meinst. Sie glaubt wirklich, dass sie die Welt zum Narren hält. Sie denkt, dass es niemand bemerkt.«

»Was bemerkt? Dass sie sich die Fingernägel anmalt?«

»Dass sie nicht mit einer Muschi geboren wurde. Dass sie diese Melonentitten von einem Chirurgen verpasst bekommen hat.«

»Wie groß ist sie, Danny? Eins dreiundneunzig?«

»In Strümpfen. Und große Hände und Füße, und ein Adamsapfel, obwohl der abgeschliffen werden wird, sobald sie das Geld zusammen hat. All das, und sie denkt trotzdem, die ganze Welt sei davon überzeugt, dass an ihr alles echt ist. Und bevor du fragst, du neugieriger Hundesohn, die Antwort ist, nein, ich habe nicht.« Er schenkte sich etwas Wodka ein, hielt das Glas hoch, blickte durch es hindurch auf die Welt. »Nicht, dass ich nicht daran gedacht hätte«, sagte er und trank das Glas aus.

»Man kann kaum anders, als daran zu denken.«

»Sie ist ein nettes Ding«, sagte er. »Sie bringt mich zum Lachen, was immer schwerer wird. Und die Größe, weißt du. Schon allein das ist anziehend. Der Kontrast.«

»Egal, ob Gott oder die Ärzteschaft«, sagte ich, »jemand hat eine Menge von ihr geschaffen.«

»Nun, Gott hat auch eine Menge Texas geschaffen, aber das ist kein Grund, dorthin zu gehen. Aber sie ist attraktiv. Würdest du nicht auch sagen, dass sie attraktiv ist?«

»Keine Frage.«

»Und natürlich ist sie verrückt. Sie hat wirklich einen an der Klatsche, aber du solltest bereits bemerkt haben, dass ich das bei Frauen noch nie als Fehler betrachtet habe.«

»Ja, das habe ich bemerkt.«

»Also bin ich in Versuchung«, sagte er, »aber ich habe eigentlich entschieden zu warten, bis sie sich den Adamsapfel hat machen lassen. Weißt du, bei dem Größenunterschied und so, es wäre schwer für mich, den Adamsapfel zu übersehen.« Er runzelte die Stirn. »So was nennt man wohl, den Gesprächsfaden verlieren. Wo waren wir?«

»Der schwarze Schütze.«

»Richtig, und hier ist, was ich denke. Es hat sich die Nachricht verbreitet, dass du tot bist. Die hat eigentlich nur von dem Mann kommen können, der gedacht hat, dass er dich erschossen hat – bevor er die Wahrheit erfahren hat. Also ist er ein Schwätzer, und jetzt hat er etwas Neues, über das er reden kann. Es sollte nicht allzu schwer sein, etwas über ihn herauszufinden. Manchmal kann man eine Information zurückverfolgen und herausfinden, wo sie ihren Ursprung hatte. Zu anderen Zeiten umkreist man sie.«

»Was auch immer funktioniert.«

»Wir bleiben in Verbindung, Matthew. Und noch etwas. Der Typ weiß, dass er sich getäuscht hat, und wer auch immer ihn geschickt haben mag, weiß das auch. Entweder wird er es noch einmal versuchen oder jemand anderes.«

»Daran habe ich gedacht.«

»Natürlich hast du das. Deshalb hast du ja so eine Beule unter deinem Sakko. Nettes Sakko übrigens, Beule oder keine Beule.

»Danke.«

»Jedenfalls, sei vorsichtig, ja? Und bleib von meiner Liste.«

Es regnete, als ich Poogan's verließ. Dadurch erinnerte ich mich und ich ging zurück, um den Regenschirm zu holen, den ich an Danny Boys Tisch gelassen hatte. Es war ein Wunder, dass ich ihn nicht bei dem Treffen vergessen hatte.

Die Taxis neigen dazu zu verschwinden, wenn es regnet, und ich vermute, es hatte schon lange genug geschüttet, um ihre Reihen zu lichten. Ich hatte mich gerade entschlossen, die fünfzehn Blocks zu Fuß zu gehen, als ein Taxi am Straßenrand anhielt und ein fetter Schwarzer ausstieg, der Al Roker, dem witzigen Wettermann im Fernsehen, sehr ähnlich sah. Tatsächlich handelte es sich um einen Zuhälter namens Bad Dog Dunstan. Falls er witzig war, wusste er zu verhindern, dass es sich herumsprach.

Er hatte zwei Mädchen bei sich und wog so viel wie die beiden zusammen. Die Mädchen eilten ins Poogan's, wobei sie versuchten zu vermeiden, dass ihre Haare nass wurden, während er eine Rolle Geldscheine aus der Tasche holte, um den Fahrer zu bezahlen, und ich die Autotür in der Hand hielt, damit das Taxi nicht ohne mich davonfahren würde.

Dunstan riss die Augen auf, als er mich sah, und ich spürte, dass er die große Neuigkeit gehört, den Widerruf aber verpasst hatte. Wir kannten einander nur vom Sehen und hatten noch nie miteinander gesprochen, aber ich legte keinen Wert auf Förmlichkeiten. Ein weitergegebenes Taxi an einem regnerischen Abend schien mir als Bekanntmachung genug.

»Falscher Alarm«, sagte ich. »Ich bin noch nicht tot.«

Er lächelte breit, aber die Wirkung war irgendwie eher wild als freundlich.

»Freut mich, das zu hören«, brummte er. »Wir sind alle sowieso bald genug tot. Gibt keinen Grund, sich zu beeilen.«

Er ging ins Poogan's. Ich stieg ins Taxi und fuhr nach Hause.

Elaine sah eine Wiederholung von *Law & Order* auf A&E, eine der früheren Episoden mit Michael Moriarty und Dann Florek. Wir hatten beide die Episode schon gesehen, aber das scheint nie eine Rolle zu spielen.

»Ich vermisse Michael Moriarty«, sagte Elaine. »Nicht, dass es an Sam Waterston irgendetwas auszusetzen gäbe.«

»Sie haben immer gute Schauspieler.«

»Aber bei Michael Moriarty kann man sehen, wie die Figur denkt. Man kann geradezu die Gedanken sehen.«

Und etwas später sagte sie: »Warum entscheidet der Richter *immer*, das Geständnis und die grundlegenden Beweise nicht zuzulassen?«

Es war eine der düstereren Episoden der Serie: Der kolumbianische Killer wurde freigesprochen und der Hauptbelastungszeuge wurde nach dem Urteil umgebracht, ebenso wie das, was noch von seiner Familie übrig war. Elaine sagte: »Nun, fühlt man sich dadurch nicht einfach gleich viel besser?«. Sie stellte den Fernseher ab und ging ins andere Zimmer. Ich griff zum Telefon und wählte die Nummer, die Ballou mir gegeben hatte.

Er meldete sich, nachdem es dreimal geklingelt hatte. »Ich hoffe, du bist am Flughafen«, sagte er.

»Woher wusstest du, dass ich es bin?«

»Niemand sonst hat die Nummer. Es war erst das zweite Mal, dass das Telefon geklingelt hat, und beim ersten Mal hab ich mich von einem anderen Telefon aus selbst angerufen, um sicherzugehen, dass das Scheißteil überhaupt funktioniert. Es ist eine komische Sache, wenn plötzlich in deiner Tasche ein Telefon läutet. Ich hab ziemlich gebraucht, bis ich draufgekommen bin, was das ist. Wann geht dein Flug?«

»Ich bin nicht am Flughafen.«

»Das hatte ich befürchtet. Bist du zu Hause?«

»Bin ich, warum?«

»Ich ruf dich übers andere Telefon zurück«, sagte er und trennte die Verbindung. Ich legte selbst auf, und das Telefon klingelte fast augenblicklich. Mick war dran.

»Das ist besser«, sagte er. »Das ist ein furchtbar kleines Ding, um da rein-
zusprechen, und man weiß nie, wer einem gerade zuhören könnte. Irgendein
Idiot könnte uns auf seinem Autoradio empfangen oder über die Füllungen in
seinen Zähnen. Ich hab mit Rosenstein gesprochen und er hat mir gesagt, dass
ich dich engagiert habe. Das war vor mehreren Tagen, sage ich, und wie haben
Sie überhaupt davon gehört? Es scheint, als ob dein Anwalt ihn angerufen hat.
Man sollte meinen, wir bereiten uns darauf vor, einander zu verklagen.«

»Das hoffe ich nicht.«

»Ich würde sagen, es ist unwahrscheinlich. Ich bin froh über deine Hilfe,
aber ich muss sagen, ich wünschte, du wärst in Irland.«

»Das werde ich mir vielleicht auch wünschen, bevor es vorüber ist.«

»Was machst du gerade? Ich kann den Wagen aus der Garage fahren und
dich abholen, wir können herumfahren.«

»Ich denke, ich werde früh ins Bett gehen.«

»Das kann ich dir nicht übelnehmen. Aber ich hab den Drang, was zu tun.
Ich hab den ganzen Tag über gar nichts gemacht.«

»Als ich mit dem Trinken aufgehört habe, hat mein Sponsor mir gesagt,
dass es ein erfolgreicher Tag war, wenn ich ihn überstanden habe, ohne einen
Drink zu nehmen.«

»Dann hatte ich einen überaus unerfolgreichen Tag«, sagte er, »denn zuerst hab ich getrunken, bis ich betrunken war, und dann hab ich getrunken,
bis ich wieder nüchtern wurde. Dein Sponsor. War das der Buddhist, der, der
umgebracht wurde?«

»Genau der. Und was er mir gesagt hat, war absolut wahr. Wenn ich nicht
getrunken habe, war es ein erfolgreicher Tag für mich. Und es ist ein erfolgreicher Tag für dich, wenn du an seinem Ende noch am Leben bist.«

»Ah. Ich verstehe, was du meinst.«

»Du willst zurückschlagen, aber zuerst musst du wissen, womit du es zu
tun hast. Und da komme ich ins Spiel.«

»Das ist Detektivarbeit, oder?«

»Ja.«

»Aber du hast nichts, bei dem du ansetzen kannst. Kommst du überhaupt
irgendwie voran?«

»Schwer zu sagen. Aber ich verfolge verschiedene Ansätze, und wenn einer
von denen zu nichts führt, dann tut es ein anderer.«

»Herrgott, dass ist die erste gute Nachricht an diesem Tag.«

»Es ist nicht mal eine Nachricht. Ich fange gerade erst an.«

»Du kriegst das schon hin«, sagte er. »Ah, ich wünschte, du wärst in Irland, aber ich bin verdammt froh, dass du es nicht bist. Wir werden herausfinden, wer er ist, dieser schmutzige Hurensohn, und wir werden ihn uns schnappen. Und wir werden ihn umlegen.«

»Ja«, sagte ich. »Wir werden ihn umlegen.«

Kapitel 18

George Wister hatte angerufen, während ich im Poogan's gewesen war, und er rief am Dienstagmorgen noch einmal an, um dem Anrufbeantworter zu sagen, dass er mit mir sprechen wollte. Er hörte sich an, als würde er es ernst meinen. Er hinterließ seine Privatnummer und sagte, dass ich ihn bis Mittag dort erreichen würde, danach im Revier Midtown North.

Ich frühstückte und las die Zeitung. Ein paar Minuten vor elf rief ich auf seinem Revier an und wer auch immer dort den Anruf entgegennahm sagte mir, dass er noch nicht gekommen war. Ich hinterließ meinen Namen und erklärte, dass er um einen Rückruf gebeten hatte. »Er hat meine Nummer«, sagte ich, »aber ich werde den ganzen Tag über unterwegs sein. Ich werde später noch einmal versuchen, ihn zu erreichen.«

Ich setzte mich ans Fenster und beobachtete den Regen.

Gegen halb eins rief ich bei ihm zu Hause an. Die Vorwahl war 914, was bedeutete, dass er im Norden wohnen musste, wahrscheinlich in Westchester oder in Orange County. Eine Frau meldete sich und sagte mir, dass ich ihn gerade verpasst hatte. Ich hinterließ meinen Namen und sagte, dass ich es auf dem Revier versuchen würde.

Später rief ich bei TJ an, um ihn zu fragen, ob er mit mir nach Williamsburg rausfahren wollte. Er war nicht auf seinem Zimmer im Hotel gegenüber, weshalb ich die Nummer seines Piepsers wählte. Ich wartete fünfzehn Minuten, dann gab ich auf. Ich zog die Windjacke an und vergaß nicht, einen Regenschirm mitzunehmen. Elaine erwischte mich an der Wohnungstür und fragte mich, ob ich bis zum Abendessen nach Hause kommen würde. Ich sagte ihr, dass ich vorhatte, unterwegs etwas zu essen. Falls TJ anrief, sollte sie ihm sagen, dass es sich um nichts Wichtiges gehandelt hatte, mir war nur nach Gesellschaft gewesen.

Ich fuhr mit der Linie A zur 14th Street und stieg dort in die L um. Mein Vater war auf der Linie L gestorben. Er hatte zwischen zwei Waggons gestanden, war von der Plattform gefallen und die U-Bahn hatte ihn überfahren. Ich vermute, er war hinausgeschlichen, um eine Zigarette zu rauchen, auch wenn es ebenso illegal war, auf den Plattformen zwischen den Waggons zu rauchen, wie in den Waggons selbst. Überhaupt war es verboten, sich zwischen den Waggons aufzuhalten, ob man nun rauchte oder nicht. Wahrscheinlich war er betrunken gewesen, was mitverantwortlich dafür gewesen sein könnte, dass er sich entschied, sich für eine Zigarette hinauszuschleichen, und auch dafür, dass er hinabstürzte.

Ich fahre niemals mit der Linie L, ohne daran zu denken. Ich würde wahrscheinlich darüber hinwegkommen, wenn ich sie regelmäßig benutzen würde, aber es ist die Linie, die die 14th Street kreuzt, unter dem East River hindurchfährt und dann den Norden Brooklyns durchquert, bevor sie in Canarsie endet. Ich bin im Laufe der Jahre nicht oft genug damit gefahren, als dass mein Gehirn genug davon haben könnte, mich jedes Mal daran zu erinnern, wie mein alter Herr gestorben ist.

Nicht, dass es die Schuld der Linie L war. Ich konnte der U-Bahn nichts vorwerfen, und ich konnte ihm eigentlich auch nichts vorwerfen. Dumm gelaufen.

Das war vor vierzig Jahren. Mehr, fast fünfundvierzig.

»Sieht ein bisschen anders aus als beim letzten Mal, als du hier warst«, sagte Ray Galindez. »Wir haben die Außenverkleidung aus Asphaltplatten abgerissen. Ich sag dir was, damals in den frühen Fünfzigern muss ein Teufelskerl von einem Verkäufer durch Brooklyn gekommen sein. Als Bitsy und ich das Haus gekauft haben, hatten fast alle Häuser in diesem Block irgendeine Außenverkleidung, die die Backsteine bedeckte. Jetzt ist diese grüne Monstrosität auf der anderen Straßenseite der letzte Verweigerer. Ich weiß nicht, warum jemals irgendjemand gedacht hat, dass dieser Scheiß eine gute Idee ist.«

»Soll es nicht die Heizkosten verringern?«

»Dafür haben wir doch den Klimawandel. Aber es war eine ziemliche Arbeit, es runterzureißen und die Backsteine neu zu verfugen. Ich hatte Hilfe bei den Backsteinen, aber den Rest haben Bitsy und ich allein gemacht.«

»Ich vermute, damit hast du deinen Sommer zugebracht.«

»Frühling und Sommer, beides, aber es war es wert, musst du wissen. Und es war wirklich befriedigend. Was mehr ist, als ich heutzutage von meiner Arbeit behaupten kann. Komm rein. Was kann ich dir zu trinken anbieten?

Es gibt Kaffee, aber der ist extrastark. Nur, dass du extrastarken Kaffee magst, oder? Bist du sicher, dass du nicht aus Puerto Rico kommst, Matt?«

»*Me llamo Matteo*«, sagte ich.

Wir saßen in der Küche. Sie hatten ein schmales, zweistöckiges Reihenhaus in der Bedford Avenue gekauft, auf halbem Weg zwischen der U-Bahnstation und McCarren Park. Das Viertel, Northside, wurde immer künstlerischer, ebenso wie das nahe Greenpoint und der größte Teil des Rests von Williamsburg. Industriegebäude wurden zu Lofts für Künstler umgestaltet, die sehr viel erschwinglicher waren als die auf der anderen Seite des Flusses in SoHo und TriBeCa, und kleine Häuser wie das von Ray und Bitsy warfen ihre Verkleidung ab wie Schmetterlinge, die sich entpuppten.

Es war ein ungewöhnliches Viertel für einen Cop, aber ein natürliches für einen Künstler, und Ray war beides. Als Phantombildzeichner hatte er eine unheimliche Begabung, die Bilder, die Zeugen aus ihren Gedächtnissen hervorkramten, in Schwarzweiß Gestalt annehmen zu lassen. Und es gab noch eine weitere Dimension, eine echte Kunstfertigkeit, die Elaine dazu gebracht hatte, sich eine Zeichnung, die er von einem abstoßenden Soziopathen gemacht hatte, von mir zu Weihnachten zu wünschen. Dann hatte sie ihn beauftragt, ihren lange verstorbenen Vater zu zeichnen, nicht auf der Basis von Fotos, sondern aufgrund dessen, was er ihren Erinnerungen entlocken konnte. Seitdem hatte sie Ray eine Ausstellung in ihrem Laden abhalten lassen und ihm ein paar Aufträge verschafft. Eines Tages würde ich ihn bitten, ein wirkliches Portrait von ihr zu zeichnen, aber in diesem Moment wollte ich, dass er das tat, wofür ihn auch die Stadt bezahlte.

»Vor ein paar Tagen wurde ich von zwei Schlägertypen belästigt«, erzählte ich ihm, »und ich konnte einen guten Blick auf einen von ihnen werfen. Aber ich hab keine Anzeige erstattet und es steht ziemlich sicher in Verbindung mit ein paar anderen Geschichten, die ich im Alleingang erledigen will.«

»Also soll das NYDP nichts davon wissen. Damit hab ich kein Problem, Matt.«

»Bist du sicher?«

»Absolut kein Problem. Ich sag dir was, ich bin hin- und hergerissen. Ich würde morgen kündigen, wenn da nicht das Geld wäre.« Er machte eine Handbewegung, schob damit das ganze Thema beiseite. »Erzähl mit von dem Schafskopf, der dir ans Eingemachte wollte«, sagte er mit dem Bleistift in der Hand. »Was ist dir an ihm aufgefallen?«

Wir hatten es schon früher getan, wenngleich nicht in der letzten Zeit, und wir arbeiteten gut zusammen. In diesem Fall war unsere Aufgabe leicht, denn ich konnte die Augen schließen und mich auf das Bild konzentrieren. Ich konnte das Gesicht des Mannes wachrufen, der mich mit dem Revolver bedroht hatte, ich konnte den Ausdruck sehen, den er hatte, als er sich bereit machte, mir den Schlag in den Bauch zu versetzen.

»Das ist er«, sagte ich, als die Bleistiftstriche auf dem Block dem Gesicht glichen, an das ich mich erinnerte. »Weißt du, egal, wie oft wir das machen, es erstaunt mich jedes Mal aufs Neue. Es ist wie bei einer Polaroid-Kamera, der Film springt heraus und wird vor deinen Augen zu einem Bild.«

»Manchmal schnappen sie den Kerl und man könnte schwören, dass ich ihn beim Zeichnen vor mir gehabt hatte, so groß ist die Ähnlichkeit. Und ich muss dir sagen, dass sich das gut anfühlt.«

»Das kann ich mir vorstellen.«

»Und in anderen Fällen schnappen sie ihn und ich sehe das Foto, ich blicke zwischen dem Foto und meiner Zeichnung hin und her und ich schwöre, da ist absolut keine Ähnlichkeit. Als würden sie zwei verschiedenen Spezies angehören.«

»Nun, daran ist der Zeuge schuld, Ray.«

»Wir sind beide schuld.«

»Er ist es, der sich falsch an den Kerl erinnert hat.«

»Und ich bin derjenige, der nicht die richtige Erinnerung ausgegraben hat. Was ich eigentlich tun sollte.«

»Nun ja, ich verstehe, was du meinst. Aber du kannst nie einhundert Prozent erwarten.«

»Oh, das weiß ich. Aber es ist einfach frustrierend.«

»Und du bist zur Zeit nicht sonderlich glücklich mit deinem Job.«

»Ich sitze meine Zeit ab, Matt.«

»Wie alt bist du und wie lange hast du noch, bis die zwanzig Jahre um sind?«

»Ich bin dreiunddreißig und seit elf Jahren dabei.«

»Also hast du schon mehr als die Hälfte hinter dir.«

»Ich weiß, und es wäre idiotisch, es hinzuschmeißen. Es ist nicht nur die Rente, es sind die Sozialleistungen. Ich könnte jetzt kündigen und das Wichtigste wäre abgedeckt, ich könnte die Hypothek abzahlen und Essen auf den Tisch bringen, aber was wäre mit der Krankenversicherung?«

Ich fragte ihn, warum ihm der Job zu schaffen machte.

»Ich bin überflüssig«, sagte er. »Als diese Identikits kamen, nun, da dachte ich mir, das ist Mr. Potato Head für Cops. Einen Schnurrbart ankleben, einen anderen Haaransatz ankleben, du weißt, wie es funktioniert.«

»Klar.«

»Ich konnte das Ding mühelos in den Schatten stellen, und ich wusste es. Dann haben sie ein Computerprogramm entwickelt, das das Gleiche machte, aber sehr viel ausgeklügelter war. Und jetzt haben sie es soweit, dass man ein Bild nehmen und es verformen kann. Weißt du, ein Merkmal verlängern, verkürzen, was auch immer.«

»Ich kann mir nicht vorstellen, dass das eine bessere Ähnlichkeit erzielt als du.«

»Ich muss sagen, dass ich einer Meinung mit dir bin. Aber die Sache ist die, jeder kann es bedienen. Sie zeigen dir, wie es funktioniert, und schon kannst du es. Vielleicht bist du nicht in der Lage, mit dem Lineal eine gerade Linie zu ziehen, aber du kannst trotzdem ein Phantombild erstellen. Und da ist noch mehr. Weißt du, ihnen gefällt, was die Computerportraits hermachen.«

»Was meinst du mit hermachen?«

»Für die Öffentlichkeit. Ich fertige eine Zeichnung an, die Leute sehen sie an und sagen zu sich selbst, oh, das hat ein Zeichner gemacht, dann ist es nur eine Annäherung. Aber sie können das Computerportrait so wirken lassen wie ein Foto. Man sieht es und es scheint authentisch zu sein. Es besitzt Glaubwürdigkeit. Es mag kaum Ähnlichkeit mit dem Täter haben, aber im Fernsehen wirkt es toll.«

Ich tippte auf die Zeichnung, die er angefertigt hatte. »Die hier wird nie im Fernsehen zu sehen sein«, sagte ich, »und sie sieht exakt so aus wie der Hurensohn.«

»Nun, danke, Matt. Was ist mit dem anderen?«

»Der andere Schläger? Ich hab dir gesagt, dass ich ihn nicht gut genug gesehen hab.«

»Vielleicht hast du mehr gesehen, als du denkst.«

»Das Licht war schlecht«, sagte ich. »Die Straßenlampe hat mir in die Augen geschienen und sein Gesicht war im Schatten. Und er stand sowieso nur für ein oder zwei Sekunden vor mir. Es ist keine Frage der Erinnerung.«

»Ich verstehe«, sagte er. »Trotzdem, ich hatte schon Glück in ähnlichen Situationen.«

»Ja?«

»Was ich denke, was passiert«, sagte er, »ist, dass die Erinnerung nicht unterdrückt wird, sondern sowieso kaum registriert wird. Du siehst etwas, das Bild trifft auf deine Netzhaut, aber deine Gedanken sind woanders und du weißt gar nicht, dass du es gesehen hast. Aber es ist trotzdem da.« Er breitete die Hände aus. »Ich weiß nicht, aber wenn du es nicht eilig hast ...«

»Klar, lass es uns probieren.«

»Okay, dann mach es dir einfach bequem und entspann dich. Fang mit den Füßen an und lass sie einfach völlig schlaff werden. Übrigens, das ist keine Hypnose; die ist meiner Ansicht nach ein großartiges Mittel, Leute dazu zu bewegen, sich an Dinge zu erinnern, die sie nie gesehen haben. Es ist nur, um dich zu entspannen. Jetzt deine Unterschenkel, lass sie sich total entspannen ...«

Ich hatte kein Problem mit der Entspannungstechnik, da ich etwas Ähnliches schon einmal bei einem Workshop, zu dem mich Elaine geschleppt hatte, mitgemacht hatte. Ray leitete mich an und sagte mir schließlich, dass ich mir eine Leinwand vorstellen sollte, die in einem goldenen Rahmen an der Wand hängt. Dann wies er mich an, das Gesicht auf die Leinwand gemalt zu sehen.

Ich war kurz davor, ihm zu sagen, dass es nicht funktionierte, als mich plötzlich von der gerahmten Leinwand, die ich mit meinem geistigen Auge sah, ein Gesicht anblickte. Es sah nicht so aus, als wäre es mit einem Indentikit zusammengesetzt oder auf einem Computerbildschirm verändert worden. Es war ein wirkliches menschliches Gesicht mit einem wirklichen menschlichen Gesichtsausdruck. Und, bei Gott, ich kannte es. Ich hatte es schon einmal gesehen.

»Scheiße«, sagte ich.

»Siehst du nichts? Lass dir Zeit.«

Ich setzte mich auf, öffnete die Augen. »Ich hatte ein Gesicht«, sagte ich, »und ich war ganz aufgeregt, weil es wie von Zauberhand erschienen ist.«

»Ich weiß, das ist so. Wie Zauberei.«

»Aber es war das falsche Gesicht.«

»Woher weißt du das?«

»Weil das Gesicht, das ich gerade gesehen hab, jemand anderem gehört. Ein paar Tage vor der Sache war ich in einer Kneipe, und dort hab ich kurz einen Typen gesehen. Weißt du, wie das ist, wenn man eine Person sieht und man kennt sie, weiß aber nicht, woher?

»Klar.«

»Das ist, was passiert ist. Unsere Augen trafen sich, und ich kannte ihn und er mich, zumindest schien es zu tun. Aber ich weiß nicht woher, und die Sache ist die, dass ich ihn wahrscheinlich irgendwann einmal in der U-Bahn gesehen habe und sein Gesicht hat sich in meinem Gedächtnis eingeprägt. Das ist so in New York. Man sieht mehr Leute an einem Tag als die gesamte Bevölkerung einer Kleinstadt. Nur, dass es im Vorübergehen ist. Man sieht sie nicht wirklich.«

»Aber du hast sein Gesicht gesehen.«

»Ja, und jetzt will es mir nicht aus dem Sinn.«

»Wie sieht es aus?«

»Was spielt das für eine Rolle, Ray? Es ist nur ein Gesicht.«

»Es ist nur ein Gesicht?«

»Du weißt, was ich meine.«

»Warum beschreibst du es nicht ein wenig?«

»Du willst den Kerl zeichnen? Warum?«

»Um die Tafel abzuwischen. Gerade versuchst du, ein Gesicht wachzurufen, und das ist das Gesicht, das erscheint. Also wird es, wenn wir es auf Papier gebracht haben, aus deinen Gedanken verschwunden sein.« Er zuckte mit den Schultern. »Hey, das ist nur eine Theorie. Ich hab Zeit, und ich genieße es immer, mit dir zu arbeiten, aber wenn du in Eile bist ...«

»Ich hab's nicht eilig«, sagte ich.

Und das Gesicht schien erpicht darauf, gezeichnet zu werden. Ich beobachtete, wie es Gestalt annahm, während wir miteinander arbeiteten. Der Kopf oben sehr breit und nach unten spitz zulaufend wie ein umgekehrtes Dreieck, die übertriebenen Augenbrauen, der Mund wie Amors Bogen.

»Wer auch immer das ist«, sagte ich, »das ist er.«

»Nun, es ist ein leicht zu zeichnendes Gesicht«, sagte Ray. »Ein Karikaturist hätte große Freude an ihm. Tatsächlich schaut das hier schon fast wie eine Karikatur aus, weil die Züge so ausgeprägt sind.«

»Vielleicht ist das der Grund, weshalb ich mich daran erinnert habe.«

»Daran habe ich auch gedacht. Es bleibt an einem haften. Wenn es eine Mahlzeit wäre, würde man sagen, dass sie einem an den Rippen haften bleibt. Es ist ein schwer zu vergessendes Gesicht.«

*   *   *

Bitsy kam nach Hause, während wir arbeiteten, aber sie kam nicht in die Küche, bis wir fertig waren. Dann gesellte sie sich zu uns, und ich trank noch eine Tasse Kaffee und aß ein Stück Karottenkuchen. Ich verabschiedete mich mit den beiden Zeichnungen, die mit Fixiermittel besprüht waren und zwischen zwei Bögen Karton in einem gepolsterten Umschlag steckten. Elaine würde die Originale wollen. Sie würde sie einrahmen und in ihren Laden hängen, und früher oder später würde sie jemand kaufen.

Ich gab Ray 300 Dollar, wobei ich Schwierigkeiten hatte, ihn dazu zu bewegen, sie anzunehmen. »Ich fühle mich wie ein Dieb«, sagte er. »Du kommst zu mir nach Hause und ich habe mehr Spaß als in den letzten zwei Monaten bei meinem Job, und als du dich verabschiedest, bestehle ich dich.« Ich sagte ihm, dass ich einen Klienten hatte, der sich das leisten könnte. »Nun, ich werde nicht so tun, als könnte ich nichts damit anfangen«, sagte er. »Aber es fühlt sich für mich trotzdem nicht richtig an. Und ich werde noch einmal daran verdienen, wenn Elaine die Originale verkauft. Wie kann das richtig sein?«

»Sie verdient auch daran. Sie ist keine Wohlfahrtseinrichtung.«

»Trotzdem«, sagte er.

Ich ging durch den Regen zur U-Bahn und kam gerade die Treppe runter, als ein Zug losfuhr. Ich saß da und wartete, während drei stadtauswärts fahrende Züge hielten und weiterfuhren, bevor einer zurück in die Stadt kam. Ich hätte entweder bis zur 6th oder bis zur 8th Avenue fahren und dort in einen Zug umsteigen können, der mich zum Columbus Circle gebracht hätte. Aber was ich tat, war, dass ich am Union Square ausstieg und hinüber zu Kinko's in der 12th Street, Ecke University Place, ging. Ich machte ein Dutzend Kopien der Zeichnung des Typen, der mir den Schlag in den Bauch versetzt hatte. Ich hatte keine Verwendung für Kopien der anderen Zeichnung, fertigte aber trotzdem ein paar davon an, wenn ich schon dabei war.

Ein paar Jahre zuvor hatte ich bei einem Treffen einer Gruppe namens Village Open Discussion gesprochen, und ich schien mich erinnern zu können, dass sie sich Dienstagabends in einer presbyterianischen Kirche nur einen Block westlich des Kopierladens trafen. Es war ein großes Treffen mit vielen jungen Leuten. Nach dem Redner konnte man sich melden und es gab immer jede Menge Hände, die sich in die Höhe streckten. Matt der Zuhörer lehnte sich zurück und hörte zu.

Es regnete immer noch, als ich ging, weshalb ich die Münztelefone im Freien zugunsten eines Telefons in einem Café in der 6th Avenue ignorierte. Ich wählte meine eigene Nummer, wartete, dass der Anrufbeantworter rangehen würde, aber Elaine hob beim ersten Klingelton ab.

»Was für eine Überraschung«, sagte ich. »Ich dachte, wir würden unsere Anrufe filtern.«

»Oh, hallo, Monica«, sagte sie. »Ich hab gerade an dich gedacht.«

Ich fühlte, wie es mir kalt den Rücken runterlief. Ich spannte die Bauchmuskeln wie in Erwartung eines Schlages an. Ich sagte: »Bist du in Ordnung?«

»Oh, mir ging's niemals besser«, sagte sie. »Ich könnte ohne den Regen auskommen, aber ansonsten kann ich mich nicht beklagen.«

Ich entspannte mich, aber nicht völlig. »Wer ist bei dir?«

»Ich wollte dich anrufen«, sagte sie sich rechtfertigend, »aber dann sind diese beiden Freunde von Matt vorbeigekommen. Hast du Joe Durkin schon mal getroffen? Nun, er ist verheiratet, also vergiss es.«

»Du machst das sehr gut«, sagte ich. »Aber die Monica, die ich kenne, interessiert sich nur für verheiratete Männer.«

»Ja, der ist irgendwie süß«, sagte sie. »Bleib dran und ich frag ihn ... Meine Freundin möchte wissen, wie Sie heißen und ob Sie verheiratet sind.«

»Übertreib es nicht, sonst will er noch mit mir reden.«

»Er sagt, dass er George heißt und dass das andere Geheimsache ist. Aber da ist ein Ring an seinem Finger, falls das irgendwas zu bedeuten hat.« Sie lachte. »Das wirst du lieben. Er sagt, er ermittelt verdeckt und dass der Ring Teil seiner Verkleidung ist.«

»Ja, ich liebe es«, sagte ich. »Hast du irgendeine Ahnung, wie lange sie noch bei uns herumhängen wollen?«

»Ach Gottchen«, sagte sie. »Das könnte ich wirklich nicht sagen.«

»Hat jemand angerufen?«

»Ja.«

»Aber du willst keine Namen nennen, also antworte nur ja oder nein. Hat Mick angerufen?«

»Nein?«

»TJ?«

»Mhm, vor einiger Zeit. Weißt du, du solltest dich wirklich bei ihnen melden.«

»Ich werde ihn anrufen.«

»Da war noch etwas, was ich dir sagen wollte, aber jetzt fällt es mir nicht ein.«

»Hat noch jemand angerufen?«

»Ja.«

»Gib mir die Initialen.«

»Absolut, Baby.«

»A.B.«

»Mhm. Das ist richtig.«

»Andy Buckley?«

»Ich wusste, dass du es verstehen wirst.«

»Hat er eine Nummer hinterlassen?«

»Klar, wozu das auch immer gut sein soll.«

»Weil er sie auf dem Anrufbeantworter hinterlassen hat und du sie nicht zur Hand hast. Macht nichts, ich kann sie mir besorgen. Wenn dir die beiden auf die Nerven gehen, sag ihnen, dass sie Leine ziehen sollen.«

»Genau das hab ich mir auch gedacht«, sagte sie. »Hör zu, Süße, ich muss jetzt schlussmachen. Und ich werde Matt ausrichten, was du gesagt hast.«

»Tu das«, sagte ich.

Kapitel 19

Ich wusste, dass Mick Andys Nummer haben würde, weshalb ich es zuerst bei ihm auf dem Handy probierte. Als er sich nicht meldete, versuchte ich es noch einmal, für den Fall, dass ich mich verwählt hatte. Nachdem es sechsmal geklingelt hatte, gab ich auf.

Die Auskunft für die Bronx hatte keinen Eintrag für einen A. oder Andrew Buckley, aber ich dachte mir, dass der Anschluss wahrscheinlich unter den Namen seiner Mutter lief. Es gab Einträge für zwei Buckleys in der Bainbridge Avenue. Ich schrieb mir die Nummern auf und als ich bei der ersten anrief, sagte ein Jugendlicher: »Nö, das ist die andere Nummer. Im nächsten Block auf der anderen Straßenseite.«

Ich rief die zweite Nummer an und eine Frau meldete sich. Ich sagte: »Mrs. Buckley? Ist Andy da?«

Er kam an den Apparat und sagte: »Hallo, Mick?«

»Nein, hier ist Matt Scudder, Andy.«

Er lachte. »Hat mich getäuscht«, sagte er. »Sie hat gesagt: ›Ein Herr für dich‹. Das sagt sie immer, wenn der Große anruft. Bei so ziemlich jedem anderen heißt es: ›Es ist einer deiner Freunde.‹«

»Die Frau erkennt Klasse, wenn sie sie hört.«

»Sie ist eine Kanone«, sagte er. »Hör zu, hast du kürzlich mit Mick gesprochen?«

»Nein, hab ich nicht.«

»Ich dachte, dass ich von ihm hören würde, aber ... Weißt du, wo er steckt?«

»Nein.«

»Ich will das Auto mit ihm tauschen. Was ich gemacht habe, ich bin runter und hab seinen Cadillac aus der Garage geholt, und ich will ihn nicht auf der Straße parken. Das ist okay für die Schrottkiste, die ich fahre, aber ein im Freien geparktes Auto dieser Art ist das, was die Priester eine Einladung zur Sünde für die Kids hier nennen. Er steht jetzt direkt vor meinem Haus. Ich hab einem Jungen aus dem Block einen Zwanziger gegeben, damit er auf ihn aufpasst, und weißt du, was ich mache? Ich sitze am Fenster und beobachte den Jungen.«

»Ich denke, Mick will weiter dein Auto fahren«, sagte ich. »Er hat gesagt, seines ist zu auffällig.«

»Oh, ja? Kein Problem für mich, ich dachte nur, dass wir tauschen wollten. Hast du seine Handynummer?«

»Er scheint sie nicht herzugeben.«

»Ich weiß, er benutzt das Teil nur, wenn er kein Münztelefon finden kann. Weißt du, was ich denke? Ich denke, er hat die Nummer zu seinem Handy verloren und weiß nicht, wie man sie herausfindet. Hey, verrat ihm nicht, dass ich das gesagt habe.«

»Werde ich nicht.«

»Lass uns in Kontakt bleiben, ja? Ich werde dich anrufen, wenn er mich anruft, und du mich, wenn er sich bei dir meldet. Ich meine, ich sitze hier und warte, kein Problem. Aber ich wünschte, ich wüsste, was los ist.«

»Ich weiß, was du meinst.«

»Hast du irgendwas geplant? Soll ich dich irgendwohin fahren?«

»Du hättest mich früher fragen sollen. Ich bin gerade aus Williamsburg zurückgekommen.«

»Du meinst nicht Williamsbridge, oder?«

»Nein, ich meine Williamsburg in Brooklyn.«

»Denn das Viertel Williamsbridge ist gleich auf der anderen Seite des Bronx River Parkway, aber ich kann mir nicht vorstellen, was du dort wollen würdest. Und du dir offenbar auch nicht, denn du warst ja nicht dort. Warum Williamsburg und was hast du gemacht, bist du über die Williamsburg Bridge gefahren? Das Ding wird seit einer Ewigkeit repariert.«

»Ich hab die Linie L genommen.«

»Du hättest mich anrufen sollen. Weißt du, was ich tun werde? Ich denke, ich werde Micks Auto wieder in die Garage bringen, bevor meine zwanzig Dollar ablaufen und es von dem Jungen geklaut wird, den ich engagiert habe, es zu bewachen. Aber im Ernst, wenn du irgendwo hinfahren willst, ruf mich an. Es gibt immer ein Auto, das ich nehmen kann.«

»Ich werde es im Hinterkopf behalten.«

»Und wir bleiben in Verbindung«, sagte er. »Was da vorgestern Abend passiert ist ...«

»Ich weiß.«

»Ja, du warst dort, nicht wahr? Bleib in Kontakt, Matt. Wir müssen uns den Rücken freihalten in der nächsten Zeit.«

Ich erreichte TJ in seinem Zimmer und traf ihn im Starbucks auf dem Broadway, Ecke 87th Street. Er war bereits dort, als ich ankam, und saß an einem Tisch mit einem kalten Mochaccino. Er trug eine schwarze Jeans und ein schwarzes Hemd mit einer rosafarbenen, drei Zentimeter schmalen Krawatte, abgerundet mit einer Aufwärmjacke der Raiders und einem schwarzen Barett.

»Musste mich noch umziehen«, sagte er, »und war trotzdem früher hier als du.«

»Du bist der geölte Blitz«, sagte ich. »Was hattest du an, das noch unpassender war als das hier?«

»Du denkst, das hier ist unpassend? Für da, wo wir hingehen?«

»Es ist in Ordnung.«

»Es ist so passend wie diese traurige alte Reißverschlussjacke, die du trägst. Was ich zuvor anhatte, war eine Tarnhose und meine Flakjacke, und das war sehr passend für dort, wo ich war, aber nicht für Mother Blue's.«

»Und wo warst du?«

»In Flushing. Um ein Mädchen zu treffen, das ich kenne.«

»Ach.«

»Was meinst du mit ›Ach‹? Ich war im Einsatz, Mats. Hab gearbeitet.«

»Wie genau?«

»Sie hat 'nen schwarzen Vater und 'ne vietnamesische Mutter. Ihr Gesicht neigt zu Pickeln. Wenn das nicht wäre, könnte sie ein Model sein. Das Mädchen sieht echt klasse aus.«

»Vietnamesisch ...«

»Genau. Sie hatte einen Bruder, der bei den Born To Kill war, und sie kennt alle diese Kerle. Der Typ, der am Sonntag in der Kneipe rumgeballert hat, war Nguyen Tran Bao. Sehr gewalttätiges Bürschchen, hat sie gesagt, aber das wussten wir ja bereits.«

»Ich weiß nicht«, sagte ich. »Er machte so einen netten, ruhigen Eindruck.«

»Er hat seine Strafe wegen Raub und Körperverletzung oben in Attica abgesessen, und als er zurückkam, war er nicht wirklich resozialisiert. Um es genau zu sagen, er hing mit einem weißen Typen herum, den er dort oben kennengelernt hatte, und der allgemeine Eindruck war, dass sie zusammen böse Dinge anstellt haben.«

»Ein weißer Typ.«

»Sehr weiß. Mit dem, was man als Mondgesicht bezeichnet.«

»Der Bombenwerfer.«

»Hab ich mir auch gedacht.«

»Wusste sie, wie er heißt?«

Er schüttelte den Kopf. »Sie wusste nur, was Gu gemacht hat, seit er aus dem Knast ist, weil sie herumtelefoniert hat. Sie hat so ziemlich den Kontakt mit den BTK verloren, seit sie aus Chinatown weggezogen ist.«

»Gu? So haben sie Nguyen genannt?

»So nenne *ich* ihn, weil es sehr viel leichter auszusprechen ist. Egal, ich werde sie morgen anrufen, um zu sehen, ob sie jemanden gefunden hat, der einen Namen zu dem Gesicht kennt. Und selbst wenn nicht, wir haben Gus vollen Namen und wir wissen, wo er studiert hat.«

»Vielleicht wird uns der Dekan eine Abschrift seines Studienbuchs geben«, sagte ich. »Du hast gute Arbeit geleistet.«

»Gehört zum Service«, sagte er, senkte den Kopf und saugte den Rest seines Mochaccinos aus dem Glas. »Jetzt was? Gehen wir Alte-Leute-Musik hören?«

Die Band auf der kleinen Bühne war ein Quartett, ein Altsaxophon mit einer Rhythmusgruppe, so weiß wie ich und fast so weiß wie Danny Boy. Sie trugen allesamt schwarze Anzugsjacken, weiße Anzugshemden und ausgewaschene Jeans. Irgendwie wusste ich, dass sie Europäer waren, obwohl ich mir nicht sicher bin, wie ich das sagen konnte. Ihre Frisuren vielleicht oder etwas in ihren Gesichtern. Sie beendeten das Set und das Publikum, etwa zu drei Vierteln schwarz, war großzügig mit dem Applaus.

Danny Boy sagte mir, dass sie aus Polen kamen. »Ich hab dieses Bild vor Augen«, sagte er. »Dieser Knirps sitzt in Warschau in der Küche seiner Mutter, hört der Musik aus diesem winzigen Radio zu. Es sind Bird und Dizzy, die ›Night in Tunisia‹ spielen, und der Fuß des Jungen beginnt mitzuklopfen, und genau in diesem Augenblick weiß er, was er später machen will.«

»Ich vermute, so passiert das.«

»Wer weiß, wie es passiert? Aber ich muss sagen, sie können spielen.« Er blickte über den Tisch auf TJ. »Aber ich nehme an, du stehst eher auf Rap und Hip-Hop.«

»Am liebsten«, sagte TJ mit verstellter Stimme, »geh ich runter zum Fluss und singe die guten alten Neger-Spirituals, Mann.«

Danny Boys Augen leuchteten auf. »Matthew«, sagte er, »dieser junge Herr wird es weit bringen. Solange ihn niemand umlegt, natürlich.« Er gönnte sich etwas Wodka. »Ich hab ein bisschen nachgeforscht. Der Zeitgenosse, der kürzlich in diesem chinesischen Restaurant für die Unannehmlichkeit gesorgt hat, ist ein desillusionierter und tief enttäuschter junger Mann.«

»Warum?«

»Es scheint, als hätte er die Hälfte des Honorars im Voraus bekommen«, sagte er, »als er den Auftrag angenommen hat. Den Rest sollte er nach Abschluss bekommen. Soweit es ihn betrifft, hat er den Auftrag erfolgreich abgeschlossen. Er ist dorthin gegangen, wohin er gehen sollte, und hat getan, was er tun sollte. Woher sollte er wissen, dass es in diesem Restaurant zwei Herren gab, auf die die Beschreibung zutraf? In der Tat war nur ein solcher Herr zu sehen, als er ins Restaurant kam, und er hat sich wie vorgesehen des Mannes angenommen.«

»Und man will ihm den Rest des Geldes nicht zahlen?«

»Nicht nur das, man war sogar so unverfroren, um eine Rückerstattung der Anzahlung zu bitten. Nicht, würde ich denken, weil man eine realistische Hoffnung hegt, das Geld zurückzubekommen, sondern als eine Art von Reaktion auf seine Forderung der vollständigen Bezahlung.«

TJ nickte. »Jemand verlangt von dir Geld, du drehst den Spieß um und verlangst Geld von *ihm*. Vielleicht verschwindet er dann.«

»Das scheint die Theorie zu sein«, sagte Danny Boy. »*Ich* denke, dass man dem Mann das Geld hätte geben sollen.«

»Damit er die Klappe hält.«

»Genau. Aber man hat es nicht getan und er hat es nicht getan.«

»Wie viel schulden sie ihm?«

»Zweitausend Dollar«, sagte Danny Boy.

»Noch zweitausend? Von viertausend?«

»Sieht aus, als wärst du nicht viel wert«, sagte TJ.

»Man bekommt, wofür man bezahlt« sagte Danny Boy. Er nahm einen Zettel aus seiner Brieftasche, setzte seine Lesebrille auf und spähte mit zugekniffenen Augen hindurch. »Chilton Purvis«, sagte er. »Meine Vermutung wäre, dass er Chili genannt wird, aber vielleicht auch nicht. Seine Adresse ist

117 Tapscott Street, zweiter Stock nach hinten raus. Ich hab noch nie von der Tapscott Street gehört, aber sie soll in Brooklyn sein.«

»Das ist sie«, sagte ich. »Genau dort, wo sich Crown Heights an Brownsville reibt.« Er hob die Augenbrauen und ich sagte ihm, dass ich vor Jahren dort gearbeitet hatte. »Nicht in dem dortigen Revier, aber nahe genug. Ich erinnere mich an nichts Spezifisches im Zusammenhang mit der Tapscott Street, und vermutlich hat sie sich seitdem sowieso verändert.«

»Was hat sich nicht verändert? Heutzutage gibt es in der Gegend viele Haitianer, Guyaner und Leute aus Ghana und dem Senegal.«

»Alle auf der Suche nach einem besseren Leben«, sagte TJ, »in diesem Land der unbegrenzten Möglichkeiten für alle.«

»Er hat Angst vor der Polizei«, sagte Danny Boy, »oder dass sein Auftraggeber vorbeikommen könnte, um seine Lippen mit einer Kugel zu versiegeln. Deshalb bleibt er die ganze Zeit über auf seiner Bude. Außer, wenn er den Drang verspürt, zu feiern, Crack zu rauchen und herumzujammern.«

»Nehmen wir an, er könnte die zweitausend, die man ihm schuldet, einfach bekommen, indem er den Mann verpfeift, der ihn übers Ohr gehauen hat.«

»Er wäre ein Narr, wenn er es nicht tun würde.«

»Wir wissen schon, dass er ein Narr ist«, sagte TJ. »Wer sonst bringt Leute für Kleingeld um?«

»Ich will ihm eine Skizze zeigen«, sagte ich. »Aber zuerst zeige ich sie dir, Danny Boy.« Ich öffnete den Umschlag, holte eine der Kopien von Rays Zeichnung des Schlägertyps heraus. Er studierte sie durch seine Lesebrille, dann nahm er die Brille ab und hielt die Zeichnung auf Armlänge.

»Fies«, entschied er, »und nicht allzu intelligent.«

»Jemand, den du kennst?«

»Unglücklicherweise nein, aber es würde mich nicht überraschen, wenn wir gemeinsame Bekannte hätten. Darf ich die behalten, Matthew?«

»Ich kann dir noch ein paar davon geben«, sagte ich. Ich zählte noch drei oder vier für ihn ab und gab eine TJ, als der sich herüberbeugte, um einen Blick darauf werfen zu können.

»Kenne ich nicht«, sagte er, ohne zu zögern. »Wer ist der andere Kerl?«

»Welcher andere Kerl?«, wollte Danny Boy wissen.

Ich zog die zweite Skizze hervor. »Nur eine Übung«, sagte ich und erklärte, wie Ray Galindez sie angefertigt hatte, damit ich meinen Kopf freibekäme.

Aber es hat nicht funktioniert, sagte ich, weil ich immer noch unfähig gewesen war, das Gesicht des zweiten Schlägers heraufzubeschwören.

Danny Boy blickte die zweite Skizze an, schüttelte den Kopf, gab sie zurück. TJ sagte: »Ich hab ihn gesehen.«

»Hast du? Wo?«

»Im Viertel. Kann nicht sagen, wo oder wann, aber er hat eines dieser Gesichter, die einem im Gedächtnis bleiben.«

»Das muss es sein«, sagte ich. »Ich konnte letzte Woche im Grogan's einen kurzen Blick auf ihn werfen und dachte, dass er mir bekannt vorkommt. Das war wahrscheinlich, weil ich ihn ebenso wie du im Viertel gesehen hab. Du hast Recht, er hat definitiv eines dieser Gesichter.«

»All diese ausgeprägten Merkmale«, sagte Danny Boy. »Man erwartet nicht, sie im selben Gesicht zu finden, oder? Diese Nase sollte nicht bei diesem Mund sein.«

Ich gab TJ eine Skizze des Schlägers und faltete selbst eine, die ich in meine Brieftasche steckte. Als nachträglichen Einfall steckte ich noch eine Kopie der zweiten Skizze hinzu. Den Rest schob ich wieder in den gepolsterten Umschlag.

Ich blickte auf die Uhr. Danny Boy sagte: »Die Band wird in ein paar Minuten weitermachen. Wollt ihr euch das nächste Set anhören?«

»Ich hab mir gedacht, dass ich vielleicht nach Brooklyn rüberfahre.«

»Um unseren Freund zu besuchen? Er dürfte zu Hause sein.«

»Und falls nicht, könnte ich auf ihn warten.«

»Ich werde dir Gesellschaft leisten«, sagte TJ. »Wenn er nicht da ist, kannst du mir Geschichten erzählen, um uns die Zeit zu vertreiben, und ich kann so tun, als hätte ich sie noch nicht gehört.«

»Es ist nach deiner Schlafenszeit«, sagte ich.

»Du brauchst jemand, der dir den Rücken freihält, vor allem, weil du die falsche Hautfarbe für die Gegend hast. Und wenn du diesen Chili-Typen zur Rede stellen willst, sind zwei immer besser als einer.« Als er die Besorgnis auf meinem Gesicht sah, sagte er: »Hey, ich werde sicher sein. Du bist bewaffnet und gefährlich, Mann. Du wirst mich beschützen.«

»Haltet euch nur von parkenden Autos fern«, sagte Danny Boy. Wir starrten ihn beide an. »Oh, aus meiner Kindheit«, sagte er. »Ich hab dir von meiner Liste erzählt, oder? Nun, als ich klein war, gab es jedes Jahr ein paar Kids, die von Autos überfahren wurden. Die Polizei hat im Frühjahr und im Herbst immer jemanden vorbeigeschickt, der die Schüler über Verkehrssicherheit aufklärte. Hat es jemals dich getroffen, Matthew?«

»Es blieb mir erspart.«

»Da gab es diese Dias und jeweils eine Erklärung, wie es das Opfer erwischt hatte. ›Mary Louise, sieben. Ist zwischen parkenden Autos hervorgerannt.‹ Und in mehr als der Hälfte der Fälle war das die Ursache, zwischen parkenden Autos hervorrennen. Weil einen der Autofahrer nicht kommen sieht.«

»Und?«

»Und für mein junges Gehirn waren es die parkenden Autos, die gefährlich waren. Ich hab mich auf der Straße an ihnen vorbeigeschlichen, als hätten sie sich zusammengekauert und warteten nur darauf, mich anzuspringen. Erst später hab ich erkannt, dass die Autos, die parkten, eigentlich harmlos waren. Es waren die, die sich bewegten, die einen töteten.«

»Parkende Autos«, sagte ich.

»Genau. Eine verdammte Bedrohung.«

Ich dachte einen Moment lang nach, dann wandte ich mich an TJ. »Wenn du mich wirklich nach Brooklyn begleiten willst«, sagte ich, »warum tust du mir dann nicht einen Gefallen? Geh auf die Toilette und steck dir das hier unter das Hemd.«

Er nahm den gepolsterten Umschlag, wog ihn in seiner Hand ab. »Irgendwie unfair«, sagte er. »Du hast deine supermoderne Kevlarweste und ich krieg Pappe. Denkst du, dass das eine Kugel aufhalten wird?«

»Es ist, damit du die Hände frei hast«, sagte ich, »wobei ich mir nicht sicher bin, ob das wirklich ein Vorteil ist. Und steck ihn dir auf den Rücken, nicht vorne, damit der Sitz deines Hemds nicht gestört wird.«

»Hatte ich ohnehin so geplant«, sagte er.

Als er außer Hörweite war, sagte ich: »Ich hab über deine Liste nachgedacht, Danny Boy.«

»Hauptsache, du landest nicht darauf.«

»Wie sieht's mit deiner Gesundheit aus?«

Er blickte mich an. »Was hast du gehört?«

»Nichts.«

»Was ist dann das Problem? Sehe ich nicht gut aus?«

»Du siehst prima aus. Tatsächlich kommt die Frage von Elaine. Das war ihre erste Reaktion, als ich ihr von deiner kleine Liste erzählt habe.«

»Sie war schon immer eine scharfsinnige Frau«, sagte er. »Sie ist die wahre Detektivin in der Familie, weißt du.«

»Ich weiß.«

»Nun«, sagte er und faltete die Hände auf dem Tisch. »Ich hatte diese kleine Operation.«

»Oh?«

»Darmkrebs«, sagte er, »und sie haben alles erwischt. Es frühzeitig bemerkt und alles erwischt.«

»Das sind gute Neuigkeiten.«

»Sind es«, stimmte er zu. »Die Operation hat ihn erwischt, bevor er sich ausbreiten konnte, und danach wollten sie, dass ich eine Chemo mache, nur für den Fall, und ich hab eingewilligt. Ich meine, wer will es dabei darauf ankommen lassen, richtig?«

»Richtig.«

»Aber es war die Art von Chemo, bei der man seine Haare behält, also war es nicht ganz so schlimm. Am schlimmsten war der Kolostomiebeutel, aber es gab eine zweite Operation, um den Dickdarm wieder anzuschließen – Herrgott, du willst das nicht wirklich alles hören, oder?«

»Doch, erzähl weiter.«

»Das ist es, eigentlich. Ich hab mich nach der zweiten Operation sehr viel besser gefühlt. Ein Kolostomiebeutel verpasst dem Liebesleben eines Mannes einen gewissen Dämpfer. Es mag Mädchen geben, die auf so etwas stehen, aber ich hoffe, dass ich nie eines von denen treffen werde.«

»Ich hab kein Wort darüber gehört, Danny Boy.«

»Niemand hat.«

»Wolltest du keine Besucher?«

»Und keine Karten mit der Post, Anrufe oder irgendwas von dem Scheiß. Irgendwie witzig, weil Informationen mein Leben sind, aber ich wollte die Sache unter Verschluss halten. Ich vertraue auf dich, dass du es für dich behältst. Du kannst es Elaine erzählen, aber damit hat es sich.«

»Absolut.«

»Es gibt immer die Möglichkeit einer Rückkehr«, sagte er, »aber man hat mir versichert, dass sie sehr klein ist. Kein Grund, warum ich nicht hundert Jahre alt werden sollte. ›Sie werden auf dem Fachgebiet von jemand anderem sterben‹, hat mir der Doc gesagt. Ich dachte, dass das eine schöne Art war, es zu formulieren.« Er schenkte sich noch Wodka ein, ließ das Glas aber vor sich auf dem Tisch stehen. »Aber man wird davon aufmerksam«, sagte er.

»Kann ich mir vorstellen.«

»Wird man. Deshalb hab ich angefangen, die Liste zu machen. Ich wusste die ganze Zeit, dass niemand für immer lebt, aber vermutlich hab ich nicht wirklich geglaubt, dass das auch für mich gilt. Und dann habe ich es geglaubt.«

»Also hast du angefangen, die Namen aufzuschreiben.«

»Ich vermute, jeder Name, den ich aufgeschrieben hab, war eine Person mehr, die ich überlebt hatte. Ich weiß nicht, was ich dachte, was ich damit beweisen würde. Egal, wie lang deine Liste wird, früher oder später bist du der letzte Eintrag darauf.«

»Wenn ich eine Liste machen würde«, sagte ich, »wäre es eine sehr lange.«

»Sie werden alle länger«, sagte er, »bis sie es nicht mehr werden. Hier kommt TJ, also sollten wir über etwas anderes reden. Er ist ein guter Junge. Pass auf, dass sein Name nicht auf der Liste landet, ja? Und dein eigener auch nicht.«

Es hatte zu regnen aufgehört, zumindest für den Augenblick. Es gab Taxis in der Amsterdam Avenue und ich winkte eines zu uns. »Zeitverschwendung«, sagte TJ. »Der fährt nicht nach Brooklyn.«

Ich sagte dem Fahrer, dass wir in die 9th Avenue, Ecke 57th Street wollten. TJ sagte: »Was wollen wir da, Gloria?«

»Weil ich nicht zufällig zwei Riesen mit mir herumtrage«, sagte ich, »und Chilton Purvis sie vielleicht sehen will.«

»›Zeig mir das Geld!‹ Willst du damit sagen, dass wir ihm tatsächlich so viel zahlen werden?«

»Wir werden es behaupten.«

»Oh«, sagte er und dachte darüber nach. »Du hast so viel Geld bei dir zu Hause? Wenn ich das gewusst hätte, hätte ich dich überfallen.«

Wir stiegen an der nordöstlichen Ecke aus dem Taxi aus und gingen zum Hoteleingang. »Lass uns kurz hochgehen«, sagte ich. »Ich will zuerst anrufen, um sicherzustellen, dass ich keine Cops im Wohnzimmer herumsitzen habe. Und du kannst diesen Umschlag für mich hervorholen. Ich werde ihn zu Hause lassen.«

Oben auf seinem Zimmer sagte er: »Wenn du den Umschlag die ganze

Zeit über zu Hause hast lassen wollen, warum musste ich ihn mir dann unters Hemd stecken?«

»Um sicherzugehen, dass du ihn nicht im Taxi liegenlässt.«

»Du wolltest mit Danny Boy etwas unter vier Augen besprechen.«

»Du darfst dich in die Streberreihe setzen.«

»Dort sitze ich schon die ganze Zeit. Worüber habt ihr gesprochen?«

»Wenn ich es mit dir teilen wollte«, sagte ich, »hätte ich dich nicht auf die Toilette geschickt, oder?«

Ich rief zu Hause an und sprach auf den Anrufbeantworter, bis Elaine abhob und sagte, dass die Luft rein war. TJ und ich gingen wieder nach unten. Er wartete am Hoteleingang, während ich über die Straße ging und die Lobby des Parc Vendôme betrat. Ich ging nach oben, nahm zwanzig Einhundert-Dollar-Scheine aus unserer Notreserve und sagte Elaine, dass sie nicht auf mich warten sollte.

Drei Taxifahrer in Folge verzichteten auf die zusätzliche Motivation eines Zwanzig-Dollar-Trinkgelds für eine Fahrt nach Brooklyn. Es gibt eine Bestimmung, dass sie einen überall in den fünf Bezirken hinfahren müssen, aber was soll man tun, wenn sie sich weigern?

»Der Kerl gerade«, sagte TJ. »Er war in Versuchung. Für zwanzig hat er es nicht gemacht, aber bei fünfzig wäre er dabei gewesen.«

»Die Stadt bringt uns für eineinhalb Dollar pro Person hin«, sagte ich, und wir gingen rüber zur 8th Avenue, um die U-Bahn zu nehmen.

Kapitel 20

Es hätte wahrscheinlich eine nähere Haltestelle gegeben als die, an der wir ausstiegen. Wir mussten acht oder zehn Blocks die East New York Avenue entlanggehen. Es war nicht das beste Startviertel, und es war auch nicht die beste Zeit, dort herumzuspazieren. Wir hatten die U-Bahn-Station irgendwann nach Mitternacht verlassen und es war kurz vor eins, als wir die Tapscott Street fanden.

Nummer 117 war ein dreistöckiges Haus, bei dem die Backsteine und das Tragwerk freilagen. Offensichtlich hatte der Hausverkleidungsverkäufer diesen Teil der Stadt übersehen, und seine Anstrengungen wären durchaus hilfreich gewesen. So wie es war, sah das Haus ebenso aufgegeben aus wie die Nachbarhäuser. Die Fenster im Erdgeschoss waren mit Sperrholz verbarrikadiert, einige der anderen Fenster waren zerbrochen und über allem hing wie Nebel ein herber Geruch der Vernachlässigung.

»Nett«, sagte TJ.

Die Haustür stand offen, das Schloss fehlte. Die Beleuchtung im Flur war aus, aber es war nicht stockfinster. Von der Straße fiel etwas Licht herein. Anhand der Klingeln und der Briefkästen ließ sich feststellen, dass es zwei Wohnungen auf jedem Stockwerk gab. Diejenige im zweiten Stock nach hinten sollte nicht allzu schwer zu finden sein.

Wir ließen unseren Augen etwas Zeit, sich an das schwache Licht zu gewöhnen, dann suchten wir die Treppe und stiegen die zwei Stockwerke hoch. Das Haus mochte aufgegeben sein, aber das hieß nicht, dass es leer war. Licht drang unter den Türen vorne und hinten im ersten Stock hindurch, und jemand hatte entweder etwas Italienisches gekocht oder sich eine Pizza bestellt. Es gab diesen Geruch, ebenso den Gestank von Mäusen und Urin. Es gab auch etwas, das ich zuerst für eine Unterhaltung hielt, aber dann kam es zu einer Werbepause und mir wurde klar, dass es sich um ein Radio oder einen Fernseher handelte.

Im zweiten Stockwerk gab es mehr Licht. Die vordere Wohnung war dunkel und still, aber die Tür zur hinteren stand offen und Licht strömte durch den etwa drei Zentimeter breiten Spalt. Es lief auch leise Musik, etwas mit einem eindringlichen Rhythmus.

»Reggae«, murmelte TJ. »Soll er von den Inseln kommen?«

Ich trat zur Tür, lauschte und hörte nichts außer der Musik. Ich ging die Möglichkeiten durch, dann klopfte ich. Keine Antwort. Ich klopfte noch einmal, ein bisschen kräftiger.

»Ja, komm rein«, sagte ein Mann. »Du siehst doch, dass offen ist, Mann.«

Ich schob die Tür auf und trat ein. TJ kam gleich hinter mir. Ein schlanker, dunkelhäutiger Mann erhob sich aus einem heruntergekommenen Polstersessel. Er hatte einen eiförmigen Kopf mit kurzem Haar und einer Stupsnase über einem Menjou-Bärtchen. Er trug ein Georgetown-University-Sweatshirt und eine taubenblaue Bundfaltenhose.

»Ich bin eingeschlafen«, erklärte er, »als ich Musik gehört habe. Wer seid ihr? Was macht ihr in meinem Haus?«

Er wirkte eher neugierig als wütend. Der Akzent konnte etwas damit zu tun haben. Er hätte sich auch ohne die Hintergrundmusik wie aus der Karibik angehört.

Ich sagte: »Wenn du Chilton Purvis bist, bin ich der Mann, auf den du gewartet hast.«

»Erzähl mir mehr«, sagte er. »Und sag mir, wer dein dunkler Begleiter ist. Ist er dein Schatten?«

»Er ist ein Zeuge«, sagte ich. »Er ist hier, um sicherzustellen, dass ich tue, was ich tun soll.«

»Und was sollst du tun, Mann?«

»Ich soll dir zweitausend Dollar geben.«

Sein Gesicht erheiterte sich, seine Zähne glänzten im Licht einer batteriebetriebenen Laterne. »Dann bist du tatsächlich der Mann, den ich zu sehen hoffe! Schließt die Tür, setzt euch, macht es euch gemütlich.«

Das war leichter gesagt als getan. Der Raum war verwahrlost, mit abbröckelndem Gipsputz und wasserfleckigen Wänden. Es gab eine Matratze auf dem Boden, neben der paar rote Milchkästen aus Kunststoff standen. Die einzige Sitzgelegenheit war die, aus der er sich kurz zuvor erhoben hatte. TJ schloss die Tür, oder schob sie so weit zu, wie sie sich schließen ließ, aber wir blieben stehen.

»Also haben sie die Richtigkeit meiner Position eingesehen«, sagte Chilton Purvis. »Was auch angebracht ist. Ich bin dorthin gegangen, wo ich hingehen sollte, hab das getan, was ich tun sollte. Hab ich den Mann am Leben gelassen? Nein. Hab ich eine Spur hinterlassen? Nein. Woher hätte ich wissen sollen, dass da ein anderer Mann war? Niemand hat es mir gesagt. Es gibt einen Mann im Restaurant, auf den die Beschreibung zutrifft. Ich erledige meine Arbeit. Ich lege ihn um. Und sie wollen mir mein Geld nicht geben?«

»Aber du wirst dein Geld bekommen«, sagte ich.

»Ja. Das sind ausgezeichnete Neuigkeiten, sehr ausgezeichnete Neuigkeiten. Gib mir das Geld und wir werden zusammen Gras rauchen, wenn euch danach ist. Aber zuerst das Geld, vor allem anderen.«

»Zuerst musst du mir sagen, wer dich angeheuert hat.«

Er blickte mich an, und es war wie das, was Elaine über Michael Moriarty gesagt hatte. Man konnte sehen, wie er dachte.

»Wenn du es nicht weißt«, fing er an und stoppte und dachte weiter nach.

»Sie wollten dich nicht bezahlen«, sagte ich. »Aber ich werde.«

»Du bist der Mann.«

»Ich bin nicht von der Polizei, wenn du das meinst.«

»Ich *weiß*, dass du nicht von der Polizei bist«, sagte er, als wäre das offensichtlich. Die meiste Zeit meines Lebens haben Menschen mich angesehen und wussten, dass ich bei der Polizei war. Nun blickte mich der hier an und wusste, dass ich es nicht war. »Du«, sagte er, »bist der Mann, den ich umbringen sollte.« Sein Lächeln war unvermittelt und sehr breit. »Und jetzt bringst du mir Geld!«

»Die Welt ist ein erstaunlicher Ort.«

»Die Welt ist seltsam, Mann, und mit jedem Tag mehr so. Du zahlst mir Geld, damit ich mit dem Finger auf den Mann zeige, der mich bezahlt hat, dich umzubringen. Ich sage, dass ist sehr seltsam!«

»Aber es ist kein schlechtes Geschäft«, sagte ich. »Du bekommst dein Geld.«

»Dann würde ich sagen, dass es ein gutes Geschäft ist. Ein vorzügliches Geschäft.«

»Sag mir nur, wer dich angeheuert hat«, sagte ich, »und wo ich ihn finden kann, und du bekommst dein Geld.«

»Hast du das Geld bei dir?«

»Ich habe das Geld bei mir.«

»Ah«, sagte er. »Ich kann dir den Namen des Mannes geben. Würde das genügen?«

»Ja.«

»Ich hab ihn aufgeschrieben«, sagte er. »Auf einen Zettel, mit seiner Adresse. Willst du die auch? Seine Adresse?«

»Das wäre nützlich.«

»Auch eine Telefonnummer. Lass mich nur nachsehen, wo ich den Zettel hingetan habe.« Er kramte in dem obersten Milchkasten neben dem Bett, mit dem Rücken zu mir, dann wirbelte er plötzlich mit einer Pistole in der Hand herum. Die ersten beiden Schüsse, die er abgab, gingen daneben, aber der dritte und der vierte trafen mich, einer mitten in die Brust, der andere ein paar Zentimeter weiter unten rechts.

Ich hatte den Reißverschluss meiner Jacke nicht geschlossen gehabt, und ich vermute, ich musste eine Vorahnung gehabt haben, denn als er anfing zu schießen, hatte ich meinen Revolver bereits in der Hand, drückte den Abzug und schoss in demselben Augenblick, in dem ich getroffen wurde, zurück. Ich trug die Kevlarweste, natürlich, und ihr Hersteller wäre stolz auf sie gewesen. Die Kugeln wurden gestoppt. Das heißt nicht, dass sie abprallten wie Papierkügelchen von einem Elefanten. Die Wirkung war, wie wenn man von jemandem mit winzigen Händen mit beträchtlicher Kraft Schläge verpasst bekommt. Es fühlte sich nicht gut an, aber zu wissen, dass es funktioniert hatte, dass die Weste die Kugeln aufgehalten hatte, fühlte sich wunderbar an.

Er trug keine Weste. Ich hatte zweimal geschossen, beide Kugeln hatten ihr Ziel gefunden, eine oben in der rechten Seite seiner Brust, die andere im Solarplexus fünf Zentimeter über seinem Bauchnabel. Er riss die Hände in die Höhe, als ihn die Kugeln trafen, und die Pistole flog davon. Er taumelte, führte einen kleinen Tanz auf, als hätte er einen Touchdown erzielt, dann gaben seine Füße unter ihm nach und er landete hart auf dem Boden.

»Du hast auf mich geschossen«, sagte er.

Ich atmete durch, ging zu ihm und kniete neben ihm nieder. »Du hast auf mich geschossen«, sagte ich.

»Es hat mir nichts genützt. Kugelsichere Weste, oder? Eine .22er wird nicht durchdringen. Kopfschüsse! Das muss man machen. Aber wenn man gezwungen ist, in Eile zu schießen …«

»Warum hast du überhaupt auf mich geschossen?«

»Aber das war mein Auftrag!« Es klang, als würde er es einem Kind erklären. »Ich versuche es, ich scheitere. Nicht meine Schuld, aber trotzdem. Dann spazierst du durch meine Tür und ich hab noch eine Chance. Wenn ich dich töte, werden sie mir meine zweitausend Dollar geben.«

»Aber ich wollte dir die zweitausend Dollar geben.«

»Im Ernst, Mann. Woher weiß ich, dass du mir das Geld geben wirst? Alles, was ich tun muss, ist, dich erschießen. So ist es sicher. Ich knöpfe deiner Leiche das Geld ab *und* sammle das Geld ein, dass sie mir schulden.« Er zuckte zusammen, als die Schmerzen zu stark wurden. Blut floss aus den Wunden. »Außerdem, denkst du, dass ich ihre Namen kenne? Wenn du einen Killer anheuerst, verrätst du ihm nicht deinen Namen. Außer du bist verrückt, Mann.«

»Und du hattest auch keine Telefonnummer von ihnen?«

»Was denkst du?« Er zuckte noch einmal zusammen und verdrehte die Augen. »Mich hat's böse erwischt, Mann. Du musst mich ins Krankenhaus bringen.«

Ich holte die Zeichnungen aus meiner Brieftasche, entfaltete sie, zeigte ihm die des Schlägers. »Wirf einen Blick darauf«, sagte ich. »Hast du diesen Mann schon einmal gesehen? Ist er einer von ihnen?«

»Ja, ist er. Ich kenne ihn, weiß aber nicht wie er heißt. Jetzt musst du mich ins Krankenhaus bringen.«

Ich fragte mich, ob er die Zeichnung überhaupt angesehen hatte. Ich zeigte ihm die andere. »Und dieser Mann?«

»Ja. Den auch! Beide von ihnen, das sind die Männer, die mich angeheuert haben. Sie haben gesagt, komm und erschieß diesen Mann, wenn wir es dir sagen.«

»Du bist nutzlos«, erklärte ich ihm. »Wenn ich dir einen Hundert-Dollar-Schein zeigen würde, würdest du schwören, dass Ben Franklin dich angeheuert hat.«

Ich steckte die Zeichnungen weg. Er sagte: »Mich hat's böse erwischt, Mann. Bringst du mich jetzt ins Krankenhaus?«

Ich sah ihn einen Moment lang an, dann erhob ich mich. »Nein«, sagte ich.

»Nein! Was sagst du da, Mann?«

»Du Hurensohn«, sagte ich. »Du hast gerade versucht, mich zu erschießen, und jetzt erwartest du von mir, dass ich dir das Leben rette? Du hast einen Freund von mir erschossen, du Hurensohn.«

»Was wirst du mit mir tun?«

»Ich lass dich hier in deinem eigenen Blut liegen.«

»Aber ich werde *sterben!*«

»Gut«, sagte ich. »Du kommst auf die Liste.«

»Du lässt mich hier sterben?«

»Warum nicht?«

»Du kannst mich mal, Mann! Hörst du, was ich dir sage? Du und deine Mutter, ihr könnt mich mal!«

»Nun, du mich auch.«

»*Leck* mich! Ich hoffe, du stirbst!«

»Jeder muss sterben«, sagte ich. »Also leck dich selbst!«

Ich hörte ein Geräusch und drehte mich um. Es klang wie ein Husten, aber es war keines.

TJ saß am Boden, mit dem Rücken an der Wand. Seine Haut war grau, sein Gesicht schmerzverzerrt. Er hielt beide Hände gegen seinen linken Oberschenkel gepresst und Blut, das in diesem Licht fast schwarz war, sickerte zwischen seinen gespreizten Fingern hervor.

Kapitel 21

»Direkter Druck auf die Wunde«, sagte ich. Ich hatte die Tasche meines Hemds abgerissen und legte nun seine Finger auf den Bausch, den ich daraus gemacht hatte. »Kannst du es dort richtig fest hindrücken?«

»Denk schon.«

»Das Blut strömt nicht«, sagte ich. »Die Kugel hat keine Arterie getroffen. Wie fühlst du dich?«

»Tut weh.«

»Versuch durchzuhalten«, sagte ich. »Versuch, den Druck auf die Wunde aufrechtzuhalten.«

»Okay.«

Ich ging schnell durch den Raum, wischte mit meinem Jackenärmel alle Oberflächen ab, auf denen wir womöglich Fingerabdrücke hinterlassen hatten. Es schien mir, als hätten wir nichts berührt. Das heruntergekommene kleine Zimmer lud nicht zum Berühren ein.

Chilton Purvis lag da, wo er zu Boden gegangen war. Rosafarbener Schaum trat aus der Ecke seines Mundes aus, weshalb ich vermutete, dass eine der Kugeln seine Lunge getroffen hatte. Seine Augen starrten mich anklagend an und seine Lippen bewegten sich, aber es kam kein Wort über sie.

Seine Pistole war gegen eine Wand geprallt und auf der Matratze gelandet. Ich dachte, das ist die Pistole, die Jim getötet hat. Aber natürlich stimmte das nicht, Purvis hatte die Waffe am Tatort zurückgelassen. Ich ließ diese hier dort, wo sie lag, ließ das kleine Kofferradio weiter Reggae spielen, ließ alles, wo es war, einschließlich Chilton Purvis. Ich kniete mich hin, schob eine Hand unter TJs Beine und die andere hinter sein Kreuz, und legte ihn mir im Gamstragegriff über die Schultern.

»Drück auf die Wunde!«, sagte ich.

»Gehen wir?«

»Nur, wenn du nicht noch bleiben willst.«

»Wir lassen ihn einfach liegen?«

»Mehr als einen kann ich nicht tragen«, sagte ich.

Ich schaffte es die Treppe hinunter und hinaus auf die Straße. Bei einigen der anderen Wohnungen war unter den Türen hindurch noch Licht zu sehen, aber niemand riss die Tür auf und stürzte heraus, um herauszufinden, was es mit den Schüssen auf sich hatte. Ich vermute, man lernt, seine Neugier im Zaum zu halten, wenn man in einem aufgegeben Haus wohnt.

Wir würden nicht in der Lage sein, ein Taxi zu finden, dass die Tapscott Street entlangfuhr. Deshalb ging ich in Richtung der eineinhalb Blocks entfernten East New York Avenue. An der Kreuzung mit der Sutter Avenue sah ich ein Taxi und brüllte nach ihm.

Das Auto war ein alter Ford, der Fahrer aus Bangladesch. TJ stand an meiner Seite, als das Taxi neben uns hielt, sein gesamtes Gewicht lastete auf seinem unverletzten Bein, während er weiter auf die Wunde drückte. Ich hatte einen Arm um ihn gelegt, um ihn zu stützen, während ich mit der anderen Hand nach der Autotür griff.

»Was ist los mit diesem Mann?«, wollte der Fahrer wissen. »Ist er krank?«

»Ich muss ihn zu einem Arzt bringen«, sagte ich, hob TJ auf den Rücksitz und kletterte nach ihm in das Taxi. »Ich will nach Manhattan, in die 57th Street, Ecke 9th Avenue. Der beste Weg dorthin–«

»Aber schauen Sie! Er ist verletzt. Schauen Sie! Er blutet!«

»Ja, und Sie verschwenden Zeit.«

»Das ist unmöglich«, sagte er. »Ich lasse nicht zu, dass dieser Mann in meinem Taxi blutet. Die Polster werden Flecken bekommen. Es ist unmöglich.«

»Ich gebe Ihnen einhundert Dollar, wenn Sie uns nach Manhattan fahren«, sagte ich. Ich zeigte ihm den Revolver. »Oder ich jage Ihnen eine Kugel in den Kopf und fahre uns selbst dorthin. Ihre Entscheidung.«

Ich vermute, er glaubte, dass ich es tun würde, und bei allem, was ich weiß, lag er damit richtig. Er legte den Gang ein und fuhr los. Ich sagte ihm, dass er die Manhattan Bridge nehmen sollte.

Wir kreuzten gerade die Atlantic Avenue auf der Flatbush Avenue, als er sagte: »Wie hat er sich verletzt, Ihr Freund?«

»Er hat sich beim Rasieren geschnitten.«

»Ich denke, man hat auf ihn geschossen, ja?«

»Und wenn es so war?«

»Er sollte in ein Krankenhaus.«

»Wir sind auf dem Weg zu einem.«

»Gibt es dort ein Krankenhaus?«

Das Roosevelt Hospital ist in der 10th Avenue, Ecke 58th Street, aber wir waren nicht auf dem Weg dorthin. »Ein privates Krankenhaus«, sagte ich.

»Sir, es gibt Krankenhäuser in Brooklyn. Hier in der Nähe ist das Methodist Hospital und es gibt das Brooklyn Jewish.«

»Fahren Sie einfach dorthin, wohin ich gesagt habe.«

»Ja, Sir. Sir, werden Sie versuchen, das Blut auf ein Minimum zu beschränken? Das Taxi gehört dem Bruder meiner Frau, es gehört nicht mir.«

Ich zog einen Hundert-Dollar-Schein hervor und gab ihn ihm. »Nur, damit Sie wissen, dass Sie das Geld bekommen«, sagte ich.

»Oh, danke, Sir. Manche Leute, sie sagen, dass sie extra bezahlen werden, wissen Sie, und dann tun sie es nicht. Ich danke Ihnen, Sir.«

»Wenn es Blut auf dem Sitz gibt, sollte das für die Reinigung reichen.«

»Ganz gewiss, Sir.«

Ich hatte meine Finger auf die von TJ gelegt und hielt den Druck auf die Wunde aufrecht. Ich fühlte, wie sein Griff schwach wurde, als ich übernahm. Er stand unter Schock, und das kann so gefährlich sein wie die Wunde selbst. Ich versuchte, mich daran zu erinnern, was man mit Leuten tat, die unter Schock standen. Die Beine hochlegen, schien ich mich zu erinnern, und den Patienten warm halten. Ich wusste nicht, wie ich auch nur eines davon in diesem Augenblick tun konnte.

Der Taxifahrer hatte Recht, TJ gehörte in ein Krankenhaus, und ich fragte mich, ob ich das Recht hatte, ihn davon fernzuhalten. Bellevue war wahrscheinlich das beste für Schusswunden, und wir befanden uns jetzt auf der Zufahrt zur Brücke. Es wäre leicht gewesen, das Ziel zu ändern und den Fahrer zur First Avenue, Ecke 25th Street zu schicken.

Andererseits war die Notaufnahme im Roosevelt erstklassig, und es war näher bei unserem Zuhause. Und ich konnte die Entscheidung aufschieben, bis wir in der Gegend waren.

Es gelang mir, sie aufzuschieben, bis wir das Parc Vendôme erreicht hatten. Als das Taxi vor dem Hauseingang hielt, gab ich dem Fahrer einen zweiten Hunderter. »Der ist, damit Sie das alles vergessen können«, sagte ich ihm.

»Sie sind sehr großzügig, Sir. Ich versichere Ihnen, ich besitze keinerlei Gedächtnis. Kann ich Ihnen mit Ihrem Freund helfen?«

»Ich schaffe es allein. Halten Sie nur die Tür.«

»Gewiss. Und, Sir?« Ich drehte mich um. »Meine Karte. Rufen Sie mich an, wann auch immer, tagsüber oder nachts. Wann auch immer, Sir.«

Der Arzt war ein schlanker, gepflegter älterer Herr mit einer perfekten Haltung. Sein Haar und sein Schnurrbart waren weiß, aber seine Augenbrauen waren noch dunkel. Er kam aus dem Schlafzimmer mit Einweghandschuhen und anderem Krankenzimmermüll in der Hand und Elaine zeigte ihm, wo der Abfalleimer war.

»Warten Sie«, sagte er und wühlte im Eimer herum. Er erhob sich und hielt einen Klumpen Blei zwischen Daumen und Zeigefinger. »Der junge Mann wird das hier vielleicht wollen«, sagte er. »Als Souvenir.«

Elaine nahm es, wog es in ihrer Hand. »Es ist nicht sehr groß«, sagte sie.

»Nein, und dafür kann er dankbar sein. Eine größere Kugel hätte mehr Schaden angerichtet. Wenn man es darauf anlegt, angeschossen zu werden, sollte man auf möglichst kleine Kaliber und niedrige Mündungsgeschwindigkeit aus sein. Rundkugeln aus Luftgewehren sind am besten, aber die scheinen immer den Weg in die Augen von Kindern zu finden.«

Elaine hatte gewusst, wen sie anrufen musste, so wie ich es vermutet hatte. Was wir brauchten, war ein Arzt, der nicht darauf bestehen würde, TJ in ein Krankenhaus zu bringen, ein Arzt, der dazu bereit war, die Vorschrift zu ignorieren, nach der alle Schusswunden den Behörden zu melden waren. Ich wusste, dass Mick einen fügsamen Arzt hatte, falls der noch nicht gestorben war, seit er ein paar Jahre zuvor Tom Heaney zusammengeflickt hatte, und falls ein paar weitere Jahre Alkohol noch nicht dafür gesorgt hatten, dass er die Pinzette und das Skalpell nicht mehr mit sicherem Griff halten konnte. Aber Micks Arzt befand sich im Norden. Ich brauchte jemanden hier in der Stadt.

Elaine hatte Dr. Jerome Froelich angerufen, der, so wie ich es verstand, in der Zeit vor dem Urteil in *Roe v. Wade* mehr als seinen Teil an Abtreibungen durchgeführt hatte, ebenso wie er mehr als seinen Teil an Morphium- und Dexedrine-Rezepten ausgestellt hatte. Es war gegen zwei Uhr morgens, als sie ihn anrief, und er murrte, aber er kam.

Sie fragte ihn, wie schlimm es war.

»Er ruht jetzt«, sagte er. »Ich habe ihm ein Beruhigungsmittel gegeben und die Wunde verbunden. Er gehört wahrscheinlich in ein Krankenhaus. Andererseits hat er vielleicht Glück, dass er nicht dort ist. Er hat Blut verloren, und sie würden ihm sehr wahrscheinlich ein oder zwei Vollblut-Konserven verabreichen, und wissen Sie was? Wenn ich an seiner Stelle wäre, würde ich lieber nicht das Blut von irgendeinem Fremden in meine Adern tröpfeln lassen.«

»Wegen AIDS?«

»Wegen unzähligen gottverdammten Dingen, einschließlich derer, für die es keine Tests gibt, weil niemand weiß, worum es sich handelt. Ich habe einfach nicht viel Vertrauen in Blutprodukte heutzutage. Manchmal hat man keine andere Wahl, aber wenn man nur einen halben Liter oder so verloren hat, würde ich eher dem Körper die Chance geben, selbst Nachschub zu produzieren. Wissen Sie, was Sie tun sollten?«

»Was?«

»Gehen Sie raus und kaufen Sie einen Entsafter.«

»Wir haben bereits einen«, sagte sie ihm.

»Ich rede nicht von einer Zitruspresse, ich meine einen Entsafter für Gemüse. Haben Sie so einen?«

»Ja.«

»Nun, schön für Sie«, sagte er.

»Wir benutzen ihn nicht sehr häufig, aber–«

»Sie sollten aber. Diese Dinger sind ihr Gewicht in Gold wert. Was Sie tun sollten, Sie sollten Rote Bete und Karotten kaufen. Aus biologischem Anbau sind sie am besten, aber wenn Sie keine Quelle haben–«

»Ich weiß, wo ich welche bekommen kann.«

»Der Saft der Roten Bete ist ein Blutproduzent, aber geben Sie ihm den nicht pur. Mischen Sie ihn halb und halb mit Karotten, und bereiten Sie den Saft jeweils frisch zu, bevor Sie ihn ihm geben. Es ist nicht so schnell wie eine Bluttransfusion, aber davon hat noch nie jemand Hepatitis bekommen.«

»Ich habe gewusst, dass der Saft der Roten Bete die Blutproduktion anregen soll«, sagte sie, »aber ich glaube kaum, dass ich daran gedacht hätte. Und ich hätte nie erwartet, so etwas von einem Arzt empfohlen zu bekommen.«

»Die meisten Ärzte haben noch nie davon gehört und würden es auch nicht hören wollen. Aber ich bin nicht wie die meisten Ärzte, meine Liebe.«

»Nein, das sind Sie nicht.«

»Die meisten Ärzte passen nicht so gut auf sich auf, wie ich es tue. Die meisten Ärzte sehen in meinem Alter nicht so gut aus oder fühlen sich nicht so gut. Ich bin achtundsiebzig. Sagen Sie mir, dass man mir das nicht ansieht.«

»Sie wissen, dass man das nicht tut.«

»Sie sollten mich sehen, wenn ich eine Nacht durchschlafen durfte. Dann bin ich sogar noch umwerfender. Aber ich bin teuer, egal ob tagsüber oder nachts. Das wird Sie zweitausend Dollar kosten.«

»In Ordnung.«

»Sehen Sie sie an, sie zuckt nicht mal mit der Wimper. Es ist eine lächerliche Summe, aber hier ist etwas, das sogar noch lächerlicher ist. Wenn Sie den jungen Mann in ein Krankenhaus gebracht hätten, hätten Sie das und noch mehr bezahlen dürfen, bis man ihn wieder entlassen hätte.«

Ich musste nicht nach dem Geld suchen. Ich hatte es für den Fall, dass ich es Purvis zeigen musste, mitgenommen und jetzt zählte ich es ab und gab es Dr. Froelich.

»Danke sehr«, sagte er. »Ich werde Ihnen keine Quittung geben und ich werde es auch nicht melden, weder bei der Polizei noch beim Finanzamt. Übrigens enthält die Summe Nachsorge. Ich werde irgendwann am späten Nachmittag vorbeischauen, um nach ihm zu sehen und den Verband zu wechseln. Sie sollten alle paar Stunden seine Temperatur messen, ihm ein Aspirin geben, wenn er es gegen die Schmerzen braucht, und mich anrufen, wenn sein Fieber stark nach oben schießt. Falls es das tut, was ich aber nicht glaube. Und vergessen Sie die Rote Bete nicht. Rote Bete und Karotten, zu gleichen Teilen, alles, was Sie in ihn hineinschütten können. Es ist schön, Sie zu sehen, Elaine. Ich habe oft an Sie gedacht, mich gefragt, was aus Ihnen geworden ist. Sie sind so schön wie immer.«

»Schöner«, sagte ich.

Er legte den Kopf schief, blickte sie an. »Wissen Sie was«, sagte er, »ich denke, Sie haben Recht.«

»Ich weiß nicht«, sagte ich, nachdem Froelich gegangen war. »Vielleicht hätte ich ihn doch in ein Krankenhaus bringen sollen.«

»Du hast gehört, was Jerry gesagt hat. TJ ist hier wahrscheinlich besser dran, und er darf Rote-Bete-Saft trinken, anstatt eine Transfusion zu bekommen.«

»Das ist gut zu wissen«, sagte ich. »Aber die Sache ist die, dass ich es eben nicht gewusst habe. Ich konnte sehen, dass er nicht zu stark blutete, und ich dachte nicht, dass er sich in unmittelbarer Gefahr befand. Wenn ein Arzt ihn angesehen und gesagt hätte, dass er ins Krankenhaus muss, wäre immer noch Zeit gewesen, ihn in die Notaufnahme zu bringen.«

»Das ergibt Sinn.«

»Schusswunden müssen gemeldet werden«, sagte ich, »und das wollte ich vermeiden. Er ist ein junger Schwarzer ohne Vorstrafen, und das ist die Art von Auszeichnung, die man nicht einfach ohne guten Grund aufgeben sollte.«

»Ich weiß, dass er froh sein wird, nicht in einem Krankenhaus gelandet zu sein.«

»Ich hab wahrscheinlich auch an mich selbst gedacht. Die Kugel, die Froelich aus ihm herausgeholt hat, mag ein nettes Souvenir sein, aber wenn sie sie im Bellevue, im Roosevelt oder im Brooklyn Jewish rausgeholt hätten, hätte er sie nicht behalten dürfen. Man hätte sie den Cops übergeben und die ballistische Untersuchung hätte vielleicht eine interessante Übereinstimmung ergeben.«

»Mit den Kugeln, die Jim Faber getötet haben?«

»Nein, denn er hat seine Waffe dort am Tatort zurückgelassen. Aber mit einer Pistole, die in einer Wohnung in Brooklyn gefunden wurde, neben einer Leiche, in der ein paar andere Kugeln gesteckt haben. Kugeln aus einem Revolver Kaliber .38, und das erinnert mich an etwas. Ich werde dieses Teil loswerden müssen.«

»Weil es geradewegs zu der Leiche in Brooklyn führt. Willst du, dass ich den Revolver wegbringe und ihn in einem Gully verschwinden lasse?«

»Nicht, bevor ich nicht einen Ersatz für ihn gefunden habe. Ich hatte mir überlegt, ihn vor Ort zurückzulassen und mir seine Pistole zu nehmen, aber was will ich mit einer mickrigen .22er?«

»Mein Mann steht auf Määännerknarren«, sagte sie gedehnt. »Ich sag dir aber, was du gleich loswerden kannst, und zwar dieses Hemd, das du anhast. Es hat Einschusslöcher. Nun, keine Löcher, weil die Kugeln nicht durchgegangen sind, aber Kugelspuren. Was ist mit der Jacke? Nein, die hat er verfehlt, aber sie hat Blutspuren, ebenso wie deine Hose. Warum duschst du dich nicht, während ich deine Kleidung in die Waschmaschine stecke? Oder ist das Zeitverschwendung? Ich kann die Flecken rausbekommen, aber wird es noch Spuren geben, die bei einem Test zum Vorschein kommen können?«

»Gut möglich«, sagte ich, »aber wenn die Flecken mit bloßem Auge nicht mehr zu sehen sind, würde ich sagen, das ist genug. Wenn wir den Punkt erreichen, an dem sie alles in meinem Schrank spektroskopischen Tests unterziehen, wird es keine Rolle mehr spielen, was sie finden. TJ hat etwas Blut auf dem Boden in der Tapscott Street zurückgelassen, und sie können ihn durch eine Übereinstimmung der DNA damit in Verbindung bringen, also werde ich mir wegen Blutspuren, die man nicht sehen kann, keine Sorgen machen.«

Ich duschte, danach zog ich frische Kleidung an und sah nach TJ. Er schlief tief und fest, seine Hautfarbe sah besser aus. Ich legte eine Hand auf seine Stirn. Sie fühlte sich warm an, aber nicht auf bedenkliche Weise.

Im Wohnzimmer sagte mir Elaine, dass ich mir nicht die Mühe hätte machen sollen, mich anzuziehen. »Denn du musst schlafen«, sagte sie. »Du kannst dir ein paar Stunden auf der Couch gönnen. Ich werde bei ihm sitzen, und dann kannst du das übernehmen, wenn die Läden aufgemacht haben und ich Rote Bete und Karotten kaufen gehe. Ich wäre fast umgefallen, als er angefangen hat, mir von dem Rote-Bete-Saft zu erzählen.« Sie schwieg kurz, dann sagte sie: »Er hat eine meiner Abtreibungen durchgeführt, aber vorher hat er zu meinen Kunden gehört.«

»Ich wollte nicht fragen.«

»Ich weiß, aber warum solltest du dir darüber Gedanken machen? Apropos Gedanken machen, denkst du, dass er tot ist? Der Mann in Brooklyn?«

»Er war auf dem besten Wege, als ich gegangen bin. Ich würde sagen, dass er mittlerweile sehr wahrscheinlich tot ist.«

»Solange nicht jemand einen Krankenwagen gerufen hat.«

»Unwahrscheinlich. Und falls doch, würde ich tippen, er war entweder noch dort oder bei der Ankunft im Krankenhaus tot.«

»Macht dir das zu schaffen?«

»Dass er tot ist?«

»Und dass du nicht versucht hast, ihn zu retten.«

»Nein«, sagte ich. »Ich denke nicht. Du weißt, dass er Jim erschossen hat.«

»Ich weiß.«

»Man sollte meinen, dass ich deshalb voller Wut gewesen wäre, als ich dort vor ihm stand, aber es war nicht so. Er war nur ein Problem, das es zu lösen galt. Er hatte Informationen, die ich wollte. Zumindest dachte ich, dass er welche hätte. Es hat sich herausgestellt, dass er nichts wusste. Er hat ein Gesicht identifiziert, was mir Hoffnungen machte, aber dann hab ich ihm die Zeichnung gezeigt, die Ray und ich zur Übung angefertigt hatten, von jemandem, der absolut nichts damit zu tun hat, und er hat ihn auch erkannt. Ich hätte ihm ein Bild vom Dalai Lama zeigen können und er hätte geschworen, dass das der Typ war, der ihn auf mich angesetzt hat.«

»Er wollte nur ins Krankenhaus gebracht werden.«

»Genau. Aber die Sache ist, ich bin nicht mit Rachegelüsten da reinspaziert. Ich hatte definitiv die Absicht, ihm die zweitausend vorzuenthalten, aber ich hatte nicht geplant, ihn zu erschießen. Wenn er nicht damit angefangen hätte, wäre mein Revolver im Holster geblieben.«

»Aber er hat.«

»Aber er hat, und ich hab den Hurensohn erschossen. Und dann hat er von mir erwartet, dass ich ihn zusammenflicken lasse. Nun, zum Teufel damit. Ich denke nicht, dass ich ihn hätte retten können, wenn ich es gewollt hätte, aber warum mir überhaupt die Mühe machen? Ich war nicht bereit, ihn zu töten, aber ich war bereit, ihn sterben zu lassen.«

»Er hatte es verdient.«

»Das könnte man wahrscheinlich über die meisten Leute sagen. Trotzdem, der Typ war ein Aushängeschild für die Todesstrafe. Er hat auf mich wie ein astreiner Soziopath gewirkt. Er hätte jeden Beliebigen ermordet, wenn er dafür Geld bekommen hätte. Gott weiß, wie viele Menschen er in seinem Leben getötet hat, und Jim wäre nicht der Letzte gewesen. Er wäre nicht mal der Letzte in dieser Woche gewesen, wenn ich nicht die Weste getragen hätte.«

»Daran hab ich gedacht«, sagte sie, » aber ich habe mich entschieden, mir keine Gedanken mehr zu gestatten, die mit *Wenn* beginnen. Es gibt zu viele davon, und sie sind zu beunruhigend. Du bist am Leben, Gott sei Dank, und TJ ist am Leben. Das genügt fürs Erste.«

Kapitel 22

Ich schlief ein paar Stunden lang auf der Couch. Mein Schlaf war unruhig, mit vielen Träumen, die sich wie Rauch auflösten, als ich die Augen öffnete. TJ war allein im Schlafzimmer, seine Gesichtszüge im Schlaf entspannt. Einen Augenblick lang sah er aus, als wäre er zwölf Jahre alt.

Elaine saß in der Küche und sah die Nachrichten. »Nichts über einen Toten in Brownsville«, sagte sie.

»Warum auch? Ein Schwarzer, der in einem aufgegebenen Haus an Schusswunden starb? Nicht gerade die Art von Thema, bei dem der Nachrichtendirektor nach einem Kamerateam brüllt.«

»Sie werden aber Ermittlungen anstellen.«

»Die Polizei? Natürlich werden sie das. Wenn man es mit einem Mord zu tun bekommt, versucht man, ihn aufzuklären. Dieser hier ist leicht zu erklären. Toter Mann auf dem Boden, zwei Schüsse in die Brust aus einer .38er. Nicht unweit eine weitere Waffe, eine .22er, kürzlich abgefeuert, und mehrere Kugeln daraus in der Wohnung.«

»Ja?«

»Die beiden, die die Kevlarweste aufgehalten hat, plus eine, die uns beide verfehlt hat. Sie können sie aus der Wand ziehen, wenn sie sich die Mühe machen wollen. Blut – das des Toten und von einer weiteren Person, vermutlich vom Schützen.«

»Aber wir wissen es besser.«

»Und eine Blutspur, würde ich annehmen, aus der Tür und die Treppe runter. Das Szenario dürfte sein, dass sich zwei Männer gestritten haben, wahrscheinlich über Drogen oder Frauen –«

»Denn worüber würden sich zwei erwachsene Männer sonst streiten?«

»– und sie haben aufeinander geschossen, woraufhin der Überlebende beschloss, das Weite zu suchen. Es ist sicherlich die Art von Fall, die man versucht aufzuklären, aber man überschlägt sich deshalb nicht. Man wartet, bis einem jemand sagt: ›Hör zu, was willst du mich wegen der zehn Tütchen Gras schikanieren, wenn ich der Mann bin, der dir den Kerl liefern kann, der den Kaiman-Typen drüben in der Tapscott Street erschossen hat?‹ Und man kommt ins Geschäft und macht den Täter dingfest.«

»Kaiman-Typ? Purvis war von den Kaimaninseln?«

»Nur eine Vermutung. Er trug ein Sweatshirt der Georgetown University.«

»Und? Die ist in Washington.«

»Mach weiter.«

»Georgetown ist die Hauptstadt der Kaimaninseln«, sagte sie, nachdem sie etwas nachgedacht hatte. »Wenn man von dort kommt, wäre ein Georgetown-University-Sweatshirt eine coole Sache.«

»Sollte man annehmen.«

»Natürlich ist es auch die Hauptstadt von Guyana.«

»Ist es das?«

»Mhm. Also war er vielleicht Guyaner.«

»Vielleicht«, sagte ich. »Dann wiederum, vielleicht hatte er das Sweatshirt auch gestohlen.«

»Ich mochte die Kaimaninseln«, sagte sie, »damals, als Sonnenbräune noch als sexy galt anstatt als Vorstadium zum Krebs. Er hat ziemlich ruhig geschlafen. Er ist einmal aufgewacht, als ich seine Temperatur gemessen habe. Ich hab ihn etwas Wasser trinken lassen, danach ist er sofort wieder eingeschlafen. Er hat erhöhte Temperatur, etwas mehr als ein Grad.«

»Ich denke, das war zu erwarten.«

»Ja, das würde ich auch sagen. Einer von uns muss Rote Bete und Karotten kaufen gehen.«

Ich sagte, dass ich gehen würde. Der Laden, zu dem sie mich schickte, befand sich in der 9th Avenue in der Nähe der 44th Street. Es war ein übergroßer Naturkostladen mit einer großen Obst- und Gemüseabteilung und einer Unmenge an Kräutern und Vitaminen. Es gab wahrscheinlich irgendwo in den Regalen etwas, das ihn über Nacht geheilt hätte, ohne eine Narbe zu hinterlassen, aber ich hatte keine Ahnung, was es war und wo ich danach suchen sollte. Ich kaufte genug Rote Bete und Karotten, um zwei Einkaufstüten damit zu füllen, und nahm ein Taxi nach Hause.

Sie hatte den Entsafter vorbereitet, als ich nach Hause kam. Ich sah zu, wie sie Rote Bete und Karotten wusch, sie in Stücke schnitt und dann durch das Ding jagte. Das Ergebnis mochte halb Karotte sein, aber alles, was man sehen konnte, war die Rote Bete, dunkel und leicht violett wie Blut aus einer Vene.

Sie ging mit einem großen Glas des Zeugs ins Schlafzimmer. Ich trottete hinter ihr her, um zu sehen, wie groß der Widerstand sein würde. »Das ist Rote-Bete-Saft«, sagte sie, »gemischt mit Karotten. Der Arzt hat gesagt, dass du das trinken musst, um das Blut, das du verloren hast, zu ersetzen.«

Er blickte sie an. »Wie eine Transfusion?«

»Aber ohne Nadeln und Schläuche.«

»Der Arzt hat das gesagt? Der, der hier war?« Sie bejahte. Er nahm das Glas von ihr und trank es in zwei großen Schlucken aus. »Nicht schlecht«, sagte er, wobei er überrascht klang. »Irgendwie süßlich. Was hast du gesagt, war das? Rote Bete und Karotten?«

»Richtig. Kannst du noch mehr davon trinken?«

»Ich denke, ja«, sagte er. »Ich hab einen unheimlichen Durst.«

Während sie noch mehr Saft zubereitete, half ich ihm ins Badezimmer, dann zurück ins Bett. Er konnte nicht glauben, wie schwach er war und wie sehr die paar Schritte auf die Toilette und zurück ihn erschöpften. »Es ist nur eine Fleischwunde«, sagte er. »Sagen sie das nicht immer? Und dann hüpfen sie sofort herum, als wäre nichts gewesen.«

»Das ist in den Filmen.«

»Egal«, sagte er, »es sind alles Fleischwunden, denn daraus sind die Menschen gemacht. Weißt du zufällig, was mir der Doc gegeben hat? Man könnte gut davon leben, wenn man es auf der Straße verkauft.«

»Erzähl das nicht dem Arzt«, sagte ich. »Er könnte es versuchen.«

Wir pflegten ihn den Tag über. Elaine schlummerte auf der Couch und ich sah ihm zu, wie er schlief, und redete mit ihm, wenn er wach war. Im Laufe des Nachmittags stieg sein Fieber, und als es 39° erreichte, rief Elaine Froelich an. Er sagte, dass er in zwei Stunden vorbeikommen würde, wir ihn aber vorher anrufen sollten, wenn es bis auf 40° stieg. Aber es klang ab, und als der Arzt eintraf und seine Temperatur maß, war sie normal.

Froelich wechselte den Verband, sagte, dass die Wunde schön verheilte, und erklärte TJ, dass er sich glücklich schätzen sollte. »Wenn die Kugel eine Ader getroffen hätte«, sagte er, »wärst du verblutet. Wenn sie einen Knochen getroffen hätte, könntest du für einen Monat ans Bett gefesselt sein.«

»Wenn sie mich verfehlt hätte«, sagte TJ, »könnte ich jetzt draußen sein und Basketball spielen.«

»Du bist zu klein«, erklärte Froelich ihm. »Heutzutage sind das alles Giganten. Mach so weiter wie bisher und bleib beim Rote-Bete-Saft. Nebenbei gesagt, er wird deinen Urin färben.«

»Nun, das habe ich schon bemerkt. Dachte, ich verblute, Ute, und dann ist mir eingefallen, wo ich diese Farbe schon einmal gesehen habe. Ich hab sie literweise getrunken.«

Nachdem der Arzt gegangen war, schlief er wieder und ich selbst gönnte mir ein ungeplantes Nickerchen vor dem Fernseher. Als ich aufwachte, berichtete Elaine, dass er angefangen hatte, sich ein bisschen zu beklagen, was sie als Zeichen dafür nahm, dass er sich auf dem Weg der Besserung befand. »Er sagt, wenn er bei sich zu Hause wäre, also auf der anderen Straßenseite, könnte er seine E-Mails abrufen und in den Foren auf dem Laufenden bleiben, was auch immer das bedeutet.«

»Es ist eine Computersache«, sagte ich. »Das verstehst du nicht.«

Wir verbrachten einen ruhigen Abend zu Hause. TJ hatte großen Hunger und aß eine zweite Portion Lasagne. Er hatte auch den Gedanken, dass er es allein ins Badezimmer und zurück schaffen könnte, und fragte Elaine, ob es die Krücke, die sie im Frühjahr benutzt hatte, als sie sich den Knöchel verstaucht hatte, noch gab. Sie fand sie und er unternahm ein paar vorsichtige Schritte mit ihr, bevor er einsah, dass es nicht funktionieren würde. Seine Wunde war noch zu frisch, um das Bein in irgendeiner Form zu belasten.

Manchmal klingelte das Telefon. Wir ließen den Anrufbeantworter rangehen, und die Hälfte der Anrufer legte auf, ohne eine Nachricht zu hinterlassen. Vielleicht war es irgendein Telefonverkäufer, der uns einreden wollte, wir müssten den Anbieter für Ferngespräche wechseln. Oder es handelte sich um jemanden, der Todesdrohungen nicht auf einem Anrufbeantworter hinterlassen wollte. Ich verschwendete nicht viel Zeit damit, mir darüber Gedanken zu machen.

Dann klingelte es gegen Mitternacht und nach der Ansage und dem Signalton gab es eine Pause, die wie eine Ewigkeit erschien, die aber wahrscheinlich nur fünf oder sechs Sekunden dauerte. Dann sagte eine Stimme, die ich kannte: »Äh, ich bin's. Bist du zu Hause?«

Ich hob ab und sprach mit ihm, dann legte ich den Hörer hin und ging zu

Elaine. »Es ist Mick«, sagte ich. »Er sitzt in seinem Auto und fährt herum. Er will vorbeikommen, mich abholen.«

»Hast du ja gesagt?«

»Ich hab ihm noch gar nichts gesagt.«

»TJ geht es viel besser«, sagte sie. »Ich komme hier klar. Und es ist noch nicht vorbei, oder? TJ wurde angeschossen und der Mann, der Jim erschossen hat, ist tot, aber es ist erst vorbei, wenn es vorbei ist. Heißt es nicht so?«

»So heißt es. Und ja, es ist noch nicht vorbei.«

»Dann solltest besser du gehen«, sagte sie.

Kapitel 23

Ich wartete in der Lobby und beobachtete die Straße, während mir der Portier, der von Mitternacht bis acht Dienst hatte, seine Meinung über den Klimawandel mitteilte. Ich kann mich nicht an den Gang seiner Argumentation erinnern, aber er sah ihn als direktes Resultat des weltweiten Zusammenbruchs des Kommunismus.

Dann hielt Andy Buckleys verbeulter Caprice am Bordstein und fuhr wieder los, nachdem ich eingestiegen war. Die Nacht war kühl und klar und ich konnte kurz den Mond sehen. Es war ein Dreiviertelmond, etwa so wie in der Nacht, als wir das Grab gegraben hatten. Damals hatte er zugenommen, jetzt nahm er ab.

»Andy hat versucht, dich zu erreichen«, erinnerte ich mich. »Er wollte deine Nummer, aber ich hab so getan, als hätte ich sie nicht.«

»Wann war das?«

»Gestern, am frühen Abend. Hast du seitdem mit ihm gesprochen?«

»Gestern und heute auch. Er hatte den Cadillac geholt und wollte die Autos tauschen.«

»Das hat er gesagt.«

»Ich hab ihm gesagt, dass er das bessere Geschäft gemacht hat, aber er hatte Angst davor, das Ding zu parken, weil damit was passieren könnte. Die geringste meiner Sorgen, hab ich ihm gesagt, aber er war nicht zu überzeugen. Er hat ihn zurück in die Garage gestellt und fährt jetzt irgendeine alte Blechkiste von seinem Cousin.«

»Er hat gesagt, dass er das tun würde.«

Wir bogen auf den Broadway ein und fuhren nach Süden. »Nun, wo sollen wir hinfahren?«, fragte er sich. »Nur, damit wir irgendwo hinfahren und irgendwas machen. Es ist die Untätigkeit, die einen Mann in den Wahnsinn treibt. Zu wissen, dass die andere Seite, wer auch immer sie sein mögen, was vorhat, und nicht zu wissen, was. Und nichts dagegen tun zu können. Ich habe die ganze letzte Nacht über wachgesessen mit einer Flasche und einem Glas. Ich hab nichts gegen Trinken und auch nichts dagegen, allein zu trinken, aber ich hab es nicht zum Vergnügen getan. Es war aus Langeweile und diese Art von Trinken stumpft die Seele ab.«

»Ich weiß, was du meinst.«

»Dir ging es zu deiner Zeit mitunter ähnlich, oder? Und du hast es überlebt. Wie viel Erfolg hattest du mit der Detektivarbeit? Sind wir der Erkenntnis, mit wem wir es zu tun haben, einen Schritt näher gekommen?«

»Wir wissen mehr als zuvor«, sagte ich. »TJ hat ein paar Dinge über den Vietnamesen, der die Kneipe zusammengeschossen hat, herausgefunden und wir haben die Angel ausgeworfen, um etwas über seinen Partner zu erfahren.«

»Über den Bombenwerfer, meinst du.«

»Richtig. Und ich hab eine Zeichnung von einem der beiden Männer, die mich überfallen haben.«

»Diejenigen, die überfallen worden waren, als es vorüber war.«

Ich ging nicht darauf ein. »Ich hab eine Zeichnung«, sagte ich, »aber bislang hat ihn noch niemand erkannt. Es hätte eine Menge Dinge gegeben, die ich heute hätte tun können, aber ich musste zu Hause bleiben, um mich um TJ zu kümmern.«

»Warum, um alles in der Welt? Kümmert er sich nicht schon seit Jahren um sich selbst?«

»Oh, natürlich, wir haben seitdem nicht miteinander gesprochen. Wie hättest du es wissen sollen?«

»Wie hätte ich was wissen sollen?«

»Er wurde letzte Nacht angeschossen«, sagte ich.

»Heilige Scheiße!«, sagte er und trat auf die Bremse. Der Wagen hinter uns musste scharf bremsen und der Fahrer hupte ausgiebig. »Ach, fick dich ins Knie!«, empfahl Mick ihm und wollte wissen, was passiert war.

Ich erzählte ihm die ganze Geschichte. Ich unterbrach sie, als wir zu McGinley & Caldecott kamen, und erzählte weiter, nachdem wir das Auto in die Garage verfrachtet hatten und die Treppe hinunter und den schmalen Gang in das Büro gegangen waren. Er schenkte sich einen Drink ein und brachte aus einem kleinen Kühlschrank eine Dose Perrier zum Vorschein.

»Sie hatten keine Flaschen«, sagte er. »Nur Dosen. Aber das sollte in Ordnung gehen, oder?«

»Ich bin mir sicher, dass es in Ordnung geht. Man erzählt von mir, dass ich notfalls auch Leitungswasser trinke, was das anbetrifft.«

»Schreckliches Zeug«, sagte er. »Man weiß nicht, wo es sich rumgetrieben hat. Erzähl weiter, Mann. Du hast ihn dort tot liegen lassen, den schwarzen Hurensohn?«

»Er war auf dem besten Weg. Er kann es nicht mehr lange gemacht haben. Es war wie eine schwarze Komödie, wenn ich so drüber nachdenke. Wir standen beide da und haben uns gegenseitig mit »Leck mich!« angefaucht. Ich könnte es nicht beschwören, aber ich denke, das waren seine letzten Worte.«

»Ich zweifle nicht daran, dass das die letzten Worte von mehr als ein paar von uns sein werden.«

Ich erzählte ihm, wie TJ angeschossen worden war und wie ich ihn nach Hause gebracht hatte. »Ich hab den Fahrer mit einer Waffe bedroht«, sagte ich, »und am Ende hat er uns seine Karte gegeben und gesagt, dass wir ihn jederzeit anrufen können, egal, ob Tag oder Nacht. Ich liebe New York.«

»Es gibt keinen Ort, der der Stadt das Wasser reichen kann, was die Menschen anbetrifft.«

Als ich fertig war, lehnte er sich in seinem Stuhl zurück und sah den Drink in seiner Hand an. »Es muss schlimm gewesen sein, als du dich umgedreht hast und gesehen hast, dass der Junge getroffen worden war.«

»Es war seltsam«, sagte ich. »Ich war selbst gerade zweimal getroffen worden und hatte mitangesehen, wie die Kugeln abprallten. Und ich hatte zurückgeschossen und meine Kugeln waren nicht abgeprallt. Ich hab mich gefühlt wie der Herrscher der Welt. Dann hab ich mich umgedreht und der Boden wurde mir unter den Füßen weggezogen, denn während ich mich als Meister des Universums gefühlt hatte, war TJs Blut zwischen seinen Fingern hervorgequollen, und ich hatte nicht einmal gewusst, was los war.«

»Er ist wie ein Sohn für dich, oder?«

»Ist er das? Ich weiß es nicht. Ich habe bereits Söhne, zwei davon. Ich war nicht oft für sie da, als sie noch Kinder waren, und ich sehe sie jetzt nicht sehr häufig. Michael ist drüben in Kalifornien und Andy ist jedes Mal, wenn ich von ihm höre, an einem anderen Ort. Ich weiß nicht, ob ich TJ an ihrer Stelle installiert habe, aber ich nehme an, dass er eine Art von Ersatzsohn ist. Für Elaine auf jeden Fall. Sie bemuttert ihn und es scheint ihn nicht zu stören.«

»Warum sollte es?«

»Ich weiß nicht, ob ich mich ihm gegenüber wie ein Vater verhalte. Eher wie ein mürrischer alter Onkel. Unsere Beziehung ist ziemlich ritualisiert. Wir machen eine Menge Witze, tauschen humorvolle Beleidigungen aus.«

»Er liebt dich.«

»Ich nehme an, das tut er.«

»Und du liebst ihn.«

»Ich nehme an, das tue ich.«

»Ich hatte nie einen Sohn. Einmal hab ich ein Mädchen in Schwierigkeiten gebracht und sie ist losgezogen, hat das Baby bekommen und es zur Adoption freigegeben. Ich hab nie erfahren, ob sie einen Jungen oder ein Mädchen bekommen hat. Es war mir egal.« Er trank von seinem Whiskey. »Ich war jung. Was sollte ich mit Kindern? Ich wollte nur in Ruhe gelassen werden, und sie ist losgezogen, hat das Kind bekommen und es weggegeben, und ich hab nichts mehr davon gehört. Was ungefähr so viel war, wie ich hören wollte.«

»Das war wahrscheinlich das Beste für das Kind.«

»Oh, natürlich war es das, und für das Mädchen und für mich selbst auch. Aber ab und zu frage ich mich. Nicht, wie es anders hätte laufen können, sondern nur, was aus dem Baby geworden ist und was für eine Art von Leben es hatte. Nachtgedanken, weißt du. Niemand hat solche Gedanken bei Tageslicht.«

»Damit hast du Recht.«

»Bei allem, was ich weiß«, sagte er, »war es vielleicht nicht einmal mein Kind. Sie war leicht zu haben. Hat geschworen, dass ich ihr den Braten in die Röhre geschoben hatte, aber wie konnte sie sich da sicher sein? Wie konnte ich sicher sein?« Er blickte meine Dose Perrier an und fragte, ob ich ein Glas dazu wollte. »Man kann Wasser nicht direkt aus der Dose trinken«, sagte er. Er fand ein sauberes Glas in einem Schrank, schenkte mir das Wasser ein und versicherte mir, dass es so besser war.

»Danke«, sagte ich.

»Jahre später«, sagte er, »gab es ein anderes Mädchen, das ich geschwängert hatte, und ich hab nichts davon erfahren, bis sie mir gesagt hat, dass sie es losgeworden war. Sie hatte eine Abtreibung, weißt du. Jesus, das ist eine Sünde, hab ich ihr gesagt. Das glaube ich nicht, sagt sie, und falls doch, dann ist es meine Sünde. Warum hast du mir nichts gesagt, sage ich. Mickey, sagt sie, wozu? Du hättest mich eh nicht geheiratet. Nun, damit hatte sie Recht. Du hättest nur versucht, es mir auszureden, sagt sie, und ich hatte mich bereits entschieden. Warum hast du es mir dann überhaupt gesagt, sage ich. Nun, sagt sie, ich dachte, du würdest es wissen wollen. Mann, ich sage dir, Frauen sind die seltsamsten Kreaturen, die Gott jemals auf die Erde gesetzt hat.«

»Amen«, sagte ich.

»Es gibt einen Spruch oder vielleicht ist es auch aus einem Lied. Demnach gibt es drei Dinge, die ein Mann im Laufe seines Lebens tun sollte: einen Baum pflanzen, eine Frau heiraten und Vater eines Sohnes werden. Nun, ich hab Bäume gepflanzt. Im Obstgarten, und dann hab ich einen Windschutz aus Schierlingstannen angelegt und neben der Zufahrt Kastanienbäume gepflanzt. Ich weiß nicht, wie viele Bäume ich gepflanzt habe, aber es dürfte eine ziemlich große Anzahl gewesen sein.« Er senkte die Augen. »Ich hab nie eine Frau getroffen, die ich hätte heiraten wollen. Und ich bin nie Vater eines Kindes geworden. Selbst wenn ihr Baby von mir war, gehört mehr dazu, aus einem Mann einen echten Vater zu machen. Also muss ich mit meinen Bäumen zufrieden sein.«

»Andererseits ist dein Leben noch nicht zu Ende.«

»Nein«, sagte er. »Noch nicht.«

Etwas später sagte er: »Du hast den Mann getötet, der deinen Freund umgebracht hat. Gut für dich.«

»Ich weiß nicht, ob es gut für mich war. Es war besser für mich als für ihn, das auf jeden Fall.«

»Ich für meinen Teil hätte ihn nicht atmend dort zurückgelassen. Selbst wenn es seine letzten Atemzüge waren. Ich hätte ihm noch eine Kugel verpasst, um sicherzugehen.«

»Daran hab ich nicht gedacht. Ich hatte nicht geplant, ihn umzubringen.«

»Wie konntest du das nicht planen? Er hat deinen Freund ermordet.«

»Nun, jetzt habe ich ihn getötet und Jim ist immer noch tot. Also, was macht es für einen Unterschied?«

»Es macht einen Unterschied.«

»Ich weiß nicht.«

»Was zum Teufel wolltest du tun? Ihm die zweitausend Dollar geben und seine verdammte Hand schütteln?«

»Ich hatte nicht vor, ihm die Hand zu schütteln. Und ich wollte ihm das Geld nicht geben. Ich wollte ihn hereinlegen.«

»Und dich dann umdrehen und aus der Tür marschieren? Was hast du gedacht, wie er darauf reagieren würde?«

Ich war einen Moment lang still, während ich nachdachte. Dann sagte ich: »Weiß du, vielleicht hab ich es darauf angelegt und mich dabei selbst getäuscht.

Ich hatte es nicht bewusst darauf angelegt, ihn zu töten. Als ich dort reinspaziert bin und ihn gesehen hab, gelang es mir nicht einmal, ihn zu hassen. Es wäre gewesen, als würde man einen Skorpion dafür hassen, dass er einen sticht. Das ist, was sie tun, also was kann man anderes von ihnen erwarten?«

»Trotzdem würde man den Skorpion unter seinem Absatz zermalmen.«

»Vielleicht ist das keine gute Analogie. Oder vielleicht doch, ich weiß es nicht. Aber ich frage mich, ob ich die ganze Zeit über gewusst habe, dass ich ihn töten würde, und ob ich das alles inszeniert habe, um mir einen Vorwand zu bieten. Als er auf mich angelegt hat, hatte ich die Erlaubnis. Ich hab ihn nicht ermordet, ich hab ihn nicht exekutiert. Es war Notwehr.«

»Das war es.«

»Nicht, wenn ich ihn dazu gebracht habe, zur Waffe zu greifen.«

»Du hast ihn nicht dazu gebracht, Herrgott nochmal! Du hast ihm Geld angeboten.«

»Ich hab ihm gesagt, dass ich das Geld bei mir hätte, und ihn wissen lassen, dass ich der Mann war, den er hatte umbringen sollen. Ist das nicht einen Köder auslegen? Wenn ich hätte verhindern wollen, dass er zur Waffe greift, hätte ich nur mit meinem Revolver in der Hand da reingehen müssen. Ich hatte alle Möglichkeiten der Welt, ihm zuvorzukommen, und ich hab sie nicht genutzt.«

»Du hast nicht erwartet, dass er irgendwas versuchen würde.«

»Aber ich hätte es erwarten sollen. Was hätte er sonst tun sollen? Und Tatsache ist, dass ich es erwartet *habe*. Das muss ich, denn ich hab bereits nach meinem Revolver gegriffen, als er seine Waffe hervorgezogen hat. Irgendwie musste ich seine Reaktion vorhergesehen haben, sonst hätte ich selbst nicht so schnell reagiert. Er hat angefangen zu schießen, und das war mein Vorwand, ihn abzuknallen.«

»Ich verstehe, was du meinst.«

»Und?«

»Und wer weiß schon, weshalb wir das tun, was wir tun? Eins sag ich dir aber. Wenn du dir Vorwürfe machst, weil du den Hurensohn erschossen hast, hast du den Verstand verloren.«

»Ich mache mir Vorwürfe, weil TJ angeschossen wurde.«

»Ah, das hab ich nicht berücksichtigt. Trotzdem, wer kann sagen, dass es so nicht zum Besten ist?« Ich blickte ihn an, verwirrt. »Das, was die Soldaten einen Heimatschuss nennen«, erklärte er. »Denn jetzt ist TJ raus aus der Sache, oder? Und er sollte es überleben und kann davon erzählen.«

Etwas später sagte er: »Die Weste hat dich gerettet, oder?«

»Das Hemd, das ich anhatte, war ruiniert«, sagte ich. »Aber die Weste hat beide Kugeln gestoppt.«

»Es heißt, dass sie einen Messerstich nicht stoppen kann.«

»Hab ich auch gehört. Es ist eine bestimmte Art von Gewebe, und offenbar kann eine Messerklinge es durchdringen. Vermutlich würde dasselbe auch für einen Eispickel gelten.«

»Ist sie schwer? Wie wenn man ein Kettenhemd trägt?«

»Sie ist nicht gerade federleicht.« Ich knöpfte mein Hemd auf und ließ ihn die Weste untersuchen, dann knöpfte ich es wieder zu. »Es ist eine zusätzliche Schicht«, sagte ich, »und sie könnte an kalten Tagen willkommen sein. An einem warmen Tag gerät man in Versuchung, sie zu Hause zu lassen.«

»Eine tolle Sache, die Wissenschaft. Sie machen eine Weste, die Kugeln aufhalten kann, und als nächstes machen sie Kugeln, die eine solche Weste durchbohren können. Das ist das gleiche Spiel, wie es die Militärs spielen, nur auf einer persönlicheren Ebene. Gut, dass du letzte Nacht eine getragen hast.«

»Willst du eine? Sie sind ziemlich einfach zu besorgen, und niemand muss einem beibringen, wie man damit umgeht. Man zieht sie einfach an.«

»Wo könnte man eine bekommen?«

»Die Polizeiläden haben welche. Ich bin ins Zentrum gegangen, aber es gibt einen in der 2nd Avenue bei der Akademie und andere in den anderen Bezirken. Was ist los?«

»Ich stelle mir nur vor, wie ich in einen Polizeiladen gehe. Die würden mich niemals mehr rausgehen lassen.«

»Ich kann dir eine kaufen, wenn du willst.«

»Würden sie eine in meiner Größe haben?«

»Ich bin mir sicher, dass sie eine hätten.«

Er dachte darüber nach, dann seufzte er. »Ich würde sie nicht tragen«, sagte er.

»Warum nicht?«

»Weil ich es nicht tun würde. Weil ich ein Narr bin, nehme ich an, aber so bin ich eben. Ich würde daran denken müssen, dass ich versuche, stärker zu sein als Gott, und dass er mir zeigen würde, wer der Boss ist, indem er sicherstellen würde, dass ich eine Kugel in den Kopf bekomme oder mit einem Messer oder einem Eispickel angegriffen werde.«

»Wie Achilles.«

»Genau. Die Ferse war sein einziger verwundbarer Körperteil. Deshalb hat man ihn an der Ferse getroffen und er ist daran gestorben.«

»Das ist allerdings Aberglaube, oder?«

»Hab ich nicht gesagt, dass ich ein Narr bin? Und ein abergläubischer noch dazu. Ah, es gibt Unterschiede zwischen uns, Mann. Wenn du in ein Auto steigst, legst du immer den Gurt an.«

»Was auch eine gute Sache ist, wenn du so unvermittelt bremst wie vorhin.«

»Du hast mir einen gewaltigen Schreck eingejagt, als du gesagt hast, dass der Junge angeschossen wurde. Aber die Sache ist die, dass du immer den Gurt anlegst und ich nie. Ich kann das Gefühl, auf diese Weise eingeengt zu sein, nicht ertragen.«

»Eine Weste würde dich nicht mehr einengen, als es ein Hemd tut. Sie würde nur die Kugeln fernhalten.«

»Ich erkläre es nicht gut genug.«

»Doch, ich vermute, ich verstehe dich.«

»Ich will einfach nicht tun, was ich tun sollte«, sagte er. »Ich bin ein widerspenstiger Hurensohn. Das ist alles.«

»Es gibt nur uns vier«, sagte er. »Tom und Andy und du und ich.«

»Hast du niemand anderen?«

»Ich habe Leute, die für mich arbeiten oder gelegentlich Aufträge erledigen. Sie werden sich in die Büsche schlagen, jetzt, wo Krieg ist, und warum sollten sie das nicht tun? Sie sind keine Soldaten, sie sind das, was man als zivile Angestellte bezeichnen könnte. Also gibt es uns vier und wer weiß, wie viele von denen?«

»Weniger als zuvor.«

»Wir haben beide einen erledigt, oder? Allerdings war der, den du erschossen hast, eine angeheuerte Hilfskraft. Das Gleiche könnte auch auf den Vietnamesen zutreffen. War er nicht ein mörderischer kleiner Scheißkerl?« Er schüttelte den Kopf. »Ich frage mich, wie viele noch bleiben. Ich tippe, mehr als vier.«

»Du hast wahrscheinlich Recht.«

»Also sind wir in der Unterzahl und auch waffenmäßig unterlegen, diesem Sturmgewehr nach zu urteilen.«

»Nur, dass du es dir geschnappt hast, oder? Also ist es jetzt unseres.«

»Und von geringem Nutzen für uns, wo das Magazin doch fast leer ist. Ich hätte nachsehen sollen, ob er ein Ersatzmagazin in der Tasche hatte. Obwohl ich mich erinnere, dass wir etwas in Eile waren.«

»Du hast mir in der Nacht das Leben gerettet.«

»Ach, hör auf mit dem Blödsinn.«

»Das ist eine Tatsache.«

»Wie haben wir immer gesagt, als wir noch Kinder waren? ›Ich hab dir gestern das Leben gerettet, ich hab einen Scheiße fressenden Hund getötet.‹ Ich bin froh, dass die Kindheit früh im Leben kommt, denn ich würde es hassen, sie jetzt durchzumachen. Sag mir was. Wie hat dir der Film gefallen?«

»Um das Thema zu wechseln.«

»Es hat es verdient, gewechselt zu werden. Hat er dir gefallen?«

»Um welchen Film geht es?«

»*Michael Collins*. Hast du mir nicht erzählt, dass ihr euch das Video ausgeliehen habt?«

»Ich denke, es war ein guter Film.«

»War er das? Es ist alles wahr, musst du wissen.«

»Ja, das hab ich mir überlegt.«

»Sie haben sich die eine oder andere Freiheit genommen. Die Szene im Croke Park, als die Briten auf die Zuschauer schießen? Tatsächlich haben sie ein Maschinengewehr benutzt, und nicht das Geschütz eines Panzerwagens. Es war ein Bild, das einem im Gedächtnis haften bleibt, aber was passiert ist, war schlimm genug.«

»Es ist schwer zu glauben, dass es überhaupt passiert ist.«

»Oh, es ist passiert. Die andere Sache, die sie gemacht haben, sie haben seinen Freund Harry Boland in den Kämpfen an den Four Courts sterben lassen. Er springt in die Liffey und ein Soldat erschießt ihn?«

»Ich erinnere mich.«

»Er ist etwas später gestorben, in seinem Hotelzimmer, und ein paar Wochen später war Collins auch tot. Boland war ein enger Freund von Collins, aber er hat sich auf die Seite de Valeras gestellt. Er war ein scheinheiliger Bastard, de Valera. Der, der ihn gespielt hat, hat es genau richtig hinbekommen. Hat sogar so ausgesehen wie er.« Er nahm einen Schluck. »Er war der Beste von ihnen. Collins, meine ich. Er war ein verdammtes Genie.«

»Als er die britischen Agenten ausschalten ließ«, sagte ich, »war das so? Dass sie alle am selben Tag getötet wurden?«

»Das war das Geniale daran! Er hatte seinen Spion in Dublin Castle, ja, aber dann hat er seine Informationen gesammelt und den richtigen Augenblick abgewartet. Und hat die Säcke alle an einem Sonntagmorgen ermorden lassen. Es war vorbei, bevor sie wussten, dass es begonnen hatte.« Er schüttelte den Kopf. »Wenn man mir zuhört. Man sollte meinen, ich hätte ihn gekannt. Dabei war er tot und begraben fünfzehn Jahre, bevor ich geboren wurde. Aber ich habe ihn studiert, musst du wissen. Ich hab mir die Geschichten der alten Männer angehört und Bücher gelesen. Man hat eine Menge Helden, weißt du, und dann erfährt man mehr über sie und dann sind sie keine Helden mehr. Aber ich habe nie damit aufgehört, Collins zu bewundern. Ich wünschte ... nein, du wirst das für zu seltsam halten.«

»Was?«

»Ich wünschte, ich hätte er sein können.«

»Elaines Antwort darauf wäre, dass du es vielleicht warst.«

»Du meinst, in einem früheren Leben? Ah, das klingt wie eine schöne Geschichte, aber es ist schwer, daran zu glauben, oder?«

»Das von einem Mann, der kein Problem mit der Transsubstantiation hat?«

»Aber das ist etwas anderes«, protestierte er. »Wenn uns die Nonnen Reinkarnation eingetrichtert hätten, würde ich auch daran glauben.« Er wandte den Blick ab. »Es wäre angenehm zu glauben, dass ich einmal der Große war. Aber was für ein verdammter Absturz für ihn, hä? In einem Leben Michael Collins, um dann als Mick Ballou zurückzukommen ...«

Er sagte: »Wir haben über Waffen gesprochen. Trägst du immer noch dieselbe?«

Ich nickte. Er streckte die Hand aus und ich gab ihm den Revolver. Er drehte ihn in seiner Hand um, senkte den Kopf und schnüffelte daran.

»Gereinigt, seit du damit geschossen hast«, sagte er.

»Ja, und nachgeladen. Zumindest wird der Cop, der ihn mir abnimmt, nicht wissen, dass kürzlich damit geschossen wurde. Aber ich sollte ihn ganz loswerden.«

»Ballistik.«

»Ja. Sie würden eine Übereinstimmung nur feststellen können, wenn sie danach suchen, aber vielleicht suchen sie danach. Ich hätte ihn schon längst entsorgt, aber ich wollte nicht unbewaffnet herumlaufen.«

»Nein, das solltest du nicht. Aber ich kann dir helfen.« Er öffnete den Lederranzen, den er aus dem Grogan's mitgenommen hatte, holte mehrere Pistolen und Revolver heraus und legte sie auf den Schreibtisch. »Diese automatischen Pistolen sind gut«, sagte er. »Oder hast du eine Vorliebe für Revolver?«

»An die bin ich gewöhnt. Und die Pistolen neigen nicht zur Ladehemmung?«

»Das hört man, aber mir ist es noch nie passiert. Eine jede von denen würde dir mehr Feuerkraft bieten als das, was du mit dir herumträgst.«

»Ich weiß nicht, ob sie in das Holster passen.« Ich versuchte es mit einer Pistole und sie passte nicht. Ich legte sie zurück und nahm einen Revolver, der dem nicht unähnlich war, den ich benutzt hatte. Es war ebenfalls ein Smith & Wesson, aber mit Kammern für Magnum-Patronen. Ich versuchte es mit dem Holster und er passte perfekt.

»Ich hab keine zusätzlichen Patronen dafür«, sagte er. »Es gab eine Schachtel im Tresor, und sie ist immer noch dort. Hast du dir den alten Laden angesehen?«

»Du meinst die Kneipe? Nur im Fernsehen.«

»Ich bin daran vorbeigefahren. Traurig, sie so zu sehen.« Er schüttelte die Erinnerung ab. »Ich sollte in der Lage sein, ein paar Patronen zu bekommen, die da reinpassen.«

»Ich werde morgen eine Schachtel kaufen.«

»Jesus, das stimmt. Du hast einen Waffenschein, sie verkaufen dir, was auch immer du willst.«

»Nun, sie werden mir keine Bazooka verkaufen.«

»Ich wünschte, sie täten es. Ich würde mir eine kaufen, wenn ich wüsste, wohin ich damit zielen soll. Es ist schwer, etwas zu bekämpfen, das man nicht sehen kann. Für die Zwischenzeit nimm die.«

Er gab mir eine kleine vernickelte Pistole, die auf seinem Handteller wie ein Spielzeug wirkte.

»Hier«, sagte er. »Steck dir die in die Tasche, die wiegt fast nichts. Es gib nur das Magazin, das drin ist, aber das ist nicht die Art von Waffe, die man normalerweise nachlädt.«

»Wo hast du sie her?«

»Ich hab sie vor Jahren einem Mann abgenommen, und ich kann dir sagen, dass er sie nicht mehr brauchen wird. Mach schon, steck sie ein.«

»Zwei-Knarren-Scudder«, sagte ich.

Es war wie eine unserer langen Nächte im Grogan's, wenn die Tür abgesperrt war und nur wir beide in der Kneipe verblieben waren. Leute waren gestorben und die Welt um uns herum ging den Bach runter, aber trotzdem war es eine entspannte Nacht. Das Gespräch floss dahin, und wenn es von Zeit zu Zeit versiegte, gab es eine lange Stille.

»Wenn man stirbt«, sagte er nachdenklich, »läuft angeblich das ganze Leben vor einem ab. Aber man sieht es nicht Minute für Minute wie einen beschleunigten Film. Es ist, als wäre alles, was man jemals in seinem Leben gemacht hat, ein Pinselstrich, und jetzt sieht man das ganze Gemälde auf einmal.«

»Das ist schwierig vorzustellen.«

»Ist es. Was für ein Bild das wäre! Es wäre schlimmer als das Sterben, wenn man sich das ansehen müsste.«

Es gab etwas, das ich vergessen hatte. Ich überlegte mir, was es war, und dachte, dass ich langsam nach Hause gehen sollte, als Mick sagte: »Also hat er dir absolut nicht weitergeholfen.«

»Von wem sprechen wir gerade?«

»Der Mann, den du sterbend zurückgelassen hast? Hast du mir seinen Namen genannt? Ich kann mich nicht erinnern.«

»Chilton Purvis.«

»Ah, du hast ihn mir genannt. Jetzt erinnere ich mich. Hatte er dir nichts zu sagen?«

»Sie haben ihm nie ihre Namen genannt und ihm auch keine Telefonnummer gegeben.«

»Oder wenn sie es getan haben, hat er sie nicht verraten.«

»An dem Punkt hätte er mir alles verraten«, sagte ich. »Alles, was er wollte, war, ins Krankenhaus gebracht zu werden. Als ich ihm die Zeichnung gezeigt hab, hatte er ihn schon identifiziert, bevor ich das Papier aufgefaltet hatte. Er hätte geschworen, dass das der Mann war, der John F. Kennedy erschossen hat, wenn er gedacht hätte, dass ich das hören wollte.«

»Du hast eine Zeichnung erwähnt«, sagte er. »Kurz bevor du mir gesagt hast, dass der Junge angeschossen wurde.«

»Was etwa zu der Zeit war, als du auf die Bremse getreten bist und dem Kerl hinter uns einen Herzinfarkt verpasst hast.«

»Aaah, der sollte verdammt noch mal lernen, wie man Auto fährt. Aber diese Zeichnung. Du hast nie gesagt, dass der Kerl in Brooklyn sie gesehen hat.«

»Ich weiß nicht, ob er sie wirklich gesehen hat. ›Ja, Mann, das ist er‹ – aber er hat sie kaum angesehen. Ich hab ihm noch eine andere Zeichnung von demselben Zeichner gezeigt, jemanden, den er unmöglich gesehen haben konnte, und ja, Mann, das ist er auch. Welcher, hab ich ihn gefragt. Beide, hat er gesagt. Und jeder andere, den ich noch zur Hand gehabt hätte, nur damit ich seinen Arsch in die Notaufnahme bringe.«

»Er hat jetzt ein anderes Bild angesehen«, sagte er. »Sein ganzes Leben vor ihm ausgebreitet. Das wird er einfach genug identifizieren können. Hast du diese Zeichnung bei dir?«

»Oh, um Himmels willen!«

»Kein Problem, wenn du sie nicht dabei hast. Beim nächsten Mal langt es auch noch.«

»Ich hab sie«, sagte ich, »und ich wollte sie dir schon vor Stunden zeigen. Er ist auch nur angeheuert, aber meine Vermutung ist, dass er in sehr viel engerer Verbindung mit dem Mann an der Spitze steht als Chilton Purvis oder der Vietnamese. Vielleicht kennst du ihn.«

Ich zog meine Brieftasche hervor, fand die Zeichnung des Mannes, der mir in den Bauch geschlagen hatte, zeigte sie ihm. Es sei sehr gut gezeichnet, merkte er an. Man bekäme einen wirklich guten Eindruck von dem Mann. Aber es war niemand, den er kannte.

»Jetzt der andere«, sagte er.

»Es ist nur ein Gesicht«, sagte ich. »Jemand, von dem *ich* gedacht hatte, dass ich ihn kennen würde, aber nicht einordnen konnte. Ich konnte ihn nicht aus meinen Gedanken verdrängen, deshalb hat mein Künstlerfreund ihn gezeichnet.«

Er nahm die Zeichnung und die Farbe entwich aus seinem Gesicht. Er blickte mich an, seine grünen Augen waren wild. »Soll das ein Witz sein?«, wollte er wissen. »Soll das ein gottverdammter Witz sein?«

»Ich weiß nicht, wovon du sprichst.«

»Du hast diesen Mann gesehen, ja?«

»Im Grogan's, an dem Abend, als wir Kenny und McCartney begraben haben. Ich hab ihn nur kurz gesehen, aber er hat ein einprägsames Gesicht.«

»In der Tat, das hat er. Ich werde es nie vergessen.«

»Du kennst ihn?«

Er ignorierte die Frage. »Und du hast ihn erkannt.«

»Er kam mir bekannt vor, aber ich konnte ihn nicht einordnen. TJ denkt, dass er ihn im Viertel gesehen hat.«

»Und das ist, wo du ihn gesehen hast? Im Viertel?«

»Ich weiß nicht. Ich denke fast …«

»Ja?«

»Dass es ein Gesicht aus der Vergangenheit ist. Dass ich es vor vielen Jahren gesehen habe, wenn überhaupt jemals.«

»Vor vielen Jahren.«

»Aber wer ist er? Du kennst ihn offenbar, aber ich hab dich noch nie so reagieren gesehen. Es ist fast, als …«

»Als hätte ich einen Geist gesehen.« Er streckte den Finger gerade, berührte die Zeichnung. »Und was denkst du, was das ist? Was ist das, wenn es kein Geist ist?«

»Ich kann dir nicht folgen.«

»Ich hab alles verloren«, sagte er, »denn wie kann ich mit einem Geist fertigwerden? Welche Chance habe ich gegen einen Mann, der seit dreißig Jahren tot ist?«

»Dreißig Jahre?«

»Dreißig Jahre, mindestens.« Er nahm das Blatt mit beiden Händen, führte es näher an sein Gesicht, hielt es auf Armlänge. »Nur der Kopf«, sagte er.

»Alles, was man bei einer solchen Zeichnung hat, oder? Und das ist, wie ich ihn zum letzten Mal gesehen habe und wie ich ihn in meinen Gedanken sehe. Nur der Kopf.«

Er warf die Zeichnung auf den Tisch, blickte mich an. »Verstehst du nicht, Mann? Es ist Paddy-Scheiß-Farrelly.«

Kapitel 24

»Wie alt war er, der Mann, den du gesehen hast?«

»Ich weiß nicht. Ungefähr Mitte dreißig.«

»So alt war Farrelly, als er gestorben ist. Ich hab ihn umgebracht, musst du wissen.«

»Davon bin ich immer ausgegangen.«

»Bei Gott, ich muss sagen, er hatte es verdient. Er war ein übler Schweinehund, das war er. Ich hatte schon Schwierigkeiten mit ihm, als ich noch in die Schule ging. Er war ein paar Jahre älter als ich, und er war ein Tyrann, ein schrecklicher Tyrann. Damit hatte es ein Ende, als ich ausgewachsen war und so gut austeilen konnte, wie ich einsteckte. Das fand er nicht so gut, der dreckige Schweinehund.

New York ist eine riesige Stadt, aber das alte Hell's Kitchen war nicht so groß, und das Becken, in dem wir schwammen, war ziemlich klein. Wir waren einander immer im Weg, sind immer mit den Köpfen aneinander geknallt, und jeder wusste, wie es enden würde. Bei Gott, dachte ich mir, wenn es jemand darauf anlegt, umgebracht zu werden, sollte das nicht ich sein. Und ich hab ihm eine Falle gestellt und ihn erledigt.

Du hast die Geschichten gehört. Sie sind eine Mischung aus Wahrheit und Erfindung. So viel ist wahr: Ich hab seinen großen hässlichen Kopf abgetrennt. Ich dachte mir, wenn du das tust, sind deine Probleme mit dem Mann vorüber, denn selbst die besten Ärzte der Welt können ihn dann nicht mehr zusammenflicken.

Ich dachte nie daran, ihm einen Pfahl ins Herz zu stoßen.«

»Lass uns versuchen, daraus schlau zu werden«, sagte ich.

»Es ist ein Mysterium«, sagte er. »Wenn du von der Kirche erzogen worden wärst, wüsstest du, dass man aus Mysterien nicht schlau werden kann. Man kann sie nur bestaunen.«

Wir waren in einem Diner in Queens, das er kannte und das die ganze Nacht über geöffnet hatte, ganz weit draußen in Howard Beach, unweit des

Kennedy Airports. Er hatte aus McGinley & Caldecott verschwinden wollen, als hätte sich Paddy Farrellys Geist dort eingenistet gehabt. Ich weiß nicht, wie es ihm gelang, das Diner zu finden, oder wie er überhaupt davon wusste, aber ich ging davon aus, dass wir hier in Sicherheit waren. Der Laden war so abgelegen wie Montana.

Für einen Mann, der gerade einen Geist gesehen hatte, hatte er einen ziemlich guten Appetit. Er verdrückte einen großen Teller mit Speck, Eiern und Bratkartoffeln. Ich hatte das Gleiche, und es war gut. Ich könnte wahrscheinlich zum Vegetarier werden wie Elaine, aber nur, wenn Speck zu Gemüse erklärt wird.

»Ein Mysterium«, sagte ich. »Nun, ich hatte nicht den Vorteil einer katholischen Erziehung. Ich denke an ein Mysterium als an etwas, das gelöst werden muss. Können wir uns darauf einigen, dass ich keinen Geist gesehen habe?«

»Dann ist es eine Auferstehung«, sagte er. »Aber Paddy wäre ein ziemlich unwahrscheinlicher Kandidat dafür.«

»Ich denke, es muss sein Sohn gewesen sein.«

»Er hat nie geheiratet.«

»Hat er Frauen gemocht?«

»Zu sehr«, sagte er. »Er hat sie sich zu Willen gemacht, ob sie es wollten oder nicht.«

»Du meinst, Vergewaltigungen?«

»Im Laufe der Zeit«, sagte er, »ändern die Wörter ihre Bedeutung. Als wir jung waren, hat man es selten als Vergewaltigung bezeichnet, wenn sie einander kannten. Solange es kein erwachsener Mann mit einem Kind war oder jemand, der sich einer verheirateten Frau aufgezwungen hat. Wenn eine junge Frau mit einem Mann ausging, nun, was dachte sie, worauf sie sich einließ?«

»Jetzt nennt man es Date Rape.«

»Das tut man«, sagte er, »und das ist richtig so. Nun, wenn ein Mädchen mit Paddy herumhing, musste es wissen, worauf es sich einließ. Es gab eine, die Anzeige erstatten wollte, aber Paddy hat mit ihrem Bruder gesprochen und der Bruder hat es ihr ausgeredet. Zweifellos hat er damit gedroht, die ganze Familie umzubringen, und zweifellos hat der Bruder es ihm geglaubt.«

»Netter Kerl.«

»Wenn ich in die Hölle komme«, sagte er, »was ich sehr wahrscheinlich tun werde, ist es nicht sein Blut an meinen Händen, das mich dorthin gebracht hat. Aber, weißt du, es gab genügend, die er nicht zwingen musste. Es gibt Frauen, die sich von Männern wie ihm angezogen fühlen. Je schlimmer der Mann ist, desto attraktiver ist er für sie.«

»Ich weiß.«

»Gewalt zieht sie an. Es gab welche, die sich deshalb von mir angezogen fühlten, aber es war nie die Sorte Frau, aus der ich mir was mache.« Er dachte einen Moment lang darüber nach. Dann sagte er: »Wenn er einen Sohn hatte, dann würde der kaum Liebe für mich empfinden.«

»Wann ist Paddy gestorben?«

»Ah, Jesus, es fällt mir schwer, mich zu erinnern. Ich bin mir mit dem Jahr nicht sicher. Es war, nachdem Kennedy erschossen wurde, daran erinnere ich mich. Aber nicht sehr lange danach. Ich würde sagen, im Jahr danach.«

»1964.«

»Es war im Sommer.«

»Vor dreiunddreißig Jahren.«

»Ah, du hast ein gutes Gehirn für Mathematik.«

»Weißt du, es würde passen. Der Mann, den ich gesehen habe, war irgendwo Mitte dreißig.«

»Es gab nie Gerede, dass Paddy einen Sohn gehabt hat.«

»Vielleicht hat sie es für sich behalten, wer auch immer sie war.«

»Und es dem Jungen gesagt.«

»Dem Jungen gesagt, wer sein Vater war. Vielleicht auch, wer ihn umgebracht hat.«

»Damit er aufwächst und mich hasst. Nun, wachsen sie in Belfast nicht auch so auf, dass sie die Engländer hassen? Und wachsen die Protestantenkinder nicht so auf, dass sie den Heiligen Vater hassen? ›Fick die Königin!‹ ›Nein, nein, fick den Papst!‹ Fick sie beide, sage ich, oder sie sollen sich gegenseitig ficken.« Er zog seinen Flachmann hervor und peppte seinen Kaffee auf. »Sie werden zu prächtigen Hassern, wenn man es sie früh genug lehrt. Aber wo zum Teufel hat er all die Jahre lang gesteckt? Er sieht seinem Vater wie aus dem Gesicht geschnitten aus. Wenn ich ihn jemals gesehen hätte, hätte ich ihn sofort erkannt.«

»Ich hab gesehen, wie du auf die Zeichnung reagiert hast.«

»Ich hab ihn auf den ersten Blick erkannt, und ich hätte das auch in echt getan. Jeder, der den Vater gekannt hat, würde den Sohn erkennen.«

»Vielleicht ist er außerhalb der Stadt aufgewachsen.«

»Und hat all die Jahre lang seinen Hass gepflegt? Warum hat er so lange gewartet?«

»Ich weiß es nicht.«

»Ich könnte verstehen, wenn er es als junger Mann auf mich abgesehen gehabt hätte«, sagte er. »›When boyhood's fire was in my blood‹ – kennst du das Lied?«

»Hört sich bekannt an.«

»Man sollte denken, dass er es dann getan hätte, als das Feuer der Jugend in seinen Adern loderte. Aber er ist über die Dreißig hinaus, er muss es sein, und vom Feuer der Jugend ist nur verglimmende Kohle geblieben. Wo zum Teufel hat er gesteckt?«

»Ich hab da so meine Ideen.«

»Wirklich?«

»Ein paar«, sagte ich. »Ich werde morgen sehen, ob sie uns weiterbringen.« Ich blickte auf die Uhr. »Nun, später am heutigen Tag.«

»Detektivarbeit, was?«

»In gewisser Weise«, sagte ich. »Es ist ziemlich so, als wenn man in einer Kohlengrube nach einem schwarzen Kater sucht, der nicht dort ist. Aber mir fällt sonst nichts ein, was ich tun könnte.«

Kapitel 25

Ich war vor Sonnenaufgang zu Hause und im Bett. Bevor es Mittag wurde, war ich wieder aufgestanden und hatte geduscht. TJ hatte eine gute Nacht gehabt und saß in einer dunkelblauen Chinohose und einem hellblauen Jeanshemd vor dem Fernseher. Er hatte Elaine gesagt, dass er bei sich im Zimmer saubere Kleidung hatte, aber sie hatte darauf bestanden, ihm bei Gap neue zu kaufen. »Hat gesagt, dass sie nicht in meine Privatsphäre eindringen wollte«, sagte er und verdrehte die Augen.

Ich brachte ihn aufs Laufende und ließ ihn noch einmal einen Blick auf den Mann werfen, der für mich nun Paddy Junior war, wie auch immer er in Wirklichkeit heißen mochte. Ich hoffte, dass es über den Computer eine Abkürzung für die anstehende Aufgabe gab.

»Die Kongs würden es wahrscheinlich hinbekommen«, sagte er. »Wenn wir wüssten, wo sie sind, und wenn sie sich noch mit dem Hackerscheiß abgeben. *Und* wenn die Urkunden, von denen du sprichst, in den Computer eingespeist sind.«

»Es handelt sich um städtische Urkunden«, sagte ich, »und sie sind mehr als dreißig Jahre alt.«

»Sollten sie eigentlich machen. Ein paar Leute vor den Computer setzen, die all die alten Akten eingeben. Sie würden echt Platz sparen, denn auf so eine Floppy passt ein ganzer Aktenschrank.«

»Hört sich zu gut an, um wahr zu sein«, sagte ich. »Aber wenn das Standesamt alle alten Unterlagen im Computer hat, müssten wir nicht einmal in ihr System eindringen. Es gibt einen einfacheren Weg.«

»Bestechung?«

»Wenn du unbedingt den Spießer raushängen lassen willst«, sagte ich. »Ich ziehe es vor, es anders zu betrachten: Ich bin zu bestimmten Leuten überaus nett, damit sie im Gegenzug nett zu mir sind.«

Die Sachbearbeiterin, die ich fand, war eine mütterliche Frau namens Elinor Horvath. Sie war von Beginn an nett und wurde sogar noch netter, nachdem ich ihr ein paar Scheine in die Hand gedrückt hatte. Wenn die Urkunden, nach denen ich suchte, in den Computer eingespeist gewesen wären, hätte sie sie im Handumdrehen für mich finden können. So wie TJ es mir erklärt hatte, hätte sie nur jede betreffende Datenbank nach dem Namen des Vaters sortieren müssen. Dann müsste man einfach die Fs durchgehen und würde genau sehen, wer von jemand namens Farrelly gezeugt worden war.

»Alle unsere neuen Urkunden sind im Computer«, erklärte sie mir, »und wir arbeiten uns zurück, aber wir kommen nur sehr langsam voran. Tatsächlich kommen wir gar nicht mehr voran, nicht nach den letzten Budgetkürzungen. Ich befürchte, unsere Abteilung genießt keine hohe Priorität, und die alten Urkunden genießen keine hohe Priorität für uns.«

Das bedeutete, es musste auf althergekommene Weise erledigt werden und würde einen größeren Zeitaufwand erfordern, als Mrs. Horvath dafür aufbringen konnte, egal was für ein netter Kerl ich war. Das Geld, das ich ihr gab, sorgte dafür, dass ich es mir in einem Hinterzimmer bequem machen durfte und sie mir Schubfächer voll mit den Geburtsurkunden brachte, die die Stadt New York ab dem 1. Januar 1957 ausgestellt hatte. Ich glaubte nicht, dass er älter war als vierzig, nicht nach dem, was ich von ihm gesehen hatte. Ebenso wenig konnte ich mir vorstellen, dass er älter als sieben Jahre gewesen war, als Paddy das Zeitliche gesegnet hatte. Nach dem zu urteilen, was ich über den Vater wusste, hätte sein Sohn bis dahin bereits genug Vernachlässigung oder Misshandlungen oder beides erfahren, um keine Rachegelüste mehr hinsichtlich des Mörders seines Vaters zu entwickeln.

Dadurch hatte ich ein Anfangsdatum und ich hatte beschlossen, mich ganz bis zum 30. Juni 1965 vorzuarbeiten. Die Ermordung von Paddy Farrelly, die laut Mick im Sommer stattgefunden hatte, konnte so spät wie Ende September passiert sein, und der reizende Junge selbst konnte, bei allem, was ich wusste, just an diesem Tag gezeugt worden sein. Das alles erschien mir zwar unwahrscheinlich, aber das konnte man auch über die ganze Angelegenheit sagen.

Es war eine langwierige Arbeit, und wenn man sie beschleunigte, ging man das Risiko ein, genau das zu übersehen, wonach man suchte. Die Urkunden waren chronologisch geordnet, das war das einzige Kriterium, nach dem sie sortiert waren. Ich musste einen Blick auf jede von ihnen werfen, zuerst auf den Namen des Kindes in der obersten Linie, dann auf den des Vaters weiter unten. Ich suchte an beiden Stellen nach Farrelly.

Ich hatte vermutlich Glück, dass es kein überaus häufiger Name war. Wäre der mutmaßliche Vater, sagen wir, Robert Smith oder William Wilson gewesen, hätte ich es noch schwerer gehabt. Anderseits, jedes Mal, wenn ich auf einen nicht passenden Smith oder Wilson gestoßen wäre, hätte ich zumindest die Illusion gehabt, dass ich näherkam. Ich stieß auf keinerlei Farrellys, weder Vater noch Kind, und das brachte mich dazu, an der Sinnhaftigkeit meines Tuns zu zweifeln.

Es war eine stumpfsinnige Arbeit. Eine geistig zurückgebliebene Person hätte sie ebenso gut erledigen können wie ich, vielleicht sogar besser. Meine Gedanken neigten dazu, abzuschweifen, sie waren fast dazu gezwungen, und das kann zu einer Art geistiger Schneeblindheit führen, bei der man aufhört, das wahrzunehmen, was man sieht.

Etwas, das mir auffiel, während ich durch dieses Meer an Namen watete, war der beträchtliche Anteil an Kindern, die einen anderen Nachnamen hatten als ihr Vater oder bei denen gar kein Vater angegeben war. Ich fragte mich, was es zu bedeuten hatte, wenn eine Mutter dort keine Angabe machte. War sie unwillig, den Namen des Vaters anzugeben? Oder wusste sie nicht, welchen Namen sie wählen musste?

Ich stand kurz davor, den Mut zu verlieren, als Mrs. Horvath mit einer Tasse Kaffee, einem kleinen Teller mit Nutter-Butter-Keksen und dem nächsten Schubfach erschien. Sie war schon wieder aus der Tür, bevor ich mich bedanken konnte. Ich trank den Kaffee und aß die Kekse, und eine Stunde später fand ich, wonach ich gesucht hatte.

Der Name des Kindes war Gary Allen Dowling. Er war um zehn Minuten nach vier Uhr morgens am 17. Mai 1960 von Elizabeth Ann Dowling, wohnhaft 1104 Valentine Avenue in der Bronx, zur Welt gebracht worden.

Der Name des Vaters war Patrick Farrelly. Kein zweiter Vorname. Entweder hatte er keinen gehabt oder sie hatte ihn nicht gekannt.

In Mythen und Märchen verleiht allein der Umstand, den Namen eines Feindes zu kennen, Macht. Wie bei Rumpelstilzchen.

Deshalb hatte ich das Gefühl, etwas erreicht zu haben, als ich wieder auf die Straße trat, nachdem ich die Geburtsurkunde von Gary Allen Dowling in mein Notizbuch kopiert hatte. Aber alles, was ich wirklich hatte, war der erste Hinweis bei einer Schnitzeljagd. Ich war besser dran als zuvor, aber es war noch ein weiter Weg bis zum Ziel.

An einem Zeitungsstand zwei Blocks vom Municipal Building kaufte ich mir einen Hagstrom-Stadtplan der Bronx, den ich an einer Imbisstheke studierte, während ich eine Tasse Kaffee trank und mir wünschte, ich könnte Nutter-Butter-Kekse dazu essen. Ich fand die Valentine Avenue; sie war in der Gegend um die Fordham Road, unweit der Bainbridge Avenue.

Ich dachte mir, dass ich mir möglicherweise die Fahrt dorthin ersparen konnte, weshalb ich einen Vierteldollar investierte, um Andy Buckley anzurufen. Seine Mutter meldete sich und sagte, dass er nicht zu Hause war. Ich dankte ihr und legte auf, ohne meinen Namen zu hinterlassen. Ein oder zwei Minuten lang war ich verärgert, denn nun hatte ich eine lange U-Bahn-Fahrt vor mir und die Hauptverkehrszeit brach gerade an. Aber angenommen, er wäre zu Hause gewesen? Ich hätte ihn in die Valentine Avenue schicken können und er hätte in ein paar Minuten das feststellen können, womit ich mir eigentlich schon ziemlich sicher war: dass Elizabeth Ann Dowling nicht mehr dort wohnte, falls sie es wirklich jemals getan hatte, und ihr lästiger Sohn auch nicht. Aber Andy hätte nicht die Fragen gestellt, die ich stellen würde, hätte nicht an Türen geklopft und versucht, jemanden mit einem guten Gedächtnis und einer losen Zunge zu finden.

Wie ich vermutet hatte, stand das Haus noch. Das hier war kein Teil der Bronx, der in den Sechzigern und Siebzigern gebrannt hatte oder aufgegeben worden war. 1107 Valentine Avenue entpuppte sich als schmales sechsstöckiges Wohnhaus mit vier Wohnungen in jedem Stockwerk. Die Namen auf den Briefkästen waren größtenteils irisch, mit ein paar hispanischen darunter. Ich sah weder Dowling noch Farrelly, aber das hätte mich auch sehr überrascht.

In einer der Wohnungen im Erdgeschoss wohnte die Hausmeisterin, eine Mrs. Carey. Sie hatte kurzes eisengraues Haar und klare, unerschrockene blaue Augen. Ich konnte mehrere Dinge in ihnen lesen, und Hilfsbereitschaft befand sich nicht darunter.

»Ich möchte nicht, dass es zu Missverständnissen kommt«, sagte ich. »Also lassen Sie mich damit anfangen, dass ich ein Privatdetektiv bin. Ich habe nichts mit der Einwanderungsbehörde zu tun und hege keinen sonderlich großen Respekt dafür. Die einzigen Ihrer Mieter, für die ich mich interessiere, haben vor etwa dreißig Jahren hier gewohnt.«

»Vor meiner Zeit«, sagte sie, »aber nicht sehr viel. Und Sie haben Recht, mein erster Gedanke war Einwanderungsbehörde, und so wenig Liebe Sie für die übrig haben mögen, ich kann Ihnen versichern, dass es mehr ist als bei mir. An wem sind Sie interessiert?«

»Elizabeth Ann Dowling. Vielleicht hat sie den Namen Farrelly benutzt.«

»Betty Ann Dowling. Sie war noch hier, als ich eingezogen bin. Sie und ihr missratener Bengel, aber fragen Sie mich nicht nach seinem Namen.«

»Gary«, sagte ich.

»Hieß er so? Mein Gedächtnis ist nicht mehr das, was es mal war. Warum ich mich überhaupt an die erinnere, weiß ich auch nicht.«

»Erinnern Sie sich, wann sie weggezogen sind?«

»Nicht auf Anhieb. Ich hab im Frühjahr 1968 hier angefangen. Möge Gott uns beistehen, das ist fast dreißig Jahre her.«

Ich sagte irgendetwas von wegen, dass ich auch nicht wüsste, wo die Zeit geblieben war.

»Wo auch immer sie abgeblieben ist«, antwortete sie, »sie hat das ganze Leben mit sich genommen. Aber ich hab ein Mädchen großgezogen«, sagte sie, »ganz allein, nachdem mein Joe gestorben war. Ich hab die Wohnung hier bekommen und etwas dafür, dass ich mich um das Haus kümmere, und ich hatte das Geld von der Versicherung. Und jetzt wohnt sie in einem wundervollen Haus in Yonkers und hat einen Mann geheiratet, der gutes Geld verdient, auch wenn mir nicht gefällt, wie er mit ihr spricht. Aber das geht mich nichts an.« Sie nahm sich zusammen, sah mich an. »Und Sie auch nichts, oder? Ach, kommen Sie herein. Sie können genauso gut eine Tasse Tee trinken.«

Ihre Wohnung war sauber, heiter und wie aus dem Ei gepellt. Keine große Überraschung. Während wir Tee tranken, sagte sie: »Sie war auch eine Witwe, hat sie zumindest behauptet. Ich hab den Mund gehalten, aber ich weiß, dass sie nie verheiratet war. So etwas merkt man einfach. Und sie hat all diese fantastischen Geschichten über ihren Mann erzählt. Dass er bei der CIA war und umgebracht wurde, weil er vorhatte, die Wahrheit über das, was in Dallas passiert war, zu enthüllen. Sie wissen schon, als Kennedy erschossen wurde.«

»Ja.«

»Hat den Kopf des Jungen mit Geschichten über seinen Vater gefüllt. Nun, wie lange war sie hier? Ist das wichtig?«

»Könnte sein.«

»Die Riordans haben die Wohnung übernommen, als sie ausgezogen ist. Nein, warten Sie einen Moment, das stimmt nicht. Es gab einen älteren Mann, der in die Wohnung eingezogen und dort gestorben ist, der arme Kerl. Und dreimal dürfen Sie raten, wer das Glück hatte, die Leiche zu entdecken.« Sie schloss bei der Erinnerung daran die Augen. »Eine furchtbare Sache, allein zu sterben, aber das wird auch mein Los sein, oder? Solange ich nicht lange genug lebe, um in einem Heim zu landen, was Gott mir ersparen möge. Mr. Riordan wohnt noch immer oben, seine Frau ist vor drei Jahren im Januar gestorben. Aber er hat Betty Ann nie getroffen.«

»Wann ist er eingezogen?«

»Weil Sie dann wissen würden, dass sie dann nicht mehr hier war, oder?« Sie dachte einen Augenblick lang nach, dann überraschte sie mich, indem sie sagte: »Fragen wir ihn.« Sie griff zum Telefon, schlug die Nummer in einem kleinen, in Leder gebundenen Buch nach, wählte, starrte verärgert an die Decke, bis er abhob, und sprach dann laut und mit übertriebener Deutlichkeit.

»Man muss den armen Mann anbrüllen«, sagte sie, »aber am Telefon hört er besser, als wenn man von Angesicht zu Angesicht mit ihm spricht. Er sagt, dass er mit seiner Frau seit 1973 hier gewohnt hat. Nun, der alte Mann, der gestorben ist, McMenamin war sein Name, ein alter Name aus Donegal, wenn ich mich nicht irre. Mr. McMenamin könnte ein Jahr hier gewohnt haben, aber bestimmt keine zwei Jahre. Zwischen den Mietern stand die Wohnung leer, aber sie stand nie für lange Zeit leer, die Wohnungen in diesem Haus stehen nie lange leer. Also würde ich vermuten, dass Ihre Betty Ann und der Sohn 1971 ausgezogen sind. Das würde bedeuten, dass ich sie für drei Jahre in meinem Haus hatte, und ich würde sagen, dass das richtig ist.«

»Und auch lange genug, wie ich vermute.«

»Da vermuten Sie richtig. Ich war nicht traurig, als ich sie hinter mir hatte, und den Jungen auch.«

»Wissen Sie, warum sie ausgezogen ist?«

»Sie hat nichts gesagt und ich hab nicht gefragt. Um zu einem Mann zu ziehen, würde ich vermuten. Zweifellos ein weiterer CIA-Agent. Sie hat keine Nachsendeadresse hinterlassen, und selbst wenn sie es getan hätte, hätte ich sie schon lange weggeschmissen.« Ich fragte sie, ob es noch jemanden aus dieser Zeit gab, der noch im Haus wohnte. »Janet Higgins«, sagte sie, ohne zu zögern. »Oben in 4-C. Aber ich bezweifle, dass Sie irgendetwas Nützliches aus der herausbekommen. Sie weiß kaum mehr, wie sie heißt.«

Sie hatte Recht. Ich erfuhr nichts Nützliches von Janet Higgins, ebenso wenig in den Häusern links und rechts von 1107 oder auf der anderen

Straßenseite. Ich hätte an ein paar weitere Türen klopfen können, aber ich würde Betty Ann Dowling hinter keiner von ihnen finden, ebenso wenig wie ihren Sohn. Ich gab auf und fuhr nach Hause.

Als ich nach Hause kam, erfuhr ich, dass Dr. Froelich bereits dagewesen und wieder gegangen war. Er hatte TJs Verband gewechselt und entschieden, dass er reisefähig war. Er empfahl ihm, das Bein so gut es ging hochgelagert zu halten. »Aber nicht, wenn du gehst«, sagte er, »denn dabei wäre es ziemlich schwierig und sähe lächerlich aus. Also, was ist die Antwort? Belaste das Bein nicht. Gib ihm eine Chance zu heilen.«

Elaine hatte eine zweite Krücke besorgt und er benutzte beide, um über die Straße ins Hotel zu kommen. Ich begleitete ihn und saß im Sessel, während er online ging und seine E-Mails abrief. Es hatten sich Dutzende von Nachrichten angesammelt, während er nicht bei sich zu Hause gewesen war. Die meisten davon waren Spam, sagte er, Massenaussendungen von Leuten, die ihm pornographische Fotos verkaufen oder ihn zu merkwürdigen finanziellen Unternehmungen überreden wollten. Aber er hatte auch Kontakte in der ganzen Welt, Leute in einem halben Dutzend anderer Länder, mit denen er Witze und geistreiche Bemerkungen austauschte.

Es dauerte nicht lange, bis er die Mails durchgesehen hatte, und dann erzählte ich ihm, was ich über Gary Dowling und seine Mutter wusste. Die letzte Adresse, die ich von ihnen hatte, war fünfundzwanzig Jahre alt, und sie konnten Farrelly als Nachnamen benutzen.

»Ist das F-A-R-L-E-Y?« Ich schüttelte den Kopf und buchstabierte es ihm. Er verzog das Gesicht. »Lässt man das Y weg, hat man Farrell und es reimt sich mit schnell. Fügt man das Y hinzu, reimt es sich mit Charlie. Das ergibt keinen Sinn.«

»Wenige Dinge tun das.«

»Wenn ihre Telefonnummer öffentlich ist, kann ich sie finden. Wird nur ein bisschen dauern. Es gibt eine Seite, auf der alle Telefonnummern nach Staaten sortiert aufgelistet sind. Denkst du, dass sie in New York wohnt?«

»Ich vermute, damit solltest du es als Erstes probieren.«

Es gab eine Elizabeth Dowling in Syracuse und mehrere E. Dowlings, darunter einen Eintrag für die Bronx. Das war natürlich viel zu einfach und offensichtlich, und E. entpuppte sich als Edward und er hatte noch nie von einer

Elizabeth oder einer Betty Dowling gehört. Er hörte sich auch nicht so an, als würde er sich über meinen Anruf freuen.

Wir versuchten es als nächstes mit New Jersey, dann mit Connecticut. Danach sprangen wir nach Kalifornien und Florida, denn das sind die Staaten, in die Leute in erster Linie ziehen. Ich wurde ziemlich geübt darin, meinen Teil des Programms abzuspulen: Nachdem ich die Nummern auf den Listen, die TJ ausdruckte, gewählt hatte, sagte ich: »Hallo, ich versuche eine Elizabeth Dowling zu erreichen, die in den sechziger Jahren in der Valentine Avenue in der Bronx gewohnt hat.« Nur ein oder zwei Sätze waren nötig, um festzustellen, dass man mir nicht helfen konnte, und ich verabschiedete mich schnellstmöglich und wandte mich dem nächsten Eintrag zu.

»Gut, dass wir kostenlose Ferngespräche führen können«, sagte TJ, »sonst würden wir eine Mordsrechnung zusammenbekommen.«

Er erarbeitete sich einen Vorsprung – der Computer konnte Dowlings schneller finden, als ich sie anrufen konnte –, was ihm die Gelegenheit gab, hinüber zum Bett zu humpeln und sein Bein hochzulegen. Als ich gerade zwischen zwei Anrufen war, sagte er: »Was ich dir sagen wollte, ich hab am Nachmittag dieses Mädchen angerufen.«

»Von welchem Mädchen sprichst du?«

»Die Süße von den BTK? Schwarzer Vater, vietnamesische Mutter? Sie hat gesagt, dass sie sich schon gefragt hatte, warum ich nichts mehr von mir hören lasse.«

»Also hast du ihr gesagt, dass du bei einer Schießerei eine Kugel abbekommen hast.«

»Hab ihr gesagt, dass ich die Grippe hatte. Vitamin C, hat sie gesagt. In Ordnung, Ma'am, hab ich ihr gesagt und sie gefragt, ob sie was über den Kerl mit dem Mondgesicht rausgefunden hat. Hat nur seinen Straßennamen herausgefunden. Wie lautet dein Tipp, Philipp?«

»Moon«, sagte ich.

»Moon. Freund von Gu aus Attica, was alles ist, was irgendjemand über ihn weiß. Hab ihr gesagt, vielen Dank und melde dich bei mir, wenn deine Pickel verschwunden sind.«

»Das hast du nicht getan.«

»Natürlich nicht.« Er legte den Kopf schief, sah mich an. »Du hast genug vom Telefonieren, oder? Wenn du was Besseres zu tun hast, kann ich das übernehmen. Ich kann dabei mein verdammtes Bein hochlegen.«

Ich verließ ihn und fing an, Richtung Norden zu gehen. Ich hatte seit Mrs. Horvaths Nutter-Butter-Cookies nichts mehr gegessen, daher blieb ich vor einem chinesischen Restaurant auf dem Broadway stehen, ein oder zwei Blocks nach dem Lincoln Center. Ich hatte seit meiner letzten Verabredung mit Jim zehn Tage zuvor nicht mehr chinesisch gegessen. Ich würde nie mehr mit ihm essen und vielleicht würde ich auch nie mehr in der Stimmung für etwas Chinesisches sein.

Oh, stell dich nicht so an, sagte eine Stimme. Es war Jims Stimme, aber es war keine mystische Erfahrung, es war meine Fantasie, die mir die Reaktion bot, die ich von ihm erwarten konnte. Und er hatte natürlich Recht. Nicht das Essen oder das Restaurant waren verantwortlich gewesen, sondern der Kerl, der mit einer Pistole hereinspaziert war, und er würde das nicht noch einmal tun.

Trotzdem konnte ich kein chinesisches Essen essen, ohne an Jim zu denken. Ich bestellte mir eine Sauer-Scharf-Suppe und Rindfleisch mit Brokkoli und erinnerte mich daran, wie er mir gesagt hatte, dass er, bevor er starb, noch einmal diesen vegetarischen Aal essen wollte.

Das Essen war okay. Nicht großartig, aber auch nicht furchtbar. Ich trank eine Kanne Tee zu meinem Essen, danach aß ich die Orangenspalten und brach den Glückskeks auf.

Eine Reise steht an, informierte er mich. Ich bezahlte die Rechnung, hinterließ ein Trinkgeld und reiste den Rest des Wegs zum Poogan's.

»Der Kerl, der auf dich eingeprügelt hat, war Donnie Scalzo«, sagte Danny Boy. »Ich dachte, ich würde nichts herausfinden können, Matthew, aber dann ist ein Typ aufgetaucht, der einen Blick auf die Zeichnung geworfen und ihn sofort erkannt hat. Stammt aus Brooklyn, und ich vermute, dass er nicht allzu häufig über die Brücke gekommen ist, aber dieser Typ ist in Bensonhurst in der Nähe von Scalzo aufgewachsen. Ich denke, sie sind von derselben Mittelschule geflogen.«

»Ich hoffe, es war nicht, bevor sie gelernt hatten, Satzdiagramme zu erstellen.«

»Wird das noch unterrichtet? Ich kann mich erinnern, wie meine Lehrerin in der achten Klasse an der Tafel stand und Linien gezogen, Sätze zerlegt und sie wieder zusammengebaut hat. Hier ist ein Nebensatz, der so abzweigt, und da ist ein präpositionales Was-auch-immer, das schräg zur Decke hochzeigt. Hattet ihr das auch in der Schule?«

»Ja, und ich hab nie verstanden, was zum Teufel sie da gemacht haben.«

»Ich auch nicht, aber ich wette, sie tun es nicht mehr. Es handelt sich um eine weitere in Vergessenheit geratene Kunst. Es wäre nützliches Wissen für Donnie gewesen, denn er ist gerade erst aus dem Knast gekommen. Sein Strafsatz war fünf bis zehn Jahre, und er hätte Spaß daran haben können, diesen Satz als Diagramm zu zeichnen. Schwere Körperverletzung, was nahelegt, dass du nicht der Erste bist, auf den er versucht hat, einzuschlagen.«

»Du weißt nicht zufällig, wo er gesessen hat, oder?«

»Es liegt mir auf der Zunge. Im Norden, aber nicht Dannemora und auch nicht Green Haven. Kannst du mir helfen?«

»Attica?«

»Genau, das ist es. Attica.«

Ich ging nach Hause und rief TJ an. »Attica«, sagte er. »Wir stoßen ziemlich häufig auf diesen Ort. Ist allerdings schon zu spät, dort anzurufen.«

»Ein Anruf wird nichts bringen«, sagte ich. »Ich denke, ich werde hochfahren und dort persönlich mit jemandem reden müssen.«

»Attica«, wiederholte er. Diesmal ließ er sich das Wort auf der Zunge zergehen, als suche er nach einem Namen, der sich darauf reimt. »Überhaupt, wie kommt man dorthin, Benjamin?«

»Einfachste Sache der Welt«, sagte ich. »Du musst nur einen Schnapsladen überfallen.«

Mick rief an. Er wollte wissen, ob ich etwas von Tom Heaney gehört hatte, weil er ihn nicht erreichen konnte. Ich verneinte, fügte aber hinzu, dass jeder, der hier anrief, auf den Anrufbeantworter hätte sprechen müssen. Ich wies ihn darauf hin, dass Tom nicht mal mit Menschen viel redete. Ich erzählte ihm, was ich erfahren hatte – über Moon, über Donnie Scalzo und über Gary Allen Dowling.

Ich ging früh ins Bett und befand mich um Punkt neun in Phyllis Binghams Reisebüro. Sie saß bereits an ihrem Schreibtisch. Ich erklärte ihr, dass ich nach Buffalo wollte, und während sie das, was sie benötigte, auf ihrem Computer aufrief, fragte sie, wie es Elaine auf ihrer Einkaufstour erging. Natürlich, sie musste das Schild im Fenster gesehen haben, Elaines Laden war nur ein paar Häuser die Straße entlang. Aber einen Augenblick lang wusste ich nicht, wovon sie sprach. Ich sagte ihr, die Einkaufstour laufe prima, und sie sagte mir, dass sie mir einen Platz in einem Continental-Flieger um zehn von Newark aus verschaffen könnte, aber dann würde ich keine Zeit mehr haben zu packen. Ich müsste nichts packen, sagte ich. Sie buchte den Flug für mich, ebenso wie den Rückflug für halb vier an diesem Nachmittag. Falls ich den verpassen würde, gäbe es zwei Stunden später noch einen.

»Ich denke, Sie werden keine Zeit haben, sich die Niagarafälle anzusehen.«

Ich verabschiedete mich, bekam sofort ein Taxi und musste den Fahrer nicht einmal dazu überreden, mich bis nach Newark zu fahren. Er war erfreut. Ich erreichte mein Flugzeug ein paar Minuten vor dem Abflug und landete eine Stunde später in Buffalo. Dort mietete ich ein Auto und fuhr nach Attica. Dafür benötigte ich eine weitere Stunde, denn ich verpasste eine Abzweigung und musste umkehren. Gegen Mittag kam ich an, um zwei war ich wieder wieder draußen, wodurch es bei mir sehr viel schneller ging als bei Gary Allen Dowling, geschweige denn bei Gu, Moon und Donny. Ich benötigte nur vierzig Minuten zurück zum Flughafen, wo mir jede Menge Zeit blieb, meinen Mietwagen abzugeben und etwas zu essen, bevor mein Rückflug aufgerufen wurde.

Es gab eine lange Schlange am Taxistand in Newark, weshalb ich mir ein paar Dollar sparte, einen Bus zur Penn Station nahm und von dort die U-Bahn nach Hause. Ich kam zur Tür herein und Elaine sagte: »Du hast gesagt, dass du bis zum Abendessen zu Hause sein würdest, und ich habe dir nicht geglaubt. Aber vielleicht kannst du nicht bleiben.«

George Wister war vorbeigekommen, erzählte sie mir, aber diesmal hatte sie gesagt, ich sei nicht zu Hause, und ihn nicht hereingelassen. Er war mit einem Partner und einem Haftbefehl zurückgekommen, aber sie hatte mit Ray Gruliow gesprochen gehabt, der mit ihr gewartet hatte, als Wister wieder aufgetaucht war. Sie hatte sie hereingelassen, und nachdem sich Wister davon überzeugt hatte, dass ich nicht in der Wohnung war, hatte er mit Ray Drohungen ausgetauscht und war wieder abgezogen.

»Sie haben nach einer Waffe gesucht«, sagte sie, »und ich wusste, dass du nicht versuchen würdest, deine durch einen Metalldetektor zu tragen. Ich hab überall nach ihr gesucht, bis ich sie in der Schublade mit den Socken gefunden hab. Ich hab sie in den Keller gebracht und in unserem Lagerraum versteckt, und nachdem sie abgezischt waren, bin ich runtergegangen und hab sie wieder geholt, mit dem Holster und so. Sie liegt jetzt wieder bei deinen Socken.«

»Es gibt noch eine Pistole«, sagte ich. »Eine kleine, sie muss in der Tasche der Jacke stecken, die ich kürzlich getragen habe.«

Ich sah im Schrank nach, sie war noch dort. Ich steckte sie in die Tasche, holte den Revolver aus der Sockenschublade und legte das Holster an. Ich hatte mich den ganzen Tag über verletzbar gefühlt, weil ich unbewaffnet gewesen war, was angesichts der Tatsache, dass ich bis vor weniger als einer Woche immer unbewaffnet herumgelaufen war, seltsam war.

Sie sagte, dass der Vorwurf auf dem Haftbefehl Behinderung der Strafverfolgung lautete, was Ray als Schwachsinn bezeichnet hatte und was nur bedeute, dass Wister einen gefügigen Richter gefunden hatte. Er hatte vor, den Vorwurf zunichte zu machen oder aufheben zu lassen oder was auch immer.

Ich sagte, dass ich ihn anrufen würde, und wollte zum Telefon gehen, aber sie packte meinen Arm. »Ruf noch niemanden an«, sagte sie. »Zuerst gibt es eine Nachricht, die du hören solltest.«

Wir gingen ins Wohnzimmer und sie spielte sie ab. Eine Stimme, die ich noch nie zuvor gehört hatte, sagte: »Scudder? Hören Sie, ich hab keinen Streit mit Ihnen. Ziehen Sie sich einfach aus der Sache zurück und Sie müssen sich keine Sorgen mehr machen.«

Sie spielte die Nachricht noch einmal ab und ich hörte zu. »Der Anruf kam gegen halb vier«, sagte sie. »Nachdem ich es gehört hatte, hab ich den Hörer vom Telefon genommen.«

»Damit er nicht noch einmal anruft.«

»Nein, damit du ihn zurückrufen kannst. Wenn du *69–«

»Dann ruft man den letzten Anrufer zurück. Du wolltest sicherstellen, dass er der letzte Anrufer bleibt.«

Ich nahm den Hörer in die Hand, drückte die Trenntaste und wählte *69. Das Telefon klingelte zwölf Mal, bevor ich aufgab und die Verbindung unterbrach.

»Scheiße«, sagte sie.

Ich drückte die Wahlwiederholungstaste und ließ es weitere zwölf Mal läuten. »Es klingelt sich zu Tode«, sagte ich. »Wenn es nur einen Weg gäbe herauszufinden, wo.«

»Gibt es keinen? Werden nicht alle Anrufe automatisch registriert?«

»Nur die erfolgreichen.«

»Was ist mit dem, den wir erhalten haben. Der war erfolgreich.«

»Und wenn ich einen guten Freund bei der Telefongesellschaft hätte, könnte ich die Daten bekommen. Die Kongs haben früher einmal etwas Ähnliches für mich gemacht, aber ich hab sie nicht zur Hand und es ist mittlerweile schwerer geworden, sich in die Computer der Telefongesellschaften zu hacken. Und du weißt, was das Ergebnis sein würde, oder?«

»Was?«

»Er wird von einem Münztelefon aus angerufen haben, und was bringt uns das weiter?«

»Mist!«, sagte sie. »Ich dachte, ich war clever.«

»Was du getan hast, war clever. Es hat nur nirgendwohin geführt. Aber vielleicht tut es das doch noch. Wir können es später noch einmal versuchen.«

»Und bis dahin den Hörer einfach neben dem Telefon liegen lassen?«

»Nein, wir werden einfach nur niemanden anrufen. Dann bekommen wir die Nummer immer wieder, wenn wir die Wahlwiederholung drücken. Und wenn du wirklich einen Anruf machen musst, tu es einfach und mach dir deshalb keine Gedanken, denn ich hab keine große Hoffnung, dass wir ihn auf diese Weise zu fassen kriegen werden.«

»Mist!« Sie drückte einen Knopf, ließ die Nachricht noch einmal laufen. »Weißt du was?«, sagte sie. »Er lügt.«

»Ich weiß.«

»Er will, dass du aufhörst herumzuschnüffeln, was ein gutes Zeichen ist, oder? Es bedeutet, dass du auf dem richtigen Weg bist. Und er will, dass du unvorsichtig wirst. Aber er hat immer noch vor, dich zu töten.«

»Zu dumm«, sagte ich.

Kapitel 26

Ich wollte nicht zum Abendessen zu Hause bleiben. Ich hatte kurz zuvor in Buffalo gegessen, und ich wollte nicht warten, bis Wister sich entschloss, wieder aufzutauchen, sei es mit oder ohne seinen lächerlichen Haftbefehl. Elaine fragte sich, ob sie das Gebäude beobachteten. Ich dachte nicht, dass sie dafür Personal verschwenden würden, aber ich beschloss, weiter den Lieferanteneingang zu benutzen. Ich war gerade durch ihn hereingekommen, vermutlich aus Gewohnheit, und es war eine Gewohnheit, bei der ich bleiben würde.

Ich trank eine Tasse Kaffee und erzählte ihr, was ich in der kleinen Stadt Attica, in der das Staatsgefängnis der Hauptarbeitgeber war, erfahren hatte. Gary Allen Dowling, der tatsächlich gelegentlich die Namen Garry Farrelly und Pat Farrelly als Decknamen gebraucht hatte, war Anfang Juni entlassen worden, nachdem er etwas mehr als zwölf Jahre einer Zwanzig-Jahre-bis-lebenslänglich-Strafe für Mord mit bedingtem Vorsatz verbüßt hatte. Gemeinsam mit einem Komplizen hatte er einen Mini-Markt in Irondequoit, einem Vorort von Rochester, überfallen. Laut der Aussage des Komplizen, der alles auf Dowling abgewälzt und sich der geringeren Anklage von Raub und Totschlag für schuldig bekannt hatte, war es Dowling gewesen, der die beiden Angestellten und einen Kunden in ein Hinterzimmer gedrängt und sie gezwungen hatte, sich auf den Bauch zu legen, woraufhin er sie jeweils mit zwei Schüssen in den Kopf exekutiert hatte.

Ich erinnerte mich an den Fall. Ich hatte ihm damals keine allzu große Beachtung geschenkt, weil er sich ein paar hundert Meilen weiter nördlich abgespielt hatte und die Stadt hier immer für genug Verbrechen gut ist, um mein Gehirn beschäftigt zu halten. Aber ich hatte davon gelesen, und es war Futter für die Politiker in Albany gewesen, die den Gouverneur dazu zu bringen wollten, ein Gesetz zur Todesstrafe zu unterzeichnen. Schließlich hatte sich herausgestellt, dass es leichter war, einen neuen Gouverneur zu installieren.

Dowling war vierundzwanzig gewesen, als er die Leute erschossen hatte, fünfundzwanzig, als man ihn weggesperrt hatte. Jetzt würde er siebenunddreißig sein.

Er kam nach Attica, sein treuloser Komplize landete im Sing Sing in

Ossining. Nach wenigen Monaten kam er beim Bankdrücken im Hof ums Leben. An der Stange, die er hätte heben sollen, befanden sich mehr als zweihundertfünfzig Kilo Eisen. Sein Brustkorb wurde zerquetscht, und niemand schien zu wissen, wie das hatte passieren können oder wer daran beteiligt gewesen sein könnte.

Dowling sorgte dafür, dass sich in ganz Attica herumsprach, dass er dahinter steckte. Rache ist süß, sagte er. Sie wäre noch süßer gewesen, wenn er dabei hätte zusehen können, aber sie war auch so süß.

Später im gleichen Jahr kam ein Insasse, mit dem er sich gestritten hatte, durch Stichwunden ums Leben. Es war wie bei so vielen Morden hinter Gittern: Man wusste, wer es getan hatte, aber man hatte keine Aussicht, es beweisen zu können. Als Konsequenz verbrachte Dowling seine erste Zeit in Einzelhaft. Um jemanden ins Loch zu stecken, benötigte man keine Beweise.

Seine Mutter war die einzige Person, die ihn besuchte. Sie fuhr einmal im Monat aus Rochester herunter, um ihn zu sehen. In den letzten Jahren wurden ihre Besuche immer unregelmäßiger, weil sie krank war, was schließlich dazu führte, dass sie jemanden benötigte, der sie fuhr. Es war Krebs, und sie starb während des letzten Winters seiner Haft daran. Vielleicht hätte man ihm gestattet, ihre Beerdigung zu besuchen, aber er befand sich zu diesem Zeitpunkt in Einzelhaft. Es war witzig: Er hatte gelernt, sich im Gefängnis zusammenzureißen, aber er war ausgeflippt, als er von ihrem Tod erfahren hatte, und hatte fast einen Wärter erwürgt, bevor man ihn bändigen konnte. Normalerweise war man nachsichtig mit jemandem, der gerade eine derartige Nachricht erhalten hatte, aber es war die Art von Vorfall, die man nicht ignorieren konnte, sodass er im Loch steckte, als seine Mutter in ihrem eigenen Loch landete.

Sie hatten ihn am fünften Juni entlassen. Das sei nicht weiter verwunderlich gewesen, bei der Menge an Jahren, die er abgesessen hatte. Er wäre ein aussichtsreicher Kandidat für die Todesstrafe gewesen, wenn es sie zu der Zeit gegeben hätte, aber selbst so hätte man eigentlich erwarten sollen, dass jemand, der das getan hatte, was er getan hatte, lebenslänglich ohne Aussicht auf Bewährung einsitzen würde. Aber es lief nicht so.

Der Beamte, mit dem ich sprach, besaß nicht viel Glauben in das System, dem er diente. Es hatte für ihn nicht den Anschein, dass es sehr häufig zu Resozialisierung kam. Es gab ein paar Männer, die nie etwas Schlechtes getan hatten, bis sie sich eines Abends betranken und ihre Frau oder ihren besten Freund töteten. Mit den meisten von ihnen würde es wahrscheinlich nach ihrer Entlassung keine Probleme mehr geben, aber er war sich nicht sicher, ob das ein Verdienst des Strafvollzugssystems war. Dann waren da die Sexualstraftäter, und man sollte eher an die Zahnfee glauben als an die Möglichkeit, dass diese Monster wieder auf die richtige Bahn kamen. Was die Gewohnheitsverbrecher anbetraf, nun, ein paar von denen wurden alt und bekamen es nicht mehr auf die Reihe, aber konnte man das als Resozialisierung bezeichnen? Alles, was man tat, war, dass man sie einlagerte, bis sie das Haltbarkeitsdatum überschritten hatten.

In einem Punkt sei er sich jedoch sicher, sagte er mir. Gary Allen Dowling würde zurückkommen. Wenn nicht nach Attica, dann in irgendeinen anderen Knast. Davon war er absolut überzeugt.

Ich hoffte, dass er sich irrte.

Das war das, was ich in Attica erfahren hatte. Ich denke nicht, dass ich ihr das alles während einer Tasse Kaffee erzählen konnte. Ich erzählte ihr jedoch den größten Teil davon, etwas später dann Mick den Rest.

Das Telefon klingelte, während ich vor der Frage stand, ob ich eine zweite Tasse trinken sollte oder nicht. Ich ging hinüber, um dem Anrufbeantworter zuzuhören, und hob ab, als ich Micks Stimme hörte. »Heiliger Jesus«, sagte er, »hast du den ganzen Abend über telefoniert?«

»Der Abend ist noch jung«, sagte ich. »Und ich hab gar nicht telefoniert. Elaine hat den Hörer abgenommen, warum erzähl ich dir ein andres Mal.«

»Ich bin fast völlig durchgedreht«, sagte er. »Ich kann niemanden erreichen. Hast du was von Andy oder Tom gehört?«

»Nein, aber der Hörer lag neben dem Telefon, also –«

»Also konnten sie dich nicht anrufen, selbst wenn sie es gewollt hätten, und mich konnten sie nicht anrufen, weil sie meine Nummer nicht haben. Ich hab zweimal bei Andy angerufen und zweimal hat mir seine Mutter gesagt, dass er unterwegs ist und sie nicht weiß, wo er steckt. Und bei Tom meldet sich überhaupt niemand.«

»Vielleicht sind sie irgendwo ein Bier trinken.«

»Vielleicht sind sie das«, sagte er. »Hast du selber was vor?«

Es war Freitag. Freitagabend ging ich immer zu dem Treffen in St. Paul's. Danach trank ich immer einen Kaffee mit Jim. Ich hatte mir überlegt, Ersteres zu tun, auch wenn ich Letzteres nicht mehr tun konnte.

Aber ich hatte ihm viel zu erzählen. Ich hatte einiges herausgefunden, seit ich das letzte Mal mit ihm gesprochen hatte.

»Keine Pläne«, sagte ich.

»Ich werde dich abholen. In fünfzehn Minuten?«

»Sagen wir zwanzig«, sagte ich, »und nicht vor dem Haus. Überhaupt, warum hältst du nicht vor Ralph's Restaurant an der Kreuzung 56th Street und 9th Avenue?«

Ich gab Elaine einen Kuss und sagte ihr, dass ich nicht wusste, wann ich zurück sein würde. »Und wenn du jemanden anrufen willst, kein Problem«, sagte ich.

»Ich hab nachgedacht«, sagte sie. »Wenn ich von einem Nebenanschluss aus jemanden anrufe, sollte es den Wahlwiederholungsmechanismus an diesem Telefon nicht beeinträchtigen. Oder hab ich was übersehen?«

»Nein«, sagte ich. »Ich denke, du hast Recht. Ich hätte selbst daran denken sollen.«

»Dann würdest du mich nicht brauchen.«

»Doch, das würde ich. Aber ich denke, ich werde es noch einmal versuchen, bevor ich gehe.«

Ich drückte die Wahlwiederholung, und *69 erschien auf der kleinen Anzeige. Einen Moment später klingelte irgendwo das Telefon. Ich überlegte mir, wie lange ich warten sollte, und dann wurde das Telefon während des vierten oder fünften Klingelns abgehoben. Zuerst war es still, dann sagte eine sanfte Männerstimme: »Hallo?«

Die Stimme kam mir irgendwie bekannt vor. Ich wollte sie in Gedanken dazu bringen, noch mehr zu sagen, aber als sie wieder sprach, waren die Worte sehr viel leiser. Es schien, als würde der Mann zu jemand anderem und nicht ins Telefon sprechen. »Niemand dran«, sagte er. Es folgte eine weitere Stille, dann wurde die Verbindung unterbrochen.

»Bingo«, sagte ich Elaine.

»Es hat funktioniert, was?«

»Wie geschmiert. Das war brillant, den Hörer vom Telefon zu nehmen. Du bist ein Genie.«

»Das hat mein Vater auch immer gesagt«, sagte sie. »Und meine Mutter hat ihm immer gesagt, dass er verrückt sei.«

Ich notierte mir die Uhrzeit. Am Morgen musste ich jemanden bei der Telefongesellschaft finden, der die Verbindungsdaten meines Telefons abrufen konnte, dann würde ich herausfinden, wo ich gerade angerufen hatte. Denn ich dachte nicht, dass es sich um ein Münztelefon gehandelt hatte. Und wenn ich herausfinden konnte, wo sich das Telefon befand, würde ich sie finden können, auch wenn sie dachten, dass sie nicht gefunden werden konnten.

Soweit ich weiß, hat der Besitzer eines Anschlusses ein Recht auf die Daten seiner eigenen Anrufe, wenn man die richtige Person findet, die man darum bitten muss. Ich weiß, dass Cops diese Art von Informationen im Handumdrehen bekommen, und wenn ich keinen Cop finden konnte, der mir behilflich war, konnte ich mich immer noch als einer ausgeben. Das verstößt zwar gegen das Gesetz, aber in der letzten Zeit schien es, als würde alles, was ich tat, gegen das Gesetz verstoßen.

Ich fuhr mit dem Aufzug in den Keller und verließ das Haus durch den Lieferanteneingang. Wister konnte das Gebäude von zwei Teams beobachten lassen, eines für den Hintereingang und eines vorne, aber ich dachte nicht, dass er überhaupt eins hatte. Ich blickte mich um, um sicherzugehen, dann ging ich los und stellte mich in einen verdunkelten Eingang neben Ralph's. Er ließ mich nicht lange warten.

Kapitel 27

»Ein Sohn, der ihn rächt«, sagte Mick. »Das ist mehr als einer wie Paddy Farrelly jemals verdient gehabt hat.«

»Es ist ein Sohn, der sich im Laufe seines jungen Lebens nicht gerade mit Ruhm bekleckert hat.«

»Also der wahre Sohn seines Vaters. Wie hieß die Mutter noch mal?«

»Elizabeth Dowling.«

»Ich hab im Laufe der Jahre eine Reihe Dowlings gekannt, aber ich erinnere mich nicht an eine Elizabeth.«

»Die Frau in der Bronx hat sie Betty Ann genannt. Sie hat dort gewohnt, als das Baby geboren wurde. Sie könnte die ganze Zeit dort oder in der Nähe gewohnt haben.«

»Ich frage mich, wie Paddy sie kennengelernt hat. Vielleicht bei einer Tanzveranstaltung. So hat man damals irische Mädchen kennengelernt, bei einer Tanzveranstaltung am Samstagabend.« Er hatte einen abwesenden Blick. »Ich hab sie nie gekannt und ich bezweifle, dass sie mich gekannt hat. Aber sie muss von mir gewusst haben, und sie muss gewusst haben, dass ich es war, der Paddy aus ihrem Leben und aus seinem eigenen befördert hat. Wenn die dumme Kuh das kleinste bisschen Verstand gehabt hätte, wäre sie Gott dankbar gewesen, dass ich ihr diesen Gefallen getan habe. Stattdessen hat sie ihn zu einem Helden stilisiert und mich zu einem Schurken, und sie hat den Jungen so erzogen, dass er mich töten soll.«

»Ich tippe, ihm hat das Töten schon immer Spaß gemacht«, sagte ich. »Er hatte keinen praktischen Grund, die Leute in dem Laden umzubringen. Alles, was das gebracht hat, war, dass die Polizei besonders aktiv wurde. Es hat so ziemlich garantiert, dass er geschnappt werden würde und eine beträchtliche Strafe erhalten würde. Er hat sie getötet, weil er es tun wollte.«

»Es war das Gleiche bei Kenny und McCartney.«

»Und es war das Gleiche, als der Vietnamese, den er im Knast getroffen hat, deine Kneipe mit Kugeln eingedeckt hat und sein anderer Knastkumpel eine Bombe geschmissen hat. Der richtige Name von Moon ist übrigens Virgil

Gafter. Ihm werden ein paar Morde zur Last gelegt, aber es war eine Anklage wegen Körperverletzung, wegen der er in Attica gelandet ist.«

»Du hast in diesem Gefängnis sehr viel herausgefunden.«

»Das geht jedem so«, sagte ich. »Einige von ihnen finden heraus, wie man sich an das Gesetz hält, und der Rest, wie man es besser bricht.«

»Ich denke, die Cops wissen, dass Chilton Purvis für den Mord beim Chinesen verantwortlich war«, sagte ich. »Sie dürften es auf dieselbe Weise herausgefunden haben wie ich. Es hat sich herumgesprochen und jemand mit einer Polizeimarke hat es von einem seiner Informanten erfahren. Und ich denke, dass sie Purvis aufsuchen wollten und ihn tot in seiner Wohnung in der Tapscott Street gefunden haben. Oder er war bereits abtransportiert und sie sind im Leichenschauhaus auf ihn gestoßen.«

»Und das ist der Grund, weshalb sie mit dir sprechen wollten?«

»Genau«, sagte ich. »Wenn sie nicht wissen, dass Purvis der Schütze war, ist sein Tod einfach nur ein weiterer Mord, vermutlich von einem Schwarzen an einem Schwarzen, vermutlich im Zusammenhang mit Drogen. Zwei Männer schießen aufeinander und einer spaziert davon. Aber jetzt haben sie jemanden mit einem Motiv, Purvis zu töten.«

»Und zwar dich.«

»Sie haben auch eine Blutspur entdeckt«, sagte ich. »Also dürfte der Gedankengang sein, dass Purvis und ich aufeinander geschossen haben und ich vom Tatort geflüchtet bin. Ich wette, sie haben die Krankenhäuser überprüft, und ich wette weiter, als Wister mit seinem Haftbefehl aufgetaucht ist, hat er erwartet, mich bandagiert im Bett vorzufinden. Weil dem nicht so war, hätte er gerne eine .38er gefunden, die zu den Kugeln passt, die sie aus Purvis rausgeholt haben.«

»Was passiert, wenn sie dich in die Finger kriegen?«

»Darüber kann mir jetzt nicht den Kopf zerbrechen. Das Witzige ist, dass mich das Blut entlasten könnte. Denn ich hab nicht mal einen Kratzer abbekommen, als Purvis und ich aufeinander geschossen haben. Und es gibt keine Möglichkeit, dass die DNA von meinem Blut und dem von TJ übereinstimmt. Wenn sie nach einer Übereinstimmung zwischen ihm und dem Blut suchen, nun, dann wäre die Sache anders, aber daran müssten sie erst einmal denken, und ich denke nicht, dass sie das tun werden.«

»Ich nehme an, wir fahren in die Bronx.«

»Das ist weniger bemerkenswert als deine anderen detektivischen Helden-taten«, sagte er, »da wir fast schon dort sind.«

»Wo fahren wir hin?«

»Perry Avenue.«

»Wo Tom wohnt.«

Er nickte. »Du erinnerst dich, dass wir ihn dort abgesetzt haben, nach den Schwierigkeiten im Grogan's.«

Schwierigkeiten im irischen Sinn. In Amerika sind Schwierigkeiten etwas, das ein Kind hat, wenn es Algebra lernen soll. In Irland können sie ein bisschen dramatischer sein.

Ich sagte: »Weil du ihn nicht übers Telefon erreichen konntest?«

»Er wohnt im Haus bei einer alten Frau. Hat dort ein Zimmer, darf die Küche benutzen und kann abends im Wohnzimmer fernsehen. Dort nimmt er seine Mahlzeiten ein, Frühstück und Abendessen, falls er zu Hause ist.«

»Und?«

»Es ist ihr Telefonanschluss«, sagte er. »Sie ist immer zu Hause, um es abzuheben. Und heute hat niemand abgehoben, wann auch immer ich es ver-sucht habe.«

»Könnte sie nicht unterwegs gewesen sein?«

»Sie geht nie aus. Sie hat Arthritis, und zwar ziemlich schlimm. Deshalb bleibt sie immer zu Hause.«

»Und wenn sie etwas vom Markt braucht ...«

»Dann ruft sie den Laden an der Ecke an und sie liefern es. Oder Tom kauft für sie ein.«

»Es gibt bestimmt eine Erklärung.«

»Das befürchte ich auch«, sagte er, »und ich befürchte, dass ich sie ken-ne.«

Ich schwieg. Er hielt an einer roten Ampel, blickte in beide Richtungen und fuhr einfach über die Kreuzung. Ich versuchte, mir nicht vorzustellen, was passieren würde, wenn wir von einem Cop angehalten werden würden.

Er sagte: »Ich hab so ein Gefühl.«

»Das habe ich bemerkt.«

»Ich hab dir bestimmt erzählt, was meine Mutter gesagt hat.«

»Dass du den sechsten Sinn hast.«

»Zweites Gesicht hat sie es genannt, aber ich würde sagen, es kommt aufs Gleiche raus, ein sechster Sinn oder ein zweites Gesicht. Ich hab es von ihr. Als mein Bruder Dennis nach Vietnam gegangen ist, wussten wir beide, dass wir ihn nicht mehr lebend wiedersehen würden.«

»Und das ist das zweite Gesicht?«

»Ich war noch nicht fertig.«

»Entschuldigung.«

»Eines Tages lässt sie mich zu sich kommen. Mickey, hat sie gesagt, ich hab letzte Nacht deinen kleinen Bruder gesehen, und er war ganz in Weiß gekleidet. Da bin ich selbst weiß geworden, denn ich hatte an diesem Morgen Dennis' Stimme in meinem Ohr gehört. Mir geht es gut, Mickey, hat er gesagt. Du musst dir wegen mir keine Sorgen machen, hat er gesagt. Und nicht an diesem Tag, sondern am Tag darauf hat sie das Telegramm bekommen.«

Mich schauderte. Ich habe Vorahnungen und Gefühle, und ich habe gelernt, bei meiner Arbeit auf sie zu vertrauen, auch wenn ich mich durch sie nicht davon abhalten lasse, loszuziehen und an Türen zu klopfen. Ich glaube an Intuition und an Arten des Wissens, von denen das Gehirn nichts weiß. Trotzdem lassen mich Geschichten dieser Art erschaudern.

»Ich hatte ein Gefühl, bevor ich bei ihm angerufen habe. Bevor es das erste Mal geklingelt hat und niemand rangegangen ist.«

»Und ich gehe davon aus, dass du noch immer dieses Gefühl hast.«

»Habe ich.«

»Aber du hast gewartet, bis du mich erreichen konntest, bevor du hingefahren bist.«

»Du oder Andy. Du warst der Erste, den ich erreichen konnte. Aber vielleicht fragst du dich, warum ich nicht alleine hingefahren bin.« Er schwieg einen Augenblick lang. »Die Antwort macht mir keine Ehre«, sagte er. »Weil ich Angst habe vor dem, was ich dort finden könnte. Vor dem, von dem ich weiß, dass ich es dort finden werde. Ich will ihm nicht allein ins Auge sehen.«

»Hast du deine Waffe?«

»Du hast mir zwei gegeben«, sagte ich, »und ich hab sie beide bei mir.«

»Gute Arbeit, dass sie die eine dort versteckt hat, wo die Cops sie nicht finden konnten. Im Keller, oder?«

»In unserem Lagerraum da unten. Selbst wenn sie von seiner Existenz gewusst hätten, hätte ihr Haftbefehl ihnen wahrscheinlich nicht gestattet, dort nachzusehen.«

»Ah, sie ist klug«, sagte er. »Das nennt man schnell schalten.«

»Du hast keine Ahnung«, sagte ich und erzählte ihm von ihrem Trick mit *69.

»Also deshalb hat sie den Hörer neben das Telefon gelegt. Und er hat dir eine Nachricht hinterlassen. War es Paddys Sprössling höchstpersönlich?«

»Ich denke nicht. Die Stimme kam mir bekannt vor und ich denke, dass es der Kerl war, dem ich die Waffe abgenommen habe. Also Donnie Scalzo.«

»Aus Bensonhurst, oder? Eine weitere Nationalität meldet sich zu Wort.«

»Aber vielleicht hab ich Dowlings Stimme gehört«, sagte ich und erzählte ihm von dem letzten Anruf, bevor ich die Wohnung verlassen hatte und bei dem sich eine sanfte Stimme gemeldet und dann jemand anderem gesagt hatte, dass niemand dran war.

»Man sollte nicht meinen, dass er eine sanfte Stimme hat.«

»Nein, sollte man nicht. Und die Stimme kam mir bekannt vor. Ich weiß nicht, warum sie das sollte.«

»Wann könntest du ihn schon einmal gehört haben?«

»Ich denke nicht, dass das schon mal der Fall war. Ich wünschte, die Stimme hätte mehr zu sagen gehabt, denn sie hatte irgendetwas Vertrautes an sich und ich kann nicht sagen, was oder warum. Solange es nicht nur das war, dass sie sich irisch angehört hat.«

»Irisch«, sagte er.

»Es gab die Andeutung eines Akzents.«

»Nun, Farrelly und Dowling, das ist irisch auf beiden Seiten. Man könnte sagen, dass er auf ehrliche Weise dazu gekommen ist. Paddy hatte keinerlei irischen Akzent. Ich spreche wie die Iren, aber daran ist meine Mutter schuld. Manche verlieren es, manche nicht, ich gehöre zu Letzteren.« Er kniff die Augen zusammen. »Die Andeutung eines Akzents. Eine vertraute Stimme mit der Andeutung eines Akzents.«

»Ich werde den Anruf morgen zurückverfolgen lassen«, sagte ich, »und einen Teil des Geheimnisses aufklären.«

Das Haus in der Perry Avenue stand für sich allein, eine kleine, zweistöckige Schachtel auf einem kleinen Grundstück. Der Rasen vor dem Haus hatte mehrere braune Flecken, war aber sorgfältig gemäht. Vermutlich kümmerte sich ein Junge aus der Nachbarschaft für die alte Frau darum oder Tom mähte ihn ein- oder zweimal die Woche. Er würde nicht allzu lange dafür brauchen. Dann würde er ins Haus gehen und sich ein Bier aufmachen, und sie würde sich bei ihm dafür bedanken, dass er so gute Arbeit geleistet hatte.

Wir parkten zwei Häuser weiter, neben einem Hydranten. Ich wies Mick darauf hin und er sagte, dass sich um diese Uhrzeit hier niemand herumtreiben würde, um uns einen Strafzettel zu verpassen, geschweige denn, den Wagen abschleppen zu lassen. Und wir würden uns sowieso nicht lange im Haus aufhalten.

Womit er Recht behalten sollte. Wir gingen zur Haustür, klopften und klingelten. Die Tür war aus Holz und hatte ein gekuppeltes Fenster mit vier Scheiben. Er wartete nicht lange, zog die Pistole aus seinem Gürtel und schlug mit dem Griff eine der Scheiben ein. Er streckte den Arm durch die Öffnung, drehte den Türknauf und öffnete uns die Tür.

Ich hatte den Tod durch die zerbrochene Scheibe gerochen und trat durch die Tür, um ihn aus der Nähe zu sehen. Die alte Frau saß mit dünnem grauem Haar und gewaltig angeschwollenen Beinen in ihrem Rollstuhl im Zimmer zur Straße. Ihr Kopf hing auf eine Seite, ihre Kehle war durchgeschnitten. Die Vorderseite ihres Oberkörpers war mit Blut durchtränkt und Fliegen schwirrten darin herum.

Mick entfuhr ein schreckliches Stöhnen, als er sie sah, und er bekreuzigte sich. Ich hatte noch nie gesehen, dass er das tat.

Wir fanden Tom Heaney in der Küche, wo er mit Einschusslöchern in der Brust und der Schläfe auf dem Boden lag. In seinem Gesicht gab es den Abdruck eines Absatzes, als hätte man ihn getreten oder wäre auf ihn gestiegen. Seine Augen standen weit offen.

Ebenso wie die Tür des Kühlschranks. Ich stellte mir vor, wie Tom am offenen Kühlschrank gestanden hatte, um sich ein Bier oder die Zutaten zu einem Sandwich zu holen. Oder vielleicht war einer der Mörder durch die harte Arbeit des Mordens hungrig geworden und hatte auf dem Weg nach draußen einen Zwischenstopp für einen Imbiss eingelegt.

Mick beugte sich hinab und schloss Tom die Augen. Er erhob sich und schloss einen Augenblick lang seine eigenen. Dann nickte er mir kurz zu und wir verließen das Haus.

Kapitel 28

»Ah, ich bin es noch einmal, Mrs. Buckley. Entschuldigen Sie, dass ich Sie noch mal störe. Wissen Sie, ob er schon nach Hause gekommen ist? Ah, das ist gut.« Er hielt das Mundstück seines Handys mit der Hand zu. »Sie holt ihn«, sagte er.

Wir saßen im Auto, das Mick gegenüber vom Haus der Buckleys in der Bainbridge Avenue geparkt hatte. Wir waren auf Umwegen dorthin gefahren: Mick war auf mehr oder weniger willkürliche Weise eine Straße hochgefahren und eine andere hinab, und der große Caprice hatte sich seinen Weg durch die Bronx gebahnt wie ein Elefant, der durch hohes Gras trottet. Keiner von uns hatte etwas gesagt, während wir fuhren, und die Stille war schwer gewesen in dem geräumigen alten Auto, schwer und dicht. Es hatte zu viele Tode gegeben und es fühlte sich an, als wären sie hier bei uns im Auto, all die gemeinen Mordtaten, die Leichen auf den Rücksitz gepackt, während die Seelen die Luft im Wagen verdrängten.

Jetzt sagte er: »Andy, guter Mann. Dein Auto steht gegenüber von deinem Haus und wir warten in ihm auf dich.«

Er klappte das Handy zu und steckte es zurück in seine Tasche. »Er wird gleich kommen«, sagte er. »Es ist eine Erleichterung, dass er zu Hause war.«

»Ja.«

»Ich sage dir«, sagte er, »ich war schon erleichtert, als sie sich gemeldet hat. Seine Mutter. Jetzt, wo diese Hurensöhne angefangen haben, alte Frauen zu ermorden.«

Ich beobachtete die Tür auf der anderen Straßenseite. Wenige Minuten später erschien Andy in ihr in einem Karohemd und Jeans mit hochgekrempeltem Aufschlag. In der Hand trug er seine Lederjacke. Am Bordstein hielt er lange genug an, um die Jacke anzuziehen, dann trottete er über die Straße. Mick stieg aus und Andy setzte sich ans Steuer. Ich stieg ebenfalls aus und setzte mich nach hinten, während Mick um das Auto ging, um sich neben Andy auf den Beifahrersitz zu setzen.

»Verrückter Tag«, sagte Andy. »Ich konnte niemanden erreichen. Ich hab es bei allen Nummern versucht, die ich von dir hatte, Mick, und ich hab auf der Suche nach dir in ein paar Kneipen angerufen. Ich hab nicht wirklich gedacht, dass du dort sein würdest, aber ich hab nicht gewusst, wie ich dich erreichen könnte.«

»Ich hab bei dir angerufen, aber du warst nie zu Hause.«

»Ich weiß, meine alte Dame hat gesagt, dass du angerufen hast. Ich war den ganzen Tag unterwegs, hab mir das Auto von meinem Cousin genommen und bin herumgefahren. Mir ist die Decke auf den Kopf gefallen, weißt du? Ich hab mich sogar auf den Weg nach Manhattan gemacht und bin an der Kneipe vorbeigefahren. Du hast wahrscheinlich schon gesehen, wie sie aussieht, nichts als Sperrholz und gelbes Absperrband.«

»Ich bin selbst kürzlich am Abend vorbeigefahren.«

»Und ich hab dich angerufen, Matt, aber ich hab aufgelegt, als der Anrufbeantworter ranging. Und dann hab ich es noch ein paar Mal versucht, aber es war immer besetzt. Ich hab mir gedacht, dass ihr beide miteinander sprecht, was der Grund dafür sein musste, dass ich bei keinem von euch durchkommen konnte.«

Er legte den Gang ein, und als es eine Lücke im Verkehr gab, fuhr er los. Er fragte, ob er irgendwo Bestimmtes hinfahren sollte. Mick sagte ihm, dass er hinfahren könne, wohin auch immer er möchte, ein Ort sei so gut wie der andere.

Er fuhr uns herum, hielt an Stoppschildern vollständig an und blieb deutlich unter der erlaubten Höchstgeschwindigkeit. Nach ein paar Blocks fragte er, ob einer von uns mit Tom gesprochen hatte. »Denn ich hab auch versucht, ihn zu erreichen. Es hat sich niemand gemeldet, und ihr wisst, dass die Frau, bei der er lebt, niemals aus dem Haus geht. Alles, was ich mir denken konnte, war, dass er Mitleid mit ihr gehabt hat und mit ihr ins Kino gegangen ist oder dass sie einen Schlaganfall gehabt hat und er sie ins Krankenhaus bringen musste. Oder dass irgendetwas mit dem Telefon nicht stimmte, weshalb ich rübergegangen bin und an der Tür geklingelt habe.«

»Wann war das?«, wollte Mick wissen.

»Ich weiß nicht, ich hab nicht auf die Uhrzeit geachtet. Vielleicht vor einer Stunde? Ich hab geklingelt und an die Tür geklopft, und dann bin ich ums Haus gegangen und hab an der Hintertür geklingelt und dort geklopft. Als mir klar wurde, dass nichts passieren würde, bin ich wieder in mein Auto gestiegen. Willst du ihn nicht anrufen? Oder wir können auch hinfahren, denn ich muss zugeben, dass ich mir Sorgen mache.«

»Wir kommen gerade von dort«, sagte Mick und erzählte ihm, was wir vorgefunden hatten.

»Jesus«, sagte Andy. Er trat auf die Bremse, aber nicht so unvermittelt und kräftig, wie Mick es getan hatte, als er erfahren hatte, dass TJ angeschossen worden war. Er blickte zuerst in den Spiegel und bremste dann sanft ab, lenkte an den Straßenrand und parkte. »Ich muss das verarbeiten«, sagte er mit monotoner Stimme. »Gebt mir einen Augenblick, ja?«

»Solange du brauchst, Kumpel.«

»Beide tot? Tom und die alte Frau?«

»Sie haben ihn erschossen und ihr die Kehle durchgeschnitten.«

»Herrgott. Alles, woran ich denken kann, ist, dass es genauso gut unser Haus hätte sein können, ich und meine Mutter. Genauso gut.«

»Ich war vorhin froh, als sie gesagt hat, dass du zu Hause bist«, sagte Mick. »Aber schon vorher war ich froh, dass ich überhaupt ihre Stimme gehört habe. Denn ich hatte denselben Gedanken.«

Andy saß da und nickte vor sich hin. Dann sagte er: »Nun, das bekräftigt es noch, oder? Es untermauert es.«

»Was?«

»Der Grund, weshalb ich dich erreichen wollte«, sagte er. »Etwas, das ich mir überlegt habe.«

»In welchem Zusammenhang?«

»Dass sie hinter uns her sind, so wie sie es sind. Dass sie einen nach dem anderen von uns erledigen. Ich hatte eine Idee.«

»Lass sie hören.«

»Es sind nur noch wir drei übrig. Ich denke, wir müssen zusammenbleiben. Und ich denke, wir sollten uns an einen sicheren Ort begeben. Ich bin hier draußen in der Bronx, und wenn es jemand auf mich abgesehen hat, ist alles, was er tun muss, die Tür eintreten. Matt, du wohnst in einem Gebäude mit Portier, vielleicht ist das eine andere Sache, aber du kannst nicht die ganze Zeit hinter abgesperrter Tür in deiner Wohnung ausharren. Und selbst wenn du das tust, was hält sie davon ab, den Portier zu erschießen, so wie sie alle anderen erschossen haben, und dann mit dem Aufzug hochzufahren und die Tür einzutreten?«

»Nichts«, sagte ich.

»Und Mick, du hast dich irgendwo verkrochen und verrätst niemandem, wo, und das ist klug, aber alles, was du tun musst, ist unterwegs sein, so wie jetzt, in einem Auto herumfahren. Du bist ein Kerl, den man ziemlich leicht erkennt. Alles, was passieren muss, ist, dass dich eine Person sieht und die falsche Person davon Wind bekommt. Versteht ihr, was ich meine?«

»Und was ist dann deine Antwort?«

»Die Farm.«

»Die Farm«, sagte Mick und dachte darüber nach. Schließlich sagte er: »Ich hab Matt gesagt, dass er nach Irland gehen soll. Er hat geantwortet, dass ich mitkommen und ihm das Land zeigen sollte. Ist das nicht das Gleiche?«

»Nicht genau.«

»In beiden Fällen würde ich vor ihnen davonlaufen.«

»Du würdest nicht davonlaufen, Mick. Darum geht es doch. Du würdest eine Stellung beziehen und warten, dass sie zu dir kommen.«

»Jetzt hast du mein Interesse geweckt«, sagte Mick.

»Wir fahren heute Nacht hoch und nisten uns ein. Jetzt sofort, ohne den Schweinehunden die Möglichkeit zu geben, noch einen Versuch zu wagen. Wir richten uns zur Verteidigung ein. Es gibt nur einen Zugang, oder? Die lange Zufahrtsstraße, die wir beim letzten Mal gefahren sind?«

»Mit den Rosskastanien.«

»Wenn du das sagst. Alles, was ich kenne, sind Weihnachtsbäume und andere Bäume. Sie werden die Zufahrt hochfahren, während wir auf sie warten. Es wäre ein Kinderspiel, oder?«

»Sprich weiter.«

»Ich weiß nicht einmal, wer außer uns dreien noch von der Existenz der Farm weiß. Aber es gibt wahrscheinlich jemand. Aber, was ich gedacht habe, und du darfst nicht vergessen, dass ich den ganzen Tag über nichts anderes zu tun hatte ...«

»Du machst es prima, Mann.«

»Nun, hör zu, wir nisten uns ein. Und dann lassen wir jemanden mit einer großen Klappe davon wissen. Wenn wir etwas über diese Scheißkerle wissen, dann dass sie gute Informationsquellen haben. Wenn es Gerüchte gibt, werden sie sie zu hören bekommen. Und das Gerücht wird sein, dass wir irgendwo stecken, wo wir uns sicher sind, dass uns nie jemand finden wird, und wir saufen wie die Fische und lassen die Hühner reihenweise tanzen. Wir feiern Tag und Nacht. Muss ich es zu Ende erklären? Du kannst dir den Rest denken, Mick.«

»Sie würden erwarten, leichtes Spiel zu haben. Aber wir würden auf sie warten.«

»Und sie in eine Falle locken, Mick.«

»Alle auf der Farm«, sagte er. »Das würde auch bedeuten, dass wir graben müssten, oder? Wir würden ein größeres Loch benötigen als beim letzten Mal.« Seine Mundwinkel hoben sich. »Aber diese Arbeit wird mir nichts ausmachen. Ich würde sogar sagen, die Ertüchtigung wird uns guttun.«

Wir beschlossen, sofort hochzufahren. Wir benötigten nichts. Es gab genug Essen auf der Farm, um bis zum Winter durchzuhalten, mit dem, was im Garten wuchs, und dem, was Mrs. O'Gara eingemacht hatte. Es gab einen Laden in Ellenville; wenn wir lange genug blieben, um frische Kleidung zu benötigen, würden wir dort alles bekommen, was wir brauchten.

Und Micks Lederranzen lag auf dem Rücksitz, gefüllt mit Waffen, Munition und Bargeld. Er hatte sogar die Schürze seines Vaters darin verstaut, ebenso wie das Hackmesser des alten Mannes. Es gab zusätzliche Gewehre auf der Farm, O'Garas Schrotflinte Kaliber .12 und ein Jagdgewehr mit Zielfernrohr.

»Nur eine Sache noch«, sagte Andy. »Ich will noch schnell bei mir zu Hause vorbeischauen und meiner Mutter sagen, dass sie mich ein paar Tage lang nicht sehen wird.«

»Ruf sie an«, sagte Mick. »Nimm mein Handy oder warte und ruf sie von der Farm aus an.«

»Ich würde es ihr lieber persönlich sagen«, sagte er. »Ich hab noch eine Schachtel mit Patronen für meinen Revolver in meinem Zimmer. Die könnte ich auch gleich holen. Und ich werde die Möglichkeit haben, eine zu rauchen. Es ist ein weiter Weg bis zur Farm hoch ohne eine Zigarette.«

»Du fährst dein eigenes Auto«, sagte Mick. »Ich vermute, du kannst in deinem eigenen Auto rauchen, wenn dir danach ist.«

»Das wäre unschön für zwei Nichtraucher«, sagte Andy. »Wir sitzen eng beieinander in einem geschlossenen Auto. Oder selbst wenn ein Fenster offen ist. Ich werde einfach beim Haus eine rauchen, bevor wir losfahren. Und es gibt noch was. Ich werde ihr sagen, dass sie meinen Onkel Connie nördlich von Boston besuchen soll. Sie hat gesagt, dass sie ihren Bruder schon seit einer Ewigkeit nicht mehr gesehen hat, und wann wäre ein besserer Zeitpunkt dafür? Denn sie könnten auf der Suche nach mir herkommen, Mick, und es würde vielleicht keine Rolle spielen, ob ich da bin oder nicht. Ich will nicht, dass ihr irgendetwas zustößt.«

»Um Himmels willen, nein.«

»Wer weiß, ob sie überhaupt fahren wird, aber es kann nicht schaden, es ihr vorzuschlagen. Wenn ich an Tom und die alte Frau denke ...«

»Genug.«

Es dauerte nicht lange, bis wir wieder in der Bainbridge Avenue waren und vor Andys Haus geparkt hatten. Er stieg aus dem Auto, trottete zur Haustür, öffnete sie mit seinem Schlüssel und verschwand im Inneren des Hauses. Kurze Zeit später holte Mick sein Handy hervor und wählte eine Nummer, klappte das Teil aber fast sofort wieder zu. »Ich dachte daran, O'Gara anzurufen«, sagte er, »aber ich will ihn nicht mit dem Handy anrufen. Bei meinem Glück könnte die falsche Person etwas davon aufschnappen.«

»Über die Füllungen in ihren Zähnen. Wir können ein Münztelefon suchen.«

»Wir können auch einfach rausfahren«, sagte er. »Es ist nicht zu spät und er braucht keine Vorwarnung.« Mick schwieg einen Moment lang, dann seufzte er schwer. »Lass uns die Plätze tauschen«, sagte er. »Ich setze mich nach hinten, wo ich die Beine hochlegen kann. Vielleicht schließe ich sogar die Augen und gönne mir auf der Fahrt etwas Schlaf.«

Ich stieg aus dem Auto und wir tauschten die Plätze. Er ging um den Wagen herum und setzte sich so hinter den Fahrersitz, dass er seine Beine auf die Rückbank legen konnte.

Ein paar Minuten später erschien Andy wieder. Er hatte sich eine Zigarette angezündet und hielt auf dem Bürgersteig an, um einen langen Zug zu nehmen. Als er neben der geöffneten Fahrertür stand, nahm er einen letzten Zug, dann schnippte er die Kippe auf die Straße. Funken tanzten, als sie auf dem Asphalt landete.

Er stieg ins Auto, drehte den Zündschlüssel, ließ den Motor aufheulen. Dann grinste er und klopfte zweimal auf das Lenkrad. »Los geht's«, sagte er. »Nehmt euch in Acht!«

Kapitel 29

Andy nahm den Grand Concourse bis zum Cross-Bronx Expressway, dann ging es geradewegs nach Westen. Wir fuhren über die George Washington Bridge nach New Jersey und dann auf den Palisades Parkway. Bis zu diesem Zeitpunkt war Mick still gewesen und ich hatte gedacht, er könnte eingeschlafen sein. Jetzt sagte er: »Ich hab nachgedacht. Das ist eine großartige Idee von dir, Andy.«

»Nun, ich hatte viel freie Zeit und keine Dartscheibe, mit der ich mich ablenken konnte.«

»Du bist ein Stratege«, sagte Mick. »Du bist ein zweiter Michael Collins.«

»Oh, nun mach aber mal halblang.«

»Doch, das bist du.«

»Ich bin sein russischer Cousin«, sagte Andy. »Wodka Collins.«

»Wir werden sie in eine Falle locken«, sagte Mick, »und sie zuschnappen lassen, wenn sie drinstecken. Ah, ich möchte den Ausdruck auf seinem Gesicht sehen, wenn ihm klar wird, was ich mit ihm gemacht habe. Er kommt aus der Bronx, Andy. Hast du das gewusst?«

»Nein.«

»Er ist der lange verschollene uneheliche Sohn von Paddy Farrelly, und ich werde ihn an den gleichen Ort befördern, an den ich seinen dreckigen Schweinehund von einem Vater befördert habe. Ja, er kommt aus der Bronx, auch wenn er vor Jahren weggezogen ist. Wo ist er hingezogen, Matt? In den Norden?«

»Er war zehn oder elf, als er von der Valentine Avenue weggezogen ist«, sagte ich. »Aber ich weiß nicht genau, wann das war.«

»Er hat in der Valentine Avenue gewohnt? Das ist nur zwei Blocks von der Bainbridge.«

»Er hat in dem Block mit den elfhunderter Nummern gewohnt«, sagte ich, »also ist es nicht gerade so, dass ihr nebeneinander gewohnt habt. Sie sind umgezogen als er elf war und er hat in Rochester gewohnt, als er das

Verbrechen begangen hat, für das er in den Knast gewandert ist. Aber ich weiß nicht, ob seine Mutter auch dazwischen mit ihm umgezogen ist.«

»Er hat seine Entwicklungsjahre in der Bronx verbracht«, sagte Mick. Er ließ sich den Ausdruck auf der Zunge zergehen. »Seine Entwicklungsjahre. Also können wir ihn mit Fug und Recht als Jungen aus der Bronx bezeichnen. Nun, nimm einen Jungen aus der Bronx, um einen Jungen aus der Bronx zu fangen, was? Während wir herumgefahren sind, hab ich mir gedacht, was für ein prächtiger Bezirk die Bronx ist. Ein paar Jahre lang war es dort wie ein Witz, oder? Aber es gibt sehr schöne Teile.«

»Das habe ich mir auch gedacht.«

»Matt hat selbst in der Bronx gewohnt. Oder täuscht mich mein Gedächtnis?«

»Dein Gedächtnis funktioniert prächtig. Aber wir haben nur für kurze Zeit dort gewohnt.«

»Also können wir dich nicht als Jungen aus der Bronx bezeichnen.«

»Ich denke nicht.«

»Dein Vater hatte einen Laden«, sagte Mick. »Er hat Kinderschuhe verkauft.«

»Herrgott, wie hast du dich daran erinnert?«

»Ich weiß es nicht«, sagte er. »Warum erinnern wir uns an einige Dinge und vergessen andere? Es hängt bestimmt nicht damit zusammen, was nützlich ist und was nicht. Es gibt unzählige nützliche Dinge, an die ich mich beim besten Willen nicht erinnern kann, und trotzdem erinnere ich mich an den Schuhladen deines Vaters.«

Etwas später sagte er: »Geht es deiner Mutter gut, Andy?«

»Ja, Mick. Gott sei Dank.«

»Gott sei Dank«, wiederholte er. »Als du gerade mit ihr gesprochen hast, war sie vermutlich in der Küche.«

»Nein, sie hat vor dem Fernseher gesessen.«

»Und hat eine Sendung gesehen?«

»Und hat gleichzeitig Zeitung gelesen. Warum, Mick?«

»Ah, ich hab mich nur gefragt. Hat Zeitung gelesen. Bestimmt die *Irish Echo*, oder?«

»Ich hab nicht geguckt. Es könnte die *Echo* gewesen sein.«

»Liest du die selbst auch manchmal, Andy?«

»Die ist eher was für ältere Leute, oder? Oder für Frischfleisch, das direkt vom Boot kommt.«

»Heutzutage direkt aus dem Flugzeug. Nun, deine Leute sind eine großartige alte Familie, weißt du. Ich rede von den Buckleys. Einige von ihnen waren das, was man als Castle-Iren bezeichnet. Kennt ihr den Ausdruck? Es bedeutet, dass sie auf der Seite des Haufens im Dublin Castle standen, den Repräsentanten der britischen Krone in Irland. Aber es gab auch andere Buckleys, die ausgesprochene Republikaner waren. Ich frage mich, auf welcher Seite deine standen?«

Andy lachte. »Ich werde immer gefragt, ob ich mit dem Kerl im Fernsehen verwandt bin, ihr wisst schon, wen ich meine, der, der immer mit hochgestochenen Worten um sich wirft. Aber du bist der Erste, der mich fragt, auf welcher Seite meine Leute in der Heimat standen.«

»Ist deine Mutter jemals zurückgegangen?«

»Nein, sie war ein junges Mädchen, als sie hergekommen ist. Sie hat kein Interesse daran, zurückzugehen. Es ist schwer genug, sie dazu zu bringen, ihren Bruder in Massachusetts zu besuchen.«

»Deinen Onkel Connie, meinst du.«

»Richtig.«

»Und wie steht es mit dir? Warst du jemals drüben in der Heimat?«

»Machst du Witze? Ich war niemals irgendwo, Mick.«

»Ah, du solltest hinfahren. Es gibt nichts Besseres als Reisen, um den Horizont eines Mannes zu erweitern. Obwohl ich selbst wenig genug gereist bin. Irland, natürlich, und Frankreich. Matt war in Frankreich. Und auch in Italien, oder?«

»Nur kurz«, sagte ich.

»Ich selbst war noch nie dort. Aber als ich das letzte Mal in Irland war, bin ich auch nach England rübergefahren, nur um zu sehen, ob sie dort wirklich so schlimme Teufel sind, wie ich es auf dem Knie meiner Mutter gelernt habe.«

»Und, waren sie es?«

»Überhaupt nicht«, sagte er. »Sie hätten nicht netter sein können. Überall, wo ich hinkam, wurde ich sehr höflich behandelt. Trotz all der Probleme, die sie mit den Iren hatten, haben sie immer dafür gesorgt, dass ich mich wohlgefühlt habe.«

»Vielleicht wussten sie nicht, dass du irisch bist«, schlug Andy vor.

»Du hast absolut Recht«, sagte Mick. »Höchstwahrscheinlich haben sie mich für einen Chinesen gehalten.«

Als wir auf die 209 fuhren, sagte Mick: »Es ist ein guter Plan, Andy. Ich hab während der letzten paar Meilen darüber nachgedacht. Der schwere Teil wird sein, sie zu informieren, ohne dass sie der Quelle misstrauen. Es wäre hilfreich, wenn wir wüssten, wer ihnen die ganze Zeit über geholfen hat. Hast du irgendwelche Ideen, junger Mann?«

Andy dachte nach, schüttelte den Kopf. »Es gibt ’ne Menge Typen, die im Grogan’s rumhängen«, sagte er.

»Jetzt gerade wohl eher nicht.«

»Nun, sie hingen dort rum. Leute, die etwas für dich erledigt haben oder dir bei den größeren Geschichten zur Hand gegangen sind. Ich würde sagen, jemand hat einen von denen zur Seite genommen, ihn mit ein paar Drinks abgefüllt und ihn so zum Reden gebracht.«

»Du denkst, dass es so war?«

»Wäre meine Vermutung.«

»Es gibt eine lange irische Tradition, den Verräter zu hassen«, sagte Mick. »Da gibt es diesen Film, *Der Verräter*, und ich kann mich an den Schuhladen deines Vaters erinnern, Matt, also warum fällt mir dann der Name dieses Schauspielers nicht mehr ein? Ich sehe sein Gesicht vor mir, aber ich komme nicht auf seinen Namen.«

»Victor McLaglen«, half ich ihm.

»Genau der. Oh, der am meisten gehasste Mann in Irland war immer derjenige, der andere verraten hat. ›The Patriot’s Mother.‹ Kennt ihr das Lied?«

Keiner von uns beiden kannte es. Mit überraschend sanfter Stimme fing er an zu singen:

>*Alana, alana, the shadow of shame*
>*Has never yet fallen on one of your name*
>*And oh, may the food from my bosom you drew*
>*In your veins turn to poison ere you turn untrue.«*

»Die Mutter singt das«, erklärte er, »und sie drängt ihren Sohn dazu, eher am Galgen zu sterben, als seine Kameraden zu verraten.

Ah, es ist ein furchtbares altes Lied, aber es gibt einem eine Vorstellung davon, wie unser Volk über das Thema gedacht hat. Eine große irische Tradition, den Verräter zu hassen. Und natürlich wisst ihr auch, was das bedeutet.«

»Was?«

»Es gibt eine große Tradition des Verrats«, sagte er. »Denn wie könnte man das eine ohne das andere haben?«

Die Fahrt mit dem Caprice war nicht so sanft wie im Cadillac. Und sie war auch nicht so flüsterleise, denn es war mehr Straßenlärm zu hören und auch ein Klappern von irgendwo hinten. Aber es war trotzdem bequem mit Andy und mir auf den Vordersitzen, Mick, der sich hinten ausstreckte, und den Scheinwerfern, die vor uns durch die Dunkelheit schnitten. Ich hätte mir fast gewünscht, wir könnten für immer so weiterfahren.

Wir bogen auf die nicht nummerierte Straße ab und Mick sagte: »Es war irgendwo hier, als wir den Hirsch gesehen haben.«

»Ich erinnere mich«, sagte Andy. »Ich hätte ihn fast gerammt.«

»Hast du nicht. Du hast frühzeitig genug angehalten.«

»Was auch gut so war. Es war ein großes Tier. Wenn ich daran gedacht hätte, hätte ich die Enden gezählt.«

»Die Enden?«

»An seinem Geweih, Mick. So stufen die Jäger die Hirsche ein, nach der Anzahl der Enden ihres Geweihs. Er war ein großer, aber frag mich nicht, wie viele Enden sein Geweih hatte, denn ich hab nicht darauf geachtet.«

»Jäger. O'Gara hat Schilder am Rand des Besitzes aufgestellt, um die Jäger fernzuhalten. Ich will nicht, dass sie sich hier herumtreiben. Und ich will nicht, dass auf meinem Land auf Wild geschossen wird. Es sind schlimme Räuber, man kann sie nicht aus dem Obstgarten fernhalten, aber ich erlaube nicht, dass man auf sie schießt. Ich frage mich, warum das so ist.«

»Du wirst auf deine alten Tage weich.«

»Sieht so aus«, stimmte er zu. »Fahr mal ein bisschen langsamer, ja?«

»Langsamer?«

»Es gibt hier überall Wild. Der große Hirsch hat mitten auf der Straße gestanden, aber manchmal bekommt man überhaupt keine Warnung und sie springen einem einfach vors Auto.«

Ich dachte an Danny Boy und seine Liste, und stellte mir Rotwild vor, wie es zwischen geparkten Autos hervorsprang.

Andy nahm den Fuß leicht vom Gaspedal und der Wagen wurde etwas langsamer.

»Eigentlich«, sagte Mick, »warum hältst du nicht ganz an?«

»Ich soll anhalten?«

»Klar, was soll die Eile? Wir können uns die Beine vertreten und du kannst eine Zigarette rauchen.«

»Ehrlich gesagt, ich kann genauso gut warten. Wir sind fast schon da.«

»Halt an«, sagte Mick.

»Ja, klar«, sagte Andy. »Ich muss nur einen Platz finden, wo es am Straßenrand genug Platz gibt. Sollte bald einer kommen.«

Mick holte Luft, dann beugte er sich vor und legte einen Arm um Andys Hals. Er sagte: »Matt, nimm das Steuer, so ist's gut. Andy, tritt auf die Bremse, und immer schön sanft, mein Junge, oder ich schwöre, dass ich dir die Luft abschnüren werde. Lenk uns von der Straße, Matt, so ist es gut. Und jetzt stell den Motor ab. Und nimm seine Pistole, die in seinem Hosenbund, und schau nach, ob er noch eine hat.«

»Das ist verrückt«, sagte Andy. »Mick, tu das nicht.«

Er hatte zwei Pistolen, eine vorne in seinem Gürtel, die andere auf dem Rücken. Ich nahm sie beide an mich und Mick bedeutete mir, dass ich sie auf das Armaturenbrett legen sollte.

»Raus aus dem Auto«, sagte Mick. »Komm schon. Hier ist unser Spion, Matt. Hier ist unser Verräter. Bleib stehen, Andy. Du solltest nicht mal daran denken, wegzurennen. Du würdest keine zehn Meter weit kommen. Ich würde dir die Beine abschießen, du weißt, dass ich das tun würde.«

»Ich gehe nirgendwohin«, sagte Andy. »Du liegst völlig falsch. Matt, sag es ihm, ja? Er liegt völlig falsch.«

»Da bin ich mir nicht so sicher«, sagte ich.

Zu mir sagte Mick: »Du hast es gewusst, oder?«

»Nicht so früh wie du. Ich hatte eine Vermutung, worauf du hinaus wolltest, aber ich dachte mir, dass du einfach im Trüben fischst. Aber dann hab ich es kapiert, als er gesagt hat, dass seine Mutter ferngesehen hat.«

»Und die Zeitung gelesen hat.«

»Richtig.«

»Habt ihr beide einen Schuss weg? Ich soll ein Spion sein, nur weil meine Ma Fernsehen guckt?«

»Der Anruf, den du gemacht hast«, sagte ich. »Ein oder zwei Minuten, nachdem Andy ins Haus gegangen war. Du hast so getan, als hättest du O'Gara anrufen wollen und wieder aufgelegt, bevor er sich melden konnte. Aber du hast nicht auf der Farm angerufen, oder? Du hast Andy angerufen.«

»Das habe ich.«

»Und es war besetzt«, sagte ich. »Also wusstest du, dass er telefoniert hat. Er hat Dowling angerufen und ihm gesagt, dass wir uns auf den Weg machen würden.«

Andy sagte: »Verstehe ich das richtig? Du hast bei mir zu Hause angerufen, Mick? Während ich drin war und mit meiner Mutter gesprochen habe?«

»Aber du hast nicht mit ihr gesprochen«, sagte Mick. »Du hast mit Paddy Farrellys Sohn gesprochen. Schade, dass du nicht stattdessen mit ihr gesprochen hast. Vielleicht hätte sie dir ein oder zwei Strophen aus diesem Lied vorgesungen. ›The Patriot's Mother‹, und ich vertraue darauf, dass du dich erinnern kannst, denn ich habe nicht das Herz, es dir noch einmal vorzusingen.«

»Es war besetzt«, sagte Andy. »Ist das alles, worum es hier geht? Es war besetzt?«

»Das war es.«

»Jesus, ich war auf dem Klo. Vielleicht hat sie telefoniert, während ich gepinkelt habe. Warum rufst du sie nicht jetzt gleich an und fragst sie?«

Mick gab einen Seufzer von sich, dann streckte er den Arm aus, um die Hand auf Andys Schulter zu legen. »Andy«, sagte er sanft, »was denkst du, weshalb Menschen all diese Jahrhunderte über zur Beichte gegangen sind? Sie fühlen sich danach besser. Und sag mir nicht, dass du nichts zu beichten hast. Andy, schau mich an. Andy, ich weiß, dass du es bist.«

»Aaah, Jesus, Mick.«

»Der Vorschlag, dass wir zur Farm fahren sollen, alle von uns, um ihnen dort eine Falle zu stellen. Da haben die Alarmglocken bei mir geläutet. Du hättest besser daran getan, mich selbst auf die Idee kommen zu lassen, mit vielleicht der leisesten Andeutung eines Hinweises von dir, um mich in diese Richtung zu steuern.

Und du konntest nicht wissen, dass ich in dem Moment, als die Farm erwähnt wurde, aufhorchen würde. Weißt du, dein mörderischer Freund ist selbst in eine kleine Falle getappt. Er hat bei Matt angerufen und Matt hat die Tasten gedrückt, die man drückt, um jemanden zurückzurufen. Die Person, die sich gemeldet hat, hat nicht viel gesagt. Aber hast du nicht gesagt, dass sie irisch geklungen hat? Und eine sanfte Stimme hatte?«

Ich nickte.

»Das muss O'Gara gewesen sein. Sie haben ihn am Leben gelassen, für den Fall, dass ich anrufe, damit er sich am Telefon melden kann. ›Da ist niemand dran‹, hat er ihnen gesagt, und dann haben sie die Verbindung unterbrochen. Denkst du, dass er und seine Frau noch am Leben sind, Andy? Oder haben sie sie schon umgebracht, nun, nachdem du angerufen hast, um ihnen zu sagen, dass wir auf dem Weg sind?«

»Herrgott, Mick.«

»Warst du dabei, als sie Tom umgebracht haben, Andy? Und die alte Frau im Rollstuhl?«

»Sie haben mir nicht gesagt, dass sie das tun werden.«

»Was hast du gedacht, was sie mit ihr tun werden? Sie in einen Bus nach Atlantic City setzen, mit einem Beutel voller Münzen für die Spielautomaten?«

»Oh, Gott«, sagte er. Er hatte das Gesicht in den Händen, seine Schultern bebten.

Mick sagte sanft: »Wie hat er dich gekriegt, Andy? Hat er sich von der Schule her an dich erinnert?«

»Er war ein Jahr unter mir in St. Ignatius.«

»Und du hast ihn gut gekannt, oder?«

»Überhaupt nicht gut, aber als er aufgetaucht ist, hab ich ihn sofort wiedererkannt. Er hatte das gleiche Gesicht wie damals als Kind.«

»Und er hat dich umgedreht. Damit du dich gegen mich wendest.«

Andys Arme hingen kraftlos an seinen Seiten. Sein Kiefer war schlaff, seine Augen glasig. Er sagte: »Ich weiß nicht, was passiert ist, ich schwöre, ich weiß es nicht. Ich vermute, es war Zuckerbrot und Peitsche gleichzeitig. Er hat gesagt, dass ich von dir nur Tischabfälle bekommen würde und dass es für mich sehr viel mehr Geld geben würde, wenn ich mich ihm anschließe. Und er sagte, dass ich tot wäre, wenn ich es nicht tun würde. Und sie auch.«

»Deine Mutter.«

»Ja.«

»Du hättest sofort zu mir kommen sollen, Andy.«

»Ich weiß. Bei Gott, das weiß ich. Ich hatte nicht gedacht …«

»Was?«

»Ich weiß nicht«, sagte er. »Ich weiß nicht, was ich gedacht habe. Welchen Unterschied macht es? Du wirst mich töten. Nun, zum Teufel, mach schon. Ich kann nicht sagen, dass ich es nicht verdient habe.«

»Ah, Andy«, sagte er. »Warum sollte ich dich töten?«

»Wir wissen beide, warum. Gott weiß, dass ich dir genügend Grund gegeben habe.«

»Hab ich dir nicht gesagt, dass wir eine große nationale Tradition des Verrats haben? Du hast dir dein Bett gemacht, aber warum darin liegen, wenn du es dir noch einmal machen kannst?«

»Was meinst du damit?«

Mick gab ihm einen Klaps auf die Schulter. »Du hast die Seiten gewechselt«, sagte er, »und jetzt wirst du sie noch einmal wechseln und dorthin zurückgehen, wohin du gehörst. Sie haben uns eine Falle gestellt, oder? Wir werden uns über sie hermachen, wir drei, und dafür sorgen, dass sie in ihrer eigenen Falle landen werden.«

»Du würdest mich zurückkommen lassen?«

»Warum denn nicht? Jesus, du warst über Jahre hinweg an meiner Seite und ein paar Tage gegen mich. Wir brauchen einander, Andy.«

»Mick, ich bin ein Schweinehund. Du bist ein guter Mann und ich bin nichts als ein Schweinehund.«

»Vergiss das jetzt erst einmal.«

»Mick, wir können es tun. Sie erwarten von uns, dass wir dort angefahren kommen, als gäbe es keinerlei Probleme. Dann soll ich das Auto dort parken, wo ich es immer parke, und zurückbleiben, um eine zu rauchen, während du und Matt zum Haus hochgehen. Und sie werden mit Waffen in den Händen aus dem Haus kommen.«

»Es war ein guter Plan. Denkst du, dass sie einen Posten aufgestellt haben? Jemanden, der uns sieht, wenn wir in die Zufahrt einbiegen?«

»Möglich.«

»Ich würde es tun«, sagte er, »an ihrer Stelle. Ich würde jemanden dort platzieren, wo er die Scheinwerfer sehen kann. Was ist mit O'Gara? Haben sie ihn schon umgebracht?«

»Ich weiß es nicht. Sie haben mir nicht viel gesagt. Tom Heaneys

Vermieterin, das hat mich völlig überrascht. Ich hab nicht gedacht, dass sie so etwas tun würden, wirklich nicht.«

»Und das macht dir zu schaffen. Aber ist es schlimmer, als den armen Tom umzubringen? Ah, lassen wir das. Darüber zu reden, wird ihn nicht zurückbringen, ebenso wenig wie einen von den anderen. John Kenny und Barry McCartney. Du wusstest, dass sie zu dem Lagerraum fahren würden. Du hast Dowling begleitet, oder?«

»Ich bin draußen geblieben«, sagte er. »Damit sie mich nicht sehen würden. Es sollte ein einfacher Diebstahl sein und ich sollte den Laster fahren. Dann hab ich die Schüsse gehört.« Er holte Luft. »Ich wusste nicht, dass es Tote geben würde, Mick. Es hat als eine Möglichkeit angefangen, dich zu bestehlen. Sie wollten sich den Schnaps schnappen und ich sollte einen Anteil bekommen.«

»Und niemand würde dabei zu Schaden kommen.«

»Nicht nach dem, was sie mir gesagt haben. Und dann waren Barry und John tot und ich habe mittendrin gesteckt. Und dann wurde es immer schlimmer.«

»Außer Kontrolle«, sagte Mick. »Wie ein Lauffeuer.«

»Schlimmer.«

»Schlimmer. Peter Rooney und Burke und all die anderen, die im Grogan's gestorben sind. Und Matts Freund, der zu den Zen-Buddhisten in Klausur gegangen ist. Und ich selbst sollte als Letzter an der Reihe sein. Haben sie nicht versucht, dich dazu zu bringen, es zu tun, Andy? Es wäre für dich ein Leichtes gewesen, mir eine Kugel in den Hinterkopf zu jagen, wenn ich in die andere Richtung gucke. Leichter, als sich auf der Farm einzunisten und mich herzulocken.«

»Ich würde das niemals tun können, Mick.«

»Nein, ich denke nicht, dass du es tun könntest.«

»Und er will es selbst tun. Er hasst dich.«

»Das tut er.«

»Er sagt, dass du seinen Vater getötet hast. Ich weiß nicht, ob er ihn überhaupt jemals getroffen hat. Und welche Rolle spielt das überhaupt? Das ist verdammter Schnee von vorgestern, um Himmels willen!«

»Wie die Schlacht am Boyne«, sagte Mick, »und trotzdem gibt es Leute, die nie darüber hinwegkommen werden. Ah, Andy. Es musste du oder Tom sein, und nachdem ich gesehen hatte, dass Tom tot war, warst nur noch du übrig. Es hat mir das Herz gebrochen, das wissen zu müssen.«

»Mick ...«

»Aber du bist zurück, und das ist, was zählt. Schön, dass du wieder einer von uns bist, Andy.«

»Jesus, Mick. Du musst dir wegen mir nie wieder Sorgen machen. Ich schwöre bei Gott, Mick.«

»Ah, und weiß ich das nicht?«, sagte er und legte eine Hand auf Andys Hinterkopf und die andere unter Andys Kinn und bewegte beide Hände und brach Andy Buckley das Genick.

Kapitel 30

»Welche Wahl hatte ich denn? Was hätte ich sonst tun sollen?«

Ich wusste keine Antwort. Nachdem er den Schlüssel aus dem Zündschloss gezogen hatte, ging er um das Auto zum Kofferraum und sperrte ihn auf. Er kam zurück, hob Andys Leiche auf, ohne ein Anzeichen für Anstrengung zu zeigen, und trug sie auf der Schulter zum Kofferraum, in den er sie sanft hineinlegte. Dann knallte er den Deckel zu. Das dabei verursachte laute Geräusch war schrill und plötzlich auf der dunklen, stillen Landstraße.

»Überhaupt keine Wahl«, sagte er, »und ich schwöre, dass ich es nicht tun wollte.«

»Ich dachte nicht, dass du es tun würdest«, sagte ich. »Zumindest nicht jetzt. Du hast mich überrascht.«

»Ihn auch, würde ich sagen. Weißt du, ich wollte ihm etwas Hoffnung geben und ihn beruhigen. Es ist die Angst, die einem Mann am meisten zusetzt, und ich wollte sie ihm ersparen. So wie es gelaufen ist, muss es einen Augenblick gegeben haben, an dem er wusste, was passiert, und dann war es vorüber. Ah, Herrgott, es ist eine schlechte alte Welt.«

»Das ist sie, richtig.«

»Ein schweres Leben in einer schlechten Welt. Er war für mich fast wie der Sohn, den ich niemals haben werde. Paddy Farrelly hat sich einen Sohn gezeugt, wahrscheinlich indem er sich der Dowling-Schlampe aufgenötigt hat, und sein Junge tränkt die Stadt in Blut, um das Andenken seines Vaters zu rächen. Und mein Junge hilft ihm dabei.« Er fing sich, atmete tief ein. »Nur, dass er nicht mein Sohn ist und es niemals war. Er war nur ein anständiger Kerl, der es nicht weit gebracht hat. Eine gute ruhige Hand mit einem Dartpfeil oder am Lenkrad. Denkst du, ich hätte ihn am Leben lassen sollen?«

»Darauf kann ich dir keine Antwort geben.«

»Was hättest du an meiner Stelle getan? Darauf kannst du antworten, oder?«

»Du hättest ihm nie mehr vertrauen können«, sagte ich.

»Nein.«

»Oder ruhig sein können mit dem Wissen von dem, was er getan hat. All diese Menschen, all dieses Blut. Da du der Mann bist, der du bist, sehe ich nicht, wie du anders hättest handeln können.«

»Da ich der Mann bin, der ich bin.«

»Nun, du hast nie viel von Vergeben und Vergessen gehalten.«

»Nein«, sagte er, »das habe ich nicht. Und ich bin zu alt, um mich zu ändern, muss ich sagen.« Er bückte sich, hob die Packung Marlboros auf, die Andy hatte fallen lassen. »Ein Beweisstück«, sagte er ironisch, »und jetzt sind meine Fingerabdrücke drauf. Und wen kümmert es überhaupt einen Scheiß?« Er warf die Packung über die Straße, bückte sich noch einmal und hob Andys Zippo-Feuerzeug hoch. Ich dachte, er würde es ebenfalls davonschleudern, aber er sah es stirnrunzelnd an und steckte es in die Tasche. Dann hob er eine Handvoll Kies auf und schleuderte sie den Zigaretten hinterher.

Ich wartete, während er sich gegen die Seite des Autos lehnte und die Wut abklingen ließ. Dann sagte er in einem völlig anderen Tonfall: »Was sie nicht wissen, ist, dass es noch einen anderen Weg auf das Grundstück gibt. Es grenzt an staatseigenen Grund, musst du wissen. Und es gibt eine Nebenstraße, die auf das staatseigene Land führt, dann muss man durch ein paar Morgen Wald gehen und schon ist man auf meinem Land hinter dem Obstgarten. Sie werden nur die Zufahrt beobachten, und sie werden darauf warten, dass drei Männer in einem Auto ankommen, nicht zwei zu Fuß.«

»Das gibt uns einen kleinen Vorteil.«

»Und den werden wir brauchen, da wir zu zweit sind und sie wer weiß wie viele. Ich hätte ihn fragen sollen, wie viele sie sind, aber hätte er es überhaupt gewusst?«

»Es gab die beiden, die mich überfallen haben. Donnie Scalzo und derjenige, dessen Gesicht ich nie zu sehen bekommen habe. Der Vietnamese ist tot, aber sein Partner Moon Gafter lebt noch, und er wird wahrscheinlich für den Showdown zur Hand sein. Das sind drei, mit Dowling vier, aber es könnte noch ein oder zwei geben, von denen wir nichts wissen.«

»Mindestens vier«, sagte er. »Wahrscheinlich fünf, vielleicht sogar sechs. Alle gegen uns aufmarschiert. Sie verteidigen sich und wir greifen an, was ihnen einen Vorteil gibt, aber wir kennen das Gebiet besser als sie. Also haben wir einen gewissen Heimvorteil.«

»Und das Überraschungselement.«

»Und das«, stimmte er zu. »Aber, weißt du, ich setze etwas voraus, wozu ich kein Recht habe. Denn du musst an dem Rest davon nicht beteiligt sein. Da kannst nach Hause gehen.«

Ich schüttelte den Kopf. »Dafür ist es zu spät«, sagte ich. »Solange wir nicht beide nach Hause gehen. Sie haben dir eine Falle gestellt und du hast sie erkannt und bist nicht hineinmarschiert, sondern hast den Mann ausgeschaltet, der sie gestellt hat. Du könntest verschwinden und es ihnen überlassen, sich zu überlegen, was sie als nächstes tun sollen.«

»Ich würde mich lieber jetzt mit ihnen herumschlagen, wo ich sie alle auf einem Haufen habe.«

»Das sehe ich auch so. Und ich werde an deiner Seite sein.«

Wir stiegen ins Auto und er ließ den Motor an. Ich versuchte zu entscheiden, ob sich das Auto nun, da Andy nicht mehr bei uns war, leichter anfühlte. Dann erinnerte ich mich daran, dass das Gewicht dasselbe war. Zuvor hatte er am Steuer gesessen, jetzt lag er im Kofferraum.

»Ich hatte so ein Gefühl, weißt du.«

»Mit Andy.«

»Ich muss es schon ziemlich früh geahnt haben. Nach den Schwierigkeiten in der Kneipe hab ich ihn bewusst abgesetzt und das Auto behalten. Ich wollte nicht, dass er wusste, wo ich mich aufhielt. Und ich hab ihm meine Handynummer nicht gegeben.«

»Keine Ahnung, ob es das zweite Gesicht ist«, sagte ich, »aber ich würde sagen, du hast gute Instinkte.«

»Und vielleicht ist das auch alles«, sagte er, »ich weiß es nicht. Jetzt muss ich mich konzentrieren, gleich kommt die Abzweigung und sie ist sehr leicht zu übersehen. Ah, schau dir das an!«

Vor uns sprang eine Herde Rotwild über die schmale Straße, ein Tier nach dem anderen. Ich zählte acht, aber vielleicht hatte ich eines verpasst.

»Sie setzen den Nutzpflanzen und den Sträuchern zu«, sagte er, »und sie sind eine verdammte Gefahr auf der Straße, aber was für ein herrlicher Anblick. Warum zum Teufel würde irgendjemand sie abschießen wollen?«

»Ich hab einen Freund in Ohio, ein Cop namens Havlicek, der mich immer dazu bringen will, dass ich zu ihm rauskomme und mit ihm auf Rotwildjagd gehe. Er kann nicht verstehen, warum ich nicht daran interessiert bin, und ich kann nicht verstehen, warum er es ist.«

»Es ist anstrengend genug, Menschen zu töten«, sagte er. »Wie kann man da noch Zeit auf Tiere verschwenden?«

Er fand die Nebenstraße, die er gesucht hatte, und wir bogen auf sie ab. Nach einer halben Meile hing eine Kette über der Straße mit einem Schild daran, das besagte, dass der Zugang nur befugten Personen gestattet war. Ich stieg aus und löste die Kette. Er fuhr hindurch, dann spannte ich die Kette wieder über die Straße und setzte mich zurück ins Auto.

Wir fuhren auf der einspurigen Straße durch den Wald. Ich kann nicht sagen, wie lange es dauerte. Mick fuhr sehr langsam, selten mehr als zwanzig Kilometer pro Stunde. Ich wartete darauf, dass vor uns urplötzlich noch mehr Rotwild aus den Bäumen hervorbrechen würde, denn bestimmt war der Wald voll davon, aber wir sahen keines mehr.

Schließlich endete die Straße auf einer kleinen Lichtung. Es gab dort eine kleine Hütte, unweit derer ein Nutzfahrzeug mit Allradantrieb und Leinenabdeckung stand. Mick griff nach hinten und durchsuchte den Lederranzen. Er wählte einiges aus dem Inhalt aus und steckte es in einen dunkelgrauen Leinensack. Er nahm vor allem Waffen und Munition und ließ das Geld und die Dokumente aus dem Tresor zurück. Er hatte sich bereits eine Taschenlampe aus rotem Plastik aus dem Handschuhfach geschnappt. Einer Intuition folgend sah ich im Nutzfahrzeug nach. Wie ich vermutet hatte, war es nicht abgesperrt und es gab eine Taschenlampe, die mit einer Klammer über der Beifahrertür befestigt war. Die Taschenlampe war mit hartem schwarzem Gummi ummantelt und zweimal so hell wie die aus dem Caprice.

»Guter Mann«, sagte Mick.

Ich sah keinen anderen Weg als den, auf dem wir gekommen waren, aber Mick wandte sich nach links und im Strahl seiner Taschenlampe war ein Pfad zu sehen. Er hielt den Leinensack in der einen und die Taschenlampe in der anderen Hand. Ich hatte die zweite Taschenlampe in einer Hand, die andere frei. Der Revolver, den er mir gegeben hatte, steckte in meinem Schulterholster, die kleine automatische Pistole Kaliber .22 in meiner Tasche. Und ich hatte eine der Pistolen, die ich Andy abgenommen hatte, behalten, eine Neun-Millimeter. Ich trug sie dort, wo er sie getragen hatte, in meinem Hosenbund am Rücken.

Die Luft war kühl und ich war froh über die Kevlar-Weste, schon allein wegen der Wärme, die sie mir bot. Der Boden unter unseren Füßen war weich, der Pfad schmal. Unsere Schritte waren die einzigen Geräusche, die ich hören konnte, und es schien mir, als würden wir sehr viel Lärm verursachen, obwohl mir nicht klar war, was das für eine Rolle spielte. Wir waren noch lange nicht in Hörweite von irgendjemandem auf der Farm.

Nach einer langen Stille sagte er: »Er hatte keinen Priester. Ich frage mich, ob das was ausmacht. Wir haben früher gedacht, dass es so ist, aber mit der Zeit hat sich so viel geändert. Ich bezweifle, dass es ihn gekümmert hat, ob er einen Priester hatte oder nicht. Priester oder kein Priester, er wird es jetzt sehen.«

»Was sehen?«

»Das Bild seines Lebens. Wenn es das ist, was passiert. Aber wer weiß, was passiert? Auch wenn ich vermute, dass ich es bald genug herausfinden werde.«

»Das könnte auf uns beide zutreffen.«

»Nein«, sagte er. »Dir wird nichts passieren.«

»Ist das ein Versprechen?«

»So gut wie«, sagte er. »Du wirst bald wieder zu Hause sein, in der Küche sitzen und mit deiner guten Frau Kaffee trinken. Ich habe so ein starkes Gefühl.«

»Noch so ein Gefühl.«

»Und daneben gibt es ein weiteres Gefühl«, sagte er. »Über mich.«

Ich schwieg.

»›Du hast das zweite Gesicht‹, hat meine Mutter gesagt, ›und jetzt kommt es dir wie ein Wunder vor, Mickey, aber du wirst herausfinden, dass es mindestens ebenso sehr ein Fluch wie ein Segen ist. Denn es wird dir Dinge zeigen, die du lieber nicht sehen möchtest.‹ Es gab Dinge, bei denen sie sich geirrt hat, bei Gott, aber das gehörte nicht dazu. Ich denke nicht, dass ich den Sonnenaufgang noch erleben werde, Mann.«

»Wenn du das wirklich glaubst«, sagte ich, »warum machen wir dann nicht kehrt und fahren nach Hause?«

»Wir gehen weiter.«

»Warum?«

»Weil wir müssen. Weil ich es nicht anders haben will. Weil, wenn ich mich nicht vor diesen Männern und ihren Waffen fürchte, warum sollte ich mich dann vor meinen eigenen Gedanken fürchten? Und ich muss dir etwas sagen. Es macht mir nichts aus zu sterben.«

»Ja?«

»Wer hätte gedacht, dass ich es so lange machen würde? Man sollte annehmen, dass mich schon längst jemand umgebracht haben sollte. Oder dass ich an meinem eigenen Leichtsinn hätte sterben sollen. Oh, ich hatte eine ziemlich gute Zeit. Es gab Dinge, die ich getan habe, von denen ich mir wünschte, sie nicht getan zu haben, und es gibt andere, die ich nicht getan habe und von denen ich mir wünschte, sie getan zu haben, aber im Großen und Ganzen würde ich nichts ändern, selbst wenn ich könnte. Was auch gut so ist, denn man kann es sowieso nicht, oder?«

Noch werden deine Tränen ein Wort davon wegwaschen ...

»Nein«, sagte ich. »Man kann es nicht.«

»Ich bin glücklich, das gehabt zu haben, was ich hatte, und wenn es vorbei ist, ist es vorbei. Ich habe zu viele Männer sterben gesehen, um mich vor dem Sterben an sich zu fürchten. Wenn es schmerzvoll ist, nun, das Leben ist auch schmerzvoll. Ich habe keine Angst davor.«

»Als du damals in Irland warst«, erinnerte ich mich, »musste ich einen Koffer voller Geld gegen ein gekidnapptes Kind austauschen, und ich musste dabei direkt auf ein paar Mündungen zugehen. Die Männer mit den Knarren waren labil und einer von ihnen war durchgeknallt wie eine Scheißhausratte. Ich dachte mir, dass ich ziemlich gute Chancen hatte, an Ort und Stelle zu sterben. Aber ehrlich gesagt, ich hatte keine Angst. Ich weiß, dass ich dir das schon gesagt haben muss, aber hab ich dir jemals gesagt, warum?«

»Sag es mir.«

»Es war ein Gedanke, den ich hatte. Ich erkannte, dass ich zu lange gelebt hatte, um jung zu sterben. Und ich weiß nicht, warum zum Teufel ich das beruhigend fand, aber ich tat es. Und ich hatte keine Angst.«

»Und das war vor ein paar Jahren«, sagte er, »und ich bin noch ein paar Jahre älter als du.« Er räusperte sich. »Ich werde auch keinen Priester haben«, sagte er. »Weißt du, ich muss sagen, dass mir das Sorgen macht.«

»Tut es das?«

»Nicht das Fehlen eines blassen Kerls mit Römerkragen, der meine Stirn berührt und mich zu Jesus flattern lässt«, sagte er. »Das ist mir egal. Aber ich hatte immer im Hinterkopf, dass ich die Möglichkeit zu einer vollständigen Beichte bekommen würde, bevor ich sterbe. Ich dachte mir, dass ich ohne die Last der Sünden auf mir leichter sterben könnte.«

»Ich verstehe.«

»Tust du das? Wahrscheinlich nicht, weil du nicht im Glauben erzogen wurdest. Es ist schwer, die Beichte jemandem zu erklären, der kein Katholik ist. Was sie ist und was sie für einen tut.«

»Es gibt etwas Ähnliches bei den Anonymen Alkoholikern.«

»Wirklich?« Er blieb unvermittelt stehen. »Davon hab ich noch nie gehört. Ihr habt ein Sakrament der Beichte? Geht ihr zu Priestern, um eure Seele zu entblößen?«

»Nicht genau«, sagte ich, »aber ich denke, dass es im Grunde genommen auf das Gleiche hinausläuft. Es gibt ein Programm von Schritten, die man tun soll.«

»Zwölf davon, oder?«

»Das stimmt. Nicht jeder beachtet sie, vor allem nicht am Anfang, wenn es schwer genug ist, sich einfach vom ersten Drink fernzuhalten. Aber diejenigen, die die Schritte durcharbeiten, scheinen auf längere Sicht bessere Aussichten zu haben, trocken zu bleiben. Deshalb landen die meisten früher oder später dabei.«

»Und eine Beichte ist ein Teil davon?«

»Der fünfte Schritt«, sagte ich. »Die genaue Formulierung – aber willst du das wirklich alles hören?«

»In der Tat, das will ich.«

»Was man machen soll, ist, dass man vor Gott, sich selbst und einem anderen Menschen die genaue Natur seines Fehlverhaltens eingesteht.«

»Deine Sünden«, sagte er. »Aber wie entscheidet man, was eine Sünde ist?«

»Das hängt von einem selbst ab«, sagte ich. »Bei den Anonymen Alkoholikern gibt es keine Autoritäten. Es gibt keinen, der das Sagen hat.«

»Die Irren leiten die Irrenanstalt.«

»So ungefähr. Und wie man diesen Schritt angeht, ist gegenüber Interpretationen offen. Der Rat, den ich bekommen habe, war, alles aufzuschreiben, was ich jemals getan hatte und das mich bekümmerte.«

»Bei Gott, bekommt man da nicht einen Krampf in der Hand, bevor man halbwegs durch ist?«

»Das ist genau das, was passiert ist. Dann hab ich mich mit meinen Aufzeichnungen hingesetzt und bin sie mit einer anderen Person durchgegangen.«

»Mit einem Priester?«

»Einige tun es mit einem Priester. In der Anfangszeit war das die übliche

Art und Weise. Heutzutage arbeiten die meisten den Schritt mit ihrem Sponsor ab.«

»Und das hast du getan?«

»Ja.«

»Und das war dieser Buddhist? Warum kann ich mich nie an den Namen des armen Kerls erinnern?«

»Jim Faber.«

»Und du hast ihm alles Schlechte, das du jemals getan hast, erzählt?«

»So ziemlich. Es gab ein paar Dinge, die mir erst später wieder eingefallen sind, aber ich hab ihm alles erzählt, an was ich mich zu diesem Zeitpunkt erinnern konnte.«

»Und was ist dann passiert? Hat er dir die Absolution erteilt?«

»Nein, er hat nur zugehört.«

»Ah.«

»Und dann hat er gesagt: ›So, das hätten wir. Wie fühlst du dich jetzt?‹ Und ich hab geantwortet, ich hätte den Eindruck, dass ich mich genauso fühlte wie zuvor. Und er sagte, warum gehen wir nicht einen Kaffee trinken, und das haben wir gemacht. Und damit hatte es sich. Aber später hatte ich ein Gefühl der …«

»Erleichterung?«

»Das denke ich, ja.«

Er nickte. »Ich hatte keine Ahnung, dass ihr so was macht«, sagte er. »Es ist fast so wie die Beichte, aber bei uns gibt es mehr Rituale und Formalitäten. Keine Überraschung, oder? Es gibt bei allem, was wir tun, mehr Rituale und Formalitäten. Du hast es nie wie bei uns getan, oder?«

»Nein, natürlich nicht.«

»›Nein, natürlich nicht.‹ Bei dir hat das nichts mit ›natürlich‹ zu tun, oder? Du warst mit mir in der Frühmesse. Mehr als das, du hast die heilige Kommunion empfangen. Erinnerst du dich überhaupt noch daran?«

»Es ist sehr unwahrscheinlich, dass ich das jemals vergessen könnte.«

»Ich auch nicht. Bei Gott, was für eine verdammt seltsame Zeit das war. Wir beide direkt aus Maspeth mit Blut an den Händen, und dort saßen wir in St. Bernard's in der Butchers' Mass, wie immer auf unseren vier Buchstaben, wenn die anderen aufgestanden sind, um die Oblate zu empfangen. Und plötzlich stehst du auf deinen Beinen und bist auf dem Weg zum Altargeländer, und ich einen Schritt hinter dir. Ich mit Jahrzehnten nicht gebeichteter

Sünden und du ein ungetaufter Heide, und wir haben beide die Kommunion empfangen!«

»Ich weiß nicht, warum ich es getan habe.«

»Und ich hab nie verstanden, warum ich dir gefolgt bin! Und trotzdem hab ich mich danach wunderbar gefühlt. Ich könnte dir nicht sagen, warum, aber es war so.«

»Ich auch. Und ich hab danach nie wieder etwas in der Art getan.«

»Das will ich hoffen«, sagte er. »Ich auch nicht, da kannst du dir sicher sein.«

Wir gingen ein Stück des Weges stumm, dann sagte er: »Rituale und Formalitäten, wie ich gesagt habe. ›Vergib mir, Vater, denn ich habe gesündigt‹, das würde ich am Anfang sagen. ›Meine letzte Beichte ist mehr als vierzig Jahre her.‹ Heiliger Jesus, vierzig Jahre!«

Ich schwieg.

»Ich weiß nicht, was ich dann sagen würde. Ich denke nicht, dass es ein Gebot gibt, das ich nicht gebrochen habe. Oh, ich hab die Finger von den Ministranten gelassen und ich tippe, das ist mehr, als einige der Priester von sich behaupten können. Aber ich kann mir das eigentlich nicht zugutehalten, da sie ja durch eine fehlende Neigung verschont wurden. Ich vermute, ich könnte die Liste durchgehen, Gebot für Gebot.«

»Manche Leute machen den fünften Schritt, indem sie die Liste der Todsünden durchgehen. Du weißt schon, Stolz, Habsucht, Zorn, Maßlosigkeit …«

»Das könnte einfacher sein. Es gibt sieben Todsünden, das sind drei weniger, als es Gebote gibt. Ich mag übrigens, wie ihr das macht. Nur die Sünden aufzählen, die einem auf der Seele lasten. Nun, davon habe ich genug. Ich hab ein schlechtes Leben gelebt und schlechte Dinge getan.«

Am Boden zerbrach ein Zweig und ich hörte etwas im Gestrüpp huschen, irgendein kleines Tier, das wir aufgeschreckt hatten. In der Ferne hörte ich etwas, bei dem es sich um den Ruf einer Eule handeln musste. Ich denke nicht, dass ich schon jemals zuvor eine gehört hatte. Mick blieb stehen, lehnte sich mit dem Rücken gegen einen Baum.

»Einmal«, sagte er, »hab ich versucht, diesen Mann zum Reden zu bringen. Er hatte Geld versteckt und wollte nicht verraten, wo. Ihn zu verletzen, schien nur seinen Willen zu stärken. Und ich hab die Hand ausgestreckt und ihm ein Auge herausgerissen, hab es einfach aus seinem Kopf gerissen, und ich hab den Augapfel auf meiner Handfläche liegen gehabt und vor ihn hingehalten.

›Dein Auge guckt dich an‹, hab ich gesagt, ›und es kann dir direkt in die Seele gucken. Soll ich dir das andere auch noch rausreißen?‹ Und er hat geredet und wir haben das Geld bekommen und dann hab ich den Lauf meiner Pistole in seine leere Augenhöhle geschoben und ihm das Hirn weggepustet.«

Er verstummte. Seine Worte hingen in der Luft um uns herum, bis der Wind sie davontragen konnte.

»Und ein anderes Mal«, sagte er …

Ich vergaß fast alles, was er mir erzählte.

Ich kann nicht erklären, wie das passierte. Es war nicht so, dass ich nicht zugehört hätte. Was hätte ich sonst tun können? Eher hätte der Hochzeitsgast den alten Seemann ignorieren können.

Trotzdem, die Worte, die er sprach, gingen durch mein Bewusstsein und verflüchtigten sich irgendwohin. Es war, als wäre ich ein Kanal, eine Leitung für seine Beichte. Vielleicht ist das so für Priester und Psychiater, die solche Offenbarungen regelmäßig hören. Vielleicht auch nicht. Ich weiß es nicht.

Wir gingen und er redete, manchmal sehr ausführlich, manchmal sehr knapp. An einem Punkt kamen wir auf eine Lichtung und setzten uns auf den Boden, und er sprach weiter und ich hörte weiter zu.

Und dann gab es einen Punkt, an dem er fertig war.

»Der Weg war länger als in meiner Erinnerung«, sagte er. »Nachts kommt man langsamer voran und wir haben hin und wieder unterwegs angehalten, oder? Dieses Flüsschen ist die Grenze zu meinem Besitz. In der Sommerhitze ist es nur eine ausgetrocknete Rinne, im Frühjahr, wenn der Schnee schmilzt, wird es jedoch zum reißenden Strom. Lass uns einen Platz finden, wo wir es überqueren können, ohne uns die Füße nasszumachen.«

Das gelang uns, indem wir auf ein paar Steine stiegen.

»Nachdem er dir zugehört hatte, dein buddhistischer Freund«, begann er und fing sich gerade noch: »Jim Faber, meine ich.«

»Du hast dich an seinen Namen erinnert.«

»Es besteht noch Hoffnung für mich. Nachdem er dir zugehört hatte, was ist dann passiert? Er hat dich nicht von deinen Sünden losgesprochen. Hat er dir wenigstens eine Buße auferlegt? Ave-Marias, die du aufsagen musstest? Vaterunsers?«

»Nein.«

»Er hat es einfach dabei belassen?«

»Der Rest lag bei mir. So wie wir es machen, müssen wir uns selbst vergeben.«

»Wie, um Himmels willen?«

»Nun, es gibt noch andere Schritte. Es ist keine Buße, nicht wirklich, aber vielleicht funktioniert es auf die gleiche Weise. Wiedergutmachung leisten für den Schaden, den man angerichtet hat.«

»Wie soll ein Mann wissen, wo er dabei beginnen soll?«

»Und Selbstakzeptanz«, sagte ich. »Das ist ein großer Teil davon, und frag mich nicht, wie man es tut. Es ist nicht wirklich mein Fachgebiet.«

Er dachte darüber nach und nickte langsam. Seine Mundwinkel hoben sich minimal. »Also wirst du mir keine Absolution erteilen«, sagte er.

»Ich würde, wenn ich es könnte.«

»Ah, was für eine Art Priester bist du eigentlich? Die völlig falsche Art. So wie ich dich kenne, würdest du wahrscheinlich Wein in Wasser verwandeln.«

»Das Wunder der Insubstantiation«, sagte ich.

»Wein zu Perrier«, sagte er. »Mit all den kleinen Bläschen.«

Kapitel 31

Von dem Augenblick an, als wir das Flüsschen überquert hatten, befanden wir uns auf seinem Grund und Boden. Wir gingen noch weitere fünf Minuten durch den Wald, bis wir zu einem gerodeten Stück Land kamen. Am anderen Ende befand sich etwas erhöht der Obstgarten, an dessen Seite wir Kenny und McCartney begraben hatten. Hinter dem Obstgarten waren der Gemüsegarten, der Schweinepferch und der Hühnerstall. Und noch ein Stück weiter das Farmhaus.

»Wir sollten jetzt besser still sein«, murmelte er, »denn man könnte unsere Stimmen hören. Nicht die Huhrensöhne, denn aus dieser Entfernung werden sie uns nicht hören, aber die Tiere. Tatsächlich würde es an ein Wunder grenzen, wenn wir an den Schweinen vorbeikommen, ohne dass sie uns bemerken. Selbst wenn wir tot wären, würden sie unseren Geruch aufschnappen, auch wenn mir ein Rätsel ist, wie sie irgendetwas außer ihrem eigenen furchtbaren Gestank riechen können.«

Und es gab auch ein paar Perlhühner bei den Hühnern, sagte er. Schöne Tiere, die in den Bäumen schliefen und Radau machten, wenn man sich ihnen näherte. O'Gara mochte es, sie zu haben, ihm gefiel, wie sie aussahen, und er hatte Mick versichert, sie wären eine Delikatesse und auf den nobelsten Tischen hoch geschätzt, aber Mick fand sie zäher als Huhn und nicht so schmackhaft. Allerdings verstanden sie sich vorzüglich darauf, Alarm zu schlagen, echte Wachhunde mit Flügeln. Egal, wie vorsichtig wir versuchen würden, uns an ihnen vorbeizuschleichen, sie würden etwas Lärm machen und die Schweine würden grunzen. Aber es waren Kerle aus der Stadt, auf die wir es abgesehen hatten, also was würde ihnen ein bisschen Krächzen und Grunzen von den Tieren schon sagen?

Wir schalteten die Taschenlampen aus. Es gab genug Mondlicht, in dem wir das gerodete Land ohne Probleme überqueren konnten. Wir gingen langsam, hoben bedächtig die Füße und setzten sie sanft wieder auf. Als wir den Obstgarten durchquert hatten, konnte ich Lichter im Farmhaus sehen. Das einzige Geräusch, das ich hörte, war mein eigenes Atmen.

Wir gingen weiter. Es gab einen Kiesweg, aber wir gingen neben ihm, wo

Gras und Unkraut eine leisere Oberfläche boten als der lose Kies. Ein erleuchtetes Fenster im Farmhaus zog meinen Blick an. Ich konnte sie mir vorstellen, wie sie dort drinnen um einen Tisch saßen, aus dem großen alten Kühlschrank aßen und tranken, Einmachgläser öffneten und das, was Mrs. O'Gara eingemacht hatte, auslöffelten. Ich wollte mir das nicht alles ausmalen, ich wollte mich auf das konzentrieren, was ich tat, aber trotzdem wurde mein Kopf mit diesen Bildern gefüllt.

Plötzlich blieb er stehen und packte meinen Arm.

»Hör!«, flüsterte er.

»Auf was?«

»Das ist es«, sagte er. »So nahe, wie wir sind, sollten wir sie hören können.«

»Die Männer im Haus?«

»Die Tiere«, sagte er. »Sie können uns hören. Sie sollten unruhig sein, deshalb sollten wir sie hören können.«

»Ich kann sie nicht hören«, flüsterte ich zurück, »aber riechen kann ich sie auf jeden Fall.«

Er nickte und schnüffelte in der Luft, dann schnüffelte er noch einmal. »Das gefällt mir nicht«, sagte er.

»Wem gefällt das schon?«

Er runzelte die Stirn. Er roch irgendetwas in der Nachtluft, das ich nicht wahrnehmen konnte. Ich vermute, er war daran gewöhnt, seine Schweine und Hühner zu riechen, und wusste, wenn etwas nicht so roch, wie es sollte.

Er legte einen Finger an die Lippen, dann ging er voran. Der Gestank wurde stärker, als wir uns dem eingezäunten Schweinepferch näherten. Er trat ganz bis zum Zaun, legte seine Unterarme auf den obersten Balken. Aus dem Pferch war kein Laut zu hören, und jetzt roch ich es auch, eine abgestandene Kopfnote neben dem üblichen Gestank der tierischen Ausscheidungen.

Er knipste seine Taschenlampe an, leuchtete mit ihr im Pferch umher, verharrte mit dem Strahl, als er auf ein totes Schwein traf. Das Tier lag auf der Seite in seinem eigenen Blut, seine große weiße Flanke war mit Einschusslöchern gespickt. Er bewegte den Strahl hierhin und dorthin und ich konnte andere Kadaver ausmachen.

Er schaltete die Taschenlampe aus, nickte in sich hinein und ging zum Hühnerhof. Dort gab es das gleiche Bild, nur etwas extremer, da alles voller Blut und Federn war. Er stand da, sah auf das Gemetzel und atmete tief ein und aus, ein und aus. Dann schaltete er die Taschenlampe aus, drehte sich um und fing an, den Weg, den wir gekommen waren, zurückzugehen.

Mein erster Gedanke war, dass er weggehen würde, allem den Rücken zukehren würde, dass wir wieder den Fluss überqueren und zurück durch den Wald zum Caprice gehen würden. Aber ich wusste, dass das nicht sein konnte, und ich erkannte, dass er zu dem kleinen Geräteschuppen ging, demjenigen, der aussah wie ein Plumpsklo. Ich wusste, dass es darin eine Schaufel gab, und ich hatte einen weiteren dummen, ungebetenen Gedanken: dass er die abgeschlachteten Tiere begraben wollte. Aber das konnte auch nicht sein.

Er sagte: »Wenn ein Nerz oder ein Wiesel in einen Hühnerstall eindringt, tötet es auf diese Weise. Man findet alle Hühner tot vor, aber keines davon gefressen. Mutwillige Grausamkeit würde man es nennen, aber du musst wissen, dass das Wiesel einen Grund hat. Es will das Blut. Es trinkt das Blut von allen von ihnen und lässt das Fleisch zurück. Wenn man also sagen würde, dass es blutdürstig ist, würde man nur die einfache Wahrheit sagen. Es dürstet nach Blut.«

Er wandte sich mir zu. »Was *sie* wollten«, sagte er, »war Zielschießen. Eine Möglichkeit, ihre Waffen zu testen und voreinander anzugeben. Die Möglichkeit, auf ein Tier zu schießen und zuzusehen, wie es herumtaumelt, Blut aus ihm heraussprudelt, und dann noch einmal auf es zu schießen. Und noch einmal.«

Ich dachte über das nach, was er gesagt hatte. Dann nickte ich.

»Auf gewisse Weise«, sagte er, »ist es dadurch einfacher.«

»Wie meinst du das?«

»Ich hab versucht, mir zu überlegen, wie wir die O'Garas herausholen könnten. Für den sehr unwahrscheinlichen Fall, dass sie noch am Leben wären. Aber jetzt weiß ich, dass das ausgeschlossen ist. Hat sich O'Gara am Telefon gemeldet, als du angerufen hast?«

»Ich könnte es nicht beschwören. Aber ich denke, dass er es wahrscheinlich war, ja.«

»Das war der Grund, weshalb sie ihn am Leben gelassen haben«, sagte er. »Nicht, falls du anrufen würdest, denn damit haben sie bestimmt nicht gerechnet. Aber falls ich anrufen würde. Ich hätte anrufen können, bevor ich herauskam, und sie hatten ihn bereit, um den Anruf entgegenzunehmen, mit einer Waffe an seinem Kopf und einer am Kopf seiner Frau. Er hätte keine andere Möglichkeit gehabt, als das zu tun, was sie von ihm wollten.«

»Könnten sie nicht noch am Leben sein?«

»Nein«, sagte er, »und daran kannst du mir die Schuld geben, wenn dir danach ist. Andys Anruf hat sie getötet. Wenn ich ihn davon abgehalten hätte, zurück in sein Haus zu gehen, hätte er keine Gelegenheit gehabt, anzurufen. Und sie hätten O'Gara am Leben gelassen, ihn und seine Frau. Sie wären jetzt noch am Leben. Ich hab daran gedacht, musst du wissen, aber ich hab zu spät daran gedacht. Ich hab daran gedacht, als ich bei Andy anrief und besetzt war. Jetzt werden sie wissen, dass wir unterwegs sind, hab ich mir gedacht, und dann wurde mir klar, was die unmittelbare Konsequenz dieses Wissens sein würde, und ich hab meinen Fehler erkannt.«

»Du kannst dir deshalb keine Vorwürfe machen.«

»Ich könnte«, sagte er, »aber ich werde nicht allzu viele Gefühle darauf verschwenden. Anruf oder nicht, vielleicht hätten sie sie zum jetzigen Zeitpunkt sowieso schon getötet gehabt. Aus Langeweile, weil sie nichts anderes mehr hatten, dass sie töten konnten. Und selbst wenn sie jetzt noch am Leben wären, ist die Wahrscheinlichkeit sehr gering, dass sie es in einer Stunde noch sein würden. Die Aufgabe, die vor uns liegt, ist schwer genug, ohne dass wir zwei Leute lebend aus dem Haus holen müssen.« Er seufzte. »Sie haben beide ein untadeliges Leben geführt. Sie sind ein paar Stunden früher in den Himmel gekommen, das ist alles. Sie sind jetzt da oben, denkst du nicht auch? Während wir hier unten in der Hölle sind.«

Kapitel 32

»Wir haben einen weiteren großen Vorteil«, sagte er. »Sie sind dumm.«

Er befand sich halb im kleinen Geräteschuppen, halb außerhalb, und traf seine Vorbereitungen, indem er Einmachgläser und Flaschen aus einem Zwanzig-Liter-Kanister füllte und Lumpen als Stöpsel in die Öffnungen stopfte. Ich kauerte in der Nähe und hielt die Taschenlampe für ihn. Der Geräteschuppen stand weit hinten beim Obstgarten, unweit der Stelle, an der wir das Zwei-Mann-Grab ausgehoben hatten. Der Boden hatte sich etwas gesetzt, seit wir das Grab zugeschaufelt hatten, aber man konnte noch immer die Ausbuchtung sehen.

Das Farmhaus war ein paar hundert Meter entfernt. Sie konnten uns aus dieser Entfernung unmöglich hören, aber er sprach trotzdem mit leiser Stimme.

»Dumm«, wiederholte er. »Es war schlimmer als Dummheit, was sie dazu gebracht hat, die Schweine und die Hühner abzuschlachten, aber es war trotzdem dumm. Angenommen, wir wären geradewegs nach hinten gefahren. Angenommen, ich hätte darauf bestanden, dass Andy uns bis ganz hinter fährt, weil ich einen Blick auf das Grab werfen wollte oder nach den Tieren sehen wollte oder aus sonst irgendeinem verdammten Grund? Er hätte es getan, und ich hätte das Gemetzel gesehen, und dann wäre ihre große Überraschung dahin gewesen. Sie ist ein gutes Zeichen, diese Dummheit. Wenn sie bei einer Sache dumm sind, können sie es auch bei anderen sein. Hilf mir dabei, die hier zu tragen, aber nimm nur so viel, wie du sicher bist, dass du tragen kannst. Du darfst keine fallen lassen oder sonst irgendeinen Lärm mit ihnen verursachen. Lieber gehen wir zweimal.«

Wir gingen dreimal, schleppten die zugestöpselten Einmachgläser und Flaschen, brachten den Kanister, der jetzt halb leer war, trugen den Leinensack mit den Waffen und zusätzlicher Munition. Wir legten alles im hohen Gras am Rand des Hühnerhofs ab. Als wir fertig waren, lehnte sich Mick mit dem Rücken gegen einen Zaunpfahl und verschnaufte, dann griff er nach dem silbernen Flachmann in seiner Hüfttasche. Er zog ihn heraus und sah ihn an, steckte ihn aber wieder zurück, ohne ihn geöffnet zu haben.

Er streckte seinen Kopf nahe an meinen heran, sprach im Flüsterton. »So dumm, wie sie sind«, sagte er, »haben sie vielleicht nicht einmal eine Wache aufgestellt. Aber wir müssen sicher gehen, und ich hoffe fast, dass es doch eine gibt. Wir können sie ausschalten und dadurch unsere Chancen verbessern.«

Wir ließen die Taschenlampen bei den Flaschen, Einmachgläsern und zusätzlichen Waffen. Mick griff in den Leinensack und zog einen Schalldämpfer hervor. Er vergewisserte sich, dass er auf seine Pistole passte, dann nahm er ihn ab und steckte ihn in die Tasche. Die Pistole schob er zurück in seinen Hosenbund.

Wir näherten uns dem Haus, indem wir unsere Füße geräuschlos hoben und senkten, in den dunklen Schatten blieben, immer ein paar Schritte machten, dann warteten und lauschten, dann noch ein paar Schritte machten. Als wir auf der Höhe des Hauses waren, konnte ich durch ein offenes Fenster Geräusche hören. Was ich hörte, war ein Gespräch, und einer der Sprecher hatte die hohe Stimme einer Frau. Einen Augenblick lang dachte ich, dass es die Stimme von Mrs. O'Gara war, dann wurde mir klar, dass es sich um eine Fernsehsendung handelte. Sie hatten die Farm in Besitz genommen, sie hatten alle Menschen und Tiere getötet, sie hatten uns eine Falle gestellt und jetzt sahen sie fern.

Als wir zwanzig Meter oder so über das Haus hinaus waren, atmete ich aus und erkannte, dass ich eine lange Zeitlang mehr oder weniger den Atem angehalten und mir nur sehr flache Atemzüge erlaubt hatte, als befürchtete ich, die Luft zu stören. Jetzt atmete ich tief ein und aus. Wir waren über das Stück der Strecke hinaus, auf dem sie möglicherweise ein unbeabsichtigtes Geräusch von uns hören konnten, aber die Aufgabe, die jetzt vor uns lag, war schwieriger. Wir mussten nach einem Wachposten Ausschau halten, ohne zu wissen, wo er sich befand oder ob es ihn überhaupt gab.

Mick ging voran. Er hielt sich zur Linken der Kieszufahrt, ich blieb auf der rechten Seite, etwa fünf Meter hinter ihm. Ich bewegte mich, wenn er es tat, hielt an, wenn er anhielt. Es war eine lange Zufahrt, die in unserer Laufrichtung einen leichten Bogen nach links machte und dabei dem Gefälle des Bodens folgte. Sie war auch gut beschattet durch Bäume und Gebüsche und ich musste auftreten, ohne genau zu sehen, wohin ich trat. Ich bewegte mich leise, aber nicht so totenstill wie ich es gerne getan hätte.

Vor mir blieb Mick unvermittelt stehen. Ich fragte mich warum, und dann hörte ich es auch, leise aber unüberhörbar. Direkt vor uns lief Musik.

Er ging vorsichtig weiter, ich folgte ihm. Die Musik wurde lauter, je näher wir kamen. Dann hob Mick eine Hand, um mich zum Anhalten zu bringen, und legte einen Finger auf die Lippen. Er griff mit einer Hand in seine Tasche, zog mit der anderen die Pistole aus seinem Gürtel, und ich wusste, dass er den Schalldämpfer an der Waffe anbrachte.

Dann ging er weiter, tiefer in den Schatten, und ich konnte ihn nicht mehr deutlich sehen. Ich zog den Revolver aus dem Schulterholster und hielt ihn in der Hand. Ich lauschte aufmerksam, aber alles, was ich hörte, war das Radio, in dem ein Countrysong lief. Er kam mir bekannt vor, aber ich konnte den Text nicht verstehen.

Ich nahm einen Dufthauch wahr und schnüffelte in der Luft. Es war Rauch, was ich roch, Zigarettenrauch.

Dann hörte ich etwas, bei dem es sich um Schüsse handeln musste. Ich hätte sie nicht gehört, wenn ich nicht danach gelauscht hätte, hätte sie nicht erkannt, wenn ich nicht gewusst hätte, was ich zu erwarten hatte. Es waren leise, knallende Geräusche, die Art, die man erzeugt, wenn man eine Noppe einer Luftpolsterfolie zum Platzen bringt.

Mick trat aus den Schatten und signalisierte mir zu kommen. Ich ging, ohne Geräusche zu verursachen, obwohl wir weit genug vom Haus entfernt waren, dass sie unsere Schritte nicht mehr hören konnten. Trotzdem gab es keinen Grund, unnötigen Lärm zu machen.

Am Rand der Zufahrt lag ein Mann hingestreckt in einem Leinenliegestuhl. Er trug eine Aufwärmjacke der Chicago Bulls und eine Levi's-Jeans, seine Füße steckten in schwarzen Dr. Martens und weißen Sportsocken. In seinem Schoß lag eine Pistole, eine dieser Neun-Millimeter-Knarren mit einem übergroßen Magazin für zehn oder zwölf Patronen. Er würde sie allerdings niemals mehr abfeuern können, denn seine Tage als Schütze waren vorüber. Er war von zwei Kugeln getroffen worden, einmal mitten in die Brust, einmal mitten in die Stirn. Falls Danny Boy den Hurensohn gekannt hatte, durfte er seinen Namen auf die Liste setzen.

Neben ihm auf dem Boden befand sich ein kleines Kofferradio, das angestellt war, und neben dem Radio stand ein großer, noch etwa zu zwei Dritteln voller Weinkrug. Auf dem Boden lagen auch ein Handy und, ein paar Schritte weiter, die Zigarette, die er geraucht hatte. Mick hob das Bein und trat die Zigarette aus, zögerte, dann trat er auch auf das Handy.

Er hatte Andys Zippo in der Hand und drehte am Reibrad, bevor er die

Flamme vor das Gesicht des Mannes hielt. Ich sah ihn mir gut an und schüttelte den Kopf. Ich hatte ihn noch nie zuvor gesehen.

»Ich vermute, er könnte einer der Schläger sein«, flüsterte ich. »Nicht Scalzo, sondern der andere, den ich nicht zu Gesicht bekommen habe. Natürlich hat er in der Nacht weiche Schuhe getragen, keine Dr. Martens.«

»Vielleicht hat er seine Lektion gelernt.«

»Du hast ihm eine bessere Lektion erteilt als ich. Mach das Feuerzeug noch mal an, ja? Eine Kugel ins Herz, eine in den Schädel, und es sind große Wunden mit jeweils wenig Blut. Welche auch immer ihn zuerst getroffen hat, er muss sofort tot gewesen sein.«

»Jesus«, sagte er, »du musst den verdammten Fall nicht aufklären. Wir wissen, wer den hier erschossen hat.« Er schloss das Feuerzeug, steckte es ein, schraubte den Schalldämpfer von der Pistole, steckte ihn in die Tasche, dann nahm er das Magazin aus der Pistole und ersetzte die beiden Patronen, die er verbraucht hatte. Er hob die beiden Patronenhülsen, die die Pistole ausgespuckt hatte, auf, wollte sie einstecken, überlegte es sich anders und wischte sie an seinem Hemdszipfel ab, bevor er sie dem toten Mann in den Schoß warf.

Wir ließen ihn dort, mit der Pistole und den Patronenhülsen in seinem Schoß, das Radio an.

Kapitel 33

Ich stand hinter dem Haus. An der Wand war ein großer Metallkasten angebracht, dessen Tür jetzt offen stand. Ich hatte eine Hand am Hebel der Hauptsicherung und beugte mich so weit es ging nach links, um um die Hausecke dorthin zu blicken, wo Mick stand. Er trug die Schürze seines Vaters. Ich hatte versucht, es ihm auszureden, da er dadurch leicht zu sehen sein würde, aber er hatte nicht auf mich hören wollen. Jetzt gab er mit der Hand das Signal und ich drückte den Hebel nach unten, um dem Farmhaus den Strom abzuschalten.

Im Haus gingen sofort die Lichter aus, natürlich, und es wurde still. Die Stille dauerte nur ein oder zwei Sekunden lang an, aber Mick handelte bereits. Nachdem er den Docht einer seiner Flaschen angezündet hatte, schmiss er sie, dann eilte er ein Dutzend Schritte weiter, zündete einen weiteren Docht an und schleuderte auch diese Flasche ins Haus.

Im Haus wurde es laut. Männer schrien, riefen sich gegenseitig etwas zu, schoben Stühle zurück, prallten in der Dunkelheit gegen Wände und Tische. Ich rannte ein paar Meter bis zu der Stelle, an der ich meinen Vorrat an Einmachgläsern und Flaschen gelagert hatte, entzündete ein Streichholz, zündete damit den Stofffetzen an, der als Docht diente, und warf die Flasche gegen ein Fenster im Erdgeschoss. Das Glas zerbrach und die Flasche verschwand im Inneren, dann gab es eine Explosion und ich konnte die Flammen hinter dem zerstörten Fenster auflodern sehen.

Es gab weitere Explosionen auf der Vorderseite des Hauses. Drinnen schrien sich die Männer gegenseitig an. Ich zündete meine beiden verbliebenen, mit Benzin gefüllten Einmachgläser an und schmiss sie, eines gegen ein Fenster im ersten Stock, das andere gegen die Hintertür, gerade als jemand versuchte, sie zu öffnen. Das Glas zerbrach beim Aufprall und Flammen loderten in der Türöffnung auf.

Ich legte mich auf den Boden. Von der Vorderseite des Hauses her waren Schüsse zu hören; jetzt erschien eine Gestalt an einem der rückwärtigen Fenster. Ich schoss auf sie und die Gestalt gab als Antwort ein paar Schüsse in meine Richtung ab, bevor sie vom Fenster verschwand.

Ich kauerte mich hin und rannte zu einer Stelle, von der aus ich sehen konnte, was sich vorne abspielte, während ich gleichzeitig die Hintertür im Auge behalten konnte. Eine Kugel heulte über mir dahin. Ich warf mich auf den Boden, drehte mich um und schoss zurück. Ich traf nichts, wenn man das Haus selbst nicht mitzählt.

Es brannte jetzt hell; auf beiden Stockwerken und in allen Ecken waren Flammen zu sehen. Es gab eine große Explosion oder Implosion, als ein Seitenfenster im ersten Stock zerbarst. Ein Mann rannte auf die Veranda und ich eilte zur Seite des Hauses und schoss auf ihn. Er schoss zurück, sprang über das Verandageländer und lief davon. Er schien ein Bein nachzuziehen und ich fragte mich, ob womöglich er und nicht der tote Wachposten der zweite der Männer gewesen war, die mich überfallen hatten. Oder hatte er sich das Bein gerade erst verletzt, als er von der Veranda gesprungen war?

Ich hielt den Revolver mit beiden Händen und drückte den Abzug durch, aber der Hammer traf nur auf eine leere Patrone. Ich ließ die Waffe fallen und zog Andys Neun-Millimeter-Pistole aus dem Hosenbund an meinem Rücken. Der Mann sah mich jetzt und feuerte zweimal, und eine Kugel traf mich rechts direkt unter dem Schlüsselbein. Die Weste stoppte die Kugel, aber durch die Wucht verlor ich das Gleichgewicht. Ich richtete mich auf, zielte und drückte den Abzug. Nichts. Ich suchte den Sicherungshebel mit meinem Daumen, entsicherte, zielte und feuerte. Der Mann griff sich an die Brust, machte einen Schritt und fiel zu Boden. Ich wartete kurz, und als er sich nicht bewegte, rannte ich zu ihm und verpasste ihm eine Kugel in den Kopf.

Der Revolver lag noch dort, wo ich ihn fallengelassen hatte. Ich ging zurück, fand ihn, öffnete ihn. Nachdem ich die leeren Patronen aus der Trommel entfernt hatte, holte ich andere aus meiner Jackentasche. Ich schob sie in die Kammern und schloss die Trommel, gerade als die Hintertür des Hauses aufflog und ein Mann durch die von Flammen eingehüllte Türöffnung hastete.

Donnie Scalzo. Er hatte ein automatisches Gewehr in der Hand und feuerte eine Salve ab, aber er sah mich nicht und die Kugeln kamen nicht in meine Nähe. Ich zielte auf ihn, feuerte, schoss daneben. Er brüllte laut und schwenkte die Waffe in meine Richtung. Er schoss, hatte aber zu hoch gezielt, und ich schoss mit ruhiger Hand zurück und traf ihn in die Schulter. Er schrie auf und drehte sich um, als wollte er ins Haus zurückrennen, aber die Türöffnung war jetzt eine Feuerwand. Er drehte sich wieder in meine Richtung; sein rechter Arm hing schlaff an seiner Seite, in der linken Hand hielt er ungeschickt das Gewehr. Ich schoss und verfehlte ihn, schoss noch einmal und traf ihn im Bauch, auf halbem Weg zwischen Bauchnabel und Leiste. Er brüllte, ging zu Boden und hielt sich den Unterleib. Ich erinnerte mich daran, wie ich ihn beim letzten Mal am Leben gelassen hatte, und rannte zu ihm hinüber. Er blickte mich an, ich verpasste ihm zwei Kugeln und er war tot.

Es ergab keinen Sinn mehr, die Rückseite des Hauses im Auge zu behalten, denn es war ausgeschlossen, dass noch jemand durch die brennende Hintertür kommen würde. Ich ging rechts um das Haus herum und suchte Mick. Durch die weiße Schlachterschürze war er leicht zu entdecken. Wir waren jetzt beide auf der Vorderseite des brennenden Farmhauses, aber auf gegenüberliegenden Seiten.

Aus einem der Fenster wurde geschossen und er feuerte zurück. Es gab einen lauten Krach, der aus dem ersten Stock zu kommen schien, vielleicht ein Dachbalken, der zerbarst, oder ein Teil der Decke war eingestürzt, etwas dieser Art. Dann gab es eine kurze Stille, bevor kurz nacheinander zwei Männer auf der Veranda erschienen. Einer stürmte durch die Vordertür, während der andere das, was noch von der Fensterscheibe übrig war, nach außen schlug und dann flink über die Fensterbank stieg.

Einen der beiden hatte ich noch nie zuvor gesehen. Er hatte eine Schmalztolle wie ein altmodischer Countrysänger und einen Schnauzbart wie ein Glücksspieler auf einem Flussschiff. In jeder Hand hielt er eine Pistole, mit denen er abwechselnd schoss. Ich weiß nicht, worauf er geschossen hat, und bin mir nicht einmal sicher, dass er die Augen überhaupt geöffnet hatte. Er stand breitbeinig da und feuerte mit den beiden Pistolen. Ich schoss und verfehlte ihn. Mick gab zwei Schüsse auf ihn ab und traf, und er fiel zurück durch das Fenster in das brennende Haus.

Der andere Mann war Moon Gafter.

Ich hatte ihn ebenfalls noch nie zuvor gesehen, aber das hielt mich nicht davon ab, ihn zu erkennen. Er war groß, mindestens eins fünfundneunzig, mit einem knochigen Körperbau und diesem großen, weißen Mondgesicht. Mit seinen langen, drahtigen Armen und dem übergroßen Kopf sah er aus wie eine Kreatur von einem anderen Planeten oder wie eine gigantische Gottesanbeterin.

Er blickte geradewegs auf mich, aber ich denke nicht, dass er mich sah. Er nahm Mick wahr und schwenkte seine Waffe in Richtung der fleckigen weißen Schürze. Ich zielte auf ihn und schoss. Die Kugel erwischte ihn auf der linken Seite seines Brustkastens. Er schien es nicht zu bemerken und ich dachte, dass er auch eine schusssichere Weste tragen musste, aber dann sah ich das Blut, das über seinen Gürtel sein Hosenbein hinabfloss. Er stand noch immer aufrecht, ignorierte die Wunde und fing an, auf Mick zu schießen.

Ich hielt meinen Revolver ruhig und zielte auf sein Herz, traf ihn mit dem Schuss jedoch nur oben in der Schulter. Diese Wunde blutete ebenfalls, aber auch jetzt ließ er sich nichts anmerken. Er schoss weiter auf Mick, dann sprang er die Verandastufen hinab und rannte auf Mick zu, ohne das Schießen zu unterbrechen.

Mick schoss zurück und traf ihn in der Brust, was ihn etwas langsamer machte, aber nicht davon abhielt, weiter auf Mick zu zu rennen. Ich eilte auf die beiden zu, legte die große Pistole auf Gafter an und gab drei Schüsse ab, während ich mich bewegte. Einer ging daneben, die anderen beiden trafen ihn, einer an der Gürtellinie, der andere im Kreuz, Aber auch sie schienen keine Wirkung auf ihn zu haben.

Dann machte Mick einen Schritt auf ihn zu und feuerte. Gafter blieb wie angewurzelt stehen, die Waffe fiel aus seiner Hand. Und Mick rannte ganz zu ihm, steckte ihm die Pistole in den weit aufgerissenen Mund und schoss ihm den Hinterkopf ab.

»Jesus«, sagte er. »Der war verdammt noch mal nicht totzukriegen.«

Ich stand da und versuchte, Atem zu holen. Dann ertönten plötzlich Schüsse hinter mir. Ich warf mich zu Boden, drehte mich um und sah Dowling höchstpersönlich. Der uneheliche Sohn von Paddy Farrelly hob sich als Silhouette auf der Veranda vor dem brennenden Haus ab. Er hatte ein Sturmgewehr wie das, das Nguyen Tran Bao benutzt hatte, um im Grogan's ein Blutbad anzurichten, und er blickte mich an. Unsere Blicke trafen sich einen Augenblick lang wie an jenem ersten Abend in der Kneipe. Dann feuerte ich und verfehlte ihn. Er schoss gerade in dem Augenblick zurück, als ich mich wieder auf den Boden fallen ließ, weshalb die Salve über mich hinwegging. Er korrigierte zu sehr und die nächste Salve schlug in den Rasen vor mir ein.

Ich blickte hoch. Mick stand auf den Beinen, sah Dowling an und zielte mit seiner Pistole. Er gab zwei Schüsse ab, die ihr Ziel verfehlten. Dowling wollte mit einer Salve antworten, aber sie geriet nur kurz, weil das Magazin leer war. Er hatte zu viele Kugeln auf Schweine und Hühner verschwendet.

Ich drückte ab und verfehlte ihn, Mick schoss und verfehlte ihn ebenfalls. Dowling warf das Gewehr zur Seite, sprang über das Verandageländer und rannte in Richtung Schweinepferch, Hühnerstall und Obstgarten davon.

Mick schoss, verfehlte ihn erneut, versuchte es noch einmal. Es gab ein Klicken und er schleuderte die Pistole mit dem leeren Magazin von sich. Dann war er in Bewegung, er rannte, verfolgte Dowling. Mein Revolver war leer. Ich glaubte, noch eine oder zwei Kugeln in der Pistole zu haben, aber ich hatte keine klare Schusslinie. Ich denke sowieso nicht, dass ich auf diese Entfernung ein sich bewegendes Ziel hätte treffen können, aber mit Mick zwischen mir und Dowling wagte ich gar nicht erst, es zu versuchen.

Ich dachte, dass Dowling ihm entkommen würde. Er war fünfundzwanzig Jahre jünger als Mick und musste fünfundzwanzig Kilo leichter sein, aber Mick holte ihn ein und warf sich durch die Luft auf den jüngeren Mann. Sie waren beide am Boden und ich konnte nicht sehen, was passierte. Ich sah, dass Mick den Arm gehoben hatte, und in seiner Hand befand sich etwas, das im Mondlicht glänzte. Der Arm senkte sich und es gab einen Schrei, der schrill die Nacht durchdrang. Micks Arm hob und senkte sich noch einmal, und der Schrei verstummte abrupt. Und wieder hob sich der Arm und senkte sich, hob sich und senkte sich.

Ich war auf den Beinen, atmete stoßweise und hielt in jeder Hand eine nutzlose Waffe. Einen langen Augenblick lang war alles still, abgesehen von den Geräuschen des Feuers hinter mir. Dann stand Mick auf. Er trat nach etwas, ging in meine Richtung und blieb lange genug stehen, um dem, um was auch immer es sich handelte, einen weiteren Tritt zu versetzen. Er trat ein drittes Mal danach, und natürlich wusste ich mittlerweile, um was es sich handelte.

Es rollte vor ihm weiter wie ein unförmiger Fußball, und als er es dieses Mal einholte, bückte er sich und hob das Objekt hoch, um es mit ausgestrecktem Arm vor sich her zu tragen. Er kam bis zu mir, während er den abgetrennten Kopf Dowlings an den Haaren hielt. Die Augen waren weit aufgerissen.

»Schau dir das Arschloch an!«, schrie er. »Und ist er seinem Vater jetzt nicht wie aus dem Gesicht geschnitten, hä? Hast du eine Ledertasche, Mann? Sollen wir mit dem jungen Paddy hier durch die Kneipen ziehen, damit ihn alle bewundern und ihm einen Drink ausgeben können?«

Ich schwieg. Die einzige Antwort kam aus dem Haus, wo ein Dachbalken mit einem lauten Krachen zerbarst. Ich drehte mich zu dem Lärm um und sah, wie das Dach durchsackte und Funken flogen.

»Ah, Herrgott!«, brüllte Mick und zog den Arm zurück. Wie ein Basketballspieler, der während der Schlusssirene von der Mitte des Spielfelds aus einen Wurf versucht, schleuderte er den Kopf in einem großen, hohen Bogen. Er segelte durch ein weit offenes Fenster ins Haus und verschwand in den Flammen.

Mick starrte dem Kopf hinterher, dann zog er den silbernen Flachmann aus seiner Hüfttasche. Er öffnete ihn, legte den Kopf in den Nacken und trank, bis der Flachmann leer war. Es war der erste Drink, den er genommen hatte, seit wir die Leichen in Tom Heaneys Haus gefunden hatten.

Er schraubte den Verschluss auf den leeren Flachmann, und einen Moment lang hatte ich das Gefühl, dass er ihn Dowlings Kopf hinterherschleudern würde. Aber alles, was er tat, war, ihn wieder in die Tasche zu stecken.

Kapitel 34

Wir warfen unsere Waffen in das brennende Haus, ebenso den Benzinkanister und den Leinensack mit den zusätzlichen Waffen und der Munition. Dann drehten wir uns um und gingen den Weg zurück, den wir gekommen waren, vorbei an den abgeschlachteten Schweinen und Hühnern, vorbei am Geräteschuppen und in den Obstgarten.

»Zurück durch den Wald«, sagte er. »Es ist kürzer, als wenn wir die Straße nehmen würden, auch wenn es länger dauert. Aber wir möchten jetzt niemandem begegnen, oder?«

»Nein.«

»Nicht, dass es so spät allzu viele Leute auf der Straße geben würde. Ich bezweifle, dass die Feuerwehr überhaupt kommen wird. Der nächste Nachbar wohnt eine halbe Meile entfernt, und es ist sehr wahrscheinlich, dass noch niemand das Feuer bemerkt hat. Bis irgendjemand hier rauskommt, wird das Haus schon bis aufs Fundament abgebrannt sein.«

»Es war ein schönes Haus«, sagte ich.

»Ein solides. Es wurde vor dem Bürgerkrieg gebaut, zumindest hat man mir das erzählt. Das heißt, der zentrale Teil des Hauses. Die Veranda wurde später hinzugefügt, ebenso wie der einstöckige Anbau links.«

»Ich vermute, es war der beste Weg, sie herauszubekommen. Das Haus anzuzünden.«

»Ich würde sagen, dass er das war«, sagte er. »Aber wenn ich einfach in die Hände hätte klatschen können und sie dann alle schön der Reihe nach mit gefalteten Händen herausgekommen wären, darauf wartend, erschossen zu werden, nun, dann hätte ich danach immer noch die Arbeit gehabt, das Haus niederzubrennen.«

»Du wolltest, dass es abbrennt.«

»Das wollte ich. Ich bedaure nur, dass ich nicht noch etwas Benzin für den Schweinepferch und das Hühnerhaus aufgehoben habe. Ich würde sie auch gerne in Flammen sehen, wenn ich könnte. Denkst du, dass das seltsam ist?«

»Ich weiß nicht mehr, was seltsam ist.«

»Wie könnte ich jemals wieder hierherkommen? Wie könnte ich jemals wieder einen Blick auf diesen verdammten Ort werfen? Alles, was ich jemals sehen würde, wären die großen Kadaver der Schweine, mit Kugeln beharkt, die zerfetzten Hühner und überall blutige Federn. Auch die O'Garas tot, und Gott sei Dank musste ich ihre Leichen nicht sehen. Soll das Feuer sie haben, oder?« Er schüttelte den Kopf. »Es war O'Garas Farm, weißt du. Sein Name steht auf der Besitzurkunde. Nun, soll sich jemand anderes den Kopf darüber zerbrechen, was sie damit tun sollen. Soll sich der Staat was überlegen, sollen sie sich das Grundstück in ein paar Jahren für ausstehende Steuern unter den Nagel reißen. Sie können es zum Nachbargrundstück hinzufügen, dann kann es alles staatseigener Grund sein. Zum Teufel damit, zum Teufel mit allem.«

Wir hatten die Taschenlampe aus Andys Handschuhfach verloren, aber er hatte die bessere behalten, die schwarze Gummitaschenlampe, die ich im Allradfahrzeug gefunden hatte. Er knipste sie an und leuchtete uns den Weg. Wir gingen zum Flüsschen und überquerten es, aber diesmal machten wir uns nicht die Mühe, nach Steinen zu suchen, auf die wir steigen konnten. Wir wateten einfach durch das Wasser.

Er trug noch immer die Schürze seines Vaters, und er hatte die Taschenlampe aus einer ihrer Taschen geholt. In der anderen Tasche befand sich das alte Hackmesser seines Vaters, offensichtlich noch immer scharf genug für die Arbeiten, die er damit ausführte.

Auf der Schürze gab es jede Menge frisches Blut.

Das Auto stand dort, wo wir es zurückgelassen hatten, auf der Lichtung unweit der kleinen Hütte. Das Allradfahrzeug parkte auch noch immer an derselben Stelle, und Mick beobachtete amüsiert, wie ich mir die Mühe machte, die Taschenlampe dorthin zurückzulegen, von wo ich sie hergehabt hatte. Wir stiegen in den Caprice und der Motor heulte auf, als er den Schlüssel im Zündschloss drehte.

Wir fuhren stumm bis zu der Kette mit der Zufahrtsbeschränkung. Wie zuvor senkte ich die Kette und hängte sie wieder ein, nachdem er durchgefahren war. Als wir auf die Straße abbogen, sagte er: »Es waren mehr, als wir gedacht hatten.«

»Sechs«, sagte ich. »Dowling und Scalzo und Gafter. Plus der Wachposten und der mit den Jerry-Lee-Lewis-Haaren. Schwer zu sagen, wie der in diesem Haufen gepasst hat.«

»Das ist bei allen von ihnen schwer zu sagen.«

»Und noch einer. Er ist von der Veranda gesprungen und entweder hat er sich dabei das Bein verletzt oder er humpelte noch von damals, als ich ihm auf den Fuß gestiegen bin. Ich weiß nicht, welcher von beiden das war, er oder der Wachposten, weil mir keiner von beiden bekannt vorkam.«

»Und du hast ihn erschossen.«

»Er hat auch auf mich geschossen«, sagte ich. »Die Kugel ist von der Weste abgeprallt.«

»Mein Gott, hat sie dich wieder gerettet? Nach all dem wirst du sie wahrscheinlich auch im Bett tragen.«

»Ich fange an, sie zu mögen«, räumte ich ein. »Du warst das perfekte Ziel, mit dieser großen weißen Schürze.«

»Jetzt ist sie weniger weiß.«

»Das ist mir aufgefallen. Sie konnten dich nicht treffen, oder?«

»Nicht, dass sie es nicht versucht haben. Sie waren lausige Schützen, alle von ihnen. Aber sie waren zu sechst, sechs Arschlöcher, egal ob gute Schützen oder nicht, und wir haben sie alle getötet.«

»Und sind ohne einen Kratzer davongekommen«, sagte ich. »Trotz des zweiten Gesichts.«

»Ah«, sagte er. »Ich hab darauf gewartet, dass du das ansprechen wirst.«

»Ich hab mich zurückgehalten, so lange ich konnte.«

»Es war meine Mutter, die behauptet hat, dass ich das zweite Gesicht habe, und es ist nicht die einzige Sache, in der sie sich jemals geirrt hat. Sie hatte nie ein gutes Wort für die Engländer übrig, und hab ich dir nicht erzählt, wie nett sie zu mir waren, als ich dort war?«

»Das ist ein Argument.«

»Aber ich will ehrlich zu dir sein. Ich hab wirklich gedacht, dass ich sterben werde.«

»Ich weiß, dass du das getan hast.«

»Und es ist verdammt gut, dass ich mich geirrt habe, wo ich doch keinen anderen Priester außer dir hatte, dem ich meine Beichte vortragen konnte. Bei Gott, mir sind eine ganze Menge schlimmer Sachen eingefallen, die ich dir da erzählt habe!«

»Du hast eine ziemliche Weile lang geredet.«

»Ich muss sagen, dass ich es nicht bedaure. Oh, es gibt mehr als ein paar meiner Taten, die ich bedaure. Das ist völlig normal für einen Mann. Aber ich bedaure nicht, dass ich sie dir alle erzählt habe.«

»Freut mich, das zu hören.«

»Und du bist trotzdem an meiner Seite geblieben und hast die Sache mit mir durchgezogen, trotz all dem, was ich erzählt habe.«

»Um ehrlich zu sein«, sagte ich, »ich kann mich nicht an sehr viel von dem, was du erzählt hast, erinnern.«

»Wie, du hast nicht zugehört?«

»Ich habe sehr gut zugehört. Ich habe an deinen Lippen gehangen. Nur sind deine Worte nicht in mir haften geblieben. Sie sind durch mich hindurchgeströmt und ich weiß nicht, wo sie hin sind. Vermutlich dorthin, wo auch immer solche Dinge hingehen.«

»Zum einen Ohr hinein, zum anderen wieder hinaus.«

»So ungefähr«, stimmte ich zu. »Alles, an was ich mich wirklich erinnere, ist die erste Sache, die du erzählt hast. Darüber, wie du dem Mann das Auge ausgerissen und es ihm gezeigt hast.«

»Ah«, sagte er. »Nun, so etwas vergisst man nicht so leicht, oder?«

Später sagte er: »Ich hab darüber nachgedacht, was ich als nächstes tun werde.«

»Das hab ich mir auch überlegt.«

»Weißt du, wir haben uns gut über dieses Gefühl, das ich hatte, amüsiert.«

»Die Vorahnung.«

Er nickte. »Vielleicht war sie nicht völlig falsch. Es gibt unterschiedliche Arten zu sterben und auch, um wiedergeboren zu werden. Ich hab keinen Kratzer, aber ist nicht mein ganzes Leben um mich herum dahingegangen und gestorben? Grogan's ist ein Trümmerhaufen, die Farm ist Asche. Kenny und McCartney sind tot, ebenso wie Burke und Peter Rooney. Und Tom Heaney. Und Andy.

Sie sind alle tot. Und O'Gara und seine Frau. Und die Schweine und die Hühner, alle tot.« Er schlug auf das Lenkrad. »Tot«, sagte er.

Ich schwieg.

»Ich hab gedacht«, sagte er, »dass ich nirgendwo hingehen kann. Aber das stimmt nicht. Es gibt einen Ort, an den ich gehen kann.«

»Wohin?«

»Staten Island.«

»Das Kloster«, sagte ich.

»Die Bruderschaft der Thessalonicher. Sie werden mich aufnehmen. Das ist, was sie tun, verstehst du. Man geht dorthin, und sie nehmen einen auf.«

»Wie lange willst du dort bleiben?«

»So lange sie mich lassen.«

»Erlauben sie das? Können Leute dort für eine längere Zeit bleiben?«

»Ein ganzes Leben lang, wenn man will.«

»Oh«, sagte ich. »Du willst dort bleiben.«

»Hab ich das nicht gesagt.«

»Was willst du genau tun? Willst du ein Mönch werden?«

»Ich weiß nicht, ob ich das werden könnte. Höchstwahrscheinlich würde ich ein Laienbruder sein. Aber es liegt an ihnen, mir zu sagen, was ich tun soll und wann ich es tun soll. Der erste Schritt ist, dorthin zu gehen, und der zweite, einen von ihnen dazu zu bringen, sich meine Beichte anzuhören.« Er lächelte. »Jetzt, wo ich es an dir ausprobiert habe«, sagte er. »Jetzt, wo ich gelernt habe, dass es mich nicht umbringt.«

»Bruder Mick«, sagte ich.

Als wir über die George Washington Bridge fuhren, sagte ich: »Es gibt etwas, das wir vergessen haben.«

»Und was wäre das?«

»Nun, ich bin mir nicht sicher, ob ich das gegenüber einem zukünftigen Diener des Herrn erwähnen sollte«, sagte ich, »aber wir haben eine Leiche im Kofferraum.«

»Ich hab daran gedacht«, sagte er. »Von dem Moment an, als wir ins Auto gestiegen sind.«

»Nun, ich nicht. Ich hab es völlig vergessen. Was zum Teufel werden wir mit ihm tun?«

»Es wäre am besten gewesen, ihn auf der Farm zu lassen. Ihn dort zu begraben. Es hätte ihm dort nicht an Gesellschaft gemangelt. Oder wir hätten ihn einfach zu den anderen Toten auf den Rasen legen können. Er hat sich ihnen angeschlossen, also könnte er auch mit ihnen liegen, in dem Bett, das er sich gemacht hat.«

»Dafür ist es jetzt zu spät.«

»Ah, dafür war es die ganze Zeit über zu spät, denn wie hätten wir ihn zwei oder drei Meilen durch den Wald tragen können? Und ich wollte ihn nicht dort zurücklassen, wo wir das Auto geparkt hatten, und selbst wenn wir eine Schaufel gefunden und ihn dort begraben hätten, hätte jemand auf das Grab stoßen können. Ich sage dir, der Mann bereitet tot ebenso viele Schwierigkeiten wie damals, als er noch lebendig war.«

»Wir müssen etwas tun«, sagte ich. »Wir können ihn nicht einfach im Kofferraum liegen lassen.«

»Nun, darüber hab ich mir Gedanken gemacht. Ist es nicht sein Auto? Und wer hat mehr Anrecht darauf, in seinem Kofferraum zu liegen als der Besitzer selbst?«

»Ich vermute, da ist was dran.«

»Ich hab daran gedacht, es auf der Straße stehen zu lassen«, sagte er. »In seiner geliebten Bronx, mit unversperrten Türen und dem Schlüssel in der Zündung. Was denkst du, wie lange es dauern wird, bis jemand damit eine Spritztour unternimmt?«

»Nicht sehr lange.«

»Und sie werden es vielleicht eine schöne lange Weile lang behalten, vor allem, wenn wir darauf achten, es mit einem vollen Tank abzustellen. Natürlich, wenn sie einen Platten haben und nach dem Ersatzreifen suchen wollen ...«

»Mein Gott, was für ein Gedanke.«

»Ah, es ist eine harte Welt, wenn man nicht lachen kann, und selbst dann, wenn man es kann. Weißt du, was ich tun werde? Ich werde das Scheißteil von Fingerabdrücken säubern, da es voll mit meinen ist, nachdem ich die ganze letzte Woche über damit herumgefahren bin. Und dann werde ich damit rüberfahren zu den Piers und es ins Wasser rollen lassen, mit heruntergekurbelten Fenstern, damit es sinkt und versunken bleiben wird. Können sie in einem Auto, das sie aus dem Wasser gezogen haben, Fingerabdrücke finden?«

»Es hat eine Zeit gegeben, da konnten sie es nicht«, sagte ich. »Aber jetzt können sie es wahrscheinlich. Ich denke, sie können sie auch fast schon von Staubkörnern, die in einem Lichtstrahl tanzen, nehmen.«

»Ich werde gut abwischen«, sagte er, »bevor ich es ins Wasser stürzen lasse. Nur, um sicher zu gehen.«

Einen Moment später sagte ich: »Was wirst du seiner Mutter sagen?«

»Dass er wegfahren musste«, sagte er, ohne zu zögern, »für einen gefährlichen Auftrag, und dass es eine Weile dauern kann, bis sie wieder etwas von ihm hört. Das sollte für die paar Jahre, die sie noch zu leben hat, reichen. Sie hat Krebs, musst du wissen.«

»Das hab ich nicht gewusst.«

»Armes Ding. Ich werde für sie beten und für ihn auch, wenn sie mir beigebracht haben, wie das geht.«

»Du solltest für uns alle beten«, sagte ich.

Ich fuhr mit dem Aufzug hoch, schloss mit meinem Schlüssel die Tür auf. Als ich die Tür geöffnet hatte, stand sie in dem schwarzen Morgenrock, den ich ihr gekauft hatte, vor mir. Auf ihm befanden sich weiße und gelbe Blumen sowie winzige Schmetterlinge.

»Du bist in Ordnung«, sagte sie. »Gott sein Dank.«

»Mir geht's gut.«

»TJ schläft auf der Couch«, sagte sie. »Ich wollte ihm ein Abendessen rüberbringen, aber er hat darauf bestanden, hierher zu kommen, und dann wollte ich ihn nicht nach Hause gehen lassen. Ich hatte Angst, aber ich weiß nicht, um wen ich Angst hatte, um ihn oder mich.«

»Egal, es geht euch beiden gut.«

»Und dir geht's auch gut, Gott sei Dank. Es ist vorbei, oder?«

»Ja, es ist vorbei.«

»Gott sei Dank. Und was ist mit Mick? Ist Mick in Ordnung?«

»Er hatte eine Vorahnung«, sagte ich, »und das ist eine Geschichte für sich, aber es hat sich herausgestellt, dass er einen Anflug von Hornhautverkrümmung in seinem dritten Auge hat, denn es geht ihm gut. Tatsächlich könnte man sagen, dass es ihm niemals besser gegangen ist.«

»Und alle anderen?«

Ich sagte: »Alle anderen? Alle anderen sind tot.«

Kapitel 35

»Ich möchte Sie daran erinnern«, sagte Ray Gruliow, »dass Mr. Scudder aus freiem Willen hier ist und dass er nur die Fragen beantworten wird, die ich ihm gestatte zu beantworten.«

»Was bedeutet, dass er einen feuchten Dreck sagen wird«, sagte George Wister.

Es sollte sich herausstellen, dass das der Wahrheit ziemlich nahe kam. In dem Raum befand sich ein halbes Dutzend Cops: Joe Durkin und George Wister, zwei Typen von der Mordkommission aus Brooklyn und noch zwei weitere, über deren Funktion man mich nicht aufklärte. Es war mir ziemlich egal, wer sie waren, denn alles, was sie tun konnten, war, dort zu sitzen, während ich so gut wie nichts sagte.

Natürlich hatten sie unzählige Fragen. Sie wollten wissen, was ich über Chilton Purvis wusste, weil sie ihn aufgrund erhaltener Informationen mit dem Mord an Jim Faber in Verbindung gebracht hatten, was bedeutete, dass irgendein Informant tatsächlich mit der Neuigkeit hatte aufwarten können. Allerdings hatten sie keinerlei Beweise, um die Aussage des Informanten zu untermauern, und es war ihnen bislang auch noch nicht gelungen, einen Augenzeugen der Schüsse im Lucky Panda zu finden, der einen Blick auf Purvis' Leiche warf und ihn als den Schützen identifizierte.

Ich konnte ihnen dabei nicht weiterhelfen. Überhaupt dachte ich mir, dass sie selbst schuld waren. Wenn sie ihren Zeugen richtig vorbereitet hätten, hätte er ihnen gegeben, was sie wollten.

Vielleicht waren einer oder beide der unbekannten Männer im Raum aus der Bronx, denn es gab Fragen über Tom Heaney und Mary Eileen Rafferty, wobei sich Letzteres als der Name von Toms Vermieterin entpuppte. Tom, erfuhr ich, war mit Kugeln aus zwei unterschiedlichen Waffen erschossen worden, und keine der Kugeln stimmte mit Kugeln überein, die bei den anderen in Frage stehenden Morden gefunden worden waren. Allerdings stimmte eine von ihnen mit einer Kugel überein, die man 1995 in einer Leiche in SoHo gefunden hatte. Da die meisten der Beteiligten das betreffende Jahr in Attica verbracht hatten, vermutete ich, dass die Knarre eine Vorgeschichte gehabt haben musste.

Alles in allem bekamen sie eigentlich nichts aus mir heraus. Ich war auch nicht sonderlich aufmerksam. Ich saß einfach da, beobachtete Ray und öffnete meinen Mund nur, wenn er mir zunickte. Was er nicht sehr oft tat.

Ich denke, wir waren etwa eine Stunde dort, als Wister die Beherrschung verlor und etwas Bösartiges sagte. Darauf hatte Ray nur gewartet. »Das war's«, sagte er und stand auf. »Hiermit verabschieden wir uns.«

»Das können Sie nicht tun«, sagte Joe.

»Oh, wirklich? Das werden wir sehen.«

»Dann können *Sie* sich von Ihrer Lizenz verabschieden«, sagte Wister zu mir. »Ich hab Papiere auf meinem Schreibtisch, ein förmliches Gesuch an den Staat, Ihnen die Detektivlizenz zu entziehen. Mit einer detaillierten Auflistung der Gründe, um es denen wirklich einfach zu machen. Sie spazieren hier raus und ich fülle den Rest aus und schicke es sofort los.«

»Und es wird eine Anhörung geben«, sagte Ray, »zu der Sie vorgeladen werden, was meines Wissens für Leute wie Sie immer eine große Freude ist. Und wenn sich der Staub wieder gelegt hat, wird er seine Lizenz zurückbekommen haben und es wird auch eine Menge Zeitungsartikel gegeben haben, in denen er wie ein Held aussieht.«

»Er wird nicht wie ein Held aussehen«, sagte Joe. »Er wird wie ein verdammter Krimineller aussehen, so wird er aussehen. Was überhaupt das ist, wie er sowieso immer mehr aussieht.«

»Es reicht«, sagte Ray.

»Nein, tut es nicht. Es reicht bei Weitem nicht. Matt, was zum Teufel ist los mit dir? Du wirst deine Lizenz verlieren.«

Ich sagte: »Weißt du was? Es ist mir egal.«

»Sag jetzt nichts mehr«, sagte Ray.

»Nein«, sagte ich, »ich werde noch etwas sagen, und ich sage es dir ebenso wie denen da. Die können tun, was sie wollen, und wenn mir der Staat die Lizenz entzieht, ist das in Ordnung. Du könntest dagegen ankämpfen und vielleicht würden wir gewinnen, aber es ist den Aufwand nicht wert.«

»Du weißt nicht, was du da redest«, sagte Joe.

»Ich weiß, dass ich ohne eine Lizenz zwanzig Jahre lang gut ausgekommen bin«, sagte ich. »Ich weiß nicht, warum zum Teufel ich gedacht habe, dass ich unbedingt eine brauche. Vielleicht verdiene ich mit ihr ein paar Dollar mehr als ohne, aber ich hab auch so immer genug verdient. Ich konnte mir immer etwas zu essen leisten, und damals, als ich noch trank, hatte ich immer genug für den nächsten Drink. Ihr wollt meine Lizenz einziehen? Macht nur. Was zum Teufel kümmert mich das?«

Wir gingen aus dem Revier und die Treppe hinab. Als wir außer Hörweite waren, sagte Ray: »Sie werden deine Lizenz einziehen und ich werde sie zurückbekommen. Kein Problem.«

»Nein«, sagte ich. »Danke, aber ich hab nicht nur Dampf abgelassen. Es war mir ernst mit dem, was ich gesagt habe. Wir lassen es dabei bewenden. Zum Teufel damit.«

»Du hast sie sowieso nie benötigt«, versicherte mir Elaine. »Wozu? Damit du für noch mehr Anwälte arbeiten kannst? Und sie deine Dienste ein bisschen höher in Rechnung stellen können? Zum Teufel damit.«

»Genau mein Standpunkt.«

»Außerdem«, sagte sie, »wir kennen den wahren Grund, warum du dir die Lizenz besorgt hast. Du wolltest anständig sein. Und es ist wie bei all diesen Figuren auf dem gelben Ziegelsteinweg, Baby. Du warst schon immer anständig.«

»Nein«, sagte ich. »Ich war es nicht und ich bin es immer noch nicht. Daran hat die Lizenz nichts geändert.«

Und das wäre eine gute Stelle, um es dabei zu belassen, nur dass es noch ein bisschen mehr zu dieser Geschichte gibt. Wie alles andere ist es nicht vorbei, solange es nicht vorbei ist.

Das alles war im September, und Mitte Dezember bekamen wir eine Weihnachtskarte mit einer Absenderadresse auf Staten Island. Auf ihr stand *Frohe Festtage* anstatt *Frohe Weihnachten*, zweifellos als Rücksichtnahme auf die jüdische Vegetarierin, der er einmal einen Schinken geschenkt hatte. Auf der Innenseite, unter einem nicht zu beanstandenden gedruckten Text, hatte er *Gottes Liebe für euch beide* geschrieben und mit *Mick* unterzeichnet.

Elaine sagte, sie wäre sich sicher gewesen, dass er mit P. Michael F. Ballou, SJ unterschreiben würde. Ich sagte, dass er bei den Thessalonichern war, nicht bei den Jesuiten, und sie sagte, Goi ist Goi.

Dann erwähnte TJ Ende April, dass er am Grogan's vorbeigekommen war, an der Ecke einen Baumüllcontainer gesehen hatte und ein Bauarbeitertrupp eifrig am Arbeiten war. Ich sagte, dass dort vermutlich bald ein koreanischer Gemüsehändler aufmachen würde.

Und dann klingelte eine Woche später das Telefon. Elaine hob ab und kam zu mir, um mir zu sagen, dass ich niemals erraten würde, wer dran sei.

»Ich wette, es ist Pater Mick«, sagte ich.

»Ah, Jesus!«, sagte sie. »Pack dich deiner Wege, hat das kleine Volk dich wohl auch mit dem zweiten Gesicht beschenkt?«

»Heilige Mutter Gottes«, sagte ich.

Ich ging ans Telefon und er lud mich ein, rüberzukommen, um zu sehen, wie die Arbeiten vorankamen. »Natürlich ist es unmöglich, es so hinzubekommen, dass es alt aussieht«, sagte er. »Und es gibt die Einschusslöcher, die sie zukleistern wollten, aber die sollen so bleiben, wie sie sind. Sie haben eine Geschichte.«

Ich ging rüber. Trotz allem schienen sie gute Arbeit zu leisten und mehr richtig zu machen als falsch. Ich sagte ihm, dass ich davon ausging, das bedeute, dass er wieder im Geschäft sei.

»Bin ich«, sagte er.

»Du hast gesagt, dass du dort bleiben würdest, bis sie dich rauswerfen.«

»Ah. Nun, das haben sie nicht getan«, sagte er. »Die nettesten Männer, die ich jemals getroffen habe. Und sie waren so freundlich, mir die Zeit zu geben, bis ich selbst erkannt habe, dass ich nicht dorthin gehöre. Ich wünschte beinahe, ich würde es, aber ich tue es nicht, und sie haben mir gestattet, das einzusehen.«

»Und jetzt bist du hier.«

»Und jetzt bin ich hier«, stimmte er zu. »Und ich bin froh, zurück zu sein, und bist du nicht auch froh, dass ich zurück bin?«

»Verdammt froh«, sagte ich, »ebenso wie Elaine. Wir haben dich vermisst.«

Seine Geschichte, wie ich am Anfang sagte, viel mehr seine Geschichte als meine. Aber wie könnte man ihn jemals dazu bringen, sie zu erzählen?

An meine deutschen Leser: Ich hoffe, dass Sie Gefallen an diesem Matthew-Scudder-Roman gefunden haben. Wenn Sie über zukünftige Veröffentlichungen meiner Bücher auf Deutsch informiert werden möchten, schicken Sie einfach eine E-Mail mit dem Betreff "German mailing list" an lawbloc@gmail.com. (Ich versende auch einen Newsletter auf Englisch und würde Sie mit Freude auch auf diese Liste setzen; falls gewünscht, fügen Sie einfach "English also" hinzu.)

Danksagungen

Der Autor bedankt sich herzlichst für die beträchtliche Unterstützung durch die Ragdale Foundation in Lake Forest, Illinois, wo dieses Buch geschrieben wurde. Er ist auch den folgenden Lokalitäten in Greenwich Village dankbar, wo ein Teil der frühen Arbeit am Roman stattfand: dem Writers Room, Caffè Lucca, Caffè Vivaldi, Peacock Caffè, Homer's Restaurant, der Jefferson Market Zweigstelle der New York Public Library und dem Café im Barnes & Noble in der Astor Place.

Über den Autor

Lawrence Block schreibt seit einem halben Jahrhundert preisgekrönte Kriminalromane und Spannungsliteratur. In seinem neuesten Buch, einer Fortsetzung seiner erfolgreichen Hopper-Anthologie *In Sunlight or in Shadow*, finden sich unter dem Titel *Alive in Shape and Color* 17 von einem bekannten Gemälde inspirierte Kurzgeschichten von Autoren wie Lee Child, Joyce Carol Oates, Michael Connelly, Joe Lansdale, Jeffery Deaver und David Morrell.

Blocks zuletzt erschienener Roman ist *The Girl with the Deep Blue Eyes*, von seinem Hollywood-Agenten als »James M. Cain auf Viagra« gerühmt. Zu seinen neueren Romanen zählen außerdem *The Burglar Who Counted the Spoons*, in dem Bernie Rhodenbarr im Mittelpunkt steht, *Hit Me* mit dem Briefmarkensammler und Auftragsmörder Keller sowie *A Drop of the Hard Stuff* mit Matthew Scudder. 2014 wurde Scudder von Liam Neeson in der Verfilmung von *Ruhet in Frieden – A Walk Among the Tombstones* brillant auf der Leinwand verkörpert. Auch andere Romane Blocks wurden verfilmt, allerdings mit geringerem Erfolg.

Block erhielt auch für seine Bücher für Autoren große Anerkennung, darunter Klassiker wie *Telling Lies for Fun & Profit* und *Write for Your Life*. Zuletzt hat er mit *The Crime of Our Lives* eine Sammlung von Aufsätzen über das Genre des Kriminalromans und dessen Vertreter veröffentlicht.

Neben seinen Prosawerken hat Block auch Drehbücher für die Fernsehserie *Tilt* und den Film *My Blueberry Nights* von Wong Kar-wai geschrieben. Block soll ein zurückhaltender und bescheidener Mann sein, auch wenn man das aufgrund dieser autobiographischen Skizze keinesfalls erwarten würde.

Email: lawbloc@gmail.com

Twitter: @LawrenceBlock

Facebook: lawrence.block

Homepage: lawrenceblock.com

Über den Übersetzer:

Stefan Mommertz arbeitete nach dem Studium für einen Fachzeitschriftenverlag in München. Seit 2004 lebt er in Ungarn.

Homepage: stefanmommertz.wordpress.com

Die Matthew-Scudder-Romane:

Auf Deutsch erschienene Matthew-Scudder-Kurzgeschichten:

Weitere Bücher von Lawrence Block:

www.ingramcontent.com/pod-product-compliance
Lightning Source LLC
Chambersburg PA
CBHW051517260626
47170CB00003B/658